MA FILLE

JANE SHEMILT

MA FILLE

TRADUIT DE L'ANGLAIS
PAR **KARINE LALECHÈRE**

COLLECTION **THRILLERS**

cherche midi

Vous aimez les thrillers ? Inscrivez-vous à notre newsletter pour suivre en avant-première toutes nos actualités :
www.cherche-midi.com

Ouvrage publié sous la direction d'Arnaud Hofmarcher
avec la collaboration de Marie Misandeau

Titre original : *Daughter*
Éditeur original : Penguin Books

23, rue du Cherche-Midi
75006 Paris

À mon mari, Steve,
et à nos enfants adorés,
Martha, Henry, Tommy et Johny

PREMIÈRE PARTIE

1

Dorset, 2010

Un an plus tard

Les jours raccourcissent. La pelouse est jonchée de pommes, leur chair piquetée par les corbeaux. Aujourd'hui, en allant chercher du bois sous l'auvent, j'ai marché sur un fruit mou et mon pied s'est enfoncé dans une substance visqueuse.

Novembre.

J'ai froid en permanence, mais elle a peut-être encore plus froid. Pourquoi devrais-je vivre dans le confort ? Comment le pourrais-je ?

En fin de journée, le chien frissonne et la pièce s'assombrit ; je fais du feu dans la cheminée. Fascinée, je m'approche des flammes tandis que dans ma tête les regrets se raniment, brûlants, étincelants.

Si seulement. Si seulement j'avais écouté. Si seulement j'avais été attentive. Si seulement je pouvais reprendre du début, il y a un an.

Le carnet à croquis en cuir offert par Michael se trouve sur la table et j'ai un petit crayon de papier rouge mordillé au fond de la poche de ma robe de chambre. Il pensait que dessiner le passé pourrait m'aider. J'ai toutes les images en tête : un scalpel entre des mains tremblantes, une danseuse en plastique qui tournoie inlassablement, une liasse de billets bien rangée sur une table de chevet.

Je cherche une page blanche où j'écris le nom de ma fille et, en dessous, j'esquisse deux chaussures à talons couchées sur le côté, leurs longues lanières emmêlées.

Naomi.

Bristol, 2009

La veille

Lorsque j'entrai, elle se balançait au rythme de son iPod et ne me vit pas tout de suite. Elle avait son écharpe orange autour du cou, ses manuels scolaires éparpillés sur la table. Je fermai la porte sans bruit et posai ma sacoche par terre ; elle était lourde, entre mes notes, mon stéthoscope, les seringues, les ampoules et les boîtes de médicaments. La journée avait été longue : les consultations au cabinet, quelques visites à domicile, de la paperasse. Appuyée contre la porte de la cuisine, je regardais ma fille, mais j'en voyais une autre. Jade, étendue sur un lit, les bras couverts d'hématomes.

C'était le piment que j'avais dans l'œil : quand un éléphant a la patte blessée, pour le distraire pendant qu'on le soigne, on lui envoie une giclée de jus de piment dans l'œil. Theo m'avait raconté cette anecdote. À l'époque, je ne l'avais pas pris au sérieux. J'aurais dû me méfier. Il est tellement facile de perdre de vue l'essentiel.

Naomi souriait toute seule et je l'observais, imaginant que je peignais la courbe de ses joues. J'utiliserais une nuance plus claire pour rendre le reflet de la lumière sur la peau. À chacun de ses mouvements, sa frange blonde se soulevait doucement, révélant des perles de sueur à la racine des cheveux. Elle avait retroussé les manches du pull de son uniforme et son bracelet à breloques montait et descendait sur sa peau lisse, manquant de glisser de son poignet. J'étais heureuse de constater qu'elle le portait ; je croyais qu'elle l'avait perdu depuis longtemps.

« Maman ! Je ne t'avais pas vue. Qu'est-ce que tu en penses ? »

Elle avait retiré ses écouteurs et me regardait.

« J'aimerais être capable de danser comme ça... »

Je m'avançai pour embrasser sa joue fraîche et veloutée, humant son odeur. Savon au citron et sueur.

Elle recula la tête et ramassa ses livres avec sa grâce et sa vivacité habituelles.

« Mais non, je veux dire mes chaussures, répliqua-t-elle d'un ton impatient. Regarde. »

Elles devaient être neuves. Noires, de très hauts talons, avec des lanières qui s'entrecroisaient sur ses chevilles et ses jambes minces. Elles ne lui ressemblaient pas. D'habitude, elle portait des babies en cuir colorées ou des Converse.

« Les talons sont vraiment très hauts. »

Consciente d'avoir pris un ton réprobateur, je m'efforçai de rire.

« Pas ton genre de...

– Rien à voir, n'est-ce pas ? s'écria-t-elle sur un ton triomphant. Le jour et la nuit.

– Elles ont dû coûter une fortune. Je croyais que tu avais déjà dépensé ton argent de poche ?

– Et elles sont super confortables. Parfaitement à ma taille. »

Comme si elle n'en revenait pas de sa chance.

« Tu ne peux pas sortir avec, ma chérie, elles ont l'air bien trop étroites pour toi.

– Tu es jalouse, avoue. Tu les veux. »

Elle avait un petit sourire que je ne lui connaissais pas.

« Naomi...

– Eh bien, tu ne les auras pas. J'adore ces chaussures. Je les aime presque autant que Bertie. »

Tout en parlant, elle s'était baissée pour caresser la tête du chien. Puis elle me tourna le dos en bâillant et monta lentement l'escalier, ses chaussures claquant sur chaque marche avec un bruit métallique agaçant, comme autant de petits coups de marteau.

Elle s'était enfuie, me laissant avec ma question en suspens.

Je pris la bouteille de Ted au réfrigérateur et me servis un verre de vin. Naomi n'avait pas l'habitude de me répondre ni de me planter là alors que j'étais en train de lui parler. Je posai ma sacoche et mes notes dans un coin de la penderie puis, sirotant mon verre, j'entrepris de replier les torchons qui traînaient dans la cuisine. Autrefois, elle me racontait tout. En accrochant son manteau, je me raisonnai. J'avais fait un choix et je devais en accepter les avantages comme les inconvénients. C'était simple. Je faisais le travail que j'aimais et je gagnais bien ma vie, mais je passais moins de temps à la maison que d'autres mères. Cela signifiait aussi que les enfants jouissaient d'une certaine liberté. Ils devenaient autonomes et c'était ce que nous avions toujours souhaité.

Je sortis des pommes de terre du placard. Elles étaient sales et je les rinçai rapidement dans l'évier. Quand j'y réfléchissais, malgré tout, je n'avais pas réussi à avoir de véritable conversation avec elle depuis des mois. Ted se moquerait de moi : c'est normal, c'est une ado et elle grandit. L'eau était glacée et je fermai le robinet. Elle grandissait ou elle s'éloignait ? Elle était préoccupée ou renfermée ? Troublée, je fouillai le tiroir à la recherche de l'épluche-légumes. L'été dernier, à mon cabinet, j'avais vu une jeune fille anxieuse qui avait soigneusement strié ses poignets au cutter, gravant des lignes rouges sur sa peau fragile. Je secouai la tête pour chasser cette image. Naomi n'était pas déprimée. Il y avait ce nouveau sourire qui venait contrebalancer son impatience, sa participation à la pièce qui faisait oublier ses silences à la maison. Si elle paraissait préoccupée, c'était qu'elle devenait plus adulte, plus réfléchie. Le théâtre l'avait mûrie. L'été dernier, elle avait travaillé avec Ted dans son laboratoire et elle s'était découvert un véritable intérêt pour la médecine. J'entrepris de peler les pommes de terre, songeant à cette assurance qu'elle affichait depuis peu. Ce serait peut-être un atout pour ses entretiens quand elle entrerait à l'université. J'aurais plutôt dû m'en réjouir. En outre, tenir le premier rôle dans la pièce du lycée ne pouvait qu'augmenter ses chances d'être prise en fac de médecine. Les professeurs préféraient les étudiants qui avaient des loisirs extrascolaires : ils géraient mieux le stress. Moi, j'avais la peinture. Cela m'aidait à évacuer les tensions après le travail. Je rouvris le robinet et l'eau terreuse tournoya dans l'évier avant de disparaître. J'étais sur le point de terminer le portrait de Naomi ; j'avais hâte de le retrouver. Quand je peignais, j'étais dans un autre monde ; tous mes soucis s'envolaient. Mon chevalet était installé sous les combles et je regrettais de ne pas pouvoir m'y réfugier plus souvent. Je jetai les pelures à la poubelle et sortis les saucisses du frigo. Theo était un inconditionnel de la saucisse-purée depuis tout petit. Je parlerais à Naomi demain.

Un peu plus tard, Ted appela pour dire qu'il était retenu à l'hôpital. Les jumeaux rentrèrent affamés. Ed leva la main en guise de salut et prit une assiette de toasts qu'il monta dans sa chambre. J'entendis sa porte claquer et je l'imaginai allumant la musique et se laissant tomber sur son lit, un toast à la main, les yeux fermés. Je n'avais pas oublié cet aspect de mes dix-sept ans : surtout que personne ne vienne tambouriner à ma porte ou, pire, n'entre pour me parler. Theo, dont les taches de rousseur flamboyaient sur sa peau claire, énumérait ses succès du jour d'une voix retentissante tout en engloutissant les biscuits les uns après les autres, apparemment résolu à vider le paquet. Naomi redescendit et traversa la cuisine, ses cheveux mouillés formant des pointes épaisses dans son cou. Je me dépêchai de glisser des sandwichs dans son sac à dos tandis qu'elle se dirigeait vers la porte et je restai quelques minutes sur le seuil, écoutant ses pas s'éloigner lentement. Le théâtre du lycée se trouvait à une rue de chez nous, mais elle était toujours en retard. Elle ne courait plus partout ; la pièce sapait son énergie.

« Bien qu'âgée de quinze ans seulement, Naomi Malcolm nous livre une Maria d'une impressionnante maturité… » « La Maria de Naomi, à la fois innocente et sensuelle, ensorcelle le public. Une star est née. » De telles critiques sur le site Internet du lycée valaient bien un peu de fatigue et de nervosité. Encore deux représentations après celle-là : jeudi et vendredi. Bientôt, la vie reprendrait son cours.

Dorset, 2010

Un an plus tard

Je sais qu'on est vendredi aujourd'hui parce que c'est le jour de la poissonnière. Je m'accroupis sous l'escalier lorsque la camionnette se gare dehors, une tache blanche floue derrière le vitrage martelé de la porte. La femme sonne et attend, silhouette trapue qui scrute par la fenêtre en hochant la tête. Si elle me voit, je devrai ouvrir, faire des phrases, sourire. Je m'en sens incapable. Une petite araignée court sur ma main. Je me recroqueville, respire la poussière du tapis. Enfin, la camionnette repart en cahotant sur le chemin. C'est un jour à être seule. Je me cache et j'attends que ça passe. Les vendredis font encore mal.

Au bout d'un moment, je me lève pour aller chercher le carnet que j'ai laissé sur la cheminée hier soir. Je tourne la page où j'ai dessiné ses chaussures et, sur la suivante, je trace les anneaux entrelacés d'une bague en argent.

BRISTOL, 2009

LE SOIR DE LA DISPARITION

Je me mis à genoux, ouvrant ma sacoche pour faire l'inventaire des médicaments qui me restaient et vérifier ce dont j'avais besoin. C'était plus facile quand je n'étais pas au cabinet ; je risquais moins d'être dérangée si je choisissais bien mon moment. Occupée à fouiller au fond des poches en cuir, je ne l'entendis pas entrer. Lorsqu'elle passa à côté de moi, son sac heurta mon épaule. Je levai la tête, un doigt sur ma liste ; il ne me restait plus beaucoup de paracétamol et de péthidine. Elle baissa vers moi des yeux bleus songeurs. En dépit de l'épaisse couche de maquillage dont elle s'était tartinée pour la pièce, ses cernes étaient bien visibles. Elle semblait épuisée. Ce n'était pas le moment de lui poser la question qui me démangeait.

« C'est presque fini, ma chérie. C'est l'avant-dernière représentation », lançai-je d'un ton joyeux.

Des vêtements s'échappaient de son sac en plastique transpercé par les talons de ses chaussures.

« Papa et moi, nous serons là pour t'applaudir demain. »

Je me redressai pour mieux étudier son visage. Elle paraissait beaucoup plus que quinze ans avec l'eye-liner noir.

« J'ai hâte de voir s'il y a eu des changements depuis la première. »

Elle posa sur moi un regard absent, puis le nouveau sourire apparut sur son visage : un seul coin de la bouche relevé, comme si elle se souriait à elle-même.

« Tu seras rentrée à quelle heure ? »

J'interrompis mon inventaire et me levai ; il n'y avait jamais moyen de terminer quoi que ce soit.

« On est jeudi, ajoutai-je. D'habitude, papa passe te chercher le jeudi, non ?

– Je lui ai déjà dit que c'était inutile. C'est plus simple de rentrer à pied avec mes amis, répondit-elle d'une voix désabusée. De toute façon, ce soir, le dîner devrait finir vers minuit. Shan me déposera.

– Minuit ? »

Dans l'état où elle était, ce n'était pas raisonnable. J'élevai la voix malgré moi.

« Tu as encore une représentation demain. Il y aura une fête juste après. Ce soir, ce n'est qu'un repas. Vingt-deux heures trente.

– C'est trop tôt. Pourquoi est-ce que je ne peux jamais faire comme les autres ? »

Elle pianotait nerveusement sur la table, la bague offerte par un copain du lycée scintilla à son doigt.

« Vingt-trois heures, alors.

– Je ne suis plus un bébé », répliqua-t-elle, sa voix vibrant d'une colère inattendue.

Nous n'allions pas y passer la soirée. Il fallait qu'elle se calme avant de monter sur scène et moi, je devais terminer mon inventaire et préparer le dîner.

« Vingt-trois heures trente. Pas une minute de plus. »

Elle haussa les épaules et se pencha vers Bertie, étendu contre la cuisinière. Elle l'embrassa et tira doucement ses oreilles ; il remua à peine, mais sa queue frappa le sol.

« Il est vieux, ma chérie, protestai-je en lui touchant le bras. Il faut le laisser dormir. »

Elle se dégagea brusquement, le visage crispé.

« Détends-toi, tout va bien. Tu es une star, souviens-toi. »

Je l'étreignis brièvement, mais elle détourna les yeux.

« Demain, c'est la dernière. »

Son portable sonna et elle recula pour répondre, sa main sur l'égouttoir. Ses doigts étaient longs. Elle avait de minuscules taches de rousseur jusqu'à la deuxième articulation, d'un doré très clair, comme des grains de cassonade. Ses ongles rongés enfantins juraient avec la jolie bague. Je pris sa main et y déposai un rapide baiser. Elle parlait à

Nikita et ne parut pas y prêter attention. Elle était encore si jeune que j'avais l'impression de toucher des petits noyaux quand j'embrassais la jointure de ses doigts. Elle raccrocha et se dirigea vers la porte, m'adressant un signe avant de sortir. Sa manière de s'excuser d'avoir été aussi irritable.

« Salut, maman. »

Je m'endormis malgré moi. J'avais mis de l'eau à chauffer pour sa bouillotte vers vingt-trois heures et je m'étais allongée sur le canapé en attendant ; j'avais dû sombrer presque aussitôt. Lorsque je me réveillai, j'avais la nuque douloureuse et un sale goût dans la bouche. Je me levai afin de refaire chauffer l'eau, tirant sur mon pull.

La bouilloire était froide sous ma paume. Je jetai un coup d'œil à la pendule. Deux heures du matin. Je ne l'avais pas entendue. L'angoisse me saisit. Elle ne rentrait jamais aussi tard. Que lui était-il arrivé ? Le sang battait douloureusement dans mes oreilles, mais je me ressaisis très vite. Elle avait dû passer par la porte principale, au rez-de-chaussée, et elle était allée se coucher directement. Endormie dans le coin salon qui se trouvait au sous-sol, je n'avais rien entendu. Elle avait posé ses chaussures sans bruit avant de monter au premier sur la pointe des pieds. Avec un pincement de culpabilité, elle était passée devant notre chambre pour grimper jusqu'à la sienne, sous les combles. Je m'étirai pendant que l'eau chauffait. Elle aurait quand même sa bouillotte. Je l'envelopperais d'un linge et la glisserais dans son lit, à côté d'elle. Elle en sentirait peut-être la chaleur dans son sommeil.

Au premier, je ralentis en arrivant devant les chambres des garçons. Au même moment, Ed poussa un ronflement qui me fit sursauter. Encore une volée de marches. La porte de Naomi était entrebâillée et j'entrai sans bruit. Il y faisait noir comme dans un four. Il flottait dans l'air une odeur de shampoing à la fraise et d'autre chose, un parfum amer, avec des agrumes en note de fond. Je me dirigeai à tâtons vers sa commode et j'en sortis un tee-shirt à l'intérieur duquel je glissai la bouillotte. Je m'approchai du lit à pas prudents, manquant de trébucher sur ses affaires jetées ici et là. J'avançai la main pour soulever la couette, mais je me rendis compte qu'elle était plate.

Le lit était vide.

J'allumai. Des collants pendaient de tiroirs ouverts ; des serviettes et des chaussures traînaient par terre. Un string et un soutien-gorge en lycra rouge étaient posés sur la table de chevet. Je ne reconnaissais pas ses vêtements ; ses amies s'étaient-elles changées ici ? Naomi était très ordonnée, d'habitude. Un flacon de fond de teint s'était renversé sur la coiffeuse et il y avait un tube de rouge à lèvres dans la petite flaque beige. Le pull gris de son uniforme scolaire gisait par terre, le chemisier blanc encore à l'intérieur.

Sur le lit, la couette était froissée là où elle s'était assise, mais l'oreiller était lisse.

La peur me nouait le ventre. Je m'appuyai au mur ; sa froideur remonta dans mon bras et jusqu'à ma poitrine. Soudain, j'entendis le bruit de la porte d'entrée au rez-de-chaussée.

Dieu merci !

Je glissai la bouilloire sous la couette, au niveau de ses pieds. Ils devaient être glacés dans ses chaussures toutes fines. Puis je dévalai l'escalier sans plus me soucier du bruit. Je ne me mettrais pas en colère, pas ce soir. Je l'embrasserais, prendrais son manteau et l'enverrais se coucher. J'aurais tout le temps de me fâcher demain. Mes pas ralentirent en arrivant en bas et je tombai nez à nez avec Ted. Ted, pas Naomi. Il me regarda. Il portait encore sa veste et sa mallette était à ses pieds.

« Elle n'est pas rentrée. »

J'étais hors d'haleine ; les mots avaient du mal à sortir.

« J'ai cru que c'était elle qui rentrait.

– Pardon ? »

Il semblait exténué. Ses épaules étaient voûtées, ses yeux cernés.

« Naomi n'est pas rentrée. »

Je m'approchai. Une vague odeur de brûlé l'enveloppait. Ce devait être à cause de la diathermie, le procédé pour cautériser les vaisseaux sanguins. Il sortait de la salle d'opération.

Une lueur d'étonnement passa dans ses yeux qui étaient du même bleu océan que ceux de Naomi.

« Sa pièce se terminait à vingt et une heures trente, non ? Zut, on est jeudi ! » ajouta-t-il, soudain paniqué.

Il avait manifestement oublié qu'elle ne voulait plus qu'il vienne la chercher le jeudi. De toute manière, il n'était jamais au courant de rien quand il s'agissait de la vie des enfants. Il ne posait jamais de questions. Je sentais la colère monter lentement en moi.

« Elle rentre à pied avec ses amis, à présent. Elle te l'a dit.

– Ah oui, j'avais oublié. »

Il avait l'air soulagé.

« Mais ce soir, c'était différent. »

Comment pouvait-il être si détendu quand mon cœur était sur le point d'éclater ?

« Elle devait sortir dîner avec le reste de la troupe.

– Je n'arrive pas à suivre, dit-il en haussant les épaules. Bon, elle est avec des copains. Sans doute qu'ils n'ont pas vu l'heure.

– Ted, il est plus de deux heures… »

Mon visage était rouge d'angoisse et de colère. Il devait quand même se rendre compte que c'était différent, que ce n'était pas normal ?

« Si tard ? Mon Dieu, je suis désolé. L'opération n'en finissait pas. J'espérais que tu serais couchée.

– Mais où peut-elle bien être ? demandai-je d'une voix plus forte. Elle ne fait jamais ça. Elle me prévient même si elle va avoir seulement cinq minutes de retard. »

En prononçant ces mots, je me rendis compte que ce n'était plus vrai depuis longtemps. Mais elle n'avait jamais été aussi en retard.

« Il y a un violeur, à Bristol. Aux infos, ils ont dit…

– Calme-toi, Jen. Avec qui est-ce qu'elle était, au juste ? »

Je voyais bien qu'il était agacé. Il ne voulait pas savoir ; il voulait aller se coucher.

« Ses amis du théâtre. Nikita, tout le monde. C'était censé être un dîner, pas une fête.

– Ils sont peut-être allés en boîte après.

– Elle n'aurait pas pu entrer, elle n'a pas l'âge. »

Elle avait toujours les joues rondes et le visage d'une fille de quinze ans. Elle faisait même plus jeune parfois, surtout quand elle était fatiguée.

« Ils font tous ça, dit Ted d'une voix lasse, appuyant sa haute silhouette contre le mur du couloir. Ils ont des fausses cartes d'identité. Souviens-toi, quand Theo…

– Pas Naomi. »

Je me souvins alors des chaussures, du sourire. Était-ce possible ? En boîte de nuit ?

« Ne nous affolons pas, reprit Ted d'une voix calme. Ce n'est pas si tard quand on sort et qu'on s'amuse. Attendons deux heures et demie.

– Et après ?

– Elle sera sans doute rentrée. »

Il s'écarta du mur et, se frottant le visage, se dirigea vers l'escalier au fond de l'entrée, qui descendait à la cuisine.

« Sinon on appellera Shan. Tu as essayé le portable de Naomi, je suppose ? »

Je n'y avais pas pensé. Je n'avais même pas regardé si elle m'avait envoyé un SMS. Je tâtai ma poche, mais mon téléphone n'était pas là.

« Où est ce fichu portable ? »

Je bousculai Ted et dévalai les marches quatre à quatre. Je le trouvai sous un coussin du canapé. Il avait dû glisser tout à l'heure. Je me jetai dessus. Pas de SMS. Je l'appelai.

« Salut, c'est Naomi. Désolée, je suis en train de faire un truc super important. Mais… heu… Laissez votre numéro et je vous rappellerai. Promis. Ciao. »

Je secouai la tête, incapable de parler.

« J'ai besoin d'un remontant », dit Ted en se dirigeant lentement vers le bar. Il servit deux whiskies et m'en tendit un. Je sentis l'alcool brûler ma gorge et descendre dans mon œsophage.

Deux heures et quart. Encore quinze minutes avant d'appeler Shan.

Je ne voulais pas attendre. Je voulais sortir de la maison, aller au théâtre, ouvrir grand les portes et crier son nom dans l'air poussiéreux. Si elle n'était pas là, alors je courrais dans la rue principale, je dépasserais l'université et je ferais toutes les boîtes de nuit, écartant les videurs, hurlant parmi la foule des danseurs…

« Il y a quelque chose à manger ?

– Pardon ?

– Jenny, j'ai passé la soirée en salle d'opération. J'ai raté le dîner à la cafète. Est-ce qu'on a quelque chose à manger ? »

J'ouvris le réfrigérateur et examinai son contenu. Je ne reconnaissais rien. Des formes, carrées ou allongées. Mes mains trouvèrent toutes seules le fromage et le beurre. Les morceaux de beurre froid transperçaient le pain de mie. Ted me prit le couteau sans rien dire. Il se confectionna un sandwich parfait et coupa la croûte.

Pendant qu'il mangeait, je cherchai le numéro de Nikita. Il était sur un Post-it rose, épinglé sur le tableau en liège du placard. Elle ne décrocha pas non plus. Son téléphone était au fond de son sac. Elle l'avait glissé sous la table pour pouvoir danser dans la boîte où elles avaient réussi à entrer. Tout le monde voulait aller se coucher, tous leurs amis attendaient en bâillant, adossés au mur, mais Naomi et Nikita dansaient ensemble et s'amusaient comme des folles. Personne ne pouvait entendre le portable dans le sac sous la table. Shan devait être réveillée, elle aussi, morte d'inquiétude. Neil et elle avaient divorcé il y avait un an à peine ; ce devait être pire, seule.

J'appelai Shan, me souvenant que, la semaine dernière, j'avais éprouvé un pincement de jalousie lorsqu'elle m'avait dit que Nikita lui racontait tout. Avec Naomi, c'était fini ce genre de choses. Mais à présent, j'étais heureuse que Nikita se confie toujours à sa mère. Shan saurait où aller les chercher.

Une voix ensommeillée marmonna à l'autre bout du fil. Elle avait dû s'endormir, comme moi.

« Bonjour, Shan, dis-je, essayant de ne pas laisser transparaître mon inquiétude. Je m'excuse de te réveiller, mais est-ce que tu sais où elles sont ? On peut aller les chercher, seulement… »

J'eus un petit rire qui sonnait faux.

« Naomi a oublié de me dire où elles allaient.

– Une minute. »

Je l'imaginai qui s'asseyait sur son lit, passait la main dans ses cheveux, plissait les yeux pour regarder le réveil posé sur la table de chevet.

« Répète-moi ça. »

Je pris une grande inspiration, m'efforçant de parler lentement.

« Naomi n'est pas là. Ils ont dû aller quelque part après le dîner. Nikita a dit où ?

– Le dîner est demain, Jen.

– Non, c'est la fête.

– Les deux sont demain. Nikita est à la maison. Elle était épuisée. Elle s'est endormie à peine rentrée. Je suis allée la chercher il y a plusieurs heures.

– Plusieurs heures ? répétai-je, abasourdie.

– Tout de suite après la pièce… Il n'y avait pas de dîner, insista-t-elle d'une voix douce.

– Mais Naomi a dit… Elle a pris ses nouvelles chaussures. Elle a dit… »

J'avais la bouche sèche. Je me faisais l'impression d'un enfant qui veut quelque chose qu'il ne peut pas avoir. Elle avait pris ses chaussures et un sac de vêtements. C'était obligé, il y avait un dîner. Shan devait se tromper ; Nikita n'avait peut-être pas été invitée. Le silence s'éternisa.

« Je vais demander à Nikita, dit-elle enfin. Je te rappelle dans un instant. »

Une grille venait de se refermer devant moi avec un petit déclic. De l'autre côté, il y avait un lieu où les enfants dormaient paisiblement en travers de leur lit, confiants, un lieu où on n'appelait pas une amie à deux heures et demie du matin.

Les chaises de la cuisine étaient froides et dures. Ted était blême. Il ouvrait et serrait les poings, faisait craquer ses articulations. Je voulais lui dire d'arrêter, mais je n'osais pas de peur de me mettre à hurler. Je sautai sur le téléphone à la première sonnerie et j'attendis.

« Il n'y avait pas de dîner, Jenny, répéta Shan d'une voix un peu essoufflée. Tout le monde est rentré, je suis désolée. »

Ma tête se mit à bourdonner. J'avais le vertige, comme si je tombais en avant ou que le monde basculait en arrière. J'agrippai le rebord de la table.

« Est-ce que je peux parler à Nikita ? »

Au court silence qui suivit, je mesurai la distance qui s'était creusée entre le monde de l'autre côté de la grille et le mien.

« Elle s'est rendormie », dit Shan, hésitante.

Rendormie ? Et alors ? Nikita était chez elle, en sécurité, alors que nous ignorions où se trouvait notre fille. La colère balaya ma peur.

« Si Nikita sait quelque chose que nous ignorons et que Naomi court le moindre danger... »

Ma gorge se serra. Ted me prit le téléphone de la main.

« Bonjour, Shania. »

Il s'interrompit pour l'écouter.

« Je comprends que ce soit difficile pour Nikita... »

Sa voix était calme et autoritaire. C'était ainsi qu'il s'adressait aux jeunes médecins de son équipe quand ils l'appelaient au sujet d'un problème neurochirurgical.

«Mais si Naomi ne rentre pas bientôt, nous allons devoir téléphoner à la police. Plus nous aurons d'informations...»

Une autre pause.

«Merci. Oui. À tout de suite.»

Les garçons dormaient dans leur chambre. J'entrai, me penchai vers leur chaleur, respirai l'espace autour d'eux. Theo était enfoui sous sa couette d'où ne dépassait qu'une touffe de cheveux, rêche sous mes lèvres. La frange brune d'Ed était humide; même dans son sommeil, ses sourcils s'arquaient comme les ailes d'un merle. En me redressant, je surpris mon reflet dans un miroir. Éclairé par un réverbère au dehors, mon visage semblait appartenir à quelqu'un de plus âgé. Mes cheveux formaient une masse sombre et informe. Je me coiffai sans conviction avec la brosse d'Ed.

Nous prîmes la voiture. Arrivé au niveau du théâtre, Ted se gara.

Je ne sais pas pourquoi. Je ne sais toujours pas pourquoi nous avons éprouvé le besoin de nous arrêter. Pensions-nous vraiment te trouver blottie sur la scène, endormie ? Imaginions-nous que nous allions te réveiller et que tu sourirais, t'étirerais, encore tout ensommeillée et ankylosée, que tu nous raconterais que tu avais mis trop de temps à te changer ? Que nous t'enlacerions et te ramènerions à la maison ?

Les portes en verre étaient verrouillées. Elles oscillèrent légèrement lorsque je tirai sur la poignée. Il y avait une veilleuse dans le hall et les bouteilles du bar brillaient, alignées sur leurs étagères. Un programme rouge et jaune déchiré gisait par terre, de l'autre côté de la vitre; je distinguai les lettres rouges de «West» et «Story» sur deux lignes et un bout de photo avec une jeune fille dont la jupe bleue virevoltait.

Ted conduisait prudemment en dépit de la fatigue. Il avait allumé le dossier chauffant de mon siège. Je transpirais et des ondes nauséeuses semblaient se dégager du revêtement de cuir. Je le regardai. Il avait cet air grave, mais pas désespéré, parfaitement adapté à ce genre de situation. Il avait le don pour ça. C'était son sang-froid qui m'avait empêchée de paniquer pendant l'accouchement de Naomi. Il avait supervisé la péridurale pour la césarienne et il était présent quand on avait soulevé son petit corps ensanglanté. Je ne voulais pas penser à cela maintenant. Je tournai vivement la tête vers la fenêtre. Les rues désertes étaient luisantes de pluie. De fines gouttes mouchetaient les vitres. Que portait-elle ? Je ne m'en souvenais plus. Son imperméable ? Son écharpe ? Je scrutais les arbres le long de la chaussée comme si j'allais y trouver la bande d'étoffe orange, emmêlée dans les branches noires mouillées.

Chez Shania, Ted frappa fermement. Il n'y avait pas un chat dehors, mais si quelqu'un était passé en voiture, il n'aurait vu qu'un couple banal. Nous portions des habits chauds, des chaussures propres et nous attendions tranquillement, la tête baissée sous la pluie. Nous devions avoir l'air de gens normaux.

Shania nous ouvrit, une expression de circonstance sur le visage, à la fois calme et soucieuse. Elle nous étreignit. Il faisait bon chez elle. Le chauffage à gaz était allumé dans son salon bien rangé. Pelotonnée sur le canapé, en pyjama orné de lapins, Nikita serrait un coussin contre elle, ses longues jambes repliées sous elle. Je lui souris, mais mes lèvres refusaient de m'obéir et les coins de ma bouche tremblaient. Shan la rejoignit tandis que nous nous asseyions en face. Ted me prit la main.

« Ted et Jenny veulent te poser quelques questions au sujet de Naomi, ma chérie », dit Shan, passant un bras autour de ses épaules.

Les yeux baissés, Nikita enroulait une boucle brune autour de son doigt. Je me levai pour m'asseoir à côté d'elle. Elle eut un petit mouvement de recul. Je m'efforçai de parler avec douceur.

« Où est-elle, Nik ?

– Je sais pas. »

Elle se pencha et enfouit sa tête dans le coussin, sa voix étouffée.

« Je sais pas, je sais pas, je sais pas. »

Shania croisa mon regard.

« Je vais commencer, déclara-t-elle. Je vais répéter à Jenny ce que tu m'as dit. »

Nikita hocha la tête et sa mère poursuivit.

« Naomi a dit à Nikita qu'elle avait rendez-vous avec un type après la pièce.

– Un type ? s'écria Ted, me devançant. Quel type ? »

Le mot dans sa bouche prenait une résonance dangereuse. Pas un garçon, pas un copain de son âge, quelqu'un de plus vieux. Mon cœur battait si fort que je craignais que Nikita l'entende et refuse de nous parler.

« Elle a dit… Elle a dit qu'elle avait rencontré quelqu'un. Quelqu'un de sexy. »

Je décroisai mes jambes et pivotai pour la regarder bien en face.

« Sexy ? Naomi a dit ça ?

– Je ne fais que répéter. C'est vous qui m'avez demandé… »

Le front de la jeune fille se plissa et ses yeux s'emplirent de larmes.

« Oui, bien sûr, il n'y a pas de problème. »

Mais j'étais inquiète. Je ne l'avais jamais entendue prononcer ce mot. Nous avions eu des discussions au sujet de la sexualité ; cependant, j'avais beau me creuser les méninges, je ne me souvenais plus quand. Les relations amoureuses, les relations sexuelles et la contraception. Naomi ne semblait pas particulièrement intéressée. Est-ce qu'elle l'était ? Qu'est-ce qui m'avait échappé ?

« Est-ce qu'il… Est-ce qu'elle… commençai-je, avançant à tâtons dans une forêt de possibilités. Il est au lycée ? »

Nikita secoua la tête. Ted intervint. D'une voix désinvolte, comme si cela n'avait pas d'importance.

« Ce type, ce n'était pas la première fois qu'elle le voyait ? »

Les épaules de Nikita se relâchèrent progressivement. Elle cessa de tripoter ses cheveux. Le calme de Ted était efficace, mais je lui en voulais d'y parvenir aussi facilement. C'était à peine si je pouvais maîtriser le tremblement de ma voix.

« Oui, je pense qu'il est déjà venu au théâtre. Au fond de la salle, ajouta-t-elle en baissant les yeux.

– Au fond de la salle ? demanda-t-il, toujours avec légèreté.

– Oui. Là où les gens attendent. Je crois. Je n'ai pas vraiment fait attention, dit-elle en relevant la tête, embarrassée.

– À quoi ressemblait-il ? intervins-je.

– J'en sais rien. »

Elle ne me regarda pas, mais au bout de quelques instants elle ajouta :

« Brun, peut-être ? »

Elle se rapprocha de Shan et ferma les yeux. Je pensais que nous n'en tirerions rien de plus, mais Ted lui posa une autre question.

« Et ce soir ? Qu'est-ce qu'elle t'a dit au sujet de ce soir ? »

Il y eut un silence. Elle était totalement immobile. Puis Shan se leva.

« Nikita est fatiguée, déclara-t-elle d'une voix ferme. Il faut qu'elle retourne se coucher.

– Dis-nous, Nikita, s'il te plaît, murmurai-je, touchant son bras avec douceur. S'il te plaît, qu'est-ce qu'elle t'a dit ? »

Elle se tourna alors vers moi, ses yeux marron agrandis par l'étonnement. Pour elle, la mère de sa meilleure amie était une personne à l'arrière-plan : occupée, souriante, toujours pressée. Une femme qui menait sa vie et sa famille d'une main sûre. Elle ne suppliait pas.

« Elle a dit… Elle a dit : "Souhaite-moi bonne chance." »

2

DORSET, 2010

UN AN PLUS TARD

L'automne s'achemine vers l'hiver. Le matin, je sens la froideur du silence contre mon visage.

J'écoute, sans savoir quoi. Depuis le temps, j'aurais dû me faire à l'absence des bruits que je tenais pour acquis : le tapotement assourdi des pieds nus, le chuintement de la bouilloire, le murmure de la radio, le tintement d'une tasse de café contre le bord de la baignoire. Les bruits que fait une personne seule sont doux, prudents, isolés. Ils refluent dans le silence. J'ouvre la fenêtre et la respiration de la mer pénètre dans la pièce, comme un être vivant.

Je touche la porte de sa chambre au passage. Elle l'avait choisie parce qu'elle était petite. Jusqu'à récemment, ce n'était que notre maison de vacances. Malgré tout, nous considérions tous que c'était sa chambre. Enfant, elle aimait prétendre que la lucarne ronde sous le toit de chaume était un hublot et son lit un bateau. La police a emporté le matelas et les draps. Le bois de la porte est froid et humide sous mes doigts. Ted a lavé le sang par terre ; je n'y ai pas mis les pieds depuis mon arrivée.

Allongée dans un bain chaud, je regarde le reflet mouvant du cadre de la fenêtre se briser autour de mes mains. Lorsque la sonnette retentit, je bondis hors de l'eau, m'enveloppe d'une serviette, puis enfile un peignoir. En haut de l'escalier, je me fige. Je distingue un homme en uniforme à travers la vitre de la porte. Mon cœur bat si vite que je crains de m'évanouir et que je dois m'agripper à la rampe. C'est peut-être le moment qu'ils ont choisi pour venir m'annoncer qu'ils ont découvert quelque chose dans un champ boueux : le talon ramolli d'une chaussure en décomposition, l'éclat d'une breloque argentée, la blancheur d'une dent. Il ne pourra rien m'apprendre que je n'aie déjà envisagé, mais je m'immobilise comme si on m'avait tiré dessus. Puis je vois une tache rouge sur sa veste, un gros sac. Un livreur. Lorsque j'ouvre la porte, il me tend un paquet : les petits pinceaux commandés à la boutique de fournitures pour artistes de Bristol. Sur le paillasson, il y a une carte postale représentant une montagne galloise, venant de la vaste collection de Ted. Sa manière de garder le contact. Pas de message, comme d'habitude. Je m'assieds à la table de la cuisine et j'attends que mon cœur retrouve un rythme normal. Le carnet de croquis est posé devant moi. Je le prends et tourne la page. Lorsque la police est arrivée chez nous et que j'ai vu les uniformes noir et blanc, les vestes à épaulettes et les plaques, son absence est devenue officielle. Il faisait encore nuit, mais le lever du jour ne devait pas être loin, quatre ou cinq heures du matin peut-être.

Le crayon est rugueux entre mes doigts ; je sens les endroits où il a été mordillé tandis que je dessine un petit gilet à capuche, ombrant les plis de courts traits gris.

Bristol, 2009

La nuit de la disparition

Le policier à la porte avait la cinquantaine, ses yeux délavés enfoncés dans des poches de chair flasque. Quelle que fût son expression naturelle, elle était masquée par une façade de calme professionnel. Son regard qui examinait rapidement mon visage trahissait néanmoins un certain malaise. Derrière lui se tenait une petite femme, les cheveux bruns coiffés en chignon banane, les lèvres parfaitement dessinées. Je crus deviner une colère retenue. Peut-être avait-elle dû se lever exprès, enfiler l'uniforme raide et appliquer l'épais maquillage.

« Docteur Malcolm ? » demanda l'homme d'une voix neutre et prudente.

À la maison, je n'étais pas le docteur ; j'étais la mère des enfants, l'épouse de mon mari, mais si ce policier voyait en moi une professionnelle, comme lui, il serait peut-être encore plus consciencieux.

« Oui, dis-je, m'écartant pour les laisser entrer.

– Agent Steve Wareham. Et voici l'agent Sue Dunning. »

Il ôta sa casquette. Elle avait laissé une discrète empreinte dans ses cheveux gris clairsemés. Il me serra la main, parlant d'une voix mesurée. Il était prévenant, mais ce n'était pas le type de prévenance que je redoutais. Il n'était pas là pour nous annoncer la mort de notre fille. Sa collègue se montra plus brusque. Elle hocha la tête et mit ses mains derrière son dos, comme si elle refusait de me toucher : j'étais le genre de femme dont l'enfant ne rentrait pas à la maison.

Je les fis descendre à la cuisine. Nous venions d'arriver de chez Shan et je souhaitais vérifier l'heure. Cela faisait plus de quatre heures que Naomi aurait dû être rentrée et je voulais leur parler immédiatement de cet homme dont l'ombre semblait planer sur les murs clairs de la pièce. Dans ma tête, je leur hurlais de se dépêcher. Allez-y, maintenant. Vous les rattraperez peut-être. Ils roulent sous la pluie le long d'une rue interminable, ils entrent dans une maison, il verrouille la porte, il se tourne vers elle, elle pleure. Non, bien sûr que non. Elle ne pleure jamais. Vite.

Ted prit la parole. Il commença par le début ; c'était ce qu'ils souhaitaient. Ils voulaient tout savoir et cela dura une heure. Ils réclamèrent son ordinateur portable, puis son extrait de naissance et son passeport. Ils réessayèrent de la joindre sur son téléphone, mais sans succès, il ne sonna même pas. Il était éteint. Ça ne signifiait rien, le mobile de Naomi était souvent déchargé. Quand Steve Wareham me dit qu'ils auraient pu déterminer le lieu où se trouvait l'appareil s'il avait été allumé, j'eus une bouffée de colère et d'angoisse.

Avant de leur donner sa photo scolaire du trimestre dernier, j'y jetai un coup d'œil. Elle avait été prise seulement quelques mois plus tôt, mais Naomi avait l'air beaucoup plus jeune, avec son grand sourire, ses cheveux soyeux attachés en queue-de-cheval, son visage lumineux. J'avais l'impression de regarder une autre personne. Je songeai à la petite flaque de fond de teint sur la table de chevet. Elle ne ressemblait plus à cette fillette sur l'affiche de la pièce. Avait-elle des passe-temps particuliers ? Peut-être. Je n'en étais pas sûre. Je travaillais toute la journée, je ne pouvais pas tout savoir. Quel lycée, quel médecin, quel dentiste ? (Dentiste ? Son dossier dentaire ? Le spasme de douleur qui convulsa le visage de Ted m'indiqua qu'il avait pensé à la même chose que moi.) Ses copines ? Leur nom ? Un petit ami ? Pas de petit ami, non. En revanche, un homme qui attendait au fond de la salle. Il était brun et elle le trouvait sexy. Il l'a enlevée. Il est peut-être en train de lui faire du mal à cet instant précis, ses mains autour de son cou. Il la jette par terre, lui arrache ses vêtements, l'écrase sous son poids, une main sur sa bouche afin d'étouffer ses cris. Je mis mes propres doigts dans la mienne, les mordant pour ne pas hurler.

Ils notaient tout.

L'agent Sue Dunning me donna un formulaire à remplir. Une déclaration de disparition : il était trop tôt pour parler d'enlèvement, on n'avait aucun élément allant dans ce sens. Mes mains tremblaient, ce qui m'obligeait à écrire lentement. Ils continuaient de me poser des questions. Taille ? Un mètre soixante-sept. Poids ? Cinquante et un kilos. Oui, elle était mince. Non, pas anorexique, elle avait bon appétit, mais elle était très active.

Est-ce que tu as faim ? Tu n'as pas mangé, en fait ? Je ne me suis pas inquiétée, parce que je pensais que tu sortais dîner après. Tu aurais dû me le dire, je t'aurais préparé quelque chose.

Que portait-elle la dernière fois que je l'avais vue ? Elle descendait l'escalier avec un sac et je crois qu'elle avait un imperméable, ou était-ce le manteau de son uniforme ? Peut-être son gilet à capuche grise. Laissez-moi réfléchir. Je peux regarder dans sa penderie et vous dire.

J'espère que c'était l'imperméable. Il pleut, tu vas être trempée.

Elle allait se changer et mettre une robe après… et des chaussures neuves. Noires, avec des lanières. À talons hauts. Différentes. Un cadeau, vous pensez ? Une ruse, pour la séduire. Elle portait un bracelet à breloques. C'est peut-être important. Son sac en plastique était troué. Je ne sais pas. Un sac de supermarché. Tesco ? Waitrose ?

N'essaie pas de courir avec ces chaussures, tu risques de te fouler la cheville. Enlève-les et fuis.

Y avait-il des problèmes à la maison ? Avait-elle déjà fugué ? Avait-elle tenté de se faire mal ? Les questions n'en finissaient pas. J'étais exténuée. Ils n'avaient rien compris. Elle jouait au théâtre. Elle était fatiguée, bien sûr, irritable parfois, mais dans le fond tout allait bien. Et pendant ce temps, je guettais ses pas : elle pouvait encore rentrer, brandissant une excuse toute prête, sidérée par le branle-bas de combat. Alors tout cela ne serait plus qu'un cauchemar vite oublié.

Steve Wareham parlait toujours.

« Avant d'entreprendre quoi que ce soit, nous devons fouiller la maison. »

Je le regardai, bouche bée. Il ne nous croyait donc pas ?

« Quoi ? fit Ted. Maintenant ?

– Vous seriez surpris si vous saviez le nombre d'enfants disparus qu'on finit par retrouver chez eux, cachés dans l'armoire. Pour se faire remarquer. »

Il n'avait sans doute pas l'intention d'être condescendant.

Ils suivirent Ted. Ils montèrent sous les combles, ouvrirent les placards et les armoires. Ils étaient méthodiques et si silencieux qu'ils ne réveillèrent pas les garçons. Ils cherchèrent dans la resserre et vérifièrent jusqu'aux bacs à ordures. Je restai dans la cuisine, la main posée sur le téléphone. Lorsqu'ils revinrent, ils paraissaient fatigués.

« Quelqu'un passera plus tard, affirma Sue Dunning d'un air un peu gêné. Il faudra vous éliminer de la liste des suspects. Une mesure de routine. »

Elle n'avait pas à être mal à l'aise. S'ils ne négligeaient aucune piste, alors ils la retrouveraient.

Ted demanda ce qu'ils allaient faire ensuite et elle débita une liste : rédiger un rapport, contacter le lycée et le théâtre, aller voir Nikita pour recueillir son témoignage, regarder sur Facebook, fouiller son ordinateur et chercher d'éventuels SMS sur les mobiles de ses amis, interroger ses professeurs, se rendre dans les boîtes de nuit, les pubs, les gares, les ports, les aéroports. Alerter Interpol. Et si elle n'était pas rentrée d'ici vingt-quatre heures, les médias.

Les aéroports ? Les médias ? Ted passa un bras autour de mes épaules.

« Une dernière chose. Nous aurons besoin de sa brosse à dents, dit Steve Wareham de sa voix paisible. Au cas où. »

Elle paraissait étrangement enfantine dans le gobelet en plastique jaune de son cabinet de toilette. Sue Dunning la glissa dans une pochette; à présent, ce n'était plus la brosse à dents de Naomi. C'était l'ADN d'une personne disparue. Au cas où.

« Merci de votre coopération. »

Steve Wareham se leva avec raideur, une main sur ses reins. Ses rides semblaient s'être creusées. Je me demandais ce que cela faisait de se retrouver face à des parents comme nous et, l'espace d'un instant, je le plaignis.

« Nous communiquerons toutes les informations à l'équipe de jour, qui arrive à sept heures. Il y aura une réunion avec le chef du département des investigations criminelles, ce qui ne signifie pas que nous ayons affaire à un acte criminel. En ce qui vous concerne, poursuivit-il après avoir fait une pause pour reprendre son souffle, cela nous aiderait si vous réfléchissiez à tout ce qui s'est passé ces derniers jours et ces dernières semaines, au cas où un détail vous reviendrait. Tout ce qui a pu vous paraître différent chez votre fille. Écrivez-le et faites-nous-en part. En attendant, nous allons emporter son ordinateur portable. »

Il nous sourit en le prenant et son visage s'adoucit.

« Michael Kopje va vous contacter. C'est l'officier de liaison avec les familles pour le secteur. Il sera là d'ici deux heures. »

Deux heures. Et les cinq prochaines minutes ? Et les cinq suivantes ?

Ils ont une photo. C'est déjà ça.

Mais on ne voit pas qu'elle a les cheveux si brillants qu'on dirait des feuilles d'or.

Elle a un tout petit grain de beauté, juste sous le sourcil gauche.

Elle a une odeur très légère de citron.

Elle se ronge les ongles.

Elle ne pleure jamais.

Trouvez-la.

DEUXIÈME PARTIE

3

Dorset, 2010

Un an plus tard

La lointaine agitation matinale venant du village s'est éteinte, cédant la place à l'après-midi maussade. Sans crier gare, le chagrin se resserre autour de moi. Cela passera si je ne bouge pas. Du temps où je faisais des visites à domicile, à peine entrée, je savais si les patients étaient gravement malades à la manière dont ils étaient allongés. L'appendicite, la rupture de l'aorte abdominale, la méningite : les muscles se raidissent pour parer à la catastrophe imminente. Cet été, je suis restée immobile, laissant les heures se dissoudre ; je regardais danser la poussière en colonnes scintillantes tandis que le soleil faisait le tour de la maison, glissant d'une fenêtre à l'autre. J'avais envie de mourir mais je gardais l'espoir que si je levais la tête, je la découvrirais peut-être dans l'encadrement de la porte. De toute façon, je ne pourrais jamais abandonner les garçons, sans parler de son chien qui dort dans la cuisine.

Comme s'il m'avait entendue, Bertie bâille, sort de son panier et agite la queue. Ses yeux opaques me suivent à travers la pièce. Son cou est tiède sous mes doigts lorsque j'accroche sa laisse ; son épaisse fourrure devient plus rêche avec l'âge. Je mets mon carnet et un crayon dans une poche. La porte de la cuisine s'ouvre sur le jardin, avec les champs au-delà.

Ma mère m'a donné ce cottage avant de mourir. C'est une chance. Sans cela, je ne sais pas où je serais allée me cacher.

C'est une chance. Bonne chance, c'est mon jour de chance, un coup de chance, souhaite-moi bonne chance. Un mot bien banal pour décrire les revirements de fortune, la vie qui s'ouvre ou se ferme devant vous, comme des grandes portes claquant au vent. Naomi ne pensait pas qu'elle aurait besoin de chance un jour. Elle se figurait qu'elle était née sous une bonne étoile. Je le croyais aussi ; je croyais que c'était notre cas à tous. Il y a seulement un an, j'étais persuadée que nous avions tout ce que nous pouvions désirer.

C'est difficile de savoir quand au juste les choses ont commencé à changer. Je reviens en arrière, passant en revue chaque étape pour déterminer à quel moment j'aurais pu infléchir le cours du destin. Je peux choisir presque n'importe quel point de ma vie et lui donner une nouvelle direction. Si je n'avais pas décidé de devenir médecin, si Ted ne m'avait pas pris les livres des mains à la bibliothèque quand nous étions étudiants, si je n'avais pas été si pressée cet après-midi-là, au cabinet, si j'avais eu plus de temps.

Je gravis le chemin de la falaise, attendant Bertie qui saute avec difficulté sur les saillies de roche grise. Au sommet, des embruns projetés par le vent me fouettent le visage comme de la pluie. Les gouttes salées s'insinuent entre mes lèvres. Comme des larmes, plutôt.

Je repense à cet après-midi dans ma vie de médecin, au jour où le compte à rebours des heures de Naomi avec nous a commencé. L'après-midi où j'ai examiné Jade, le piment dans mon œil.

Assise sur un banc, avec la mer et le ciel qui s'étirent à perte de vue devant moi, je sors le carnet de croquis de ma poche et j'entreprends de dessiner un jouet, une girafe en velours sale, l'une de ses oreilles déchirées. Bertie s'installe, sa tête sur mes pieds, gémissant doucement de temps en temps.

Le 2 novembre de l'année dernière, je ne pouvais pas savoir qu'il ne nous restait que dix-sept jours.

BRISTOL, 2009

DIX-SEPT JOURS PLUS TÔT

Il avait plu toute la journée. Les patients arrivaient, les vêtements trempés et les cheveux dégoulinants, laissant entrer avec eux les bruissements et les grondements de la rue principale, au bout de notre petite impasse. Notre cabinet se trouvait près des docks, un peu en retrait, entre un magasin de meubles en pin et un parking jonché d'ordures, où les mauvaises herbes poussaient hautes et fines entre les plaques de goudron fissuré. Les rues adjacentes étaient bordées de maisons victoriennes blotties les unes contre les autres. Lorsque je me rendais au travail, me faufilant en voiture dans les rues de plus en plus étroites, j'entrapercevais l'eau noire des docks entre les anciens entrepôts.

Le cabinet était apprécié des patients, ou peut-être simplement bien situé. La petite salle d'attente était toujours pleine, même si les consultations ne me semblaient jamais assez longues. En sept minutes, le temps alloué à une visite, il est presque impossible de donner aux gens ce dont ils ont besoin. Malgré tout, pensais-je, ils savaient que nous étions de leur côté ; du moins, je le croyais jusqu'à cet après-midi-là. Je m'en souviens très bien, l'odeur surtout.

En fin de journée, mon cabinet sentait mauvais. Sueur, sang, alcool éventé. La chair prenait une teinte verdâtre sous la lumière crue du plafonnier. Les stores étaient tirés pour nous isoler de la rue. À l'intérieur, c'était comme si le monde extérieur n'existait pas. Il faisait chaud. Des jouets étaient éparpillés sur le sol. La cuvette dans le coin était pleine d'instruments souillés de sang et recouverte d'essuie-tout bleu.

J'étais fatiguée. L'examen de Mme Bartlett avait été pénible : le polype cervical était peu visible à cause du sang et il allait falloir l'hospitaliser. Je consultai rapidement la liste sur mon écran, puis je nettoyai la cuvette et, en me lavant les mains, songeai au prochain patient. Un résident temporaire. Yoska Jones. Polonais ? Je bâillai devant le petit miroir au-dessus du lavabo ; mes cheveux, échappés de la barrette, frisottaient autour de mon visage. Pour changer, mon mascara avait coulé. Je plissai les yeux, espérant que ce ne serait pas un cas compliqué et que je pourrais rattraper mon retard. Je le fis entrer. Environ vingt-cinq ans. Pommettes hautes, peau bronzée. Il ne me fallut qu'un instant pour voir qu'il n'était pas malade. Ça ne devrait pas traîner.

« Qu'est-ce qui ne va pas ?

– J'ai mal au dos. C'est de famille. »

Un accent gallois. Sa main, forte et tannée, posée près des miennes sur la table. Je les mis sur mes genoux.

« Qu'est-ce qui a causé ce mal de dos, à votre avis ?

– C'est à force de porter ma petite sœur. Elle aime grimper sur mes épaules, mais elle devient lourde, ajouta-t-il, presque sur la défensive.

– Vous ne devriez pas la porter, ça ne va pas arranger les choses. »

C'est tentant, cependant, je comprenais. Autrefois, je portais Naomi partout, alors qu'elle était capable de marcher toute seule depuis longtemps. J'aimais sentir son poids, son visage contre le mien.

« Mieux vaut la laisser marcher. »

Je vis passer une lueur de colère dans son regard mais en sept minutes, les conseils étaient plus utiles que la compassion, et je devais encore examiner son dos. Les longs muscles érecteurs du rachis de chaque côté de sa colonne vertébrale étaient aussi épais que deux serpents, néanmoins, une fois allongé sur le dos, il frémit lorsque je soulevai ses jambes. Sciatique. Ses réflexes et ses sensations étaient normaux. Après que je lui eus expliqué quels exercices il devait faire et prescrit un analgésique, il sourit et me serra la main. Le toucher avait fait des merveilles : son hostilité s'était totalement évaporée. Il partit avec un prospectus de conseils et son ordonnance. Son pied heurta par accident un jouet, qui tournoya à travers la pièce et s'écrasa contre le mur. Je le ramassai une fois la porte refermée. C'était le petit canard en plastique au bec orange délavé qui avait été mordillé si souvent qu'il était fendillé et qu'une aile avait carrément été arrachée, laissant un bord effilé. Il tomba dans la poubelle en métal avec un tintement étouffé. J'appelai le patient suivant.

Je savais que Jade avait dix ans, même si elle en faisait beaucoup moins. Elle se tenait immobile, laissant sa mère lui ôter son anorak, le pull de son uniforme scolaire, sa jupe. Elle avait des bleus au visage, sur les bras et les jambes. En dehors de ces ecchymoses, elle semblait en parfaite santé, mais son joli minois n'exprimait rien. Elle m'observait, serrant contre elle une girafe en velours élimée. Je l'avais vue au moins quatre fois cette année ; il y avait eu de la fatigue, un vague mal de ventre, une perte d'appétit et à présent la toux. Rien n'avait attiré mon attention jusque-là, bien que j'eusse remarqué ses vêtements sales et ses cheveux emmêlés qui tombaient sur ses épaules. J'avais simplement donné des conseils et tenté de rassurer sa mère anxieuse. Cette fois, pourtant, c'était différent. Les bleus étaient nouveaux. Je souris à Jade, mais la pièce s'obscurcissait autour d'elle.

Sa mère, enveloppée d'un gros manteau en fausse fourrure, parlait trop fort et trop vite, ne laissant aucune pause entre les mots. Les silences recèlent toujours des indices, mais ses paroles se succédaient sans interruption.

« Elle nous empêche de dormir avec cette fichue toux. »

Le regard dur et vert de la femme cherchait le mien.

« Et autre chose. »

Le visage plâtré s'approcha et des petits amas de mascara durci tremblèrent lorsqu'elle cligna des yeux. Ses doigts serrèrent l'épaule de sa fille.

« Elle rentre à la maison couverte de bleus. Elle dit qu'elle tombe souvent. Mais on pense que c'est les autres gamins à l'école. Qu'en ont après elle.

– Pourquoi est-ce qu'ils feraient ça ?

– Qu'est-ce que j'en sais, moi ? »

Je dépliai les doigts de Jade et posai le disque d'acier de mon stéthoscope dans sa petite paume pour que la sensation de froid sur sa poitrine ne la surprenne pas.

« Est-ce que je peux écouter ton ventre ? »

Elle hocha imperceptiblement la tête.

Je posai d'abord mon stéthoscope sur son maillot de corps pour gagner sa confiance ; ses cheveux tombèrent sur ma main et j'aperçus un insecte noir qui courait sur une mèche vers son crâne. Lorsqu'elle cessa de retenir son souffle, je soulevai le maillot. Son étroite cage thoracique bosselée était couverte d'hématomes. Il y en avait aussi le long de sa colonne vertébrale. J'entendais sa mère qui parlait plus fort et plus vite en me regardant, mais je ne l'écoutais plus. Je palpai les protubérances sur une côte, gardant un visage impénétrable. On percevait de petits craquements dans sa poitrine quand elle respirait. Je l'examinai partout. Lorsque je vis qu'elle avait des bleus jusqu'à l'intérieur des cuisses, je commençai à être sérieusement inquiète.

Je rédigeai une ordonnance d'antibiotiques pendant que sa mère la rhabillait. Si je mentionnais les poux, elle risquait de ne jamais revenir.

« Cela devrait l'aider à respirer. Une cuillère à soupe trois fois par jour. J'aurai besoin de l'ausculter à nouveau, est-ce que vous pourriez la ramener dans deux jours ? »

Elle hocha la tête, examinant l'ordonnance qu'elle tenait à la main, puis se tourna vers la porte, entraînant Jade derrière elle.

Je rejoignis Lynn, notre infirmière, dans son local où elle disposait des flacons et des seringues sur son plateau en fredonnant à voix basse. Lorsque je lui parlai de Jade, elle plissa ses yeux marron, l'air soucieux.

« Jade n'est jamais venue faire ses vaccins. Elle a vu l'infirmière qui me remplaçait l'été dernier. Une mauvaise chute, les bras égratignés. »

Ses doigts précis tapèrent rapidement sur le clavier.

« Le père est venu il y a quelques semaines, un après-midi. Blessé à la main. Il a fallu lui faire des points. Il était complètement soûl. J'avais l'impression qu'il était près d'exploser », ajouta-t-elle en fronçant les sourcils.

J'avais eu affaire à des ivrognes qui débarquaient aux urgences le samedi soir, la tête en sang, du temps de mon internat. Je me souvenais des menaces obscènes, des coups de poing lancés au hasard lorsque je recousais les plaies, les doigts tremblants.

Le père de Jade était donc ce genre d'homme.

« Et la mère, qu'en pensez-vous, Lynn ?

– Je n'en sais trop rien, dit-elle en se penchant vers l'écran. Elle ne vient jamais faire ses frottis. Apparemment, elle a vu Frank l'an dernier pour un état dépressif et il lui a prescrit du citalopram, mais elle ne s'est pas présentée à la visite de contrôle. »

Les pièces du puzzle commençaient à s'emboîter.

« Merci, Lynn. Est-ce que ce serait possible, je ne sais pas, d'appeler la mère au sujet des vaccins ?

– Et d'en profiter pour leur rendre visite ? Oui, bien sûr. »

Je téléphonai aux services sociaux et laissai un message. Joindre l'infirmière scolaire me prit plus de temps. Elle ne recevait pas de visites aujourd'hui, mais l'établissement me donna son numéro de portable professionnel. Elle décrocha à la seconde sonnerie.

« Jade Price ? Oui, je la connais. Une gamine discrète. Pas très heureuse.

– Pourquoi ?

– Elle est isolée. Les autres enfants la fuient comme si c'était une pestiférée. »

On sentait dans sa voix rauque le désir de cancaner. J'abrégeai.

« Est-ce qu'elle se bagarre ? Sa mère a dit que…

– Non, les autres gosses ne l'approchent pas, elle est trop timide. Les poux n'arrangent rien. Son père vient la chercher parfois, soûl comme une barrique et pas à prendre avec des pincettes. »

Une autre pièce du puzzle se mit en place. Le pédiatre du centre médico-social était sorti, je réessaierais plus tard. Je devais aussi alerter Frank, le médecin principal du cabinet, mais ce serait pour demain, j'étais déjà en retard. Les patients devaient attendre, la bouche pincée, consultant leur montre. Ce n'était plus de l'inquiétude que j'éprouvais, mais un sentiment proche de la panique. Lorsque mon mobile sonna dans ma poche, j'y jetai un rapide coup d'œil. Ed. Il faudrait que je rappelle aux enfants de ne pas téléphoner ici, je n'avais jamais le temps de leur parler. Je fis entrer le patient suivant.

Nigel Arkwright, un agent d'assurances de quarante ans, posa son dossier médical professionnel sur le bureau.

« Ils m'embêtent au sujet de ma tension », dit-il avec un sourire.

Tandis que je passais le brassard autour de son bras blanc laiteux, ses doigts boudinés pianotaient sur la table. Ils ressemblaient à des petites saucisses luisantes, les moins chères, celles dont la peau fine se déchire au simple contact d'un couteau. Sa tension était élevée, mais rien de préoccupant. Il prit le livret sur l'hygiène de vie et les formulaires pour les analyses de sang. Je l'invitai à revenir pour une visite de contrôle et il sortit en marmonnant.

L'air dans mon cabinet exigu semblait raréfié. J'accueillis avec gratitude la tasse de thé que m'apporta Jo, notre réceptionniste, entre deux patients. Elle portait ses cheveux blonds relevés sur la tête mais, à cette heure de la journée, des mèches folles retombaient autour de son visage. Elle posa avec précaution la tasse sur le bureau, entre les piles de papiers. Je bus quelques gorgées, examinant les photos encadrées au mur. Cela faisait un bout de temps que je ne les avais pas renouvelées. Il y en avait une de Naomi à cinq ans, avec un sourire jusqu'aux oreilles, serrant Bertie alors tout jeune chiot. Les garçons, à moitié cachés, avançaient la tête, souriant à leur petite sœur. Il y en avait une autre du dernier réveillon du jour de l'An. Ted nous enlaçait tous ; il avait dû dire quelque chose de drôle, car nous riions, sauf Naomi qui fixait l'objectif avec une telle intensité qu'elle semblait renfrognée.

L'après-midi touchait à sa fin. Les patients se succédaient à un rythme régulier et, pendant un court moment, j'eus le sentiment d'avoir repris la main. Puis Jo glissa la tête par la porte, le regard soucieux : le petit Tom venait d'arriver, en proie à une crise d'asthme. Sa mère, une mignonne adolescente avec des dreadlocks, se taisait, effrayée. Tom transpirait, la peau comme aspirée entre ses côtes, le souffle dangereusement silencieux. Je me fiai à mes automatismes et bientôt, trop épuisé pour résister, il respirait de la Ventoline mêlée à de l'oxygène à travers un masque pédiatrique. Sa tête dodelina et il s'endormit profondément. L'ambulance arriva peu après afin d'emmener la mère et l'enfant à l'hôpital, où on le garderait jusqu'au lendemain matin, le temps que son état se stabilise.

Après leur départ, je me retrouvai seule dans le cabinet silencieux. Mon stéthoscope était posé sur une pile d'enveloppes abîmées dont s'échappaient des notes. Il y avait un petit tas de formulaires en désordre et un tire-langue en bois traînait par terre. Un disque laiteux flottait à la surface du thé. Je réglai les détails de fin de journée, rangeai mes papiers et enregistrai sur le dictaphone des lettres pour le pédiatre et les services sociaux.

Pas de visite. Jo partit. Ses adieux résonnèrent dans la salle d'attente vide. Je rédigeai une liste de ce qu'il faudrait faire le lendemain matin et collai le Post-it sur l'écran éteint de l'ordinateur.

La rue était déserte. Des lumières orange tremblaient dans les flaques huileuses et des rires bruyants s'échappaient du pub. Il ne restait que ma vieille Peugeot sur le parking. Tournant le dos à l'espace sombre derrière moi, je cherchai mes clés, commençant déjà à m'affoler. Une fois à l'intérieur de la voiture, mon autre vie reprit aussitôt ses droits. Les odeurs du chien, de la boue et des imperméables m'assaillirent, me rappelant la plénitude de notre vie familiale. Nous avions travaillé dur pour en arriver là, mais je savais que nous avions de la chance. Il y avait une interrogation de mathématiques froissée par terre et une paire de baskets sous le siège passager. Je trouvai un Jelly Bean dans un sachet en cellophane dans le vide-poches de la portière. Il était sucré et acide. Je mis le contact et démarrai.

4

Dorset, 2010

Un an plus tard

Dans les champs autour du cottage, les effluves denses de l'humus et le parfum de l'herbe fraîche réveillent des souvenirs des enfants jouant au jardin jusqu'à la nuit tombée ; ou est-ce l'odeur des enterrements ? Le visage de Naomi flotte dans l'espace gris devant moi, ses joues dans l'ombre, comme si elle se trouvait dans une boîte. Vite, songer à la mer dont les bruits nous suivent. Mais le lointain clapotis se mue en battements de cœur. À six semaines, son petit corps tout entier semblait n'être qu'un cœur. Je m'étais débrouillée pour lui faire passer un scanner, mais le muscle palpitant translucide sur l'écran m'avait rendue nerveuse. Comment pouvait-il ne pas s'épuiser ? Quelques années plus tard, j'avais encore eu l'occasion d'entendre ce battement rapide d'oiseau quand, petite fille, elle toussait, et que je posais mon oreille contre sa peau sans défaut. À la fin, si fin il y a eu, s'est-elle rendu compte que son cœur ralentissait ? Est-ce seulement possible ? Un cerveau qui meurt est-il assez irrigué pour percevoir que le cœur s'est arrêté ? Je trébuche sur une racine protubérante et me cogne la tête contre un tronc rugueux. J'avais oublié le choc de la douleur physique. Le piment dans l'œil de l'éléphant.

Autrefois, j'avais une réserve de pansements dans le placard à linge. Les étagères poussiéreuses sont pleines de vieilles couvertures mais, tout au fond, je sens le petit sac en tissu. À cinq ans, elle s'était blessée à la tête en tombant du mur du jardin. Après, lorsque je brossais ses cheveux soyeux, je voyais la minuscule cicatrice.

L'a-t-on frappée à la tête ? Les lésions crâniennes peuvent rapidement entraîner la mort. Je croyais en avoir fini avec cette torture, mais aujourd'hui est un jour sans, un de ces jours où les pensées glissent le long des souvenirs et les affûtent comme des couteaux.

Je nettoie la plaie, la tamponne et la referme avec des bandes de Steri-Strip. Lorsque j'ai terminé, Bertie vient se frotter contre mes jambes en gémissant. J'ai oublié de lui donner à manger. J'ouvre la boîte et verse dans sa gamelle la pâtée à laquelle j'ajoute des croquettes. Le rituel apaisant rend à la soirée une certaine normalité. Autrefois, c'était déjà le cas.

Bristol, 2009

Dix-sept jours plus tôt

La pile de repassage sur le fourneau était tiède sous ma paume et les grosses fleurs orange des chrysanthèmes luisaient dans l'obscurité de l'autre côté de la vitre. Les effluves poivrés du ragoût que j'avais laissé mijoter toute la journée embaumaient la cuisine. Bertie frotta sa tête contre ma jambe et je sentis mes tensions se relâcher. Je le nourris et le sortis. Il fourrageait parmi les feuilles mortes et buvait dans les flaques tandis que nous longions des maisons aux fenêtres éclairées. Dans l'une d'elles, j'aperçus un coin de bibliothèque, dans une autre, une table mise avec des verres étincelants. Il était difficile d'imaginer que ces intérieurs idéaux dissimulaient des placards comme les nôtres, pleins de pièces de réveils cassés, de vieilles clés, de câbles d'ordinateurs et de tasses sans anse. Lorsque je passai devant la dernière maison, quelqu'un ferma les volets de bois.

Les Downs au bout de notre route menaient à une étendue herbeuse qui surplombait le pont suspendu de Clifton. La nuit avait avalé les poutrelles d'acier, et les minces câbles illuminés semblaient flotter dans les airs. Un souvenir me revint, miroitant comme la rivière en contrebas : la mer à Corfou transpercée par mille rayons de soleil scintillants. Alors que je nageais, j'avais entraperçu les ténèbres en dessous qui s'enfonçaient vers l'abysse et j'avais été prise de panique. Si j'oubliais soudain les mouvements automatiques qui me permettaient de flotter, je coulerais à pic dans l'obscurité, invisible et impuissante, cherchant en vain à m'agripper au vide. J'avais aussitôt fait demi-tour pour rejoindre les rochers. Assise sur la pierre grise rugueuse, m'imprégnant du crissement des cigales et de l'odeur du thym, j'avais laissé la chaleur consumer ma peur. Je chassai ces pensées et repris le chemin de la maison, traînant Bertie derrière moi, le bruit de mes pas résonnant sur le trottoir. Le principe des mouvements automatiques, c'est qu'il n'est pas possible de les oublier. Le corps se souvient.

Les jumeaux jouaient de la guitare, vautrés sur la banquette sous la fenêtre. Ed m'adressa un bref signe de tête, les épaules voûtées, ses longs doigts pinçant les cordes. Il avait encore grandi cette année : il s'était étiré, ses joues s'étaient creusées et les os de son visage saillaient sous la peau. Tout en étudiant ces changements auxquels je ne m'étais pas habituée, je me rendis compte que ses yeux fuyaient les miens et je songeai soudain qu'il avait essayé de me téléphoner.

« Pardon, j'ai raté ton coup de fil, mon chéri. Je voulais te rappeler, mais il y a eu une urgence. La prochaine fois, laisse un message à la réceptionniste ou attends mon retour, tu veux bien ? »

Il haussa les épaules. Je ne savais pas ce qu'il pensait, mais ce n'était pas nouveau. Je ne me souvenais même pas de notre dernière véritable conversation. Naomi parlait moins, elle aussi. J'enlevai mon manteau, songeuse. Était-ce inévitable quand les enfants grandissaient ? Une évolution si progressive que, plus tard, je serais incapable de mettre le doigt sur le moment exact où j'étais devenue dans leur monde une simple silhouette qui les observait de loin. Mon regard se posa sur Theo : la tête renversée en arrière et les yeux fermés, il jouait et chantait à tue-tête, la cravate de son uniforme desserrée, ses livres d'art éparpillés par terre, parmi les miettes de toast. Il leva les yeux et me fit un sourire, son visage taché de son fendu par sa grande bouche. J'eus envie de le prendre dans mes bras. Theo, au moins, était resté le même, farceur, pas compliqué et heureux. Ed nous observait et je leur souris à tous les deux. Ils avaient toujours été différents, bien qu'ayant reçu autant d'amour et d'attention l'un que l'autre. Cela prouvait peut-être que le caractère était prédéterminé. J'aimais cette explication. Je me sentais moins coupable.

Cent grammes de beurre et cent grammes de sucre, la douce pluie de la farine, le jaune vif des œufs. La chair blanche, ferme des pommes dans le moule, la pâte par-dessus et au four. Un autre genre d'automatisme, coloré et parfumé.

La porte du jardin s'ouvrit d'un coup.

« Hé, salut, le chien ! Je t'ai manqué ? »

Naomi, en manteau noir ceinturé, se pencha sur Bertie. Ses cheveux blonds tombèrent en un rideau soyeux sur sa truffe et il éternua bruyamment. Elle leva la tête et se rembrunit lorsqu'elle me vit au fourneau. Elle ne me rendit pas mon sourire et sa voix était sèche.

« Je sais ce que tu vas dire, ne te fatigue pas. Je ferai mes devoirs dans les coulisses. Je ne peux pas rater la répétition. Je vais me changer.

– Je n'allais rien dire au sujet de tes devoirs, rétorquai-je, piquée au vif. Mais si tu en as beaucoup… »

Elle me tourna le dos sans un mot et monta d'un pas traînant. Une porte claqua au dernier étage. Avant, elle gravissait les marches quatre à quatre. Elle était fatiguée. J'équeutai les haricots. C'était toujours un de ses plats préférés, avec du beurre et des amandes grillées. Fatiguée et irritable. Les répétitions étaient épuisantes, et elle avait en outre des examens cette année. Les garçons ramassèrent leurs livres et montèrent en bavardant. Theo taquinait gentiment Ed au sujet des filles, à voix assez basse pour que je n'entende pas les détails.

La paix. Le sentiment rassurant de savoir les enfants à la maison, les portes fermées et la nuit dehors. J'égouttai les pommes de terre et les réduisis en purée, puis je préparai des sandwichs et une thermos de chocolat chaud pour Naomi. Je lui mettrais aussi une portion de ragoût de côté pour quand elle rentrerait. Le visage de Jade Price se matérialisa dans la cuisine douillette ; elle m'avait paru si maigre cet après-midi. Je me demandai si quelqu'un s'occuperait de lui donner à dîner ce soir.

On sonna à la porte du jardin ; c'étaient les amis de Naomi qui venaient la chercher. Elle passa devant moi en coup de vent et disparut dans un brouhaha de jeunes voix.

Au-dessus de moi, au rez-de-chaussée, la porte d'entrée s'ouvrit. Des clés de voiture tintèrent sur une table, des pas rapides dans l'escalier.

« Tu sens l'hôpital », murmurai-je, ma joue contre la peau rugueuse de Ted.

Quand il rentrait, on devinait toujours sur lui l'odeur âpre du désinfectant sous le léger parfum de lavande du savon de la salle d'opération. Je voulais rester contre lui, mais il recula et sourit, regardant par-dessus mon épaule.

« Hmm, ça a l'air bon. »

Il arracha un petit morceau de gâteau tiède puis se baissa vers le range-bouteilles pour prendre du vin. Il remplit deux verres et m'en tendit un.

« Tu as passé une bonne journée ? » demanda-t-il.

Il semblait tout excité, alors je ne mentionnai pas la petite Jade contusionnée, l'irascibilité de Naomi et le malaise que j'avais ressenti en pensant à la mer, à ce jour où j'avais eu la sensation de perdre pied.

« Oui, et toi ?

– Excellente. La fillette va beaucoup mieux. Cela suscite un intérêt international, la presse a appelé l'hôpital toute la journée. »

Il se mit à faire les cent pas, incapable de tenir en place, passant les doigts dans ses cheveux blonds ébouriffés. Alors que je le suivais du regard, je remarquai la thermos oubliée sur la table avec les sandwichs.

« Elle a arrêté de hurler. Les hallucinations ont cessé. Une opération pour soigner des symptômes psychotiques, ajouta-t-il, posant sur moi ses yeux bleus brillants. C'est une première. »

Pendant le repas, le visage radieux de Theo et celui plus sombre d'Ed faisaient des allers-retours entre leur assiette et leur père, qui nous décrivait en ménageant ses effets la procédure délicate consistant à détruire des cellules malades dissimulées au plus profond du cerveau. La fillette présentait tous les symptômes classiques du délire paranoïaque. À l'hôpital, elle avait jeté de l'eau bouillante sur les autres enfants et mordu des infirmières. Aujourd'hui, après l'opération, elle dessinait des fleurs.

Le téléphone sonna : le *Daily Mail* souhaitait en savoir plus au sujet de ce traitement miracle. Ted monta pour parler tranquillement.

Theo faisait semblant de percer un trou dans le crâne de son frère avec le manche de sa fourchette.

« Je vais te soigner une bonne fois pour toutes. »

Avant qu'Ed ait le temps de s'échapper, Theo le poussa de sa chaise et le plaqua au sol en criant :

« Les voix dans ma tête me disent de te tuer.

– Si vous arrêtez ça immédiatement pour aller faire vos devoirs, vous êtes dispensés de vaisselle. »

C'était une proposition qui ne se refusait pas.

« Theo, est-ce que tu as montré à papa la série que tu as faite en cours d'arts plastiques ?

– Laquelle ?

– "La Place de l'homme dans la nature". Tu sais qu'il la verra à l'exposition.

– Impossible, il va me tuer.

– Mon chéri, il vaut mieux régler ça une bonne fois pour toutes. »

Ils montèrent ; la cuisine redevint silencieuse. Je rassemblai les assiettes sales. Ed n'avait presque rien mangé. Trop de toasts au goûter. J'étais toujours là lorsque Naomi franchit lentement la porte, une heure plus tard que prévu.

« Ça s'est bien passé ? demandai-je, regardant les cernes noirs sous ses yeux.

– Oui. »

Un sourire s'attarda sur ses lèvres. J'attendais une petite anecdote, quelqu'un qui avait fait une blague, le metteur en scène qui avait trouvé qu'elle chantait particulièrement bien ou l'avait complimentée sur son jeu. Je l'observais tandis qu'elle ôtait son manteau, se servait un verre de lait et le buvait, appuyée contre la cuisinière.

Elle semblait très loin ; elle me lança un regard de biais et détourna les yeux.

Comme elle se dirigeait vers l'escalier, je n'y tins plus :

« Alors, que s'est-il passé ?

– Rien de spécial. Je suis crevée. »

Autrefois, elle se serait attachée à mes pas, intarissable, avec des questions, des doutes, des plaisanteries. J'aurais fini par lui dire que j'avais besoin de lire mes e-mails, mais elle m'aurait suivie jusqu'à mon bureau, se serait assise sur l'accoudoir du canapé, sans cesser de parler. J'avais l'impression que c'était il y a une éternité.

Lorsqu'elle passa devant moi, je sentis un relent âcre de tabac.

« Naomi ? »

Elle se retourna avec impatience.

« Tu n'as pas fumé, au moins ? »

Son regard bleu semblait plus limpide que d'habitude. Elle secoua la tête.

« Izzy a fumé dans les loges après la répétition. Elle était dans tous ses états parce que Mme Mears la harcelait au sujet de ses répliques, alors… »

Elle haussa les épaules.

« Où est papa ? »

Je la dévisageai. Je ne la croyais pas, mais je m'en serais rendu compte si elle avait l'habitude de fumer. Ses vêtements sentiraient le tabac. Elle tousserait. Une cigarette, il n'y avait pas de quoi en faire un drame. Je laissai passer pour cette fois.

« Le grand homme est dans son bureau, en communication avec la presse internationale. »

Elle se dirigea vers l'escalier.

« Tu n'as pas faim, chérie ? Tu as oublié… »

Mais elle avait disparu dans les ténèbres en haut de l'escalier.

5

Dorset, 2010

Un an plus tard

Je ne sais plus quand j'ai touché quelqu'un ni quand on m'a touchée pour la dernière fois. J'ai embrassé la main de Naomi dans la cuisine il y a un an. La chaleur de l'étreinte pataude de Theo à Noël dernier s'est depuis longtemps évanouie. Bien que je voie Ed tous les mois, il ne m'effleure même pas. Ted et moi avons continué à dormir dans le même lit jusqu'à mon départ, mais dos à dos, un gouffre entre nous. Dans les maisons de retraite où je faisais mes visites autrefois, les résidents échoués le long des murs cherchaient mes mains, avides de contact. Moi, c'est tout le contraire. Ne pas toucher les autres est devenu un acte délibéré. Quand je fais mes courses, je prends garde à ne pas frôler les doigts du commerçant qui me rend la monnaie. Si quelqu'un sonne à la porte, je m'écarte. Je suis donc surprise de constater à quel point certains automatismes sont inscrits en moi lorsque, en rentrant au cottage, je vois la vieille dame étendue sur les marches de son perron. Sa peau est blanche, mais son pouls est ferme et régulier. Ma main sur sa poitrine se soulève et retombe. Sous ses paupières, les pupilles sont de taille identique. Elle a l'air si paisible que j'hésite à la réveiller, de peur de la faire sursauter. Je connais ce retour à la réalité souvent brutal, même si, par le passé, il a pu être source de soulagement.

BRISTOL, 2009

SEIZE JOURS PLUS TÔT

Je me réveillai en sursaut. Dans mon rêve, je courais en trébuchant. Des voix criardes fusaient autour de moi, un bruit de chute d'eau à l'arrière-plan, un claquement qui se rapprochait, tandis que Jade pleurait quelque part. Peu à peu, je retrouvai mes repères. Les pleurs se transformèrent en rires de mouettes portés par le vent. Devant notre fenêtre, il y avait une pie bavarde qui se balançait sur les branches nues du tilleul dont les brindilles fouettaient doucement la vitre. À l'étage du dessus, Naomi devait prendre sa douche sous une colonne d'eau scintillante.

Je crochetai mes pieds à ceux de Ted, le regardant sortir d'une phase de sommeil profond. Ses joues s'affaissaient, la lumière révélait des ombres grises dans ses cheveux blonds, sur sa nuque, là où ils se transformaient en duvet. Je me blottis contre lui, mon corps épousant le sien. Je me sentais au chaud avec lui, en sécurité. Le mauvais rêve se dissipa.

Nous avions planté deux tilleuls côte à côte, dix-huit ans plus tôt, quand nous avions appris que j'attendais des jumeaux. Nous prenions des paris sur celui qui pousserait le plus vite, mais pour finir ils s'étaient si bien entrelacés qu'ils ne formaient plus qu'un énorme tronc aux branches elles-mêmes entremêlées. En été, ils teintaient de vert la lumière matinale dans notre chambre, mais, à cette époque de l'année, les branches nues quadrillaient la fenêtre de noir.

Ted émit un grognement satisfait. Il se réveillait toujours de bonne humeur. Je sentis la chaleur de sa main sur mon épaule qui descendait lentement vers mon bras, puis dans mon dos, m'attirant contre lui. Nos visages se touchèrent, sa bouche sur ma joue.

Le radioréveil programmé pour sept heures se mit en marche. « Mardi 3 novembre », annonça une voix. Il fallait se lever. Je devais parler au pédiatre et j'avais une journée chargée. J'éprouvai un pincement de regret et un sentiment de culpabilité familiers.

« Excuse-moi, dis-je en repoussant la couette. Désolée, excuse-moi.

– Je vais mettre de l'eau à chauffer. »

Ses pas résonnèrent dans l'escalier ; sa voix me parvenait, lointaine.

L'eau chaude et transparente dans la baignoire avait un effet apaisant. Il ne l'a pas mal pris, songeai-je en observant le visage détendu de Ted qui se brossait les dents. Je buvais le café noir qu'il m'avait monté à petites gorgées. Pas de problème.

Nous parlâmes de la journée à venir : ma visite chez Jade Price, l'hôpital et le cours que Ted donnerait à ses étudiants. Douché et séché, il faisait les cent pas entre le palier et la salle de bains, réfléchissant, bavardant. Il remarqua soudain les photographies devant la porte de Theo, qui attendaient d'être portées au lycée où elles seraient laminées avant d'être exposées. Il s'arrêta net et se baissa pour les examiner les unes après les autres. Theo ne les lui avait donc pas montrées hier soir ; il faisait l'autruche. Il y avait une série sur Naomi dans les bois de Brecon Beacons, prise sur plusieurs dimanches, en octobre. À mesure que les arbres perdaient leurs feuilles, elle retirait ses vêtements. Au début ses gants, puis ses chaussures, son manteau, son pull. Ted siffla d'admiration, impressionné de voir comment Theo avait réussi à saisir les couleurs de l'automne et le visage clair de Naomi, qui se détachait sur les arbres. Mais petit à petit, il se tut. À la fin, Naomi était nue, cachée parmi les branches. Son regard sombre semblait défier le spectateur. Le silence de Ted trahit son désarroi.

« Chéri, je sais ce que tu penses, dis-je en me plaçant derrière lui, enveloppée dans une serviette, mes pieds trempant le parquet.

– Non, tu n'en as aucune idée, répliqua-t-il calmement.

– C'est une métaphore. Si nous nous ouvrons au monde naturel, si nous nous débarrassons de nos raffinements superflus, il nous protégera. Je sais que Theo…

– Cesse de dire que tu sais tout des autres. Tu ne sais rien du tout. Ça n'a aucun rapport avec le monde naturel, ajouta-t-il d'une voix plus forte. Il l'exploite, il fait une série de photos provocantes pour attirer l'attention. Elle est trop jeune pour s'en rendre compte, mais toi, tu dois bien le voir.

– Ted, c'est de l'art.

– Je n'en reviens pas que tu brandisses cette excuse bateau. C'est de la pornographie.

– Ce n'est pas de la pornographie, protestai-je, haussant le ton à mon tour. Elle portait un slip, bon sang ; elle a gardé son manteau jusqu'à ce qu'elle soit cachée par les branches. Nikita était présente. Naomi lui jetait ses vêtements quand elle se déshabillait. »

Je m'interrompis afin de reprendre mon souffle. Comment pouvait-il imaginer que Theo exploitait sa sœur ? Ils avaient une relation privilégiée, depuis tout petits.

« La question n'est pas là, une fois encore », rétorqua-t-il d'un ton sec.

Je ne tenais pas à me quereller avec lui. Je n'en avais pas le temps.

« Parlons-en ce soir avec Theo.

– Il n'y a rien à ajouter », dit-il en haussant les épaules.

Nos disputes restaient souvent inachevées et semblaient se consumer toutes seules, feux mal nourris qui ne laissaient derrière eux qu'un petit tas de cendres. Habillé, Ted était plus dur, plus sûr de lui, il marchait d'un pas plus vif. Il me donna un baiser, mais manqua ma bouche, les yeux ailleurs. La porte se referma sur lui.

Naomi apparut alors que je réunissais mes sacs. Même au réveil, elle semblait encore fatiguée. Elle fit lentement le tour de la cuisine, récupérant ses pochettes de cours, son écharpe et ses chaussures de hockey. Elle avait l'air préoccupée par la journée à venir et ne me regarda pas quand je lui proposai de manger quelque chose.

« J'ai pas faim, dit-elle en nouant son écharpe devant le petit miroir accroché au mur, à côté du téléphone.

– Prends quand même quelque chose, ma chérie. Un toast ? Un œuf ? »

Elle plissa le nez avec dégoût en guise de réponse et se pencha vers le chien.

« Je t'aime, mon vieux Bertie. »

Elle lui envoya un baiser et sortit ; la porte claqua. Quelques secondes plus tard, elle repassa en coup de vent pour prendre son téléphone portable.

Les garçons descendirent, ensommeillés et silencieux. Ed était débraillé, la cravate pas nouée, les cheveux en bataille. Il se servit du muesli et le mangea sans hâte, lisant le texte sur le côté du paquet avec attention. Theo s'appuya contre le réfrigérateur, dévorant le reste du gâteau aux pommes, les yeux fermés. Puis ils partirent, se bousculant pour franchir la porte, portant tous les deux le carton à dessin de Theo, les épaules voûtées.

Il était l'heure. Sur le seuil, je ne pus m'empêcher de me retourner, retenue par le désordre de la matinée. Des marques de dents dans un toast beurré, des grains de sucre scintillants sur la table, des boîtes pliées, des pots ouverts. Je voulais m'attarder, faire disparaître tout cela dans des placards et retrouver des surfaces lisses.

J'avais l'impression que ma mère jeune m'observait dans l'ombre, au-delà des manteaux suspendus dans l'entrée, si proche que je sentais son souffle sur ma nuque, son menton sur mon épaule. Elle me disait de rester, de ranger et de veiller sur ma famille, comme elle autrefois. Je fourrageai rapidement parmi les chaussures pour trouver les rouges à talons, les enfilai et redevins aussitôt le docteur Malcolm. Je claquai la porte derrière moi.

Dehors, je tombai sur Anya que son mari déposait chez nous. Sous son manteau, elle portait le tablier imprimé qu'elle mettait pour faire le ménage. Elle travaillait calmement et ses mains délicates accomplissaient chaque tâche avec soin. Si c'était moi qui le faisais, en dépit de tous mes efforts, je finissais toujours par ranger les choses avec brusquerie, courant d'une corvée inachevée à l'autre. Son mari et elle venaient de Pologne. Chaque fois que je le croisais, il me jetait un regard mauvais. Je voulais lui dire à quel point la présence d'Anya me facilitait la vie, mais cela semblait suggérer que mon existence avait plus d'importance que la sienne et je n'aurais fait qu'ajouter à sa colère. Son coup d'œil hostile glissa sur mon manteau bien chaud, le sac en cuir, la grande maison derrière moi.

Je déverrouillai la voiture et adressai un signe à Mme Moore en face ; elle sortait ses ordures pour le recyclage. Ted s'était occupé des nôtres la veille : les bouteilles de syrah rincées, les emballages de repas exotiques tout prêts, de vieux numéros du *Telegraph* soigneusement pliés. Mme Moore se redressa, une main sur ses reins. Elle regarda dans ma direction et sa bouche ridée s'entrouvrit brièvement. Je distinguai la silhouette molle de son fils Harold qui hochait la tête timidement derrière la vitre. Il avait une trentaine d'années et il était trisomique. Le mari de Mme Moore l'avait quittée depuis longtemps. Une fois de plus, je me demandai comment elle tenait le coup. Elle me dévisageait toujours lorsque je démarrai et allumai la radio. Je songeai soudain qu'on pouvait voir les choses autrement. Je n'avais pas nécessairement de culpabilité à avoir parce que je me sentais privilégiée. Chaque jour, elle me voyait partir et rentrer en courant, et elle savait que Ted finissait très tard le soir. Elle me plaignait peut-être.

La matinée fila à toute allure. Trois femmes d'affilée, perturbées par l'anarchie de la biologie ordinaire : règles, grossesse, ménopause. C'est la vie, pas la maladie, avais-je envie de leur dire. Dans d'autres cultures, on en ferait une fête, un rite de passage. Peut-être était-ce moi l'officiante, ici, qui leur donnais la reconnaissance nécessaire pour franchir cette étape. Le dernier patient, cependant, était vraiment malade. Âgé de quatre-vingt-dix ans, il avait ciré ses chaussures, descendu à pied la colline et attendu son tour pour me dire qu'il éprouvait une sensation d'oppression à gauche, dans la poitrine. Je regardai son visage couvert de sueur, le sourire timide qui tremblait sur ses lèvres. Il fallait faire vite.

« Pardon, docteur, je ne savais pas. Je pensais que c'était une indigestion. Je ne voulais pas vous embêter. Qui va nourrir mon chat ? » demanda-t-il d'une voix hachée, respirant avec difficulté.

Il appela ses voisins depuis le cabinet pendant que je m'occupais de son admission au service de cardiologie. Il changeait de monde : derrière lui, il laissait son minuscule logement social bien rangé, les photos de mariage pâlies sur la cheminée en briques, le chauffage à gaz avec le fauteuil vide en face du sien et la présence affectueuse du petit chat. Devant lui l'attendait un lieu impersonnel éclairé par des lumières crues, avec des tubes et des écrans qui bipaient. L'équipe de soins serait toujours trop loin ou trop près, soufflant dans son cou ou s'adressant à lui comme à un enfant sourd. J'avais envie de lui dire de mettre ses médailles de guerre.

Derrière un vieux bureau au plateau revêtu de cuir, Frank parlait au téléphone ; il haussa les sourcils, sourit et m'indiqua le siège d'un signe de tête. Devant lui, il y avait deux cafés dont l'arôme emplissait la pièce. Je m'assis.

Il raccrocha et soupira, enveloppa la tasse de ses larges mains. Ses lunettes étaient de travers. Le bureau disparaissait sous un fatras d'instruments, de stylos et de formulaires.

Il y avait eu un cafouillage administratif au Primary Care Trust, la structure qui s'occupait de la gestion des services de santé à l'échelon local, ce qui signifiait que les évaluations allaient de nouveau changer. Tandis qu'il ronchonnait contre les politiques médicales, je laissai le café me réchauffer et me détendre. Puis nous passâmes aux problèmes du jour.

« J'ai signalé Jade Price au pédiatre du centre médico-social. Il pourrait s'agir d'un cas de maltraitance. Je n'en ai pas parlé à la mère, je passerai chez eux plus tard dans la journée. »

Frank écoutait, le regard soucieux.

« Je connais les Price. Fais attention, Jenny. Envisage bien toutes les possibilités. Je n'ai pas l'impression qu'ils soient violents.

– Il n'y a pas des millions de possibilités, rétorquai-je, pensant aux ecchymoses et au silence épuisé de Jade. Ils ont le profil. Le père est une brute alcoolique. La mère est déprimée.

– Pourquoi aller là-bas ? Tu pourrais te contenter de téléphoner.

– Ce sera difficile de lui dire que je les soupçonne de maltraitance. Je saurai mieux choisir le moment si on est face à face. Et il y aura peut-être d'autres indices sur place, ajoutai-je, y songeant soudain.

– Tu veux que je t'accompagne ?

– Hein ? Pourquoi ?

– Ils pourraient essayer de te mener en bateau ou carrément te menacer. Tu m'as l'air un peu… préoccupée. Pas seulement à propos de cette histoire. Quelque chose te tracasse ? »

Frank n'était pas médecin généraliste depuis trente ans pour rien.

« Oh, tu sais, la famille.

– Ted va bien ?

– Oui, plutôt. Une étoile montante, en fait, dis-je, me remémorant son excitation de la veille.

– Et les enfants ? Ma filleule préférée ?

– Naomi a changé. Elle est plus renfermée, il me semble. Je n'arrive pas vraiment à mettre le doigt dessus. »

Alors que je prononçais ces mots, l'inquiétude me saisit. Quelque chose m'échappait, mais quoi ?

« Elle manigance quelque chose, c'est sûr. Les filles de quinze ans manigancent toutes quelque chose.

– D'habitude, elle m'en parle. »

Mais pas en ce moment. Pas depuis des semaines. Des mois.

« Connaissant Naomi, elle parlera quand elle sera prête. Qu'en dit Ted ?

– Rien. Je n'ai pas eu l'occasion de lui en toucher un mot. Nous n'avons jamais le temps, ajoutai-je avec un sourire honteux. Il y a toujours quelque chose, toujours l'un de nous deux qui s'endort avant qu'on ait pu discuter.

– Je ne sais pas comment tu te débrouilles. Je n'ai qu'un enfant et Cathy est à la maison. »

Je n'aimais pas qu'on dise ce genre de choses. Comme si je trichais. Il n'y avait rien de magique. Ce n'était même pas difficile. Il fallait juste rester concentrée et surtout ne jamais s'arrêter, ce que je savais très bien faire. Parfois, j'avais l'impression de faire la navette entre deux vies, fuyant tantôt l'une, tantôt l'autre. J'ignorais ce que je fuyais au juste, mais cela semblait fonctionner ; en plaisantant, je disais à mes amis que, comme ça, j'aurais toujours une bonne excuse en cas de problème. Au fil du temps, je m'étais rendu compte que les enfants se débrouillaient très bien seuls quand il le fallait. Et je ne pouvais pas reprocher à Naomi d'être de plus en plus indépendante. J'attendrais qu'elle baisse sa garde et qu'elle soit disposée à parler. Je n'avais rien dit pour la cigarette, mais quand elle m'aurait raconté ce qui n'allait pas, alors j'interviendrais.

Si on m'avait posé la question, j'aurais affirmé qu'elle était heureuse, que Ted et moi étions heureux ensemble. Que nous étions tous on ne peut plus heureux.

Les Price vivaient près des docks, à environ deux kilomètres du cabinet. Le quartier autour du fleuve avait été réhabilité ; les anciens entrepôts transformés en bureaux de brique et de verre. Il y avait même une salle de sport. Mais ce renouveau chic n'avait pas atteint la maison des Price, à deux rues de là. Je me garai et me mis en quête du numéro 14. Une ou deux fenêtres avaient des vitres cassées, réparées avec du carton ; dans un jardin, un téléviseur gisait dans la boue. Aucune porte ne semblait avoir de numéro. Je m'arrêtai au niveau d'un groupe de jeunes garçons, rassemblés autour d'une moto rutilante qui détonnait avec le reste. L'un d'eux buvait une cannette, l'inclinant haut, indifférent au liquide qui ruisselait sur son visage. Une feuille de journal jaunie se plaqua contre mes jambes. Je la retirai et la regardai poursuivre sa course vers le réverbère. Je me rapprochai du groupe.

« Bonjour. Je cherche le numéro 14. »

Le plus grand des garçons releva la tête.

« Jeff Price ? Pourquoi ? »

Un garçon plus petit fit un pas, se dandinant, une cigarette roulée entre les lèvres, ses bras nus et blancs croisés sur sa poitrine. Il indiqua d'un geste de tête silencieux une porte jaune.

« Merci. »

Je leur adressai un bref sourire.

« Elle se prend pas pour de la merde, celle-là », dit l'un d'eux comme je m'éloignais, alors que l'autre jetait sa cannette sur la chaussée.

Il y avait des bouteilles devant la porte jaune, certaines renversées. Je les heurtai au passage, en envoyant rouler plusieurs dans l'allée. Une petite vague de rires vint se briser contre mon dos.

Par la porte entrouverte s'échappait une odeur de bière et d'urine. La sonnette ne fonctionnant pas, je frappai ; pas de réponse. Je poussai le battant et entrai dans un vestibule sombre et exigu.

« Bonjour ? Madame Price ? C'est le docteur d'hier.

– Qui ça ? »

Un homme énorme surgit de l'obscurité. Sa robe de chambre tachée bâillait, révélant un torse velu grisonnant et un caleçon trop grand. Comme il se dirigeait vers moi, je sentis mes mains s'agripper à mon sac.

« Le docteur. Je suis… le docteur.

– Ah oui ? Et qu'est-ce que vous voulez ?

– Votre femme nous a amené Jade hier. »

Un changement soudain s'opéra. Un sourire illumina son visage et ses yeux s'agrandirent.

« Oh, vous êtes bien gentille. C'est qu'on se fait du souci. Venez, ma mère est à côté. »

Je lui dirais après avoir été présentée à sa mère. Je l'avertirais que je pensais que sa fille était victime de maltraitances, même si je préférais ne pas employer ce mot. Je lui expliquerais que j'avais signalé son cas, pour son bien. Il m'invita à le suivre au bout du couloir, jusqu'à une porte étroite.

« Dis bonjour au docteur, maman. Elle est là pour notre petite Jadie. »

L'odeur d'ammoniaque me fit monter les larmes aux yeux. Une vieille dame était assise près du feu où se consumait une mince planche. Elle ressemblait à un antique perroquet, les yeux enfouis dans des replis de peau desséchée, ses maigres griffes agrippant les accoudoirs de son fauteuil. Ses membres se convulsaient et ses joues tressautaient au rythme d'une mastication constante. Sous le siège, le tapis plus sombre semblait humide.

« Elle n'y peut rien. Je vais nous faire une bonne tasse de thé. Mettez-vous à l'aise, docteur. »

Je cherchai un endroit où m'asseoir, mais toutes les surfaces étaient occupées : plaquettes de comprimés en aluminium, mouchoirs roulés en boule avec des dépôts vert foncé dans les plis. Des jouets en plastique jonchaient le sol, certains poussés sous la télévision. Au mur, il y avait une maison peinte par un enfant. La chaleur et l'odeur étaient pénibles. J'allai dans le couloir, tendant l'oreille. La bouilloire sifflait, la vaisselle tintait, quelque chose se brisa, M. Price jura. Je regardai l'escalier qui se perdait dans l'obscurité. Je guettai le bruit d'un enfant, mais M. Price ne m'en laissa pas le temps.

« Vous me cherchiez, docteur ? »

Il apparut, une tasse fumante dans chaque main. Il me suivit au salon, son ventre protubérant me poussant devant lui.

« Nous revoilà, maman. »

Il posa une tasse en équilibre pour moi sur une pile de journaux, puis il souleva le visage de sa mère afin de la faire boire à la cuillère. Des gouttes brunes coulaient sur son menton et sur sa chemise de nuit en nylon rose. À côté de son fauteuil, il y avait une photo de famille. De ma place, je distinguai la silhouette d'une fillette, toute menue entre ses parents.

« À propos de Jade…

– Oui ?

– Je suis inquiète au sujet de… au sujet de ses ecchymoses.

– Tracey m'a raconté. Et cette toux. Elle a chaud, parfois, vraiment chaud, vous savez, elle transpire à grosses gouttes. Et elle ne veut rien avaler, elle maigrit à vue d'œil. Et tous ces bleus.

– Je me demandais comment c'était arrivé, dis-je en le regardant dans les yeux.

– Ben justement. On n'en sait fichtre rien. Pas la moindre idée.

– C'est une des raisons pour lesquelles je souhaite l'envoyer faire un examen à l'hôpital : ces bleus.

– L'hôpital. Ben ça alors. Vous pensez que c'est grave ? »

Son front se plissa. Il semblait sincèrement inquiet et je voyais ce que Frank voulait dire, à présent. C'était facile de se faire mener en bateau par un homme pareil.

« Tout ce que nous ne comprenons pas est important, déclarai-je d'une voix égale. J'aimerais qu'elle soit examinée par un pédiatre.

– Un pé quoi ?

– Un médecin pour les enfants. Quelqu'un qui étudie ce qui se passe quand un enfant présente des lésions dont on ignore l'origine. Comme Jade. À vrai dire, nous avons peur que quelqu'un lui fasse du mal.

– Ces sales petites brutes à l'école ! »

J'avais essayé. J'avais fait de mon mieux. Si j'insistais, il risquait de s'enfuir avec elle.

« On vous enverra un rendez-vous par courrier ou on vous téléphonera si une place se libère dans les jours qui viennent.

– Merci, docteur. Je le dirai à ma femme », déclara-t-il avec un sourire convaincant.

Je me levai, abandonnant mon thé. Sa mère tressauta et se recroquevilla silencieusement dans son fauteuil.

« Ça va, elle s'en va. Dis au revoir au docteur », ajouta-t-il, se penchant et criant dans son oreille.

Elle cligna ses yeux de perroquet dans ma direction. Elle savait. On ne pouvait pas vivre dans une maison où on maltraitait un enfant sans le savoir. Elle avait sans doute deviné la raison de ma visite.

Le gang était toujours là. L'un d'eux porta un sac à son visage, un autre dodelinait, appuyé contre un réverbère, se balançant à peine, les yeux fermés. Deux étaient accroupis, tête baissée, les mains ballantes. Ils ne firent pas attention à moi. La rue étroite s'était assombrie, le ciel était gris-vert et il pleuvotait. Je consultai ma montre tout en marchant d'un pas vif : seize heures. Theo devait être à l'atelier, accrochant ses photos pour l'exposition. Ed devait être à l'entraînement d'aviron, le regard concentré, les muscles tendus par l'effort. Ils avaient à peu près le même âge que ces garçons. Pourtant, je me sentais plus effrayée que chanceuse.

Il faisait froid dans la voiture et j'allumai le chauffage. À la radio, c'était l'heure des informations régionales. Des viols à Bristol. Une inondation. Une chocolaterie qui fermait.

Soudain, j'eus envie de parler à Ted ; je voulais l'entendre. J'éteignis le poste, sortis mon portable et l'appelai. Sa voix m'apprit qu'il n'était pas joignable pour l'instant et m'invita à laisser un message après le bip. Cette annonce était différente de la précédente, qu'il avait enregistrée à la maison, avec en arrière-fond de la musique et les cris des enfants. Là, il n'y avait que sa voix, distincte et ferme. Il semblait très sûr de lui et très lointain.

6

DORSET, 2010

UN AN PLUS TARD

Mes doigts se referment autour du maigre poignet de la vieille dame. Je l'ai déjà vue, mais c'est une image que j'ai enregistrée machinalement, comme un arbre au bord de la route devant lequel je passe souvent en voiture. Jusque-là, elle n'était qu'une silhouette voûtée en gros manteau. À cause de sa démarche raide et de sa légère claudication, je savais qu'elle était âgée. Parfois, la nuit, quand les heures s'écoulaient au compte-gouttes, je regardais par la fenêtre et je voyais une lumière réconfortante dans sa chambre. Mais, à présent, elle gît dans une position qui n'est pas naturelle : son cou est appuyé contre le montant de la porte, ses bras sont en travers de son corps, les poings fermés.

« Bonjour, vous m'entendez ? »

Pas de réponse.

« Est-ce que vous avez mal ? »

Rien.

« Je vais vous soulever, attention. »

Je glisse un bras sous ses omoplates et l'autre sous ses genoux écartés. De près, sa peau pâle est striée de fines rides. Ses lèvres minces sont blafardes et ses cheveux blancs tellement tirés en arrière que les os du front ressortent. Elle a l'air d'un chat endormi et ne pèse pas plus qu'une enfant. Je pousse la porte avec mes épaules, retrouvant les gestes qui m'étaient familiers du temps où m'occuper des autres était mon quotidien.

BRISTOL, 2009

ENTRE QUINZE ET DIX JOURS PLUS TÔT

Ces quelques jours passèrent vite. Des jours ordinaires.

Mais l'étaient-ils ? C'était l'impression que j'avais à l'époque. Dans mes souvenirs, ce sont des jours gris-bleu routiniers, avec leurs petits aléas. Ordinaires, même si c'étaient les derniers de notre vie de famille ; ordinaires, même s'il devait s'avérer que presque tout le monde mentait.

Je travaillais au cabinet, examens prénataux et actes médicaux quotidiens. À la maison, Ted et moi discutions, nous disputions, faisions l'amour quand nous n'étions pas trop épuisés. Ed rata deux jours de cours en raison d'un méchant coup de froid et je le laissais dormir sans le déranger lorsque je partais le matin, posant de quoi boire et du paracétamol sur la table de chevet. Theo obtint des félicitations pour sa série de photographies, et les répétitions de Naomi se faisaient de plus en plus fréquentes, de plus en plus longues. Ted passait plus de temps au travail. Son article fut accepté par le *Lancet*, une revue médicale prestigieuse. Nous fêtâmes l'événement tard le soir, avec une bouteille de vin.

Si les jours s'enchaînaient trop vite, au moins la vie se poursuivait sans heurt. Il suffisait de trouver le bon équilibre. Famille. Mariage. Carrière. Peinture. Si la balance penchait trop d'un côté, si le travail phagocytait le reste, personne ne s'en plaignait. J'avais parfois l'impression que c'était une répétition avant la vraie vie et que, si quelque chose tournait mal, ce n'était pas grave. Un jour, je parviendrais à tout maîtriser. Je serais la mère, l'épouse, le médecin et l'artiste parfaits. Ce n'était qu'une question d'entraînement. Si je me trompais, je n'avais qu'à réessayer. Au travail, j'avais toujours un sentiment de recommencement. Chaque matin, je trouvais la cuvette propre, du papier bleu immaculé sur le lit d'examen, les jouets rangés dans le carton en dessous.

Jade entra à l'hôpital le jeudi 5 novembre. Dans sa lettre, la secrétaire du pédiatre avait mentionné M. Price. Il avait renversé des chaises dans la salle d'attente et cassé une vitre. Il avait fallu appeler la police et on l'avait arrêté. Ce n'était plus de mon ressort, j'avais fait ce que j'avais à faire et j'essayais de ne plus y penser, mais j'étais incapable d'oublier son visage quand je lui avais annoncé que j'envoyais Jade voir un spécialiste. Il avait l'air réellement content. Je décidai que c'était parce qu'il savait qu'il était allé trop loin et qu'il était soulagé que quelqu'un s'interpose.

Le lundi suivant, j'arrivai tôt au cabinet pour profiter d'un moment de tranquillité avant les premiers patients. Je consultai des comptes rendus d'analyses en buvant mon premier café. Les résultats de l'examen du foie de Mme Blacking étaient toujours sur l'écran quand le téléphone sonna.

« Docteur Malcolm ?

– Oui ? »

Je calai le combiné sous mon menton tout en faisant défiler les chiffres. Il y avait des points rouges à côté de tous les enzymes du foie. Je ne m'étais pas trompée. La chute de cheveux, les paumes rouges, les veinules apparentes sur les joues l'avaient trahie ; ses trous de mémoire n'étaient pas liés qu'à la ménopause. Elle ne m'avait pas parlé de la bouteille de xérès dans le placard, qu'elle achetait sans doute tous les jours en même temps que le lait au supermarché. J'envoyai un e-mail à Jo pour lui demander de donner un rendez-vous à Mme Blacking.

« … de l'hôpital des enfants.

– Pardon, je n'ai pas entendu…

– Docteur Chisholm. Pédiatre à l'hôpital des enfants. Vous m'avez envoyé Jade Price. »

Je posai mon café pour prendre le combiné correctement.

« Oui, en effet. Merci de…

– Je souhaiterais parler de ce cas avec vous, docteur Malcolm. »

J'étais heureuse qu'il prenne l'affaire au sérieux, mais je n'avais vraiment pas le temps.

« Je pourrais peut-être vous rappeler en fin de matinée ? Mon premier patient arrive dans trois minutes.

– Je préférerais qu'on se voie. Je suis disponible à treize heures, j'ai annulé un rendez-vous. »

Je songeai que j'avais besoin de lui et qu'il valait mieux rester polie.

« À treize heures aujourd'hui ? Il faut que je vérifie si c'est possible.

– S'il vous plaît. Ce serait préférable. Mon bureau se trouve au cinquième étage de l'hôpital des enfants.

– Je vais demander à Frank, au Dr Draycott, mon associé. Il pourra peut-être…

– Très bien, à tout à l'heure. »

Je l'imaginais déjà, ce spécialiste. Il avait les tempes grises, impeccablement coiffées. Il tenait les radios dans sa large main constellée de taches de rousseur et les examinait à travers des lunettes cerclées d'acier, hochant la tête devant les fractures spiroïdes, caractéristiques de la maltraitance. Il ne pensait pas un instant à mon emploi du temps, aux appels téléphoniques, aux visites dans des appartements perdus au bout d'une rue où il n'y avait pas moyen de se garer. Il ignorait tout des procédures administratives pour diriger un patient vers un spécialiste, des formulaires à signer, du sentiment d'être toujours en retard, de la lutte quotidienne pour tout caser dans une journée. Il souhaitait me parler de Jade et puisque je pouvais me rendre utile, alors j'irais.

À treize heures tapantes, je frappai à la porte marquée « Dr Chisholm » en élégantes lettres dorées sur une petite plaque noire. Il se leva à mon entrée. Il était mince et noir, avec des yeux marron intenses qui m'observaient attentivement, si bien que l'éclair de surprise qui passa dans les miens ne lui échappa pas.

« Ne vous en faites pas. Tout le monde se fait avoir. Malheureusement, j'ai perdu mon accent ghanéen à Oxford. »

Sa poignée de main était ferme et brève.

« Je vous remercie d'être venue. Asseyez-vous, s'il vous plaît. »

Je m'assis sur une chaise en plastique gris et il s'installa à son bureau. J'avais l'impression d'être à un entretien d'embauche. Je me lançai aussitôt, parlant vite.

« Merci de m'avoir appelée. C'est un cas épineux…

– Jade est malade, docteur Malcolm.

– Oui. Son père donne bien le change, mais je pense que ça dure depuis un moment. Elle paraissait déprimée, en plus.

– Très malade, répéta-t-il avec un regard dénué d'expression.

– Les services sociaux…

– Elle a une leucémie, dit-il, m'interrompant d'une voix douce.

– Une leucémie ? »

Je n'y comprenais plus rien. Ou alors c'était lui, il confondait avec un autre enfant.

« … nous sommes certains que personne ne la maltraitait. Manque d'hygiène, peut-être, des poux et j'en passe. Négligence involontaire de parents incompétents, bien que je pense qu'ils l'aiment sincèrement. Non, elle souffre de leucémie aiguë lymphoblastique. »

Mon Dieu.

« Les analyses de sang ont mis en évidence des lymphocytes indifférenciés, des blastes. Pas de coagulation. Elle est dangereusement anémique. »

Comment avais-je pu passer à côté de ça ? Tout semblait pourtant évident, soudain. Elle était passive parce qu'elle était épuisée, et non déprimée. L'infection pulmonaire était une conséquence secondaire du dysfonctionnement des globules blancs. Les hématomes le résultat de la mauvaise coagulation. Elle était venue quatre fois et je n'avais pas écouté, je n'avais pas cru sa mère. Une bouffée de culpabilité m'empourpra les joues.

Le Dr Chisholm devança ma question.

« Nous lui administrons un traitement antibiotique par intraveineuse. L'IRM est prévue pour demain, puis on attaque la chimiothérapie.

– Ses parents sont au courant ?

– Pas encore. C'est pour cette raison que je souhaitais vous voir. C'est une situation délicate. Lors du rendez-vous, je leur ai dit que nous devions l'examiner afin d'enquêter sur la possibilité de blessures non accidentelles. Ils ont demandé si c'était ce que vous pensiez.

– Je suis allée les voir exprès pour les informer. »

C'était une erreur, je le savais à présent. Je les avais jugés en partie en fonction de leur maison, de la rue dans laquelle ils vivaient.

« J'ai essayé de le dire au père.

– Les gens n'entendent que ce qu'ils ont envie d'entendre. »

Ses yeux étincelèrent avant qu'il ne les détourne.

« Je ne doute pas que vous ayez fait de votre mieux, docteur Malcolm, mais je crains qu'ils ne voient pas les choses ainsi. M. Price s'est senti accusé ; il était furieux. »

Furieux ? Il devait avoir des envies de meurtre. On l'avait soupçonné à cause de moi. Je l'imaginais, avec son gabarit de taureau, balancer la chaise à travers la vitre, saisi d'une rage impuissante.

« On a reçu les résultats ce matin. À partir de là, on prend le relais. Je me doutais que ce serait un choc et je préférais vous l'annoncer en personne. Je me demandais aussi si vous souhaitiez informer les parents vous-même. Si vous discutez du diagnostic avec eux maintenant, ce sera peut-être mieux à terme. Pour établir une relation de confiance. »

Discuter ? Qu'y avait-il à dire ? Que j'avais commis une effroyable erreur parce que je ne les avais pas crus ? Que j'avais plaqué sur eux les pires stéréotypes ?

Il plongea son regard intense dans le mien. J'ignorais s'il était compatissant ou méprisant.

« Quel est le pronostic ?

– Entre vingt et soixante-quinze pour cent de chances de survie dans les cinq ans à venir. Il faut attendre les résultats de l'IRM. Jade a un nombre particulièrement élevé de lymphocytes anormaux, ce qui n'est pas bon signe, comme vous le savez. Alors, en tant que médecin traitant, que voulez-vous faire ? » demanda-t-il, me regardant toujours avec attention.

Je voulais partir en courant, fuir cette culpabilité qui menaçait de m'engloutir. J'avais fini par envoyer Jade à l'hôpital, mais pour de mauvaises raisons, et trop tard, des mois trop tard.

« J'irai voir ses parents, bien entendu… J'aimerais voir Jade également, ajoutai-je après un moment de réflexion. Au moins, je pourrai leur donner de ses nouvelles.

– Suivez-moi. »

Il se leva, franchit la porte et s'éloigna d'un pas souple dans le couloir. Je devais presque courir pour le suivre. Elle avait l'air d'aller bien, dirais-je à ses parents. Elle avait l'air mieux. Ce ne sera pas trop long. Heureusement, elle est à l'hôpital, à présent. Elle riait… non, peut-être pas. Elle souriait… et elle a dit… puis elle a ri…

Au début, je ne compris pas pourquoi nous nous étions arrêtés devant le deuxième lit. Il y avait un petit garçon dedans. Très maigre, les yeux clos, des cheveux blonds ébouriffés. Il avait environ six ans. Son bras étendu sur le drap était relié à une perfusion. Puis je reconnus la girafe sale sur le blanc immaculé. Certains hématomes étaient verts, et il y en avait de nouveaux, rouges et mauves.

« Nous lui avons coupé les cheveux à cause des poux. Mais ça lui permettra aussi de s'habituer, car elle va les perdre. Nous avons eu sa permission et celle de ses parents, même si, comme je le disais, ils ignorent encore le diagnostic. »

Je me demandai combien de temps il faudrait avant que la chimiothérapie ne lui fasse perdre tous ses cheveux.

Le Dr Chisholm poursuivit d'une voix douce. Il semblait lire dans mes pensées.

« Nous ne savons pas encore quelle combinaison médicamenteuse nous allons employer. Cela dépendra de l'IRM.

– Jade, murmurai-je. Bonjour. C'est le docteur. »

Le pédiatre me regarda. Docteur ? disaient ses yeux. Le docteur ?

« Jade a vu beaucoup de docteurs récemment. Elle dort. »

Je l'ignorai.

« Jade ? Je vais voir ta maman et ton papa. Je leur dirai… Enfin, je leur donnerai… »

Quoi ? Qu'est-ce que je leur dirais ? Y avait-il quoi que ce soit à leur donner ?

Ses yeux papillotèrent.

Peut-être était-ce parce qu'elle avait déjà entendu ma voix, peut-être était-ce parce qu'elle m'avait entendu dire maman et papa, mais pendant une seconde, moins d'une seconde, elle me regarda et me sourit.

Ce n'est qu'en faisant marche arrière sur le béton luisant du parking souterrain de l'hôpital que j'y songeai. Elle ne pouvait pas savoir que c'était ma faute, qu'on aurait pu la soigner bien plus tôt si seulement j'avais écouté.

7

Dorset, 2010

Un an plus tard

Je me retrouve dans une cuisine propre et chaleureuse, aux couleurs vives. Je note au passage un lino orange à motifs, une table rouge foncé, des placards jaunes aux poignées blanches, une cuisinière bleu éclatant et un canapé écarlate contre le mur. Un feu rougeoie, la télévision est allumée dans un coin et plusieurs gros chats en tissu encombrent un fauteuil en chintz. Bertie nous a suivies ; avant que je puisse l'arrêter, il vide la petite gamelle du minet résident et s'installe près de la cheminée avec un grognement satisfait. Je dépose la dame sur le canapé, lui retire ses chaussures puis m'assieds à côté d'elle. En prenant son pouls, j'examine rapidement la pièce. Il y a des photos partout : un vieil homme coiffé d'une casquette qui bêche un jardin, une jeune femme brune avec un bébé. Un petit garçon au bord de la mer, tenant la main d'un autre bambin. La famille omniprésente. Cela me rappelle notre cuisine, elle aussi imprégnée de notre vie familiale. Au point où, à l'époque, j'avais l'impression que si je mettais l'oreille contre le mur, j'entendrais les voix des enfants, comme conservées à l'intérieur. Le jour où tout a commencé, je ne pensais qu'à une chose : rentrer à la maison.

Bristol, 2009

Dix jours plus tôt

Je quittai l'hôpital sur les chapeaux de roue. Je doublai un jeune conducteur puis franchis un carrefour juste avant que le feu passe au rouge. Tandis que j'accélérais dans Park Road, des bribes de phrases me traversaient l'esprit.

Je pensais que les bleus… il n'y avait jamais assez de temps… Je sais que vous m'avez dit… je m'excuse.

Je rentrais rarement aussi tôt. La porte était ouverte, les baskets d'Ed jetées dans l'entrée. Il avait dû revenir en coup de vent chercher quelque chose qu'il avait oublié. Je ramassai ses chaussures. Il n'avait aucun besoin de les ôter, car nous avions enlevé tous les tapis des années auparavant. Pas de rideaux non plus. Les pièces à vivre étaient très aérées. Le soleil qui se déversait par les grandes fenêtres à guillotine dessinait des motifs inhabituels sur le parquet sombre : il faisait nuit d'habitude quand je rentrais. Il y avait un piano, des rayonnages de livres et une table de réfectoire où Ted pouvait étaler ses papiers.

Mes pas résonnaient dans le vide à travers les pièces, que nous utilisions peu en dépit de leur perfection ordonnée. Ted travaillait dans son bureau ; les enfants vivaient dans leur chambre et dans la cuisine. Je descendis l'escalier en bois qui menait au sous-sol. Je serrais les baskets contre moi si fort que je remarquai plus tard qu'elles avaient laissé une tache terreuse irrégulière sur mon chemisier.

Ed était devant l'ordinateur, dans le coin salon sur lequel donnait la cuisine. Comme je m'approchais de lui, une fenêtre disparut de l'écran, remplacée par une autre remplie de chiffres. J'étais si heureuse de le voir que j'avais la tête qui tournait un peu. Je m'assis à côté de lui, sur l'accoudoir du canapé. J'avais envie de poser un baiser sur sa joue qui sentait toujours le toast chaud et de caresser ses cheveux bruns. Il se recroquevilla. Il me fallait constamment apprendre de nouvelles règles.

« Salut, chéri, dis-je, parlant à son dos. Tu es rentré tôt.

– J'ai un devoir de maths, répondit-il sans me regarder.

– Ed, je disais seulement…

– Le cours a été annulé. Il y a un débat sur le violeur.

– Oui ? »

Il avait toujours les yeux rivés à l'écran.

« Je n'y suis pas allé. C'est pour les filles. Ne pas rentrer seule, ne pas parler aux inconnus. Que des trucs assommants.

– Qu'est-ce qu'ils ont dit au sujet de ce violeur ? Pourquoi aujourd'hui ? Il est à l'autre bout de Bristol, non ? »

Encore un sujet d'inquiétude.

« Oh, toujours des questions, soupira-t-il, son poing crispé sur la table. Un prof pense avoir vu un type qui rôdait autour du dortoir des filles. »

Il me jeta un regard oblique. Il cachait quelque chose.

« Il faut vraiment que je termine ce truc. Je suis déjà en retard.

– Tu veux un chocolat chaud ?

– Ouais, pourquoi pas. »

Je le préparai rapidement et le posai devant lui. Ma main s'attarda un instant sur son épaule. De près, je constatai avec étonnement qu'il sentait le renfermé. J'hésitai et il leva les yeux.

« Tu n'es pas au travail normalement, à cette heure ? marmonna-t-il.

– Oui, normalement.

– Tu sèches ? »

Il haussa les sourcils, sa curiosité titillée. Je le regardai, surprise.

« Bien sûr que non. Et toi ?

– Je te l'ai dit, c'est un truc pour les filles. Dès que j'ai terminé ce devoir, je suis de nouveau sur les rails.

– Bien, tant mieux. »

J'avais envie de lui dire que c'était facile de dérailler : une erreur et on partait dans le décor.

Je restai assise à côté de lui quelques minutes, m'imprégnant de sa présence. Sa longue silhouette avachie, ses grands pieds dans des chaussettes tire-bouchonnées, sa nuque lisse. Il se tourna vers moi pour me regarder plus attentivement. Il n'avait pas l'habitude de me voir immobile.

« Au travail, c'est un peu… c'est un peu compliqué, en ce moment, tentai-je d'expliquer.

– Ah oui ? »

Épaules rondes, yeux prudents.

« Mais tout va bien. Je vais arranger ça. »

Ses larges épaules se relâchèrent.

« Désolé, il faut que je termine…

– Bien sûr, dis-je, me baissant pour ramasser ses baskets. Tiens, c'est à toi. Elles auraient besoin d'être nettoyées. À ce propos… n'oublie pas de mettre ton linge au sale de temps en temps… »

Il prit les chaussures avec un petit grognement. Son visage se tourna vers l'écran. Je lui tapotai l'épaule et le laissai.

Dans la cuisine, je me fis du thé, puis je contemplai le jardin à travers les volutes de vapeur. J'appelai Ted et cette fois je réussis à l'avoir. Il écouta.

« Zut, c'est dur pour toi, dit-il quand j'eus terminé. Je suis désolé, Jen.

– Ce n'est pas moi qu'il faut plaindre, c'est Jade.

– Ça m'est arrivé, pire encore. Tu te souviens de cette gamine ? La colonne vertébrale ? Paralysée. Une histoire horrible.

– Oui, bien sûr. C'était horrible », admis-je.

Une erreur qui avait failli se finir devant les tribunaux. Ted se sentait si coupable qu'il en avait fait une dépression. Pendant un instant, j'eus honte ; je n'avais sans doute pas su lui apporter le soutien dont j'avais besoin maintenant.

« Mais tout le monde connaît les risques de la neurochirurgie, ajoutai-je après un court silence. Les gens signent un papier pour donner leur accord. On leur explique de quoi il retourne. Les Price ignoraient qu'ils prenaient un risque en me faisant confiance et je n'ai pas songé un instant à la leucémie. J'ai été incapable de les écouter… »

Je m'interrompis, songeant à la manière dont j'avais ignoré ce qu'ils me disaient, laissant mon imagination m'entraîner ailleurs.

« Je m'excuse, mais je suis occupé, Jenny, me coupa Ted. Je ne peux pas parler maintenant. Je tâcherai de rentrer tôt. Je prendrai du vin. »

Après mes consultations de l'après-midi, j'appelai les Price. Personne ne répondit. Frank et moi avions prévu de leur rendre visite le lendemain matin, mais je décidai d'y aller immédiatement. La rue était vide, la fenêtre du 14 était noire. Je frappai, attendis, frappai encore. Je me représentai la mère de M. Price tendant l'oreille, recroquevillée sur son siège dans l'obscurité. Finalement, je me résolus à rentrer chez moi.

Ce soir-là, les garçons avaient une réunion d'orientation professionnelle et Naomi était à sa répétition. Il n'y avait que Ted et moi. Nous partageâmes la bouteille de vin, nous attardant un moment devant nos assiettes vides. Il prit ma main et je sentis sa chaleur se communiquer à mon poignet.

« Qu'est-ce que je vais leur raconter, Ted ?

– La vérité. Il y avait des indices, tu les as interprétés. On fait de notre mieux, on ne peut pas nous en demander plus.

– Elle m'a dit qu'elle ignorait l'origine des bleus. Et lui aussi. Mais je ne les ai pas crus. C'était ça, les indices, et je me suis laissé aveugler par mes idées reçues.

– Ce n'est pas toujours possible d'évaluer correctement la situation lors d'une première consultation. Tu as simplement émis une hypothèse, tu n'es pas un juge.

– Ce n'était pas la première consultation. Mais la question n'est pas là. Le problème, c'est justement que nous nous comportons comme des juges. Nous rendons constamment des jugements.

– Des jugements ?

– Les Price étaient coupables d'êtres pauvres. De ne pas être capables de s'exprimer clairement, ou du moins pas dans une langue que je comprenais et que je respectais. Coupables d'avoir une petite fille contusionnée. Et à présent, ils sont punis.

– Parfois, on doit écouter son instinct. »

Il se pencha sur moi et m'embrassa. Je tentai de me détourner, mais sa bouche se fit plus insistante.

Il n'écoutait pas non plus. L'instinct ne suffisait pas. Je m'écartai. À cause de mes préjugés, je ne l'avais pas envoyée chez un spécialiste assez vite, et quand je m'étais enfin décidée, c'était sur la base d'un faux diagnostic. Mon instinct m'avait trahie.

Les garçons et Naomi rentrèrent. Les garçons avalèrent leur assiette à la hâte et montèrent terminer leurs devoirs. Naomi secoua la tête quand je l'interrogeai au sujet du violeur. Les filles se déplaçaient en groupes, affirma-t-elle, et partout elles étaient surveillées. Penchée sur la table, elle raclait les restes du gratin dauphinois collés aux parois du plat. Elle nous répondait entre deux bouchées. Les répétitions se passaient très bien. Au point que ses professeurs parlaient d'école de théâtre. Elle avait une expression renfermée, secrète. Un monde nouveau s'ouvrait devant elle. Je voyais bien qu'elle était sur ses gardes et je décidai de ne pas insister. De toute façon, j'étais trop épuisée pour me concentrer. Au bout d'un moment, elle se rendit dans sa chambre.

Ted et moi fîmes la vaisselle et rangeâmes en silence. Je lançai une machine de linge. Nous montâmes côte à côte, nos mains se touchant. Mes jambes se levaient lentement, lourdes de fatigue. Dans l'escalier, il m'enlaça. Le temps d'arriver en haut, je respirais plus vite. Les enfants étaient couchés et nous murmurions.

Je me forçai à me déshabiller, à me doucher et enfilai une chemise de nuit neuve, trouvant un certain réconfort dans sa douceur et ses dentelles. Ted vint se placer à côté de moi alors que je me tenais devant le miroir. On prétend qu'on épouse quelqu'un qui nous ressemble, mais je ne pouvais imaginer quelqu'un de plus différent de moi. Ted était grand, athlétique, les yeux bleus. Je lui arrivais aux épaules et quand je me regardais dans la glace, je croyais voir ma grand-mère irlandaise sur les photos de l'album familial : cheveux bruns bouclés, yeux clairs, taches de rousseur. Ted se plaça derrière moi et sa main se resserra sur ma nuque. Ses doigts écartés à la base de mon crâne étaient chauds.

Au lit, nous nous tournâmes l'un vers l'autre sans un mot. J'étais prête pour ses baisers à présent et je les laissai m'ouvrir davantage. Sa bouche avait un goût de vin. Je connaissais son odeur, ses muscles, ses épaules, son ventre plat, les poils plus épais à la naissance du pubis, son poids sur moi. Je le connaissais par cœur. Mais ce soir, ce n'était pas pareil. Ce soir, ce fut brutal et rapide. Ted me plaqua contre le lit et je me retrouvai avec ma chemise de nuit autour du cou. Il était déjà en moi et je bougeais avec lui. Le stress de la journée et l'épuisement nous avaient transportés ailleurs, nous autorisant à nous comporter différemment. Pas de préliminaires. Pas de douceur. Mais des morsures et des poignets tenus, la bouche et les yeux grands ouverts, ahanant et nous assaillant comme des animaux. Puis, soudain, le choc du plaisir.

Après, étalés de tout notre long, membres emmêlés, nous ne bougions plus, ne parlions plus. Ted se pencha sur moi pour lécher sur mon visage des larmes que je n'avais pas senties. Il s'endormit presque aussitôt, respirant profondément, le dos tourné. Je restai éveillée un moment, ma main posée sur ses reins.

Le sommeil me tomba dessus comme une couverture jetée sur moi. Un sommeil total. Sans rêve.

8

Dorset, 2010

Un an plus tard

Elle s'est sans doute évanouie, mais ce pourrait être n'importe quoi : crise cardiaque, coma diabétique, AVC. Peut-être a-t-elle eu une attaque ou des douleurs abdominales aiguës, cependant son visage est symétrique et son ventre est mou. Il pourrait y avoir des indices – des médicaments sur une table, un lecteur de glycémie –, mais la maison n'a pas l'aspect négligé de la maladie chronique. Elle s'agite, remue les lèvres puis ses yeux s'ouvrent, étonnés plus qu'effrayés. Elle me regarde bien en face tandis que je lui explique comment je l'ai trouvée et je remarque qu'elle a les anneaux laiteux du cholestérol autour de l'iris. Je tiens sa main, lui laissant le temps de reprendre lentement ses esprits. Ses articulations enflées et sa peau fragile me rappellent les mains de ma mère, à la fin. J'éprouve un pincement de culpabilité à l'idée que je veille une inconnue, alors que je n'avais jamais un instant pour ma mère, l'année précédant sa mort.

BRISTOL, 2009

NEUF JOURS PLUS TÔT

Je fourrais des notes dans mon sac quand le téléphone sonna.

« Bonjour, chérie. »

Je m'étais fait avoir, zut.

« Je suis pressée, maman.

– Tu travailles aujourd'hui ?

– Tu sais bien que je travaille tous les jours, sauf le vendredi.

– C'est encore mes étourdissements. C'est idiot, hein ? Hier soir, je me sentais vraiment mal, alors j'ai pensé…

– Mal ? C'est-à-dire, maman ?

– Mal, c'est tout. Je ne peux pas expliquer, Jennifer. »

Le ton était accusateur et j'avais soudain l'impression d'avoir de nouveau douze ans.

« Parlons d'autre chose, reprit-elle d'une voix plus enjouée. Comment va Jack ?

– Jack ?

– Enfin, ton mari, ma chérie.

– Maman, Jack, c'est l'ex-mari de Kate.

– Bien sûr, où ai-je la tête, comment s'appelle ton mari, déjà ? »

Je me la représente aussi nettement que si nous étions dans la même pièce. Elle doit regarder les allées désertes autour de son logement dans une résidence services ; elle soupire et touche ses perles, se tournant vers le téléviseur poussiéreux et la pile de magazines bien rangés. Il flotte une odeur de naphtaline et de Pliz. Elle perd la mémoire. Cela ne sert à rien de s'énerver.

« Ted. Écoute, maman…

– Je ne sais pas quoi faire du cottage. Kate n'en veut pas. »

Pas le cottage, pas maintenant.

«Je vais venir te voir et nous en discuterons.

– Demain ?

– Vendredi, le jour où je ne travaille pas.

– Comme c'est gentil, ma chérie. C'est juste que je me sens mal. »

Frank m'attendait sur le parking du cabinet. Dans sa voiture, je fus accueillie par les accords d'un concerto pour violon. Il avait l'air sinistre.

« Allons-y. »

Il sortit du parking.

«Je m'excuse de t'entraîner là-dedans, Frank. »

Il avait annulé ses rendez-vous du début de la matinée ; nous n'avions même pas eu le temps de discuter des résultats des analyses du jour.

« Tout le monde commet des erreurs, moi y compris. C'est pour toi que je m'inquiète.

– Quelle erreur est-ce que tu as bien pu faire ? »

Je le regardai. Il était concentré sur la route.

« Quand je n'ai pas reconnu ce cas d'hyperthyroïdie et que le type a perdu la boule.

– Il s'est rétabli une fois sous traitement, lui rappelai-je.

– Et la fracture de la cheville que j'ai prise pour une simple entorse ? demanda-t-il en me lançant un bref coup d'œil.

– Il va falloir trouver beaucoup mieux que ça.

– Je ne te raconte pas les pires. Lis quelques numéros du *Medical Protection Society*, tu te sentiras mieux. »

J'en lisais régulièrement. Il y en avait toujours une pile en équilibre précaire dans notre chambre. Mais c'était une épreuve. Des enfants dont la fièvre n'avait pas été prise au sérieux, jusqu'au moment où on se rendait compte qu'ils avaient une méningite et qu'il fallait les emmener en catastrophe à l'hôpital, à minuit ; le changement de fréquence des selles qui s'avérait être un cancer et non une simple colopathie ; le mal de tête dû non au stress mais à une tumeur au cerveau. Je les lisais, le cœur serré.

« Au contraire, ça me déprime. »

Jeff Price ouvrit la porte et s'écarta, le visage dur.

Nous nous retrouvâmes entassés dans le vestibule exigu. Il était si proche de moi que je sentais la chaleur de sa peau. Il indiqua la cuisine d'un brusque mouvement de tête.

« Venez, je ne veux pas que ma mère ait à entendre ça. »

Il nous précéda dans la pièce, où il se planta, les bras croisés.

« Je me suis trompée. »

Mon visage était brûlant. J'avais soudain l'impression que j'allais éclater en sanglots.

« Elle est bien bonne, celle-là. »

Il était évident qu'il n'était pas d'humeur conciliante. La veine qui courait sur sa tempe palpitait, à présent.

« On emmène ma gosse à l'hosto parce qu'on pense qu'elle est battue, je me fais arrêter et je dois payer une caution pour sortir, et vous venez me dire que vous vous êtes trompée ? »

On m'avait appris à reconnaître mes erreurs à la fac de médecine, mais je me demandais si c'était un bon conseil. J'avais l'impression que cela ne faisait qu'empirer les choses.

« Monsieur Price, intervint Frank d'un ton posé. Le Dr Malcolm a quelque chose d'important à vous dire.

– Je voulais qu'un médecin de l'hôpital la voie à cause de ses hématomes, repris-je d'une voix que je m'efforçais de maîtriser. Nous ignorions…

– Je vous ai dit que je ne savais pas d'où ils venaient. Je vous l'ai dit quand vous êtes venue fouiner ici. Et moi qui croyais que vous étiez là pour nous aider.

– Je m'excuse. »

Les mots semblaient tout petits.

« Et après ? C'est pas parce que vous décidez d'un coup de vous sentir coupable que tout va s'effacer. Elle est toujours là-bas, hein ? Ils lui ont rasé la tête. Non mais des fois. Tout ça pour quelques poux. Quand est-ce qu'on la récupère ?

– Pas tout de suite. On m'a dit hier, quand je suis passée à l'hôpital… »

Je m'interrompis. C'était le genre de choses qu'on était censé annoncer avec précaution, petit à petit, mais il était trop tard pour cela.

« Je n'ai pas de bonnes nouvelles, monsieur Price.

– Qu'est-ce qu'il y a, maintenant ? Attendez. Tracey, lança-t-il d'une voix plus forte. Tracey, ramène-toi, tu veux ? »

Nous examinant d'un air sombre, il sortit une cigarette d'un paquet froissé sur la table et l'alluma, inhalant profondément.

Je sentais le regard attentif de Frank et je dus me retenir pour ne pas me cacher derrière lui.

Mme Price entra dans la cuisine en robe de chambre. Elle fumait elle aussi. On voyait qu'elle avait pleuré ; son mascara avait coulé sur ses joues.

« Bonjour, madame Price. »

Elle posa sur moi un regard sans expression.

« Je suis désolée, mais j'ai une nouvelle difficile à vous annoncer.

– Difficile pour qui, docteur ? Allez, crachez le morceau », dit M. Price d'une voix forte.

Sa femme mit la main sur son bras. Ses ongles étaient différents, aujourd'hui, rongés jusqu'au sang.

« Votre fille a une maladie du sang. »

Je m'interrompis pour regarder leurs visages incrédules.

« Elle a une leucémie.

– C'est le cancer, c'est ça ? demanda M. Price à voix basse.

– Oui, une forme de cancer, un cancer qui se soigne. »

Je hochai la tête, m'efforçant d'exprimer une confiance que je ne ressentais pas.

« Bon Dieu », murmura-t-il.

Mme Price se laissa choir sur une chaise, sans me quitter des yeux.

« Comment est-ce qu'ils le savent ? Ils peuvent pas s'être trompés ? Les hôpitaux, ils arrêtent pas de se tromper, déclara-t-elle d'une voix méfiante.

– Ils ont fait des analyses. Deux fois. Je crains qu'il n'y ait aucun doute. »

Ils restèrent silencieux un moment. Je vis M. Price baisser lentement la tête. Mme Price se tordait les mains, les yeux toujours sur moi.

« Qu'est-ce qui se passe, maintenant ? demanda-t-elle.

– Pour l'instant, on la garde à l'hôpital.

– Et après ? intervint son mari.

– On va lui donner un traitement puissant, qui a fait ses preuves.

– Non, je veux dire, est-ce qu'elle va mourir ? » demanda-t-il d'une voix blanche.

Après toutes ces années d'exercice, j'aurais dû être capable de répondre à ce genre de question, mais il n'y avait pas de bonne réponse, pas de réponse facile.

« C'est une maladie grave. Beaucoup d'enfants survivent et mènent une existence normale. Je peux vous montrer les statistiques…

– Allons à l'hôpital, m'interrompit Mme Price en se levant. Maintenant. Je ne peux pas continuer à l'écouter, pas pendant que ma petite fille est en train de mourir.

– Elle n'est pas condamnée. On ne sait pas encore…

– Si elle meurt, ce sera de votre faute. »

Elle avait tourné la tête en parlant, comme si ma simple vue lui était insupportable.

« C'est le Dr Malcolm qui a envoyé Jade à l'hôpital, intervint Frank. Elle savait qu'il ne fallait pas prendre ces hématomes à la légère. Les examens ont été faits immédiatement. Il n'y aurait rien eu sans elle. »

Je ne pense pas que les Price l'entendirent. Le mari me regarda.

« Ma femme, elle vous a amené la petite quatre fois. Quatre fois. Vous auriez pu faire quelque chose, mais non, des prunes. Vous ne vous en tirerez pas comme ça. »

Après coup, j'étais incapable d'affirmer s'il avait prononcé ces mots ou si je les avais imaginés, cependant ses yeux me disaient exactement ce qu'il pensait. Ils me regardaient avec dégoût.

9

DORSET, 2010

UN AN PLUS TARD

La vieille dame me dévisage, l'air un peu perdu, puis elle fronce les sourcils et regarde autour d'elle.

«Je désherbais le perron...»

Je retire ma main de la sienne. J'ai soigneusement évité jusque-là de me mêler de la vie des autres, mais je crains qu'il ne soit trop tard : je ne peux pas la laisser comme ça.

«Je pense que vous vous êtes évanouie. J'habite en face. Je vous ai vue...»

Elle hoche la tête en souriant. Elle m'a déjà vue aussi, bien sûr ; elle a dû remarquer que je gardais mes distances avec les gens du village. Elle doit également savoir pour Naomi.

«Je m'appelle Mary.

– Moi c'est Jenny. Est-ce que je peux téléphoner à quelqu'un ? Votre famille, peut-être ? dis-je en jetant un coup d'œil aux photos.

– Je serai d'attaque dans deux minutes. Quel capharnaüm, ajoute-t-elle en examinant tristement sa cuisine, qui me semble simplement pleine de vie. Je m'excuse de vous avoir causé du dérangement. Je devrais vous offrir une tasse de thé, murmure-t-elle d'une voix hésitante.

– Je m'en charge. »

La bouilloire métallique est sur la cuisinière. Au réfrigérateur, il y a de la laitue dans un saladier recouvert de film étirable, quelques œufs bruns dans un plat en émail et un pichet de lait en céramique orné d'une vache jaune. Sur l'étagère à côté du sucre, il y a une pile de boîtes de médicaments : furosémide et périndopril. Des remèdes contre l'hypertension qui ont si bien fait leur travail qu'elle s'est évanouie. Je trouve une petite théière marron au-dessus et deux tasses.

J'approche un tabouret du canapé pour les poser et prends sur le fauteuil un coussin que je glisse sous sa nuque. Sa peau est fraîche.

« Est-ce que vous voulez une couverture ? »

Elle boit son thé à petites gorgées et ses joues pâles retrouvent des couleurs. Elle indique la porte du menton.

« Il y en a là, si ça ne vous embête pas. »

J'entre dans sa chambre avec la sensation d'envahir un peu plus son territoire. Elle a tenu bon : elle a eu plus de chance que ma mère, qui a dû abandonner sa maison. Elle est devenue sénile après la disparition de Naomi et elle est morte sans savoir qui j'étais, même si elle avait toute sa tête quand elle m'a légué le cottage. Tout allait encore bien, alors.

Bristol, 2009

Six jours plus tôt

Il était tôt et il faisait encore nuit lorsque je me garai devant la résidence services où vivait ma mère. De petits globes lumineux bordaient des allées rigoureusement identiques qui rayonnaient du parking vers des portes pimpantes. Toute une vie à marquer son territoire, à le peaufiner, pour aboutir à une allée et à une porte pareilles aux autres.

Sa fragilité me surprit. La peau marbrée de ses mains révélait des veines bleu foncé, et ses paupières en papier crépon tombaient sur ses yeux pâles. Marchant lentement à l'aide de son déambulateur, elle me conduisit dans un petit salon sans âme. Tandis que je massais ses pieds bosselés, la conversation s'orienta très vite sur le cottage dans le Dorset. Elle voulait me le donner. Je songeai à nos premières vacances là-bas avec les enfants, aux maillots de bain salés qui séchaient sur le mur de pierre du jardin, aux cris des mouettes, aux chambres sous les combles, aux ammonites que mon père avait enchâssées dans la façade. C'était tentant, mais j'hésitais.

« S'il te plaît, Jenny, accepte. Prends-le maintenant. Kate n'en veut pas. Ce sera un souci en moins pour moi. J'ai vu mon notaire. »

Un souci en plus pour moi, en revanche. Les enfants ne s'intéressaient plus au cottage depuis longtemps. Ils préféraient la planche à voile à Lefkada et les petits cafés de Corfou. Ted adorait pêcher au pays de Galles avec ses copains.

Lorsque j'arrivai à la maison, Naomi s'apprêtait à sortir.

« Il faut que j'y aille, maman. »

Son visage était rouge et elle me bouscula dans sa hâte. Sous son manteau ouvert, elle portait une robe écarlate très échancrée, avec des boutons en perle sur le corsage ; c'était un vêtement soyeux que je ne reconnaissais pas.

« Qu'est-ce que c'est que cette robe ? Elle n'est pas un peu décolletée ? Tu as pris ton petit déjeuner ?

– Nikita me l'a prêtée. Je l'essaie pour la pièce. Le frigo est vide, ajouta-t-elle en se tournant vers moi d'un air accusateur. Je grignoterai un truc en coulisse. »

Déjà elle ouvrait la porte.

« Il doit y avoir des choses au congélateur, m'empressai-je de répondre. Je vais te réchauffer ça.

– Pourquoi est-ce que tu es allée voir grand-mère ? » lança Theo d'une voix retentissante.

Il feuilletait son portfolio, assis à la table, et il avait parlé sans relever la tête.

« Une minute. Naomi, quand… »

La porte se referma derrière elle.

« Laisse-la, maman, intervint Theo d'une voix lasse. Elle a sa générale ce soir, la pièce commence dans deux jours, elle est dans tous ses états. »

Je posai ma sacoche par terre et mis de l'eau à chauffer.

« Elle est dans tous ses états ?

– Oui. Un coup elle fait la tête, un coup elle chante, puis elle est de nouveau ronchon. Elle est sur les nerfs, c'est tout. »

Bien sûr, il avait raison. Je nous préparai du thé à tous les deux et fouillai dans le congélateur. Sous le pain et les paquets ouverts d'où s'échappaient des petits pois, je finis par dénicher des filets de carrelet que j'avais achetés quelques mois plus tôt et un sac de frites à demi plein.

« Alors, maman, insista Theo. Grand-mère. Elle va bien ? »

Je mis les filets dans une assiette pour les faire décongeler au micro-ondes.

« Elle veut nous donner le cottage.

– Cool ! »

Son visage s'illumina de plaisir. Il recula sa chaise et se leva.

« Je vais l'annoncer à Ed.

– Il est rentré ?

– Il dort. Je vais le chercher. »

La dernière fois que nous étions allés là-bas, il y avait un peu plus d'un an, ils avaient passé presque tout leur temps à se prélasser à l'intérieur. Ils s'étaient rendus une fois à Bridport pour voir un film. Je ne me souvenais plus s'ils étaient sortis dans le jardin, mais en tout cas ils n'avaient pas mis les pieds à la plage.

Ed entra dans la cuisine, les vêtements froissés, se frottant les yeux, Theo souriant derrière lui.

« Je croyais que le cottage ne vous intéressait plus, dis-je, surprise.

– S'il est à nous, on pourra y faire des fêtes, répondit Ed d'une voix différente, plus joyeuse. Ça va être top. Après les examens…

– Ed, c'est pour la famille, pas pour faire la fête.

– Je suis sûr que ça ne dérangerait pas grand-mère. »

Là, ils allaient trop loin.

« Moi, si. Ce serait trop de bazar.

– Arrête de faire ça, maugréa Ed.

– Quoi ?

– Faire comme si tu nous donnais quelque chose pour le reprendre aussitôt. Je monte, j'ai déjà mangé, ajouta-t-il avant de quitter la pièce.

– Oui, on a mangé des pizzas, renchérit Theo. Faut que j'aille faire mes devoirs. »

« C'est normal qu'ils aient envie d'y amener quelques amis, me dit Ted plus tard, à table. Laisse-les faire. Ça ne tuera personne de les autoriser à emprunter le cottage. »

À cet instant, Naomi entra lentement, les yeux cernés. Lorsqu'elle passa près de moi pour venir se placer à côté de Ted, je sentis une odeur d'alcool.

« Chérie, tu as bu ? » demandai-je, surprise.

Il lui arrivait de boire une gorgée d'alcool à Noël ou aux fêtes de famille, mais elle n'en avait jamais aimé le goût.

Elle piqua des frites dans l'assiette de son père et releva la tête pour me dévisager.

« Démaquillant. Ça pue l'alcool, hein ? » dit-elle, la bouche pleine.

Son visage était plus rond que d'habitude. Dieu merci, elle ne s'affamait pas comme certaines de ses copines, mais je n'aimais pas penser qu'elle avait bu, et encore moins qu'elle me mentait. Elle refusait de se confier à moi, une fois encore. Je ne croyais pas à son histoire de démaquillant. Un verre d'alcool, ce n'était pas très grave, en revanche, les secrets pouvaient l'être. Je l'examinai. Elle portait son uniforme à présent, son visage était propre et luisant : elle ressemblait de nouveau à une lycéenne. Les secrets de lycéennes étaient en général inoffensifs. J'en avais eu beaucoup et je ne savais même plus à propos de quoi.

« Où est passée la robe que Nikita t'a prêtée ? » lui demandai-je en souriant.

Il fallait qu'elle comprenne qu'elle pouvait se confier à moi si elle le souhaitait. J'étais de son côté.

« Mme Mears pensait que ça ne correspondait pas à Maria, répondit-elle en haussant les épaules. Je la lui ai rendue. C'est quoi cette histoire au sujet du cottage ? »

Je lui expliquai et elle se redressa aussitôt.

« C'est exactement ce dont on a besoin. Trop cool.

– On ?

– On a un week-end de congé avant le début des représentations. On pourrait aller au cottage. Juste une journée. Demain. S'il te plaît, maman.

– Qui ça, on ?

– Tous ceux de la pièce, James, tout le monde. »

Elle s'interrompit, guettant ma réaction.

« Et Nikita, bien sûr.

– Comment est-ce que vous comptez y aller ?

– James a son permis. S'il emprunte la voiture de son père, il pourra tous nous emmener.

– James ?

– Il redouble, il est dans la classe supérieure. Il interprète Chino.

– James », répétai-je.

Je me souvenais vaguement d'un rouquin qui donnait un coup de main à Naomi l'an dernier, quand elle avait des problèmes en mathématiques.

« Ce n'est pas lui qui t'aidait à faire tes devoirs il y a quelque temps ?

– Il a aidé Nikita aussi. »

Elle fronça les sourcils et se mit à ronger ses ongles.

C'était le moment. Elle avait baissé sa garde et elle était peut-être prête à me dire ce qui la tracassait.

« Tout va bien, ma chérie ? Tu as des soucis ? Je peux t'aider ? »

Surtout, ne pas insister. Elle avait vraiment les yeux fatigués.

« J'ai besoin de me changer les idées. Ce serait super, s'il te plaît, maman. »

Elle semblait au bord des larmes. Elle s'était surmenée, j'en étais sûre. Les nerfs à fleur de peau, un peu déprimée. Bien sûr qu'elle pouvait aller au cottage. Ça lui remonterait le moral. Ils ne risquaient pas de causer de gros dégâts en une journée.

10

Dorset, 2010

Un an plus tard

Les couleurs dans la chambre de Mary sont chaudes : murs ocre, cercles roses sur le tapis et un plaid en mohair bleu vif, bien plié au pied du lit. Je le prends et le tiens contre mon visage. Un chaton tigré dort sur l'édredon dans un rai de soleil. Ses jolis flancs veinés se soulèvent à peine. Par la fenêtre, on voit deux carrés de jardin potager où la terre est retournée et des poules rousses qui picorent le sol dans un enclos grillagé. Le soleil disparaît soudain derrière un nuage gris dont les contours sont surlignés d'une lueur orangée. La couverture est toute douce. Je reste là un moment. Il règne une telle paix ici que j'ai envie de m'allonger sur le lit à côté du chaton et de fermer les yeux. Je n'ai pas éprouvé ce genre de paix depuis une éternité. Depuis un certain samedi à Bristol il y a un an, sans doute. La dernière fois que Ted et moi étions ensemble et heureux.

Bristol, 2009

Cinq jours plus tôt

Ce samedi avait un air de vacances. Ted était à la maison. J'appelai l'hôpital dans la matinée. Jade était dans un état stable après sa première séance de chimiothérapie. J'annonçai que je lui rendrais visite après le week-end. Je ne savais pas ce que je ferais ni ce que je dirais, mais c'était un début. Ted et moi nous rendîmes à la City Art Gallery avant d'aller déjeuner dans un pub, où nous lûmes les journaux côte à côte. Cela faisait une éternité que nous n'avions pas fait ce genre de choses ; le travail de Ted nous privait des activités les plus banales. De plus en plus souvent, il passait ses samedis à l'hôpital pour rattraper son retard. Aujourd'hui, cependant, il semblait captivé par les tableaux. Malgré l'hôpital qui appela deux fois, malgré la foule au musée, nous avions le sentiment d'avoir réussi à nous évader.

La maison était silencieuse. Sur un coup de tête, j'empruntai du papier et un des crayons 3B de Theo afin de faire un croquis de Ted qui révisait un article pour le *British Journal of Neurosurgery.* D'un doigt, il caressait son sourcil droit en lisant. Je dessinai cela aussi. Le crayon courait sur le papier granuleux, laissant une épaisse traînée grise. De temps en temps, il levait la tête et me souriait. Une atmosphère paisible nous enveloppait. Je songeai que ce serait peut-être notre vie, un jour, quand nous serions à la retraite et que nos enfants seraient partis.

Lorsque la porte s'ouvrit sans bruit, je crus que c'était le vent et je me levai sans hâte pour la refermer, de peur de briser le charme. J'eus la surprise de trouver Naomi dans l'entrée, immobile. Elle avait une expression que je ne lui connaissais pas. Elle semblait intensément préoccupée, la tête baissée, bougeant les lèvres. Je ne voyais pas si elle souriait. Pendant un instant, je me dis qu'elle comptait ou qu'elle essayait de se rappeler quelque chose.

« Naomi ! Tu m'as fait peur, ma puce. Tu rentres tôt.

– James devait rendre la voiture. »

Sans me regarder, elle ôta son manteau et l'accrocha.

« C'était comment ?

– Super.

– Et le cottage ?

– Comme d'hab. »

Elle paraissait fatiguée.

« Et le jardin ?

– Quoi le jardin ?

– Il n'était pas trop envahi par les mauvaises herbes ? »

L'idée de ce jardin laissé à l'abandon me peinait. Quand elle était petite, Naomi adorait creuser et planter, puis découvrir ce qui s'était passé en son absence, entre deux périodes de congés. Mais nous ne nous en occupions plus vraiment depuis des années.

« Je n'ai pas fait attention », dit-elle, haussant les épaules.

J'étais déçue.

« Et dans la cuisine, l'odeur, ça allait ?

– L'odeur ? C'est censé sentir quoi ? » demanda-t-elle, déroutée.

Enfant, elle se précipitait toujours la première dans la maison et inspirait profondément. Elle affirmait que même les placards sentaient le cottage : un parfum herbeux, salé, mêlé de vagues effluves de cire.

« Et en haut ? »

Elle regarda par-dessus ma tête Ted, qui était venu se placer derrière moi.

« Salut, beauté. Tu as faim ? » demanda-t-il avec un sourire affectueux.

Elle fit signe que non.

« J'ai rendez-vous avec Nikita. Je vais y aller et…

– Elle n'était pas avec vous ? m'écriai-je, désarçonnée.

– Bien sûr que si, mais on n'a pas beaucoup eu l'occasion de discuter que toutes les deux… »

Elle se mit à se ronger les ongles. Ted la prit dans ses bras.

« Tu t'es bien amusée et tes amis étaient contents ? »

Elle hocha la tête et se dégagea.

« J'ai besoin d'une douche. »

Sa voix tremblait. Elle était fatiguée, sur le point de craquer. Je fis un pas vers elle. Elle se détourna abruptement et se baissa pour flatter Bertie qui se frottait contre ses jambes. Un éclair argenté brilla à son index droit. Je fis une autre tentative.

« Tu as une nouvelle bague ?

– C'est James qui me l'a offerte. Une bague d'amitié, précisa-t-elle.

– Elle est jolie. Alors, est-ce que ça signifie que… »

Je tendis la main vers la bague, mais elle retira la sienne vivement.

« Il en a donné une à toutes les filles de la pièce ; il les a trouvées dans un carton avec les costumes.

– Ah ah. Il les a volées, alors ? »

C'était censé être une plaisanterie, mais elle leva les yeux au ciel. Avant qu'elle puisse répondre, la porte s'ouvrit avec fracas. Les garçons entrèrent, manquant de trébucher. Ils étaient hors d'haleine, le visage rouge, en sueur. Ils portaient des shorts et des baskets boueuses dont ils se débarrassèrent aussitôt.

« Vous êtes d'une saleté répugnante », s'écria Ted, amusé.

Theo affichait une mine triomphante. Sa frange était hérissée ; il avait des gouttes de sueur sur les joues et une traînée de boue sur le menton.

« J'ai gagné. »

Ed avait le visage blême. Il se plia en deux, hors d'haleine.

« Tu as triché », haleta-t-il.

Naomi se précipita dans l'escalier.

«Je prends ma douche la première, ou vous allez utiliser toute l'eau chaude.

– C'est quoi son problème ? s'exclama Theo. Elle a l'air super propre.

– Comparée à toi, peut-être, dit Ted en regardant les jambes de son fils striées de boue séchée.

– Hé, pas mal ! décréta Theo, penché sur la table où j'avais laissé le croquis de Ted.

– Bas les pattes. Tu vas mettre de la sueur et de la terre dessus. »

Ted enlaça Ed, indifférent à la saleté.

« Les infirmières du service de neurochirurgie veulent savoir quand tu reviens faire un stage. Je crois qu'elles t'aiment bien. Je me demandais… »

Ed détourna les yeux.

« Merci, mais j'ai envoyé mon formulaire d'inscription à la fac. »

Les garçons montèrent lentement, sans un mot.

« Qu'est-ce qu'il a ? Je trouve Ed particulièrement grognon, et d'habitude il bat son frère haut la main.

– Ted, voyons, protestai-je, songeant soudain que s'il rentrait parfois un peu plus tôt, il se rendrait compte que nos fils avaient une vie bien remplie. Les examens. Les devoirs. L'aviron. Il est épuisé.

– Naomi a l'air d'en avoir ras le bol », ajouta-t-il, indiquant l'escalier où elle avait disparu.

Ted me reprochait toujours d'être trop angoissée au sujet de Naomi. Je pris donc un ton léger pour lui répondre.

« Elle est fatiguée elle aussi, un peu émotive en ce moment. C'est la pièce, elle est sur les nerfs. Et elle grandit, alors naturellement elle est plus… »

Je cherchai un mot qui engloberait tous les petits changements que j'avais constatés.

« … préoccupée. »

Je pris le dessin inachevé, souriant pour bien montrer que je n'étais pas inquiète.

« Sans parler des hormones. Ses examens. Mais au fond, elle est toujours la même.

– Tant mieux, s'esclaffa Ted. Pendant un instant, j'ai cru que toutes tes questions l'énervaient. »

Je le dévisageai.

« Comment ça, toutes mes questions ? Je m'intéresse à elle. Comment est-ce que je peux savoir ce qu'elle fait si je ne lui demande rien ? »

Ted passa un bras autour de mes épaules.

« Admets-le. Il faut que tu contrôles tout, ma chérie. »

Il s'interrompit pour m'embrasser.

« Peut-être que si tu passais plus de temps à la maison…

– Ne me donne pas de leçons. Si j'étais plus souvent là, ce serait encore pire, dis-je en m'écartant, ma voix soudain retentissante dans la cuisine silencieuse. Comment oses-tu me faire des reproches ? Depuis quand est-ce que toi, tu passes assez de temps à la maison pour savoir comment nous allons ? Je monte finir le tableau de Naomi. Que personne ne me dérange. »

Tandis que je gravissais la dernière volée de marches étroites, j'entendis Ed lancer une question. Ted se débrouillerait avec lui. De quel droit insinuait-il que je ne passais pas assez de temps à la maison, lui qui n'y était jamais ? Mon cœur battait à tout rompre. Dans la petite pièce blanchie à la chaux sous les combles, je retrouvai mon chevalet et le portrait de Naomi. Rien qu'en le regardant, je sentis que je me calmais et que ma rage se dissipait. Ses yeux bleus pétillaient de vie ; à l'aide de mon pinceau, j'entrepris d'en atténuer l'éclat.

Bristol, 2009

Trois jours plus tôt

Le lundi, ce fut la cavalcade toute la journée. Nous avions des billets pour la première de *West Side Story* et d'autres pour la dernière, vendredi. La maison était propre et rangée lorsque je rentrai du travail. Anya avait mis la table avant de partir, posant une serviette et une petite fleur à côté de chaque assiette. Shan et Nikita venaient, ainsi que ma sœur. Je préparai un repas que je laisserais au four. J'aimais couper des légumes ou remuer une sauce après mes consultations, cela me délassait. Je regardai les oignons blancs roussir, l'épaisse pâte de curry se dissoudre sous l'effet de la chaleur et prendre une teinte orangée. Les couleurs qui se mêlaient me rappelaient la peinture, le mélange des pigments sur la palette, et je regrettai soudain de ne pas avoir le temps de m'éclipser au grenier pour travailler au portrait de Naomi.

Kate arriva tôt, vêtue d'une robe de tweed toute simple et chaussée de bottines. Elle disposa les flûtes à champagne sur un plateau. Les mains de ma sœur autour des verres à long pied étaient lisses, ses ongles rouges laqués d'un ovale parfait. La lumière jouait dans ses cheveux méchés coupés au carré qui bougeaient à chacun de ses mouvements.

« Comment ça va ? demandai-je prudemment, consciente que son divorce remontait à quelques mois à peine.

– Depuis le départ de Jack, tu veux dire ? Merveilleusement. Je me lève quand j'en ai envie. Fini les chaussettes sales qui traînent. Je ne m'embête plus à faire la cuisine. Et surtout, je ne passe plus de nuits blanches à me tourmenter pour savoir qui il est en train de se taper.

– Kate…

– Ne me plains pas. Le divorce, c'est le pied. Tu devrais essayer à l'occasion. Tu as l'air exténuée. Ton mari rentre toujours à pas d'heure ? ajouta-t-elle avec un sourire malicieux.

– J'aurais une vie impossible si je n'avais pas une confiance totale en Ted. Il a des horaires déments. Quand il est de garde, je vais me coucher, c'est tout. »

Je ne mentionnai pas notre récente dispute. Après tout, ce n'était pas sa faute s'il n'était pas beaucoup à la maison.

« Pourquoi es-tu si fatiguée, alors ? C'est Naomi ? » insista-t-elle.

Je secouai la tête, mais elle poursuivit.

« Tu te souviens des bêtises qu'on faisait à son âge ? Maman était aveugle.

– C'était différent. Nous étions différentes. Maman ne voyait jamais rien, de toute manière. »

J'étais irritée à présent.

« Naomi travaille vraiment dur. Elle n'a pas le temps de faire de bêtises.

– Ah, fit Kate en haussant les sourcils. La fille parfaite. Et les garçons ? »

Je versai du vin blanc dans un verre que je lui tendis.

« Ça n'a rien à voir avec les enfants. J'essaie de terminer le portrait de Naomi.

– Tu ne t'arrêtes donc jamais ? J'ai parfois l'impression que tu es sur un tapis de course et que tu as peur de ce qui pourrait arriver si tu t'arrêtais. »

Le curry bouillonnait et je le goûtai, avant d'ajouter une larme de lait de coco. Comme je ne répondais pas, Kate haussa les épaules. Elle s'efforçait toujours de me faire sortir de mes gonds, mais cette fois je l'ignorai. Des pierres opalescentes brillaient à ses oreilles et elle était parfaitement maquillée. Je m'étais changée en rentrant du cabinet pour mettre une jupe noire et un pull assorti, et j'avais relevé en vitesse mes cheveux emmêlés à l'aide d'une pince. J'avais trouvé de l'ombre à paupières, que j'avais appliquée avec mon doigt. Je me coupais souvent les ongles avec les ciseaux de la cuisine avant d'aller au travail. Elle ne me croirait pas si je lui disais que je ne m'arrêtais pas parce que j'aimais ça. Je voulais tout cela, en dépit de la fatigue et du sentiment de ne jamais avoir le temps de faire quoi que ce soit comme il faut.

Alors que nous partions pour le théâtre, je remarquai Harold Moore qui nous regardait de la fenêtre, de l'autre côté de la rue. Je me demandai si sa mère l'avait déjà emmené au spectacle. Je ne l'avais jamais croisé dehors.

Peut-être n'avait-elle pas envie de voir les gens le dévisager. Je lui adressai un petit signe et il disparut.

« Ne fais pas attention à ce que je raconte, me dit Kate alors que nous attendions Ted dans le foyer. Chacun est responsable de ses choix. Tu en as toujours voulu plus que moi. C'est seulement que ça semble trop, parfois. »

Plus tard, dans la salle, nous nous assîmes tous côte à côte, Shan, Ted et moi, Kate, Ed et Theo. Je remarquai que la lumière de la scène dorait nos profils. C'était un moment d'une rare perfection. Je me sentis rassurée. Je n'en voulais pas trop ; tout allait bien. J'avais retrouvé le sentiment d'avoir de la chance.

Lorsque le rideau se leva, mon cœur se mit à battre si fort que j'étais persuadée que tout le monde l'entendait. Je ne m'attendais pas à être aussi terrifiée pour Naomi. Mais dès qu'elle entra en scène, mes craintes s'évanouirent. Je la reconnaissais à peine. Sa Maria n'était pas une jeune fille innocente : c'était une séductrice. Elle avait quelque chose de cruel et sensuel dans les scènes où elle exerçait son pouvoir sur Tony. Le public était fasciné. Elle semblait si naturelle. Elle avait travaillé dur – les répétitions avaient été impitoyables, tous les soirs elle rentrait les yeux cernés –, mais elle avait réussi : elle était Maria. Sa vision personnelle et géniale de Maria.

Tout le monde se bousculait autour de nous à l'entracte.

« Qui l'aurait cru !

– Une vraie star.

– Et quelle voix merveilleuse ! »

Les garçons répondaient aux félicitations d'un air penaud. Ed agrippait son verre de vin, buvant rapidement ; Theo paraissait abasourdi. Ted rayonnait de fierté.

Dans la seconde partie, la Maria de Naomi était lumineuse de colère et de détermination. Elle n'avait rien d'une Juliette éplorée, d'une victime qui marchait tête baissée. Elle semblait habitée par la vengeance.

Après le spectacle, tout le monde applaudit quand elle pénétra dans la cuisine bondée, et elle me laissa la serrer dans mes bras. Lorsque je posai ma joue contre la sienne, une odeur caractéristique s'éleva de sa peau brûlante. De l'alcool. Elle avait encore bu.

Je reculai et la dévisageai, mais ses yeux exploraient déjà la pièce et elle ne croisa pas mon regard. Au même instant, Theo se faufila jusqu'à nous pour l'étreindre, la soulevant du sol. Sa bouche trembla. Nikita l'enveloppa d'une longue écharpe de soie orange et lui chuchota quelque chose qui la fit rire. Kate me dirait que nous buvions comme des trous quand nous étions adolescentes. C'était normal à cet âge de faire des expériences, me répétais-je. Cependant, une voix murmurait dans ma tête que c'était un autre élément qui venait s'ajouter à la fatigue, à son attitude distante, à ses silences et à l'odeur de tabac. La regardant embrasser Nikita, je résolus d'avoir une vraie discussion avec elle le plus tôt possible, dès qu'elle se serait un peu reposée. Ce soir, elle savourait son heure de gloire. Je devais lâcher du lest.

Tout le monde se mit à table et je fis le tour des convives, distribuant un *naan* à chacun. Naomi était assise à une extrémité, à côté de Nikita. Leurs têtes se frôlaient. Blond chatoyant et brun soyeux. Je m'interrompis un instant, heureuse de les voir ensemble.

« Quand ? »

C'était la note d'effroi dans la voix de Nikita qui retint mon attention.

« Jeudi. Hé ! Qu'est-ce que tu veux ? s'exclama Naomi, se tournant vers moi d'un air accusateur. Tu n'as pas le droit de nous épier.

– Tiens, ton *naan*, chérie. »

Mieux valait ne rien dire. Pas ce soir.

« Et voilà pour toi, Nik. Que se passe-t-il, jeudi ? »

Le visage de Naomi devint parfaitement lisse.

« Nous sortons tous après la pièce. Pour fêter ça.

– Jeudi ? La dernière n'est pas vendredi ?

– Si, mais on a quand même envie de passer un moment ensemble pour bavarder, alors on s'est dit qu'on irait au restaurant l'avant-dernier soir. »

Elle me regarda d'un air interrogateur.

« C'est une bonne idée, ma chérie. Mais ménage-toi. »

Le spectacle l'occupa beaucoup après cette soirée. Elle ne passait à la maison qu'en coup de vent. Pour finir, je n'eus jamais le temps de lui parler. Trois jours plus tard, elle entrait dans la cuisine avec son sac plastique et son sourire différent. Et elle disparaissait.

11

DORSET, 2010

UN AN PLUS TARD

Telle une petite serre noueuse, la main de Mary agrippe le bord du plaid dont je la couvre sur le canapé. Il y a un silence. Elle a les joues rouges et semble embarrassée. Je m'empresse de la rassurer.

« Ne vous inquiétez pas. J'étais médecin généraliste, j'ai l'habitude des gens qui s'évanouissent. J'ai vu vos comprimés pour la tension. Peut-être… devriez-vous faire une visite de contrôle ?

– Ces fichus médicaments. Ils me font plus de mal que de bien. Je vous remercie de votre gentillesse. »

C'est à mon tour de me taire. Je sens les questions non dites me concernant qui s'amoncellent.

« Il n'y a vraiment pas de quoi. »

Bertie me suit à la porte. Je me retourne.

« Je m'excuse, il a vidé la gamelle du chat.

– Ce n'est rien, il est gras comme un moine. Revenez me voir, ajoute-t-elle, une lueur dans ses yeux bleu pâle. La prochaine fois, je vous ferai du thé, promis. »

Je referme la porte avec précaution. Sans le vouloir, je me suis fait une amie. Et je songe soudain que, pendant cette heure, la peur qui me talonne depuis un an a cédé un peu de terrain.

12

Bristol, 2009

La nuit de la disparition

Nous entendîmes la voiture de la police faire demi-tour devant la maison et les pneus s'éloigner sur le goudron mouillé. Dehors, une lumière blafarde chassait l'obscurité du jardin. Lorsque j'ouvris la fenêtre, mon coude renversa une petite pile de livres posée sur le rebord. Je pris un cahier d'exercices et lus : « Naomi Malcolm. Chimie », les lettres en italique tracées avec soin. On avait dessiné des cœurs rouges au stylo sur la couverture. L'encre avait bavé ici et là. Ma main s'attarda sur le papier lisse un instant.

Ted monta dormir une heure.

Je restai seule dans la cuisine. La peur m'assaillit, brutale et soudaine. Je baissai la tête pour reprendre mon souffle comme si je luttais contre le vent. Mes mains semblaient sur le point d'éclater, mon visage me faisait mal, mon crâne me démangeait douloureusement. Des palpitations de terreur circulaient de l'arrière de ma bouche à mon sternum : lorsque je mettais ma paume sur l'os en forme de poignard, j'avais l'impression qu'il battait. Mes jambes flageolaient. Je pouvais à peine marcher.

Lorsque la bile remonta dans ma gorge et mon nez, je me dis qu'elle était peut-être en train de mourir à cet instant précis et que c'était pour cette raison que j'avais moi aussi la sensation de mourir.

Je fus prise de haut-le-cœur et il me fallut toute mon énergie pour essuyer les larmes et le vomi sur mon menton avec du papier toilette. Ensuite, je refermai l'abattant des W-C et, m'agenouillant devant, je posai la tête sur mon bras. Dans le coin, là où le lino rejoignait le mur, je vis une tache triangulaire d'urine séchée et un petit bout d'emballage de tampon jaune.

Je me rendis à la cuisine. Le jour se levait. Sept heures et demie. Les garçons seraient bientôt debout. Ce plastique jaune était peut-être là depuis des semaines, mais mes pensées s'affolèrent: qu'arrivait-il au cycle menstruel quand on mourait? Le sang continuait à couler pendant un certain temps, se refroidissant en même temps que le corps. Je regardai l'horloge. Cela faisait à présent huit heures qu'elle aurait dû être rentrée. Elle n'était pas morte. Non. Elle était dans un relais d'autoroute, les lèvres sur le bord d'une tasse de chocolat chaud, ou bien elle jouait au frisbee, sur le sable humide d'une plage au petit jour. Une bande de peau froide visible au-dessus de la ceinture de son pantalon chaque fois qu'elle étirait les bras. Elle avait décidé de ne pas téléphoner, mais je n'étais pas fâchée. Je ne me fâcherais plus jamais. Je comprendrais tout. Promis. Je promis aussi à Dieu que j'irais à l'église chaque jour qui me restait à vivre si elle était saine et sauve.

Je gravis lentement l'escalier. Voilà ce que serait la vieillesse. Chaque mouvement lourd et difficile. Ted était étalé sur le lit, endormi. Il s'était débarrassé de ses chaussures et sa veste était accrochée au dossier d'une chaise. Il avait la bouche ouverte et ronflait doucement. Le bruit léger qui souvent me tenait éveillée me semblait rassurant à présent. Il était tellement innocent. Je m'allongeai à côté de lui. Sans le toucher, mais assez proche pour sentir sa chaleur s'insinuer en moi. Des fragments de mots sans suite se heurtaient aux parois de mon crâne. L'intérieur de mes paupières était incandescent.

Dehors, les oiseaux chantaient.

13

Dorset, 2010

Un an plus tard

Le vent s'est levé pendant que j'étais chez Mary ; un orage approche. Au loin, entre les toits de chaume, les falaises émeraude se détachent sur un ciel gris éclatant. Fascinée, je me demande comment rendre cette intensité en peinture. Soudain, la lumière est comme aspirée de la scène, laissant un ciel de cendre, et, un instant plus tard, un éclair fend le gris. Le tonnerre gronde à l'instant où j'atteins la porte. Bertie gémit. Je bataille avec la serrure, les mains glissantes, et nous nous retrouvons trempés jusqu'aux os en quelques secondes. Je remarque que, sous la pluie, ma peau semble bronzée, celle d'une autre. À l'intérieur, un bruit sourd retentit ; en haut, une fenêtre s'est ouverte et claque contre le mur, laissant entrer dans la maison le fracas des vagues sur les galets. Alors que je vais pour la fermer, le vent soulève mes cheveux et une gerbe d'eau glacée me fouette le visage. J'ai le souffle coupé. La puissance brute de l'orage est effrayante et jubilatoire ; une peur différente de la terreur froide qui me réveille chaque matin depuis un an.

BRISTOL, 2009

UN JOUR PLUS TARD

J'ouvris les yeux et aussitôt la panique s'enroula étroitement autour de moi. À côté, j'entendis Theo se lever, se rendre dans son cabinet de toilette, allumer la douche, chanter. Je savais que ses paupières étaient presque closes. Le bruit de l'eau réveilla Ed dans la chambre voisine. Ses bâillements sonores se muèrent vite en grognements et en soupirs plus discrets. Je consultai ma montre : huit heures trente. J'aurais voulu pouvoir prolonger ce moment, les laisser dans l'ignorance.

En bas, tout était resté allumé. L'odeur du café me donna de nouveau la nausée.

Je mis des céréales et des bols sur la table. Du lait, du jus de fruit, des cuillères. Les garçons descendirent. J'attendis, cherchant le ton approprié.

« Naomi n'est pas là. »

Je pensais que ma voix était normale, mais les garçons se figèrent. Theo, qui buvait du jus d'orange à même le carton, l'écarta de sa bouche avec un geste brusque. Ed, qui se servait des céréales, redressa le paquet, interrompant le flot de flocons d'avoine. Ils attendaient.

« Elle… Elle n'est pas rentrée la nuit dernière. Elle n'était pas là où elle était censée être…

– Et alors ? » demandèrent-ils en chœur.

Ed haussa les épaules.

« Il n'y a pas de quoi dramatiser. »

J'éprouvai une bouffée de gratitude : ce n'était que ça, je dramatisais ? Une lueur d'espoir apparut.

« Elle nous a dit qu'elle sortait dîner avec la troupe, mais nous pensons qu'elle avait rendez-vous avec quelqu'un d'autre. Nous ne savons pas qui encore.

– Et alors ? répéta Ed.

– D'où tu tiens tout ça ? demanda Theo, dérouté.

– Nous avons parlé à Nikita.

– Tu as forcé Nikita à révéler les secrets de Naomi ? s'indigna Ed.

– Nous avons attendu jusqu'à deux heures du matin…

– Quoi ? Vous avez parlé à Nikita en plein milieu de la nuit ? »

Il semblait furieux. Il ouvrit le tiroir à couverts si brutalement que des couteaux et des fourchettes tombèrent par terre.

« Merde. »

Il les ramassa et les posa bruyamment sur la table.

« La police risque de passer au lycée. Vous serez peut-être interrogés.

– La police aussi ? Elle dort sans doute chez un copain ou une copine. Il y a des jours où je ne te comprends vraiment pas, ajouta-t-il en me regardant avec colère.

– Est-ce qu'elle a mentionné quoi que ce soit devant vous ? »

Ed fit non de la tête et sortit de la pièce sans attendre son frère. Sa fureur était déroutante. Je ne comprenais pas ce qui la motivait, cependant je m'y raccrochais. Nous avions simplement dramatisé.

Les sourcils blonds de Theo dessinaient un V, la peau fine formant d'étroits plis parallèles sur son front.

« Elle ne m'a rien dit non plus. Mais elle ne se confiait plus beaucoup, ces derniers temps, déclara-t-il, les mots sortant un par un, comme s'il en prenait conscience pour la première fois. C'est vrai qu'elle passait moins de temps à la maison, la pièce… »

Sa voix hésitante s'éteignit.

« Où est papa ? Il est au courant ? » ajouta-t-il, inquiet.

Je mis un bras autour de ses épaules.

« Qu'est-ce que tu crois, Theo ? Bien sûr qu'il sait. On est restés debout presque toute la nuit. Il dort.

– Qu'est-ce qui va se passer ? demanda-t-il d'un air perdu.

– On va la retrouver, mon chéri. La police s'en occupe. »

Je m'efforçai de donner l'impression que je croyais à ce que je disais, de faire comme si une foule de questions hystériques ne se bousculaient pas dans ma tête.

« La police. Merde. Bien. Je vais me renseigner de mon côté, ajouta-t-il au bout d'un moment. Mais j'imagine qu'elle va finir par téléphoner ou envoyer un SMS.

– Oui. Merci, mon grand. »

Il se pencha vers moi avant de sortir, le duvet sur sa joue effleurant mon visage.

Je ne sais pas combien de temps je restai assise à la table. La pièce se mit à tourner autour de moi et les bords brûlants de mes paupières se rejoignirent lentement. Je devais piquer du nez car, lorsque le téléphone sonna, je me redressai brutalement.

« Inspecteur John Harrison.

– Oui ?

– Du CID, le Département d'investigations criminelles. Madame Malcolm, pardon, docteur Malcolm ?

– Oui ?

– Rien de nouveau pour l'instant. Nous avons appelé tous les hôpitaux. Naomi n'a été admise nulle part, ce qui bien sûr est plutôt rassurant. Nous avons appelé son lycée et je vais m'y rendre tout à l'heure pour interroger ses professeurs et ses amies. »

Sa voix était grave. La lueur d'espoir s'éteignit. Lui savait que nous ne dramatisions pas.

« Je ferais mieux de les avertir.

– Inutile. C'est fait. Un policier passera vous voir vers midi. Nous souhaiterions parler à vos autres enfants aussi rapidement que possible.

– Theo et Ed ? »

Ils étaient donc suspects ? Pourquoi la police ne sillonnait-elle pas la campagne à la recherche d'une voiture avec un homme et une adolescente terrorisée ? Un type, avait dit Nikita. Ce qui ne nous avançait guère. Peut-être était-il grand et séduisant, les épaules larges, assez fort pour la maîtriser. Ou l'inverse, jeune, petit, ordinaire, un visage doux dont elle ne s'était pas méfiée. Pouvait-elle réellement être partie avec lui de son plein gré, avoir tout organisé en secret ? J'avais envie d'y croire, mais je savais que je me berçais d'illusions ; elle n'aurait pas quitté la maison sans nous prévenir. Pas après toutes nos mises en garde au sujet des inconnus et des voitures.

« Eh bien, docteur… madame… »

Il ne savait plus comment m'appeler, mais peu importait le titre. J'étais juste une mère dont l'enfant avait disparu.

« Jenny.

– Bien, Jenny. C'est une procédure de routine. Ce sont toutes ces petites vérifications qui nous permettent d'obtenir des résultats à la fin.

– Une procédure de routine pour une disparition de routine. »

Elle était peut-être en train de m'appeler tout bas.

« Ce n'est pas ce que je voulais dire, Jenny. Vous n'imaginez pas le nombre de jeunes qui disparaissent quelque temps puis reviennent la bouche en cœur. D'ici là, nous ne négligerons aucune piste. Nous prenons l'affaire très au sérieux. »

Il devait y avoir des listes de clichés de ce genre dans son calepin ; je me demandai s'ils étaient classés par ordre alphabétique. Il avait peut-être une page pour chaque occasion. Disparition, enlèvement, viol, meurtre.

« Le problème, inspecteur… »

Je m'interrompis et j'inspirai à fond, comme on nous l'enseignait dans les cours de préparation à l'accouchement. Inhalez et comptez. Expirez lentement.

« Le problème, c'est l'attente. Je ne sais pas comment faire. »

Sa voix se fit soudain plus humaine.

« Il faut tenir bon, Jenny. Tenez bon. »

Mes yeux piquaient.

Je remontai l'escalier. Ted était exactement dans la même position ; les plis sur sa chemise n'avaient pas bougé. Je fis couler un bain brûlant et je m'y plongeai. Puis, enveloppée dans une serviette, téléphone à la main, encore mouillée, je me glissai sous la couette. Aussitôt, ce fut le noir, comme si j'avais été assommée.

La sonnette me fit bondir hors du lit. J'enfilai un jean et le pull de Ted et j'étais en bas avant qu'elle ne retentisse une seconde fois.

L'homme sur le perron était totalement immobile. Nous nous observâmes un instant en silence. Il était trapu, grisonnant, la peau tannée, de fines rides autour de ses yeux gris. Une bouche triste. Il avait dû se casser le nez autrefois. Ses traits n'étaient pas tout à fait symétriques. L'œil gauche était peut-être un peu plus grand que le droit ou ils n'avaient pas tout à fait la même forme. Il examina attentivement mon visage dépourvu de maquillage, mes cheveux ébouriffés, le pull trop large, le vieux jean, mes pieds nus, et il vit sans doute une victime de plus.

« Michael Kopje. Officier de liaison avec la famille. »

Je reconnus immédiatement son accent sud-africain, qui m'évoqua l'année sabbatique que j'avais passée dans une mission là-bas et les rudes paysans dans leurs camionnettes déglinguées, qui luttaient contre la sécheresse et le bétail malade. Des gens qui ne se laissaient pas abattre dans l'épreuve.

Sa poignée de main était brève et ferme.

« Comme la colline ? »

Avais-je réellement dit une chose pareille ? Malgré la situation ?

Les lignes autour de ses yeux se creusèrent et un sourire passa sur ses lèvres. Mais très vite elles retrouvèrent leur pli maussade. Il ne me demanda pas comment je savais, ce dont je fus soulagée. Je n'avais pas envie de bavarder de l'Afrique, de comparer son Afrique et la mienne.

« Jenny. Entrez, je vous en prie. »

Je le conduisis à la cuisine, allumai la bouilloire électrique et montai réveiller Ted. Il se leva aussitôt et descendit avec moi. Je suivis son regard vers l'horloge. Midi.

« Notre fille aurait dû être rentrée il y a douze heures. Le seul soutien dont nous avons besoin, ce sont des informations », déclara Ted.

Il s'assit à la table, en face du policier.

« C'est pour cette raison que je suis ici.

– Alors, que pouvez-vous nous dire ?

– J'ai pu parler au professeur de théâtre, Mme Mears, et à toute la troupe. Une jeune fille appelée… Nikita, dit-il après avoir sorti un carnet de sa veste, nous a livré des informations au sujet de Naomi. »

Je n'aimais pas la manière dont il prononçait son nom, calmement, comme s'il la connaissait. Je m'assis à côté de Ted et pris sa main. J'eus une brusque bouffée de colère. Jamais nous n'aurions rencontré ce Michael Kopje si Naomi n'avait pas disparu mais, à cause d'un mauvais tour du sort, lui, un étranger, s'appropriait son nom. Je le fusillai du regard et il baissa les yeux ; je me rendis compte qu'il savait ce que j'éprouvais et la fureur qui s'était emparée de moi s'apaisa aussitôt. Après un petit silence, il reprit la parole.

« On a laissé les filles se changer après la pièce, mais elles n'étaient pas seules dans le bâtiment. Selon Mme Mears, un garçon plus âgé les attendait dans le hall, alors elle est partie, sachant que le gardien passerait plus tard pour fermer.

– Quel garçon ? »

Il hésita un moment.

« Edward. Votre fils.

– Ed ?

– Il a dit à Mme Mears qu'il allait raccompagner Naomi. »

J'étais abasourdie. Ed était là-bas et il ne nous avait rien dit. Et Nikita non plus.

« S'il vous plaît, monsieur Kopje, continuez, intervint Ted, très raide sur sa chaise, la bouche pincée.

– Appelez-moi Michael. D'après Nikita, Naomi avait rendez-vous avec un homme. Elle voulait l'attendre avec elle, mais Naomi lui a dit que ce n'était pas la peine, puisque Ed était là. Lorsque la mère de Nikita est venue la chercher, le théâtre semblait désert. À quelle heure Ed est-il rentré hier soir ?

– Je n'en sais rien. Je me suis endormie. »

Je crus voir ses yeux s'écarquiller. Donnais-je l'impression d'une mère insouciante qui laissait ses enfants vagabonder à toute heure du jour et de la nuit ? Je ne voulais pas m'endormir. Mais parfois, j'étais si fatiguée que le sommeil m'emportait dès que je m'arrêtais un instant. Je n'allais pas me justifier, de toute façon, quelle importance à présent ?

« Il semblerait qu'Ed soit parti tout de suite après Nikita.

– Cet idiot aurait mieux fait de rester », murmura Ted.

Je sortis mon portable pour appeler Ed, mais je tombai sur sa messagerie.

Michael poursuivit, comme s'il n'avait rien entendu.

« Nikita affirme qu'elle ne sait presque rien de cet homme. Naomi l'a mentionné pour la première fois il y a une quinzaine de jours. Nikita pense qu'il est venu une fois et qu'il est resté au fond de la salle, mais elle n'a jamais eu l'occasion de le voir de près.

– Quelqu'un a bien dû le remarquer, intervins-je, me penchant en avant. Un inconnu. Si vous demandez aux professeurs…

– J'y viens. Mme Mears aurait aperçu un homme assis au fond de la salle pendant une répétition. Et Naomi se serait levée du siège à côté de lui. Elle lui a dit que les amis et la famille n'étaient pas autorisés à assister aux répétitions. Naomi lui a répondu qu'elle ne l'avait pas invité, qu'il s'était présenté spontanément. »

Il s'interrompit. Je me demandai si cet homme était au théâtre le jour de la première. Je fouillai dans ma mémoire : avais-je remarqué un inconnu qui traînait autour de la salle à l'entracte ? Quelqu'un derrière un pilier, une haute silhouette en partie dissimulée, une tête tournée au bar, qui observait notre groupe à la dérobée ? Peut-être. Mais ce n'était probablement qu'un jeu de mon imagination.

« Est-ce que Mme Mears a vu à quoi il ressemblait ?

– Il faisait trop sombre. Il était assis. Elle a cru qu'il était de la famille. Naomi a-t-elle parlé d'une nouvelle rencontre ? demanda-t-il en nous regardant tous les deux. Est-ce que quelque chose d'inhabituel vous a frappés ? »

Ted dit non en même temps que je disais oui. Michael se tourna vers moi.

« Elle n'a rien mentionné, mais il y avait quelque chose de différent, commençai-je lentement.

– Différent comment ?

– Elle était plus calme. Je m'en suis seulement rendu compte après une répétition. Elle rentrait tard et semblait très distante.

– Distante ? »

Il attendait, son stylo immobile au-dessus de son calepin.

Je me tournai vers la cuisinière au pied de laquelle Bertie dormait. Elle se tenait exactement à cet endroit lorsqu'elle m'avait lancé un regard de biais.

« Avant, elle me parlait beaucoup, de tout. Ce soir-là, j'ai pris conscience que cela faisait un certain temps qu'elle ne me disait plus rien ; j'ai pensé que c'était la fatigue, entre les répétitions et le lycée, mais… »

Je m'interrompis, songeant à sa brusque hostilité quand j'avais évoqué ses devoirs, le silence qui avait suivi.

« Quand j'y repense, c'est comme si elle voulait délibérément me cacher quelque chose. »

Il y eut un silence. On n'entendait que le discret grattement du stylo quand Ted se redressa soudain, sa voix tranchant à travers mes souvenirs.

« Le cottage ! » s'écria-t-il.

14

Dorset, 2010

Un an plus tard

Je ferme la fenêtre avec soin pour que le vent ne puisse pas la rouvrir et je me débarrasse de mes vêtements trempés que j'abandonne en tas sur le sol, puis passe un pyjama, des grosses chaussettes et un vieux pull. En bas, le cottage semble froid et vide après le chaleureux intérieur de Mary. Je fais les cent pas ; je sens mon corps horriblement vivant. Qu'est-ce qui s'est échappé ou qu'ai-je laissé entrer ? Un voile s'est écarté dans un coin de mon esprit, et des couleurs chatoyantes se sont glissées là où j'avais aménagé un espace noir et silencieux. Une image se forme qui n'attend que d'être fixée. Mon vieux carton à dessin se trouve derrière le bureau. Je le sors et choisis une toile vierge, puis éparpille les tubes de gouache sur la table. Je veux peindre les couleurs et les sons de l'orage.

D'autres toiles se sont échappées ; l'une d'elles tombe par terre. Je la ramasse avant que Bertie ne la piétine. C'est le portrait de Naomi que je n'ai jamais fini. Sa bouche sourit ; il y a dans ses yeux une lueur de triomphe que je n'avais pas remarquée jusque-là. On prétend qu'on passe aux petits derniers des caprices interdits à leurs aînés. J'avais dit à Ed qu'il ne pouvait pas organiser de fête au cottage, mais j'avais donné la permission à Naomi. Elle se débrouillait presque toujours pour obtenir ce qu'elle voulait ; c'est ce qui l'a perdue.

Bristol, 2009

Un jour plus tard

« Elle est allée au cottage la semaine dernière », expliqua Ted.

Michael avait arrêté d'écrire et le regardait d'un air interrogateur.

« Le cottage ?

– Pardon. Les parents de Jenny avaient prévu de s'installer dans le Dorset à leur retraite, dans un cottage qu'ils avaient acheté au début de leur mariage, mais son père est décédé. Et sa mère a fait don de la maison à ma femme très récemment. Enfin, peu importe, ajouta-t-il avec un soupir impatient. Nous avons autorisé Naomi à y aller le week-end dernier, avant la première. Elle disait avoir besoin de se changer les idées ; elle voulait y passer la journée avec des amis de la troupe. Cela ne nous a pas semblé déraisonnable, sur le moment. »

Je la revis sur le seuil, silencieuse.

« Elle était très… préoccupée à son retour. Elle ne nous a pas raconté grand-chose sur la journée. »

Ted et moi échangeâmes un regard.

« Avec qui y est-elle allée ?

– Des amis du lycée, répondit Ted. Du moins, c'est ce qu'elle nous a dit. Un garçon qu'elle connaît depuis des années. D'autres membres de la troupe. Nikita.

– Est-ce qu'ils sont passés la prendre ici ? demanda Michael, qui avait recommencé à écrire.

– Non, ils avaient rendez-vous ailleurs », m'écriai-je, soudain alarmée à l'idée qu'elle ait pu nous mentir.

Ted et moi nous levâmes en même temps.

«Je vais avoir besoin de l'adresse. Des clés.

– Inutile, décréta Ted. J'y vais maintenant.»

Michael rangea son calepin dans sa poche et se leva. Il sortit son téléphone et passa un appel. Nous l'entendîmes réclamer un chauffeur et deux policiers pour escorter Ted.

«Je peux y aller seul. Je préfère, en fait, déclara-t-il abruptement. Si elle est là-bas, voir débarquer une armada de policiers risque de l'effrayer.»

Michael écarta le téléphone de sa bouche.

«Si elle est là-bas et qu'il y a quelqu'un avec elle, c'est lui qui risque de paniquer en vous voyant.»

Nous le dévisageâmes sans un mot; des éventualités insoupçonnées se présentaient soudain à nous. Paniquer et faire quoi?

«Je t'accompagne», dis-je à Ted alors que Michael s'éloignait, reprenant sa conversation téléphonique.

Il étudia mon visage.

«Tu n'as pas assez dormi.

– Arrête, c'est à deux heures d'ici à peine. Je dormirai dans la voiture.

– Reste. Au cas où.»

Au cas où j'entende ses pas précipités à la porte du jardin? Sa voix dire à Bertie qu'elle était rentrée et qu'il pouvait arrêter de bouder? Tous ces petits riens familiers s'étaient déjà parés de l'éclat d'un luxe impossible.

La sonnette retentit au rez-de-chaussée. Ted et Michael allèrent ouvrir au policier qui devait conduire Ted dans le Dorset. J'entendis des voix, la porte claquer, puis les pas de Michael redescendre à la cuisine.

J'allumai la bouilloire et regardai l'heure: treize heures trente. Elle aurait dû rentrer il y a quatorze heures. Le temps qu'ils arrivent au cottage, ce serait encore plus. Je me demandai s'ils suivraient le même trajet que nous, la M5, puis, après Taunton, les petites routes qui traversaient Chard, Axminster et Bridport. Les cinq derniers kilomètres jusqu'à Burton Bradstock, avec la mer entre les collines sur la droite. Les enfants n'en pouvaient plus, alors, et ils avaient hâte de sortir se dégourdir les jambes.

«Je suis désolé, Jenny, dit simplement Michael en s'approchant de la table.

– Comment est-ce que vous allez la retrouver ? Et le violeur ? ajoutai-je, haussant le ton sans pouvoir me contrôler. Chaque seconde…

– Ce n'est pas le violeur. Il a été arrêté il y a dix jours. Il est en détention. Nous faisons le maximum. Nous avons relevé les empreintes dans les loges, le théâtre, sur les sièges. Nous sommes en train d'interroger ses amis.»

Il me regarda attentivement pour s'assurer que je suivais.

«Nous demandons aux voisins et au lycée s'ils ont remarqué des voitures dans le coin hier soir et nous consultons les caméras de surveillance dans les parkings des alentours et sur les routes à la sortie de Bristol.»

Je le regardais tandis qu'il débitait sa liste, ses yeux gris pleins de gravité.

«Nous établissons aussi un portrait-robot à partir de la description de Mme Mears, qui sera diffusé ce soir, au journal de dix-huit heures. Nous prenons sa disparition très au sérieux.»

C'était mieux et c'était pire. Je glissais sur une pente inconnue, essayant de me raccrocher à quelque chose.

Il s'approcha de la bouilloire, prit le café soluble, le lait et prépara deux tasses. Il m'en donna une et se rassit en face de moi, à la table où se trouvaient encore les paquets de céréales et le jus d'orange, les bols sales, du thé froid.

«Nous sommes dans le domaine des hypothèses, mais il faut envisager d'autres possibilités, même improbables.

– D'autres possibilités ?

– Oui, il n'y a peut-être pas lieu de s'inquiéter.

– Comment ça ?

– Elle est avec une amie, elle dort ou elle a envie d'être seule.

– Naomi ne ferait jamais une chose pareille ; en plus, il reste une représentation.

– Le stress, peut-être ? »

Je secouai la tête. J'aurais aimé le croire, mais même si elle avait changé, en dépit de tout ce qui avait pu nous échapper, je savais qu'elle n'aurait pas abandonné la pièce ainsi.

« Alors, il y a les autres options. Elle a vu l'inconnu brièvement ou pas du tout. »

Il était en train d'insinuer qu'elle avait pu être enlevée par quelqu'un d'autre, sur le trajet du retour peut-être, un acte aveugle d'un individu violent.

Je l'écoutais sans rien dire. Qu'est-ce qui serait pire ? Quelqu'un qui avait gagné sa confiance dans le but de lui faire mal ou un inconnu caché dans l'ombre, à la sortie du théâtre ou plus loin dans la rue ? Je me levai, mais mes jambes étaient trop faibles et je dus me rasseoir.

« Est-ce qu'un autre détail inhabituel vous est revenu ? Quelque chose que vous n'auriez pas noté sur le moment ou à quoi vous vous seriez habituée ? Des ennemis ? »

Il me passa un carnet et un crayon. Tenir le crayon dans ma main m'aida à me ressaisir.

Je l'observai. Il savait aider les autres, mais les coins tombants de sa bouche me soufflaient qu'il n'aimait pas cette partie de son travail.

« Vous avez l'habitude, dis-je. Vous savez quoi faire. »

Cela ressemblait à une accusation. Je voyais qu'il réfléchissait à sa réponse.

« Oui. Mais chaque fois, c'est différent. Comme dans votre travail. Vous devez voir beaucoup de gens qui ont le même genre de maladie, pourtant ce n'est jamais pareil, il n'y a pas de routine. »

Il avait raison, bien sûr. Je hochai la tête et il ouvrit son propre calepin.

« Qui habite à côté ?

– Ce sont des appartements. Ça tourne beaucoup. Surtout des jeunes couples. Nous ne les connaissons pas plus que cela.

– En face ?

– Mme Moore et son fils. Il est trisomique. »

Michael le nota aussi.

« Personne d'autre ? »

Des ennemis, avait-il dit. Je songeai au mari d'Anya qui m'avait fusillé du regard lorsqu'il avait déposé sa femme. Aux yeux de M. Price la dernière fois que je l'avais vu. Les amis, c'était plus facile. Nikita. Elle avait beaucoup d'amis, au lycée, mais le seul qui me revenait à l'esprit, c'était le garçon qui l'aidait à réviser ses mathématiques, James. Celui qui l'avait accompagnée au cottage, celui qui lui avait offert la bague.

J'entrepris de dresser une liste ; il me fallut du temps pour discipliner mes pensées. Lorsque le téléphone sonna, je sursautai, le cœur battant, mais Michael avait déjà décroché.

« Pas de commentaires, dit-il sèchement après une petite pause. Pas de commentaires », répéta-t-il.

Il coupa la communication.

« Les médias vont vous harceler. »

Manifestement, il avait l'habitude de cela aussi.

« Je vais vous préparer un communiqué leur demandant de respecter votre vie privée. »

J'ouvris de grands yeux. Tout ce qui m'intéressait, c'était Naomi, la voir, l'entendre, la toucher, la serrer. Ma vie privée me paraissait hors de propos.

J'achevai la liste et la lui donnai. Il se leva. Je ne voulais pas qu'il parte ; la situation semblait moins désespérée quand il était là. Il promit qu'il serait de retour d'ici deux ou trois heures.

Après, je restai longtemps assise sans bouger, des pensées incohérentes se bousculant dans mon esprit. Enfin, je me levai, les membres ankylosés, et je regardai l'horloge. Seize heures qu'elle aurait dû être rentrée, vingt-deux depuis qu'elle avait franchi la porte. Je me souvins de sa voix lorsqu'elle avait dit au revoir, mais j'étais incapable de me rappeler si j'avais répondu.

15

Dorset, 2010

Un an plus tard

Je fais un lavis vert sur le papier, puis j'ajoute du vert sapin et du vermillon pour obtenir un vert grisâtre, mais la teinte est trop froide. Il faut qu'elle soit plus vibrante, plus sombre, plus dense. Je mets alors du vert Guignet et de la terre d'ombre. La mer violet et brun s'élève jusqu'au bord du ciel, comme pour l'avaler. Je peins l'écume blanche en pointillé le long de la crête d'une vague. À mesure que le tableau prend forme, je sens la corde qu'il me jette. Je l'imagine rêche de sel et mouillée entre mes mains. Je m'interromps de temps en temps pour rajouter du bois dans le feu, boire une gorgée de vin, me faire un sandwich que je mange en arpentant la pièce.

Un peu après minuit, la peinture relâche son emprise. Les braises rougeoient; on se sent à l'abri dans le salon, au chaud, en dépit de l'orage qui se déchaîne toujours dehors. L'an dernier, nos vies ont été détruites par une tempête furieuse et impitoyable. J'ai tenu bon, parce que je croyais que nous finirions par la retrouver et aussi pour les garçons. Theo et Ed me portaient.

BRISTOL, 2009

UN JOUR PLUS TARD

Theo rentra du lycée en fin d'après-midi. Il avait une portion de *fish and chips* dans un sac en papier blanc si graisseux qu'il était translucide. L'odeur du vinaigre me souleva le cœur. Quand mon téléphone sonna, je prétextai la nausée pour monter, afin que Theo n'écoute pas la conversation.

La voix de Ted semblait lasse.

« Le cottage est vide. Il n'y a personne. Personne n'y est passé au cours des dernières vingt-quatre heures. »

Ce n'était donc pas là qu'on l'avait emmenée.

« Elle y a été, malgré tout. La semaine dernière, comme elle nous l'a dit. Sauf que…

– Oui ?

– Elle… Ils…

– Quoi ? »

Je sentais des fourmillements d'impatience sur mon cuir chevelu.

« On a dormi dans le lit. Il y a une tache sur le matelas.

– Dormi ? Mais elle n'a pas passé la nuit au cottage. »

Puis l'autre mot parvint à mon cerveau.

« Comment ça, une tache ? demandai-je d'une voix blanche. Quel genre de tache ?

– Du sang.

– Mon Dieu ! »

Je ne trouvais plus mes mots.

« Apparemment, elle remonte à plusieurs jours. Il y a des traces sur le sol aussi. »

Il parlait à voix basse. Il devait y avoir quelqu'un à proximité, qui écoutait peut-être ce qu'il disait.

« On peut la dater à la couleur, c'est ce que prétend le policier. Il est de la police scientifique. Et le vin dans les verres a séché. Il était là depuis plus qu'un jour et une nuit.

– Du vin ? Quel vin ? »

Je ne comprenais rien à ce qu'il racontait.

« Il y a une bouteille près du lit, avec deux verres. »

Des verres de vin près du lit ? Elle ne buvait jamais. Elle sentait l'alcool après la générale et au dîner le soir de la première, mais je pensais que c'était parce que tout le monde buvait. Je pensais qu'elle détestait l'alcool.

« Ce doit être les amis avec qui elle était ; certains sont beaucoup plus... adultes... »

Tout en parlant, je songeais aux gamines qui venaient au cabinet, enceintes à douze ans. Mais Naomi n'était pas comme ça. Elle n'avait jamais eu de petit copain. Je l'avais dit à la police. Ce n'était pas possible qu'elle ait couché avec quelqu'un.

« Elle n'était pas au cottage avec ses amis, déclara Ted. Encore un mensonge. D'après les empreintes de pas, il n'y avait que deux personnes. Elle et ce salopard. Tu la trouvais préoccupée lorsqu'elle est rentrée l'autre jour ? Pas étonnant : elle était traumatisée. »

Il prit une inspiration rauque.

« D'abord, il l'a fait boire... »

En dépit de l'effet glaçant de ses mots, je m'efforçai de voir au-delà.

« Si c'est le cas, c'est bon signe, m'entendis-je dire. Boire ensemble, c'est bon signe.

– Quoi ? Bon signe si elle était ivre quand il l'a violée ? »

Sa froide incrédulité me fit tressaillir.

« Non. »

Elle avait l'air tellement paisible sur le seuil.

« Nous l'avons vue à son retour du cottage. Je m'en serais rendu compte si quelque chose de traumatisant lui était arrivé. Elle était calme. »

Je parlais plus vite, sûre de moi à présent.

« Réfléchis. Si tu bois du vin au lit avec quelqu'un, ça veut dire que tu es détendu et que tu discutes. Tu es bien...

– Une équipe locale est arrivée il y a une heure, m'interrompit Ted. Ils prennent des photos et font des prélèvements : empreintes, ADN. »

J'avais toujours les verres de vin à l'esprit. Il lui avait servi à boire, l'avait enlacée ; elle avait avalé une gorgée en souriant, fait semblant d'apprécier.

« Le vin signifie qu'il l'aime bien, repris-je d'une voix songeuse. Le sang, c'est parce que… c'était sa première fois. Donc si elle se trouve avec la même personne, il ne lui fera pas de mal. Pas si… s'ils ont fait l'amour. »

Les mots semblaient ridiculement déplacés. Mais l'amour valait mieux que le viol, que le meurtre.

« Redescends sur terre. Bien sûr que ce doit être la même personne, mais ça ne signifie pas que c'est moins dangereux. Ça doit faire partie d'un plan. Ce n'est que le début », ajouta-t-il d'une voix tremblante.

Il y eut un silence, puis il me dit qu'ils envoyaient une autre équipe. On allait interroger les habitants du village. Ce serait plus long que prévu. Malheureusement, nous ne connaissions pas grand monde là-bas. Nous n'y séjournions jamais assez longtemps pour nous faire des amis et nous restions toujours entre nous, profitant du peu de temps libre de Ted. À présent, je regrettais de ne pas avoir été plus sociable. J'aurais eu quelqu'un à qui demander si on avait remarqué quelque chose, si on avait vu des inconnus rôder au village.

Je redescendis à la cuisine. Le téléphone sonna de nouveau et je répondis aussitôt, mais lorsque j'entendis la voix claironnante d'un journaliste se présentant rapidement, je raccrochai. Quand il se remit à sonner, je l'ignorai.

Ed rentra. Il se figea à ma vue et, pendant un instant, il parut effrayé. Je l'enlaçai. Ses yeux étaient injectés de sang. Avait-il pleuré ? Il était presque immobile, les muscles tendus.

« Ne t'inquiète pas, Ed. On va la retrouver.

– Qu'est-ce que tu en sais ? »

Il se dégagea et s'éloigna. Je le rejoignis sur le canapé. Il se leva pour s'asseoir sur la chaise. J'entendis Theo ouvrir la porte du réfrigérateur.

« Quoi qu'il arrive, je suis de ton côté.

– Qu'est-ce que tu veux dire ?

– Michael Kopje de la police est passé. Apparemment, tu as dit à Mme Mears…

– Eh merde.

– Tu n'es pas obligé de m'en parler maintenant.

– Ah oui ?

– Ils souhaiteront peut-être t'interroger. Bien sûr, je veux savoir si Naomi…

– Tu vois ? On ne peut jamais se fier à ce que tu dis. Jamais. »

J'attendis, regardant son visage embrasé par la colère. Il baissa les yeux.

« J'ai promis à Mme Mears que je raccompagnerais Nik et Naomi. Pendant que j'étais aux toilettes, Shan est arrivée et elle a ramené Nik.

– Je sais.

– Après, en se changeant, Naomi m'a dit à travers la porte que je pouvais y aller. Un ami devait passer la prendre et ils rentreraient ensemble. Elle m'a obligé à partir. »

Je m'agenouillai devant lui et j'attrapai ses poignets.

« Ce n'est pas ta faute, Ed, ou c'est notre faute à tous, la mienne et celle de papa. Naomi se débrouille toujours pour obtenir ce qu'elle veut des autres. »

En prononçant ces mots, je songeai que c'était vrai et cela me redonna espoir. Elle pourrait peut-être convaincre son ravisseur de la libérer. Ed détourna la tête.

Theo s'adossa au mur d'un air accablé.

« Mme Mears a démissionné. »

Je me relevai.

« Pourquoi ? »

Derrière moi, Ed se leva à son tour et sortit.

« Les élèves ne sont pas censés rester seuls dans le théâtre sans adulte responsable. Elle doit s'en vouloir à mort... »

La voix de Theo s'éteignit. La nausée me reprit. Mme Mears savait que Naomi n'aurait peut-être pas disparu si elle avait agi différemment mais, quel que fût son sentiment de culpabilité, il était sans commune mesure avec la terreur que Naomi devait connaître en ce moment même, avec l'angoisse que nous éprouvions. Une bouffée de colère m'envahit, cependant j'étais consciente que je gaspillais mon énergie pour rien, parce qu'alors il faudrait aussi que j'en veuille à Ed, et cette rage inutile ne ferait qu'enfler et prendre toute la place. Je devais garder la tête froide.

« Personne ne m'adresse la parole, poursuivit Theo, déconcerté. Personne ne veut me parler. C'est trop bizarre.

– Ils se rendent compte qu'ils devraient dire quelque chose, mais ils ne savent pas comment s'y prendre, tentai-je d'expliquer. Ça ne signifie pas qu'ils sont indifférents. Il faudra peut-être que tu fasses le premier pas.

– J'ai essayé, mais ils se sont juste tirés. Deux potes. On dirait que j'ai une maladie contagieuse. »

Je le serrai brièvement dans mes bras ; mieux valait le réconforter physiquement que lui parler. Je n'avais pas les mots pour le consoler. Je ne pouvais pas lui révéler ce qu'on avait trouvé au cottage. De quel droit l'inquiéterais-je, alors que nous ne savions même pas ce que cela signifiait ? À dix-huit heures, j'allumai la télé. J'avais beau écouter et regarder, je ne saisissais que des bribes.

« Naomi Malcolm... Vue la dernière fois hier soir au théâtre où elle jouait dans le spectacle du lycée... La police recherche un homme brun qui aurait entre vingt et trente ans pour l'entendre en tant que témoin... »

Puis sa photo, un portrait scolaire que je n'avais jamais vu. Elle semblait encore plus jeune. Elle n'affichait pas son nouveau demi-sourire. Ses yeux étaient grands ouverts et confiants. Ils ne le seraient plus jamais. J'éteignis le poste.

Pour tous les gens qui regardaient les informations, c'était la fille de quelqu'un d'autre.

Il n'y avait pas grand-chose dans le placard, mais personne n'avait faim. Je fis un sandwich à Ed, qui le mangea sans un mot. Une fois les garçons montés, je tournai en rond dans la cuisine, avec le sentiment de m'enrouler sur moi-même de façon si serrée que j'aurais pu casser comme une ligne de pêche trop tendue.

« Aidez-moi… aidez-moi… » murmurais-je sans relâche, tordant mes mains, en sueur, trempée de désespoir.

J'étais encore en bas quand Ted rentra, beaucoup plus tard. Il fonça sur le bar, dont il sortit une vieille bouteille de whisky, cachée au fond. Il avala son verre cul sec.

« Ils ont les prélèvements qu'ils voulaient ; ils les analysent. Ce type doit être un demeuré. Il a laissé des empreintes un peu partout. On les voyait à l'œil nu sur la bouteille. »

Il but encore, reposa le verre et me regarda pour la première fois. Ses yeux se plissèrent.

« On va l'attraper. Il a pu l'emmener n'importe où, mais maintenant on va pouvoir le retrouver.

– Et le sang ?

– Il n'y en avait pas beaucoup. Des traces, surtout. »

Pas beaucoup de sang. Elle n'avait pas été blessée. Je l'aurais su. La semaine dernière, son silence était fort. Elle dissimulait un secret, pas une blessure. À quoi songeait-elle ? Ses lèvres bougeaient. Prononçait-elle son nom ?

« J'ai réfléchi à qui a pu faire une chose pareille, reprit Ted d'une voix qui vibrait de rage. Ce doit être quelqu'un de faible, qui désire montrer au monde qu'il est capable d'avoir ce qu'il veut, des relations sexuelles avec une adolescente sur le territoire de ses parents. Elle s'est peut-être sentie flattée, elle ne s'est pas rendu compte qu'il profitait d'elle. La première partie du plan.

– Attends. Quel plan ? »

Je pris sa main. Elle tremblait, comme la mienne.

« C'était la phase de mise en confiance. Il avait manifestement tout prévu. »

Il murmurait à présent, sa respiration saccadée.

« Coucher avec elle au cottage, c'était la première étape. Il a dû faire ça pour prendre de l'ascendant sur elle, pour qu'elle accepte de le suivre sans se méfier après la pièce. »

Ted avait dû réfléchir à tout cela pendant le long trajet de retour. À présent, les mots se bousculaient comme s'il ne pouvait plus les contenir.

« Le temps de comprendre qu'elle s'était trompée sur lui, il était trop tard. Ils étaient à des kilomètres. Maintenant, elle pourrait être retenue prisonnière n'importe où. Il est libre de lui faire tout ce qu'il veut. La violer. La tuer. »

Au moins, il avait prononcé ces mots à voix basse. J'allai jusqu'au pied de l'escalier, tendant l'oreille. Tout était silencieux. Les garçons dormaient. Je pensais à l'odeur d'abandon qui devait régner dans le cottage. Les rideaux étaient peut-être fermés et Ted n'avait découvert le désordre dans la chambre qu'en les ouvrant ; il y avait des mouches qui bourdonnaient sur le rebord des fenêtres, ou mortes dans le reste de vin au fond d'un verre. Le trajet de retour avait dû paraître interminable ; attendre dans la file du pont suspendu sur l'Avon, une véritable torture. Je l'enlaçai.

« Ça ne s'est pas nécessairement passé de cette manière, murmurai-je. C'est peut-être autre chose. Et s'il l'aimait ? S'il l'aime, il ne lui fera pas de mal. »

Ted ne répondit pas et mes mots d'espoir se noyèrent dans le silence comme si je ne les avais jamais prononcés.

16

Dorset, 2010

Un an plus tard

Le vent se lève à nouveau au cours de la nuit. La vibration des fenêtres, qu'on croirait ébranlées comme moi par le passage d'un rêve, me réveille en sursaut. Des coups violents. Un bruit d'eau. Je rêve du souvenir d'un autre rêve. Soudain, une explosion déchire l'obscurité. Un tremblement comme si tout allait voler en éclats. J'écoute, tétanisée. Quelque chose s'est cassé dehors. En dépit du fracas et de ma peur, je flotte et me laisse porter à la surface du sommeil, consciente que mes mains ouvertes se déplacent sur le drap, cherchent quelque chose.

Le lendemain matin, il y a quelque chose de différent : l'absence de bruits, la lumière inhabituellement vive. Je regarde par la fenêtre. Le jardin n'est plus là. Un soleil rare en cette saison illumine le désastre. Des bouts d'écorce et des morceaux de bois jonchent le sol. Le pommier a été déraciné par l'orage. De gros éclats sont tombés sur les murs du jardin et les cassis. Le portail a été réduit en miettes.

Il y a une vieille scie au garage. Huilée et toujours tranchante, immaculée, parfaitement entretenue comme tout ce qui appartenait à mon père. Elle est suspendue à un clou à côté de la hache. Un rouge-gorge picore sur le cercle de terre à la base de l'arbre dont les racines tordues pointent à présent vers le ciel. Bertie renifle le bois luisant, lève la patte à côté du mur et s'installe au pied du portail cassé. J'entreprends de découper le tronc du pommier en gros tronçons, me débarrassant de ma veste, puis de mon pull. Mes mains moites glissent sur la poignée de la scie. L'odeur tourbeuse du bois mouillé me rappelle les feux de jardin qu'on s'apprête à allumer et les soirs où, enfant, je me cachais dans les buissons à l'heure d'aller se coucher. L'enchevêtrement de branches noires me fait penser à autre chose, mais je ne sais pas à quoi au juste. La lumière se modifie au fil de la matinée. À mes pieds, le petit oiseau sautille et pépie, regarde autour de lui et picore avec des mouvements saccadés. À midi, je bois de l'eau et je continue de travailler jusqu'à ce que mes doigts soient trop engourdis pour tenir le manche et que mes paumes saignent.

Je me débarrasse de mes bottes crottées devant la porte du jardin restée ouverte. À l'intérieur, les pièces sont fraîches, comme lavées par l'orage. Je remarque une tache jaune de l'autre côté de la porte vitrée. Un petit bouquet de chrysanthèmes est posé sur le perron, avec quatre œufs dans une vieille boîte de crème glacée. Mary a dû les laisser là. Lorsque je mets les fleurs dans une bouteille à lait, je me rends compte que mes mains tremblent de fatigue. Je prends l'un des œufs ; sa forme même évoque la douceur. Je ne sais plus quand j'en ai mangé un pour la dernière fois, il y a un an ? Il est tacheté, avec une plumette collée à la coquille lisse et un trait de boue à peine visible. Je le prépare à la coque et je le mange, puis j'en fais cuire un deuxième et un troisième. Je n'ai pas de beurre, pas de coquetier, alors je les écale et les glisse entre des tranches de pain tartinées de Marmite si vieille qu'elle a durci. J'ai déniché le pot au fond d'un placard. Quand je jette les petits morceaux de coquille et les miettes à la poubelle, je vois soudain le visage taché de son de Naomi à deux ans, dévorant ses mouillettes à la Marmite.

Mary va mieux ou elle n'aurait pas pu laisser ces offrandes devant chez moi. Je sors, vite, avant de changer d'avis. La porte de son cottage est ouverte et des voix me parviennent de l'intérieur. Je bats en retraite, mais elle m'a entendue.

« Ne vous enfuyez pas. »

Il y a des bouquets de fleurs colorées entourées de cellophane sur la table et des gâteaux. Au village, on a su qu'elle n'allait pas bien. Mary est assise à la table, en tablier. Ses joues sont roses, rien à voir avec le blanc cireux d'hier. Au milieu de la pièce, un homme maigre comme un coucou mange du gâteau, mettant des miettes partout. À côté de la vieille dame, un adolescent brun fume une roulée, rédigeant à toute vitesse un SMS à l'aide de ses pouces. Le petit-fils de Mary, Dan, m'apprend-on. Il hoche la tête en guise de salut, les yeux mi-clos pour se protéger de la fumée. L'homme s'avance et me tend la main avec enthousiasme.

« Derek Woolley. Un voisin. Avoué à la retraite et carillonneur du village, annonce-t-il avec un rire gêné.

– Jenny. »

Sa poigne est molle. Ses yeux fureteurs semblent constamment à l'affût, au cas où quelqu'un laisserait échapper un secret. Je sais d'avance que ses questions seront indiscrètes. Je suis lasse de la laideur de la curiosité.

« Alors, Jenny, depuis combien de temps êtes-vous ici ? Bien sûr, je vous ai vus quand vous veniez en week-end en famille... »

Je ne me souviens pas d'avoir rencontré cet homme. Depuis que je me suis installée ici, je détourne la tête chaque fois que je croise quelqu'un dans la rue.

« Quelques mois, réponds-je en jetant un coup d'œil vers la porte, me demandant déjà quand je pourrai m'enfuir sans être impolie.

– C'est Jenny qui m'a aidée, Derek. C'est elle qui m'a trouvée, explique Mary, rompant le silence.

– Ah ah. Alors vous êtes le bon Samaritain. J'ai toujours voulu savoir…

– J'entends la cloche. Ils ont commencé. Dépêche-toi, décrète Mary, tenant la porte. Dis-leur que je viendrai à la répétition de lundi à la place. J'irai mieux d'ici là. »

Derek Woolley hausse les épaules, vide sa tasse et prend une autre part de gâteau avant de partir, m'adressant un bref signe de tête.

« Asseyez-vous, mon petit », me dit Mary, refermant derrière lui.

Dan va au lycée à Bridport. Il s'est arrêté en rentrant pour lui donner un coup de main au jardin. Mary me demande si j'ai besoin d'aide, moi aussi ; elle a entendu l'arbre tomber la nuit dernière. Lorsque je me lève pour partir, Dan, toujours affairé sur son téléphone, me tient la porte. Son visage a quelque chose d'inachevé et d'impatient qui me rappelle Ed.

Au cottage, le jeu des ombres et des lumières n'est plus le même. Lorsque je regarde dehors, je remarque que la ramure du pommier déraciné dessine un motif. Puis je me rends compte que, l'espace d'un instant, le visage de Naomi s'est glissé au milieu. Bien sûr, c'est ce que me rappelait l'arbre à terre ce matin. Naomi parmi les branchages, nue. Les photos de Theo.

Bristol, 2009

Deux jours plus tard

Michael Kopje et deux collègues se tenaient debout dans la cuisine, ce samedi 21 novembre. Ted était assis, encore fatigué de sa visite au cottage la veille. Son teint était blême, ses yeux rouges. Nous n'avions pas dormi plus d'une heure, ni l'un ni l'autre. J'avais préparé le petit déjeuner, débarrassé la table et je m'étais coiffée. Ma tête était vide, ce qui était une bonne chose. J'avais besoin d'une page blanche non contaminée par la peur pour établir un plan. Il y avait une procédure pour les urgences médicales, de simples lettres à retenir : ABC, comme *Airways*, *Breathing* et *Circulation*. Vérifier que les voies respiratoires sont libres, que la ventilation pulmonaire se fait, que le sang circule. Ne pas se laisser envahir par l'émotion, se concentrer sur la procédure. Penser, ne pas ressentir. Je sortis des tasses et fis du thé. Penser sous forme de liste.

Michael nous observait. Il parlait lentement. Peut-être croyait-il que nous n'étions pas en état de comprendre. Ils prenaient en compte tous les indices relevés au cottage et recueillaient des informations auprès des voisins. La vieille dame d'en face pensait avoir vu une voiture garée pendant un certain temps devant la maison, mais elle n'aurait pas pu le jurer ; personne n'avait aperçu ni Naomi ni qui que ce soit. On avait effectué des prélèvements d'ADN sur les draps et les serviettes et on visionnait les bandes des caméras de surveillance des parkings autour de la ville. Michael était là aujourd'hui pour fouiller la chambre de Naomi, puis de nouveau toutes les pièces de la maison. Il désirait parler à Theo et Ed séparément, au poste. Un membre du bureau d'aide aux victimes assisterait à l'entretien, bien entendu, ainsi que l'exigeait la loi. Une opération de routine. Il nous présenta deux collègues, Ian, un homme corpulent d'environ trente-cinq ans, et Pete, un jeune Jamaïcain. Ils participeraient à la perquisition, qui prendrait peut-être toute la journée.

Ted annonça qu'il devait se rendre à l'hôpital. Il y eut un petit silence. C'étaient des mots que j'avais entendus si souvent que je ne m'en étonnai pas, mais Michael hocha la tête respectueusement. Pete avait l'air impressionné.

Je le suivis dehors, refermant la porte derrière nous.

« Il faut vraiment que tu y ailles maintenant ? »

Il me regarda, mais son esprit était déjà là-bas. Je me rendis compte que ce serait sa manière de gérer la situation.

« Oui, bien sûr. Je suis d'astreinte.

– Bon sang, Ted, tu peux demander à quelqu'un de te remplacer. »

Ma main se crispa sur la poignée de la porte. Son regard ne cilla pas.

« Si j'y vais maintenant, ça ne prendra qu'une heure. Je ne veux pas réclamer trop de faveurs à mes collègues à ce stade. »

Je comprenais ce qu'il voulait dire. J'avais toujours compris. Cela ne signifiait pas que c'était justifié.

Je secouai Theo et Ed et leur expliquai ce qui se passait. Ed se retourna et se rendormit ; Theo se réveilla aussitôt et s'assit, le front plissé par l'inquiétude.

J'emmenai Michael dans la chambre de Naomi. Je n'avais touché à rien, comme il me l'avait demandé. De toute façon, je ne l'aurais pas rangée. Elle l'avait laissée ainsi et l'idée de bouger quoi que ce soit m'était insupportable. À présent que je la voyais avec les yeux de Michael, cependant, j'aurais voulu cacher les sous-vêtements inconnus qui traînaient et remettre de l'ordre dans les produits de maquillage. Je sentais son regard qui analysait chaque chose, le rouge à lèvres ouvert dans la petite flaque de fond de teint, le soutien-gorge en dentelle, le string, le lit défait. Ce n'était pas la vraie Naomi. La vraie Naomi, c'était le violoncelle contre le mur, avais-je envie de crier, c'était les photos de Noël et de Corfou dans des cadres en coquillages qu'elle avait faits elle-même, c'était les bracelets brésiliens dans la coupe. Les feuilles d'automne séchées derrière le miroir. Elle adore l'automne, voulais-je lui expliquer. Elle collectionne les feuilles, comme les enfants. Ce n'est qu'une enfant. Le soutien-gorge doit appartenir à une amie, le string aussi, ils ne peuvent pas être à elle. Je ne les ai jamais vus.

Mais je n'avais jamais vu les chaussures non plus, celles à talons hauts avec les lanières. Et l'odeur de tabac et d'alcool, sa manière de se détourner quand je lui parlais ? À côté de quoi étais-je passée ? Que devais-je comprendre avant qu'il ne soit trop tard ?

Michael leva le bras vers ses livres, me jetant un coup d'œil. J'acquiesçai. Il les prenait un par un et les secouait. Au tiers de la deuxième étagère en partant du bas, il tira un mince cahier cartonné que je n'avais pas remarqué. La couverture brillante était ornée de fleurs. Il le feuilleta et je reconnus l'écriture ronde à l'intérieur. Cela ressemblait à un journal intime. Je voulais le lui reprendre. Les pensées de Naomi, si c'était ce qui s'y trouvait, n'appartenaient pas à Michael. Elles étaient à elle et c'était à moi de veiller dessus en son absence. Je tendis la main.

«Je dois le lire, dit-il d'une voix posée.

– Moi aussi.

– Je m'excuse, mais…

– S'il vous plaît, est-ce que je peux l'avoir ?»

Mon bras était toujours tendu, mes doigts tremblants.

«Je sais ce que vous ressentez…

– Non, vous n'en avez aucune idée.»

Ne dites pas des choses pareilles, poursuivis-je en mon for intérieur, car vous n'avez jamais perdu d'enfant. Je l'examinai. Peut-être n'en avait-il même jamais eu ; il avait le regard indemne d'un homme sans enfant.

« Vous avez raison, s'excusa-t-il. Bien sûr, je ne sais pas ce que vous ressentez exactement. Mais il pourrait y avoir dans ces pages des indices essentiels.»

Les affaires de Naomi ne lui appartenaient peut-être plus, après tout ; il valait sans doute mieux laisser des inconnus piller ses secrets si cela permettait de la retrouver. En disparaissant, elle avait renoncé à ses droits à une vie privée. Penser. Ne pas ressentir. ABC.

«Jetez-y un coup d'œil, poursuivit-il en me tendant le journal. Mais je devrai le prendre après. C'est une pièce à conviction. Je suis désolé.»

Craignait-il que je modifie quelque chose, que j'arrache des pages ? En étais-je capable ?

Je m'assis sur le lit pour lire ce qu'avait écrit Naomi. Je tournai les pages lentement. Son écriture était plus fine et serrée que dans mon souvenir. Mes yeux glissaient sur les lignes. Le journal remontait à presque deux ans en arrière. Janvier 2008. Quelques phrases au sujet des cadeaux de Noël. Je l'ouvris plus loin. Août 2009. Il y avait trois mois. Je lus *papa* et *hôpital.* J'allai à la fin, cherchant un nom, un lieu, n'importe quoi susceptible de nous aider. Ses derniers mots :

Cottage demain. J. Dix semaines.

Elle avait dû écrire cela il y avait tout juste une semaine. J ? Dix semaines avant quoi ?

La page d'avant. Une multitude de cœurs au crayon par-dessus trois lettres XYZ. Le X et le Z étaient en noir, la lettre au milieu en rouge, un petit cœur touchant la fourche du Y. Aucun nom nulle part. Aucune date.

Premier match de hockey à l'extérieur. J'ai séché le cours de sciences, cigarettes roulées.

Naomi séchait le cours de sciences ? Elle fumait ? Je posai un instant le journal, prise de vertige. Ces notes auraient pu être écrites par une inconnue. Je jetai un rapide coup d'œil à la chambre, m'arrêtant sur le petit miroir. Elle avait regardé son visage dedans à peine deux jours plus tôt. Qui devenait-elle lorsqu'elle se maquillait ?

Plusieurs pages en arrière :

Theo a été félicité. Grâce à moi.

Ses photos d'elle dans la forêt. Au moins, tout n'était pas incompréhensible.

XYZ. Après les cours. Dire à N.

Ces lettres encore. Après les cours… La pièce ? Des répliques ou des scènes à apprendre, peut-être ? N comme Nikita ? Nikita semblait particulièrement silencieuse et embarrassée l'autre nuit. Que savait-elle ?

Michael fouillait la penderie, écartant les cintres, prenant les chaussures et les retournant. Il se dirigea vers la commode, ouvrit les tiroirs un par un, souleva les vêtements. Je devais faire vite. Je remontai encore en arrière. Je tombai sur une liste de dates et d'heures, qui débutait en août, pendant les grandes vacances. Les mêmes initiales. Et une nouvelle : K.

XYZ. K presque finie.

Si c'était en août, ça ne pouvait pas être la pièce. Elle avait suivi un cours d'été, était-ce ce dont il était question ?

Michael s'assit à côté de moi sur le lit.

« Je ne comprends rien à ce qui est écrit, sauf le N, qui pourrait signifier Nikita. La seule chose qui est claire, c'est qu'elle fumait et séchait ses cours de sciences. »

Il me regarda, puis il détourna les yeux. Il me plaignait, mais il ne voulait pas le montrer. Je lui indiquai la page.

« Il y a un groupe de lettres qui revient, XYZ. Un genre de code ? Les dernières lettres de l'alphabet peuvent avoir une signification spéciale. K presque finie : une dissertation ? »

Michael examina les mots.

« Des initiales désignant un ami ou un lieu ? »

Je secouai la tête. Je n'en avais pas la moindre idée. Il me prit le journal avec douceur et le rangea dans une pochette en plastique.

« Je ferai des photocopies et je vous le rendrai. D'ici là, réfléchissez à ce que vous avez lu, quelque chose vous reviendra peut-être. »

On frappa à la porte et Ian entra. Il avait l'air content de lui.

« Venez voir », dit-il, un peu essoufflé.

Nous descendîmes derrière lui.

Ian avait trouvé les photos de Naomi nue parmi les branchages. Michael les étudia en fronçant les sourcils.

Theo sortit à cet instant de la salle de bains. Son visage encore mouillé après la douche et désarmé par le sommeil s'assombrit lorsqu'il se rendit compte que ses photos risquaient de le précipiter dans un cauchemar. Il expliqua le thème de son projet et affirma que Naomi avait demandé à participer. Les yeux plissés, Ian lui demanda de répéter ce qu'il avait dit. Je voyais bien qu'il ne le croyait pas.

« Vous n'avez qu'à interroger Nikita, intervins-je, me rapprochant de mon fils. Elle était présente, elle vous le dira. »

Michael s'éloigna pour appeler Shan. Il organisa un rendez-vous au poste de police. Selon lui, c'était mieux de le faire là-bas. Quant à moi, je brûlais d'impatience, consciente que cela ne ferait que retarder inutilement les recherches.

Dans ma tête, je voyais passer Naomi dans une voiture, le visage appuyé contre la vitre. J'aurais pu l'arrêter au moment où elle passait devant moi, mais elle était déjà trop loin. Non, si je courais, je pourrais peut-être l'arrêter. Encore trop tard. Et il était indéfiniment trop tard, trop tard, trop tard… Ce sentiment de désespoir se répétait en boucle tandis que je me rendais au poste et que la petite voiture dans ma tête s'éloignait avec Naomi, jusqu'à n'être plus qu'un point à l'horizon.

Shan et moi restâmes assises côte à côte à l'extérieur des pièces où nos enfants étaient interrogés séparément, en présence d'un membre du bureau d'aide aux victimes.

«Je suis consciente que ce que tu vis en ce moment est horrible, commença-t-elle en regardant la porte fermée devant elle. Mais n'entraîne pas Nikita là-dedans. Elle t'a déjà dit tout ce qu'elle savait.

– Enfin, je ne l'entraîne nulle part, répliquai-je, le souffle coupé par la surprise. C'est une enquête de police. »

Shan ne répondit pas.

« Naomi avait un journal intime, repris-je, tremblante. Il y avait les initiales de Nikita ; Naomi a pu lui confier un secret qu'elle a peur de nous révéler au cas…

– Quel secret ? m'interrompit Shan d'une voix coupante. On ne voyait pas beaucoup Naomi ces derniers temps. Elles n'ont pas de secrets. Ce ne sont plus des gamines.

– Tu ne peux pas être sûre…

– Je connais ma fille, Jen. Laisse-la. Elle est assez bouleversée comme ça. »

Je connais ma fille. Les mots semblaient résonner dans l'étroit couloir au sol vert brillant, renvoyés par les hauts murs marqués d'éraflures noires. Au bout, je voyais une policière derrière un bureau, son expression calme et sévère. Elle se disait sans doute qu'elle devait se montrer professionnelle, ce qui dans son monde signifiait dure.

Après un long moment, une porte s'ouvrit. Nikita apparut, suivie de Michael. Au bord des larmes, elle se précipita vers sa mère, qui l'enlaça. Nikita posa la tête sur son épaule et je détournai les yeux. Michael ouvrit les pièces voisines et les garçons en sortirent. Theo s'accroupit, les mains entre les genoux, et Ed s'adossa au mur, les yeux fermés. Il semblait exténué.

« Merci, dit Michael, s'adressant à tous. C'était instructif. Je m'excuse de vous avoir fait venir ici. Personne n'a à se faire de souci. Je comprends pour les photos et je m'excuse d'avoir dû poser toutes ces questions. Je suis désolé », ajouta-t-il en me regardant.

Je reconduisis les garçons à la maison. Ils étaient silencieux. Il n'y avait rien à dire.

17

Dorset, 2010

Un an plus tard

Le beau temps inhabituel pour novembre semble vouloir se maintenir. Un été indien tardif qui sent les feux de jardin, quand la fumée s'enroule entre les branches ensoleillées où s'accrochent les dernières feuilles desséchées. Il y a des tuiles cassées au milieu de la route, un cadre de fenêtre sur des bris de verre étincelants. L'épicier se penche maladroitement, gêné par sa panse, ses jambes courtaudes écartées, pour ramasser les caisses de lait éparpillées et une poubelle métallique renversée. Des mèches rousses lui tombent devant les yeux. Il les remet soigneusement en place de ses doigts boudinés tout en parlant avec délectation des dégâts causés par l'orage au village.

« Mary me dit que le jeune Dan va scier ce qu'il reste de votre pommier cet après-midi. Je vous achète tout le bois dont vous ne voulez pas. En espèces. »

J'entre dans le magasin et examine les rayons avec une sensation d'oppression. Est-ce ce qui arrive dès qu'on s'aventure hors de son espace personnel ? Les gens ne vous laissent plus en paix. J'aurais dû le savoir. Je mets des pommes dans mon panier, du café soluble, un petit pot de Marmite. J'ai encore les mains raides d'avoir passé la journée d'hier à scier et le café manque de m'échapper. Dan va perturber ma tranquillité avec ses gestes gauches d'adolescent. Il faudra que je lui donne à manger. Des biscuits, des *baked beans*. Cela ne suffira pas. Il y a des steaks hachés au congélateur. J'achète du lait, du jus de fruit, de la bière. Il reste un petit filet d'oignons au fond d'un carton poussiéreux et je le prends aussi. Je me débrouillerai, ce n'est qu'un gamin. Je songe que je devrai le payer et je demande à faire un retrait d'argent à la caisse, sous le regard curieux du commerçant.

J'entends le hurlement d'une scie circulaire avant d'arriver au cottage. Par-dessus le muret, je vois Dan, le dos courbé, ses minces bras lestés par l'engin. Des rondins s'entassent déjà à ses pieds. Bertie se libère et se jette sur lui dès que j'ouvre le portail. Je me fige, craignant que Dan, effrayé, lâche la scie ou se retourne et se blesse, mais je n'aurais pas dû m'inquiéter. Il se redresse, éteint l'outil et se baisse pour caresser le chien. Il retire l'écharpe qu'il avait nouée autour de son nez et de sa bouche pour se protéger de la poussière. De près, il est rouge, en sueur. Des mèches brunes sont collées sur son front, ses yeux sont hésitants, son sourire un peu de travers. Encore une fois, je pense à Ed, qui avait la même timidité avant de se durcir et se fermer. Dan détourne le regard. Je devais le dévisager, cherchant à retrouver Ed dans ses traits. Il désigne l'endroit où il a déposé la couronne de l'arbre, près du mur. Les plus grosses branches, encore attachées, ont gardé leur forme de serres d'oiseau.

« Est-ce que je peux les prendre ? » demande-t-il.

Je pense aux photos de Naomi parmi les branchages.

Il a dû voir quelque chose sur mon visage, car il poursuit d'une voix hésitante :

« C'est juste que je fais des sculptures sur bois. J'aime utiliser des formes préexistantes. Et ces branches me plaisent. Elles ressemblent un peu à des mains. »

Des mains de bois tournées vers le ciel. Je les imagine douces, la tenant avec délicatesse.

Je me ressaisis et lui souris.

« Bien sûr, Dan. Pardon. Sers-toi. »

Les photos de Theo s'évanouissent et je fais le tour de la maison pour regagner la porte de devant, au cas où le courrier serait passé. Il y a trois cartes postales sur le paillasson. Mon cœur bondit dans ma poitrine.

La première est une photo sépia des docks de Bristol tels qu'ils étaient autrefois. L'écriture nette d'Anya au dos. C'est la troisième qu'elle m'envoie :

Tout va bien.
Anya

Elle est restée après mon départ, comme promis. Pendant un instant, je l'imagine qui ramasse les chaussettes éparpillées de Ted, lave les assiettes incrustées de nourriture qu'il laisse dans l'évier lorsqu'il rentre tard de l'hôpital, et époussette avec précaution les cadres à côté de notre lit. Je lui envoie généralement une carte de la plage en réponse, bien que je n'aie pas grand-chose à dire, sinon qu'elle me manque.

Il y en a aussi une de Ted, une photo du fleuve. Comme d'habitude, il n'a rien écrit. Il n'est peut-être même pas à Bristol ; il doit aller plus souvent à des congrès maintenant qu'il n'y a plus rien pour le retenir à la maison.

Une épaisse bande bleue et des traînées blanches. Hockney, *A Bigger Splash.* C'est une carte de Theo et, pendant un instant, je me demande si le simple fait de penser aux photos de Naomi l'a fait apparaître :

En Californie pour le week-end. Mes photos à la City Art Gallery de San Francisco, ça c'est un « splash » ! Le voyage payé par mon prix (la série bois/nature). Je rentre à la maison pour Noël. (Avec Sam ?)

Bisous
Theo

Noël avec Theo. Les quatre derniers mois à New York ont dû défiler à toute vitesse, ses journées remplies de découvertes grâce à la bourse qu'il a décrochée. J'ai hâte de le revoir ; ses sourcils blonds, sa longue silhouette, ses taches de rousseur. Son rire. Je l'imagine posant brièvement sa tête sur mon épaule, comme lorsqu'il était petit, s'attardant le soir dans la cuisine, adossé au mur, mangeant des céréales, désireux de parler. Ses étreintes rares et soudaines.

Je ne sais pas grand-chose de Sam, si ce n'est qu'il prépare une thèse en architecture. Theo m'a envoyé une photo une fois, où on le voit enlaçant cet homme : un long visage studieux, des lunettes à monture épaisse, un sourire. Encore une chose que je n'ai pas vu venir. Vraiment ? Ed ne le taquinait jamais au sujet des filles ; c'était toujours l'inverse. Je pensais qu'il consacrait toute son énergie à l'art, que c'était pour ça qu'il n'avait pas de petite amie. Je n'ai pas cherché plus loin, pas essayé de creuser, désireuse d'éviter les complications. Tout comme je n'avais pas tenté de percer les secrets de Naomi. Seulement, dans son cas à elle, ce n'était pas l'amour qu'il y avait au bout. Je pose la carte postale à cette pensée. Par la fenêtre, je vois Dan s'activer. De loin, ça semble facile, le bois tombe sans effort, le rugissement assourdi par la vitre. Je ferme les yeux et j'imagine l'arbre qui s'écrase dans le noir, modifiant l'aspect du jardin à jamais.

Ted n'accueillera peut-être pas Sam à bras ouverts. Je veux qu'il se sente le bienvenu. Theo a trouvé quelqu'un à aimer ; il a tellement d'amour à donner. En même temps, j'ai peur. Territoire inconnu. Et Ed, qu'en pense-t-il ? Et moi ? Je remplis la bouilloire, range les courses. Il y a des choses qui m'embêtent. Il n'aura jamais d'enfant. Et les autres risquent de lui mener la vie dure. S'il savait, l'épicier parlerait de lui en chuchotant à ses clients ; cela attiserait la curiosité au village, on jaserait.

Je fais à Dan un thé que je lui porte au jardin avec le paquet de biscuits. Il lève le pouce pour me remercier lorsque je les dépose sur la marche du perron. Il fait chaud dehors. Je vais chercher mon carnet de croquis et j'essaie de reproduire les lignes des branches, leurs courbes qui se découpent, précises, comme des bras de nageurs fendant l'air au lieu de l'eau. Le soleil souligne les grains du papier sous les traits de fusain. Le rouge-gorge est toujours là, qui volette autour des souches, picore la poussière, se perche sur les branches tombées. Alors que je contourne les rameaux, à la recherche d'un meilleur angle, je sens la présence discrète de Dan derrière moi. Allongée dans l'herbe, malgré l'humidité qui transperce mon pull, j'ai la perspective que je voulais. Des lignes qui s'incurvent vers le haut, se rejoignant à leurs extrémités, comme si elles se refermaient sur un globe d'air. Une forme parfaite.

Lorsque les cloches du village sonnent deux fois, je rentre faire cuire les steaks hachés. L'odeur riche dont je n'ai plus l'habitude me met l'eau à la bouche. Je me nourris de pommes, de toasts et de café depuis je ne sais combien de temps. Prise d'une fringale carnivore, je les cuis tous, ajoutant un oignon coupé à la hâte, puis je glisse la viande entre des tranches de pain et je sors les assiettes avec deux bières. Nous nous asseyons côte à côte sur les marches de pierre de la porte du jardin, au soleil. Dan dévore les hamburgers les uns après les autres. Je mange plus lentement, savourant le goût de la nourriture et la lumière chaude sur mon visage.

« Merci, me dit Dan, son sourire révélant un écart entre ses dents.

– C'est moi qui te remercie. Tu as bien avancé.

– Oh, ça me change les idées.

– Ça te change les idées de quoi ? »

Je lui jette un regard en coin. J'ai l'impression que mes questions ne le gênent pas.

« Les études, la maison. J'en sais rien.

– Tu aimes fabriquer des choses, alors ?

– Oui.

– En bois ?

– J'aime trouver des formes dans les branches, répond-il en hochant la tête. Les assembler. »

L'expression hésitante et endormie a disparu. Il regarde les branches, bouge les mains, sa voix s'est affermie.

« Tu as de la chance de savoir ce qui t'intéresse.

– Ah oui ?

– Beaucoup de gens ne peuvent pas en dire autant.

– Mon père ne veut pas que je fasse des trucs artistiques pour gagner ma vie. Il prétend que ça ne sert à rien. Il veut que j'entre dans la police, comme lui.

– C'est ce que tu comptes faire ?

– J'en sais rien. Sans doute, oui. »

On le sent tiraillé et son regard se voile. Je me lève pour rentrer les assiettes.

« Ce n'est pas facile de choisir.

– C'est clair. »

Il se lève, remet le foulard en place sur son visage.

Quand je ressors pour terminer mon dessin au fusain, il fait déjà plus froid, l'air n'est plus aussi lumineux, les branches semblent ternes. Tout a changé très vite. Dan entasse les bûches contre le mur. Bertie va et vient derrière lui, se blottissant contre ses jambes dès qu'il s'arrête. Dan lui rappelle peut-être les garçons ; ils ont totalement disparu de son monde.

Il s'interrompt pour boire une tasse de thé, accroupi. Bertie se frotte contre lui et il tombe en riant, surpris. Ensuite, nous finissons de charrier les bûches que nous entassons sous l'appentis du garage. Dan promet qu'il reviendra les fendre en deux.

Alors qu'il enfile son sac à dos, il remarque le portail détruit. Il ramasse les morceaux avec délicatesse et les dispose soigneusement, comme des os. Il examine le mur béant.

«Je pourrais vous en faire un nouveau. Avec ce qu'il reste de celui-ci et d'autres chutes. Si vous voulez.

– Tu pourrais faire ça ?»

Je vais chercher tout l'argent que j'ai retiré au magasin et je le lui tends. Cent livres. Je me suis sentie insouciante tout à l'heure : d'habitude, je ne dépense presque rien. L'épaisse liasse de billets me donne une impression de luxe, d'irréalité. Nous la regardons tous les deux.

«Je ne veux pas tout ça.

– Comme ça, je pourrai te demander d'autres services.

– Dans ce cas, ça marche.»

Je le regarde s'éloigner sur la route en direction du cottage de Mary, courbé sous l'effort, poussant la brouette que nous avons remplie pour elle. Dan en est encore au stade où l'avenir n'a pas de forme précise. Un jour, il se retrouvera au pied du mur et, par ennui ou par peur, ou peut-être parce qu'il aura été à ce moment-là distrait par autre chose, il fera son choix.

Ce soir, je ne peins ni ne dessine quoi que ce soit dans mon carnet. Je songe au choix de Dan et à tout ce que cela entraînera. Les choix que j'ai faits m'ont conduite à Ted, à Naomi, à cet endroit. Comment aurais-je pu le savoir ? Si je remonte assez loin, je n'ai pas tant le sentiment d'avoir choisi que d'avoir pris ce qui se présentait. Pendant mon année sabbatique, quand j'enseignais en Afrique, une fillette qui se rendait à l'école est passée devant moi. Elle boitait. Lorsqu'elle m'a montré son pied, j'ai vu l'ulcère en dessous, aussi gros qu'une clémentine, où s'étaient logés des cailloux et de la terre. Et en dessous, les fibres roses du muscle.

Après cela, la décision m'a paru évidente. Je savais ce que je voulais. À l'époque, j'étais sûre de moi.

Quand on est jeune, on croit tout savoir. Lorsque je regarde le portrait de Naomi, je vois de la détermination. Parfois, en particulier tard le soir, je pense au terrible moment où cette certitude l'a désertée, où elle s'est rendu compte qu'elle avait commis une erreur.

18

Dorset, 2010

Un an plus tard

« Bonjour, mon chéri.
– Salut, maman. »

La voix d'Ed est lointaine ; je m'efforce de deviner quel est son état d'esprit à travers les grésillements de la ligne. Je me demande parfois si on nous écoute.

« Comment vas-tu ?

– Ça va. »

Il a perdu son portable il y a une semaine et je l'imagine dans un couloir, contre le mur à côté du téléphone. Il doit y avoir des traces de doigts noires sur la peinture blanche. Il regarde à travers la vitre. Les passants lui jettent un coup d'œil – il est grand et séduisant, les gens se sont toujours retournés sur lui –, mais son visage est aussi impénétrable que sa voix. La main qui tient le combiné est pâle, plus maigre que l'an passé, quand elle était encore bronzée et musclée par l'aviron. J'ai remarqué lors de ma dernière visite qu'il avait de la terre sous les ongles.

« Je m'excuse, je sais que j'appelle plus tôt que prévu, mais c'était plus fort que moi. J'ai pensé à Noël.

– Déjà ? »

Un petit mot plat. À peine une question. J'enchaîne aussitôt. Je perçois l'entrain forcé dans ma voix, irritant, même à mes propres oreilles.

« Eh bien, on est déjà en décembre. Je sais qu'on n'a pas fêté Noël l'an dernier, mais j'ai pensé… »

Qu'il était temps que tu rentres. Tu es parti depuis trop longtemps et tu me manques.

« … que mes petits plats te manquaient peut-être ?

– Ils auront peut-être besoin d'aide ici, il n'y a pas assez de personnel. »

C'est peut-être vrai, je n'en sais rien. Il s'est porté volontaire pour rester à la fin de sa cure et il aide à la cuisine en échange d'un lit. Mme Chibanda affirme que donner aux autres fait partie du processus de guérison. Et j'avoue que j'étais soulagée au début, quand elle m'a annoncé qu'il était le bienvenu au centre ; qu'aurait-il fait ici, avec moi ?

« Papa sera là. Il a une conférence à Johannesburg, mais il sera rentré pour Noël. Je lui ai proposé de déjeuner avec nous. »

Je m'interromps, pensant aux quelques mots laconiques de Ted au téléphone la semaine dernière.

« Il t'embrasse. »

Il y a un silence. Il ne me croit sans doute pas. Il ne pose jamais de questions au sujet de Ted ou de la séparation. Je sais qu'il le voit de temps en temps, mais il ne me dit rien.

« Quoi de neuf, alors, chéri ? »

J'attends sa réponse, regardant par la fenêtre.

Le ciel est gris pâle ; des nuages noirs se sont amoncelés derrière l'église. Quelques mouettes tournoient au-dessus de moi et piquent vers le sol dans un éclair blanc. Il n'y a plus un morceau de bois dans le jardin ; Dan a ramassé toutes les branches. Il reste un carré de terre remuée à la place du pommier. Des moignons de légumes desséchés et des cassis dénudés là où se trouvait le potager de mon père. Le nouveau portail se dresse, bicolore, fait de deux essences différentes, les anciennes planches auxquelles se mêlent de nouvelles, en bois brut. Un moineau sautille sur le battant, puis s'envole vers le mur quand une pie prend possession des lieux.

Soudain volubile, Ed m'annonce qu'il va courir avec Jake, désormais.

Je me souviens du jeune garçon qui nous a accueillis au centre et de son sourire sympathique.

«Jake est toujours là ?

– Je pensais te l'avoir dit. On partage une chambre. Sa frangine nous apporte des gâteaux et tout.

– C'est super.

– Elle joue de l'accordéon et vit sur un bateau. »

Des amis. Une jeune fille. Je ne pose pas de questions, mais mon cœur se dilate.

« Est-ce que je peux t'apporter quelque chose, la semaine prochaine ?

– Des stylos, peut-être un cahier. »

Il s'interrompt avant de reprendre lentement.

«J'écris un... un journal. Le Dr Hagan me l'avait suggéré il y a déjà plusieurs mois. J'en ai lu des passages à Jake et à Soph.

– Sois prudent, quand même. Ne parle que de ce dont tu as envie de parler.

– Évidemment, mais il faut quand même que ce soit sincère. Naomi tenait bien son journal, non ? »

Mon Dieu.

« Oui.

– Je pense que ça l'a peut-être aidée. Ça ne t'a pas aidée ? »

Après avoir raccroché, je m'assieds par terre, à côté de Bertie. Il frotte sa truffe humide contre mon visage et je caresse ses oreilles chaudes. Je ne sais pas si ça l'a aidée d'écrire ce journal. Elle ne s'y confiait pas vraiment. Elle gardait ses pensées pour elle. En revanche, oui, je crois que ça nous a aidés. C'est ce qui nous a conduits à James. Je vais chercher mon carnet de croquis et mon crayon sur la coiffeuse et je me rends compte que j'étudie les dessins comme s'ils étaient l'œuvre de quelqu'un d'autre et qu'ils pouvaient me surprendre.

Je me sens chez moi maintenant dans cette cuisine, avec sa table en formica abîmée et son carrelage délavé, le frigo bruyant dans un coin. J'y suis à l'abri. J'ai commencé à me détacher de la cuisine de Bristol le troisième jour ; je faisais les cent pas quand Michael a appelé pour me dire ce qu'il avait appris en relisant le journal de Naomi. J'entends encore ses mots alors que je m'approche de la fenêtre pour dessiner la pie qui parade sur le portail…

Bristol, 2009

Quatre jours plus tard

« … alors je me suis dit que le J désignait peut-être son ami James.

– Pardon ? Michael, est-ce que vous pourriez répéter ça lentement ? »

Je serrais le combiné si fort contre mon oreille que j'avais mal. C'était de plus en plus dur. Son visage était constamment devant mes yeux, se modifiant comme un kaléidoscope : tantôt elle souriait et riait, puis ses traits se déformaient, elle m'appelait. J'arpentais les pièces, ma main pressée si fort contre mes lèvres que j'avais le goût du sang dans la bouche. Je ne me sentais chez moi nulle part dans cette maison que je connaissais si bien.

Ted et moi avions passé le dimanche à écouter et à attendre. Nous regardions l'horloge, faisions les cent pas en silence, priant pour avoir des nouvelles. Les heures vides se succédaient, impitoyables, sans que personne ne semble vouloir faire quoi que ce soit pour trouver Naomi et la ramener. Nous avions discuté des garçons le temps d'une pause exténuée. Nous pensions tous les deux que ce serait mieux pour eux s'ils avaient des journées structurées normalement. Je désirais fuir la torture de l'attente en retournant travailler, mais Ted redoutait que ce soit au-dessus de mes forces et que je craque. Frank était du même avis. Lorsqu'il passa en fin d'après-midi, il m'annonça qu'il avait trouvé un remplaçant.

Au moins, les garçons dormaient. Ils allaient en cours. Ted était parti pour l'hôpital, affirmant qu'il n'avait pas le choix. Je l'avais observé de la fenêtre du premier étage et je l'avais vu se redresser à peine sorti de la maison, se glissant dans la peau du chirurgien, son expression se modifiant à la perspective de la journée qui l'attendait. Personne n'aurait deviné que quelque chose n'allait pas. Il s'était dirigé vers la voiture du même pas que d'habitude, son costume noir parfaitement ajusté, ses cheveux blonds bien coiffés. Je savais que les miens pendouillaient, que mes pieds étaient nus et mon visage hagard. Il y avait deux camionnettes blanches garées derrière Ted, avec des antennes satellites sur le toit. Voyant deux hommes adossés à l'un des véhicules, gobelet en carton à la main et appareil photo autour du cou, je m'étais vivement écartée.

La voix de Michael monta d'un ton, me ramenant à la réalité.

«James était bien le J dans le journal de Naomi. Je l'ai interrogé et j'ai parlé à Nikita. J'arrive.»

J'entendis le déclic du téléphone et quelques secondes plus tard la sonnette de la porte d'entrée retentissait.

Mon sens du temps ne cessant de se distendre et de se contracter, je n'aurais pas été autrement surprise de le trouver sur le seuil, mais c'était un grand adolescent aux cheveux couleur flamme, en uniforme scolaire. Sa cravate était desserrée, sa chemise hors de son pantalon et il y avait des traces granuleuses de larmes sur ses joues criblées de taches de rousseur. Ses yeux étaient tellement enflés qu'il me fallut quelques secondes pour le reconnaître.

«James.

– Bonjour, docteur Malcolm. »

Je le regardai avec de grands yeux.

« Elle n'est pas là, tu sais. Nous ne l'avons pas vue depuis jeudi soir. »

Quatre jours. Même si j'avais senti passer chaque douloureuse minute, le simple fait de l'énoncer me fit un choc, comme si je le découvrais.

« Je le sais, bien sûr que je le sais, dit-il avec colère. J'étais au poste. Depuis quatre heures du matin. »

Je regardai ses yeux rouges, les cernes noirs et le duvet sur son menton.

« Pourquoi ?

– Je n'arrivais pas à dormir. Il fallait que je le dise à quelqu'un. C'est ma faute. »

Sa faute ? Qu'est-ce qui était sa faute ? Qu'avait-il fait ?

Il vit mon expression.

« Non, je… je ne sais pas où elle est, je veux dire, j'aimerais bien… je voulais juste vous voir, vous expliquer. »

Il chancela. Je le rattrapai et le fis entrer. Il se laissa tomber sur une chaise dans la cuisine et se prit la tête entre les mains. Je lui fis du thé sucré et posai la tasse devant lui. La sonnette retentit de nouveau. Michael, cette fois. Il avait l'air grave, mais il se détendit à ma vue et sourit. Lorsqu'il entra, je me rendis compte que je connaissais déjà son odeur, une odeur calme et masculine de chemise propre repassée et de dentifrice. Il me semblait proche, cependant je savais que c'était une illusion ; nous vivions dans deux univers parallèles. Pour lui, la vie normale poursuivait son cours. Cette vie, je la voyais, je la sentais, mais je n'en faisais plus partie. La fine peau transparente du malheur me séparait des autres. Je ne pouvais pas toucher ce monde ; je ne me rappelais même plus l'effet que cela faisait.

James parut surpris de voir Michael, qui lui sourit et lui effleura l'épaule.

« James est venu me dire… quelque chose. »

Je m'assis pour me mettre à sa hauteur.

« C'est bien. Nous avons beaucoup parlé la nuit dernière. »

Michael prit une chaise et s'installa à côté de James. Ses mouvements étaient lents et je me rendis compte qu'il n'avait sans doute pas beaucoup dormi lui non plus. Le visage du jeune garçon était livide.

« Je l'aime, lâcha soudain James. Elle m'aime aussi. Je le crois, du moins… elle… Nous… nous sommes ensemble depuis plusieurs mois. »

Ensemble ? Ils jouaient tous les deux dans la pièce. Était-ce ce qu'il voulait dire ? Je jetai un bref regard à Michael.

« Ils couchent ensemble depuis six mois », expliqua celui-ci d'une voix posée.

J'étais glacée. Je songeai à monter le radiateur. Les économies de Ted en plein novembre étaient ridicules. Ce n'était pas possible. Je l'aurais su, si elle couchait avec ce garçon. Elle me l'aurait dit. Et même si elle ne me l'avait pas dit, je m'en serais rendu compte. J'étais sa mère.

James lut peut-être dans mes pensées, car il reprit :

« Elle s'apprêtait à vous en parler. Elle savait que vous finiriez par l'apprendre de toute manière…

– Mais comment ? Naomi était toujours ici ou au lycée. Je savais ce qu'elle faisait…

– Après les cours. Le week-end. »

Il chuchotait presque. Je me penchai pour mieux l'entendre.

« Elle vous disait qu'elle était avec Nikita, mais on allait à la maison. Chez moi.

– Tes parents étaient au courant ? »

Je me souvenais de sa mère. Je la voyais parfois à des réunions médicales, une infirmière rousse d'une beauté saisissante. Son père, un pédiatre, était beaucoup plus âgé.

« Papa travaille tard et maman est partie il y a un an. Mais peu importe, le problème c'est que… »

Ainsi, nous n'avions pas encore abordé le problème.

« Elle a commencé à vomir. »

Ah bon ? Je n'avais pas remarqué.

« Le matin. »

Je ne l'aurais pas entendue vomir dans sa salle de bains au dernier étage, pas de la cuisine, en revanche je me souvenais qu'elle ne voulait rien avaler au petit déjeuner. Elle prenait l'air dégoûté quand je lui en parlais, mais comme elle avait bon appétit le soir, je ne m'étais pas inquiétée.

« Elle s'endormait en cours. »

Ces répétitions l'épuisaient. J'avais remarqué qu'elle avait moins d'énergie.

« Alors elle a acheté un test... »

Il y eut un silence. Pourquoi avais-je refusé de voir l'évidence ? Pas d'appétit le matin, la fatigue, les émotions qui faisaient le yo-yo. C'était pourtant cousu de fil blanc. Michael m'examinait d'un air inquiet. Je me levai et m'approchai de la fenêtre. Naomi enceinte. C'était totalement irréel.

« Tu en es sûr ? demandai-je d'une voix qui me parut dure.

– Elle a fait trois tests en tout.

– Combien de semaines ?

– On n'en savait rien, dit-il, pâlissant sous mon regard. Elle pensait que ça faisait deux mois qu'elle n'avait pas eu ses règles, mais elle n'était pas sûre. Dix semaines, peut-être ? »

Cottage demain. J. 10 semaines.

« Attends. Dans ce cas, d'où venait le sang sur le matelas ? »

Je me tournai vers Michael puis revins à James.

« Au cottage, le week-end juste avant la première, poursuivis-je. Lorsqu'elle est allée là-bas avec cet homme. Nous pensions qu'elle avait saigné parce que c'était la première fois, mais ce n'est pas possible puisqu'elle était déjà enceinte.

– Quel homme ? demanda James, déconcerté. C'était moi. Nous. Je croyais qu'elle vous avait dit que nous allions au cottage. Après qu'on a… après… elle a saigné. Elle a refait un test de grossesse trois jours plus tard, mardi dernier, mais elle était toujours enceinte. Même si elle saignait un peu, le bébé était toujours là. »

Alors ce n'était pas l'inconnu qui l'avait fait saigner, l'homme du théâtre, le salaud qui l'avait enlevée. C'était pire. Ce n'était pas avec lui qu'elle avait bu du vin ; ils n'avaient rien partagé. Il n'était pas question d'amour entre eux. Elle n'était rien pour lui. Et si elle saignait encore ? Si elle faisait une fausse couche, une hémorragie ou… une grossesse extra-utérine ?

Je regardai le jeune garçon aux joues striées de larmes et me sentis gagnée par une fureur noire.

« Et toi, James ? Que signifiait pour toi cette grossesse ? Qu'est-ce que tu voulais ?

– Je voulais tout ce qu'elle voulait. Je l'aime. Je ne savais pas quoi faire. »

J'avais envie de le frapper ; j'avais envie de le tuer pour avoir mis Naomi en danger.

« Si tu ne savais pas quoi faire en cas de grossesse, pourquoi est-ce que tu n'as pas utilisé de préservatif ? Comment peut-on être aussi con ? »

Il tressaillit. Michael vint à son secours.

« Elle prenait la pilule, expliqua-t-il d'une voix apaisante. Mais il lui arrivait d'oublier. »

Encore des secrets. Comment ça, la pilule ? Est-ce qu'un médecin de mes amis la lui avait prescrite ?

« Ce n'est pas une raison pour ne pas utiliser de préservatif ! criai-je. Tu aurais dû savoir ce que tu faisais. Tu ne te rends pas compte que c'est encore pire, maintenant ? »

Je pris une grande inspiration, tremblante.

« Et l'homme qu'elle voyait, alors ? Tu le connaissais ? »

Il baissa la tête. Il y avait des larmes dans sa voix.

« Je savais que quelque chose avait changé depuis qu'on avait commencé les répétitions. Au début, je la raccompagnais le soir. Mais il y avait des jours où elle ne voulait pas que je reste ; elle disait qu'elle préférait travailler seule au théâtre. Ce genre de chose. Elle n'était plus la même. Elle ne me parlait plus.

– Continue. »

Je parlais d'une voix froide que j'avais du mal à reconnaître. J'imaginais que c'était la voix que la policière au visage de pierre dans le couloir employait quand elle s'adressait aux criminels.

« J'ai aperçu un homme, une fois. Je sortais des loges et elle était en train de discuter avec quelqu'un. Je ne l'ai vu que de dos, appuyé au mur. Il se penchait vers elle. Il était brun, les cheveux longs, emmêlés. Je l'ai remarqué parce qu'elle n'avait d'yeux que pour lui. Elle ne m'a pas vu. Elle n'a même pas fait attention quand je lui ai crié que je l'attendais dehors. J'ai attendu des plombes. Tout le monde était parti, mais elle était encore à l'intérieur. Alors j'ai laissé tomber. »

Il se mit à pleurer. De gros sanglots soulevaient sa poitrine.

« J'aurais dû retourner à l'intérieur. J'aurais dû aller voir à quoi il ressemblait. »

Michael se leva.

« C'est bon, James. Tu dois être épuisé. Je vais te reconduire chez toi.

– Un instant. »

Prise de remords, je posai la main sur l'épaule du jeune garçon pour le retenir.

« Attends. À moi aussi, elle avait cessé de parler. Tu as été insouciant, James. Bêtement insouciant, mais tu l'aimais. Je le sais. J'ai vu la bague que tu lui as offerte et…

– Ce n'est pas vous ? s'écria-t-il, l'air hébété. Elle m'a dit qu'elle appartenait à sa grand-mère. Un héritage familial. »

J'ouvris de grands yeux. Ainsi, elle nous avait menti à tous les deux. C'était sans doute l'inconnu qui la lui avait offerte, peut-être même le jour où James l'avait surpris penché vers elle. Il était en train de glisser la bague à son doigt et c'était pour cette raison qu'elle ne voyait rien d'autre ; elle se figurait qu'il tenait à elle, mais c'était un piège.

James se leva. Il allait s'excuser. Je ne voulais pas l'entendre ; je ne voulais pas éprouver de pitié pour ce garçon, ce gamin qui avait fait basculer la vie de Naomi. Où qu'elle soit, enceinte, perdant du sang peut-être, elle courait un danger encore plus grand que ce que j'imaginais.

« Dis-moi... »

C'était dur de lui demander ce qu'éprouvait Naomi à l'idée d'être enceinte alors que j'aurais dû le savoir. C'était le genre de secret que les filles étaient censées chuchoter à leur mère et à elle seule.

« Que voulait-elle faire au sujet du bébé ? »

Il me regarda. Malgré ses yeux gonflés, on voyait bien que ma question le déconcertait.

« Elle n'en voulait pas, bien sûr, dit-il avec un rire gêné. Elle espérait faire une fausse couche et elle avait lu quelque part que si... si on faisait l'amour, ça risquait de marcher. C'est pour ça qu'on est allés au cottage. Elle était contente quand elle a vu qu'elle saignait. »

Après leur départ, je m'assis, les jambes flageolantes. C'était un drôle de choix de mots. Faire l'amour. Ils n'avaient rien fait du tout ; au contraire. Et le morceau de plastique jaune déchiré que j'avais vu par terre, l'emballage de tampon, le soir de sa disparition ? Elle n'avait pas ses règles, mais elle saignait probablement encore. Est-ce qu'elle avait mal ?

Lorsque Michael revint, j'avais la tête qui tournait à force de m'interroger. Il s'assit à la table à côté de moi et j'épanchai mes doutes.

« Comment pouvons-nous être sûrs que James dit la vérité ? Qui nous prouve qu'il ne lui a pas donné cette bague ? Comment pouvons-nous savoir si Naomi était réellement enceinte, si elle a seulement couché avec lui comme il le prétend ? Il n'a peut-être jamais mis les pieds au cottage. Il a peut-être tout inventé. »

Je serrai les poings, incapable de m'arrêter.

« C'est peut-être l'autre homme qui l'a emmenée au cottage et c'est James qui la retient prisonnière à présent. Réfléchissez. Il était jaloux, il n'a pas supporté de la voir parler à cet homme, alors il l'a brutalisée ou il l'a cachée quelque part… »

Michael posa brièvement sa main sur la mienne. Ses doigts étaient doux et chauds.

« Il a passé des heures au poste, Jenny. Il dit la vérité. Ils sont allés au cottage ce samedi. Un homme qui promenait son chien a vu une Volvo rouge devant la maison. Ils ont bien emprunté la voiture du père de James. »

Il était catégorique. Je fermai les yeux. Il poursuivit, énumérant les preuves. Je devais me forcer à écouter.

« James dit qu'ils se sont arrêtés à une station-service sur l'autoroute, après Taunton. Nous sommes en train de visionner les bandes des caméras de surveillance. Nous avons pris ses empreintes digitales la nuit dernière pour voir si elles correspondent à celles relevées sur la bouteille et les verres. »

Il s'interrompit ; j'ouvris les yeux et le regardai, le laissant reprendre calmement.

« J'ai également parlé à Nikita. Elle savait que Naomi était enceinte. »

Elles n'ont pas de secrets. Ce ne sont plus des gamines… La voix de Shan était péremptoire et irritée, mais croyait-elle ce qu'elle disait ?

« Quoi d'autre ? »

Je me levai et fis encore une fois le tour de la cuisine, les questions se bousculant sur mes lèvres.

« Qu'est-ce qu'elle sait d'autre ? Est-ce que Nikita savait si Naomi voulait partir ? Ce qu'elle comptait faire au sujet du bébé ?

– Naomi lui a dit qu'elle avait rencontré quelqu'un et qu'elle devait le voir la veille de la dernière, mais elle ne lui a donné aucun détail à son sujet. Nikita ne pense pas qu'elle avait prévu de s'enfuir. Sinon elle lui en aurait parlé, elle ne serait pas partie sans dire au revoir. »

Il fit une pause, me lança un bref regard.

« Elle savait que Naomi voulait avorter, qu'elle était inquiète. Bien sûr, il y a le journal intime et la référence aux dix semaines… »

Elle devait se dire qu'une grossesse de dix semaines n'était pas assez avancée pour être significative. Elle ne savait pas que des ongles minuscules se formaient déjà au bout des doigts et des orteils ; c'est le genre de détail qu'on préfère ignorer si on doit faire ce que Naomi avait décidé de faire.

Je pris ma tête entre mes mains, comme pour contenir les pensées qui se bousculaient à l'intérieur.

« Bien, admettons que James nous ait dit la vérité et qu'ils soient allés au cottage. Qu'est-ce qui nous prouve que ce n'est pas lui qui l'a enlevée ? Il l'a peut-être attendue en cachette après la représentation, puis il l'a emmenée quelque part.

– Son père était dans la salle. James jouait Chino, vous vous rappelez ? Ils ont dîné à l'Hôtel du Vin, après. On a vérifié. Le personnel se souvenait d'eux. On nous a montré une copie de l'addition. »

La police n'avait rien négligé. Je demeurai silencieuse. Je voulais que ce soit James qui la cache par jalousie, parce qu'il l'aimait, parce qu'il voulait la garder pour lui, mais saine et sauve.

« Est-ce que ça peut faire une différence pour celui qui la retient prisonnière ? Est-ce qu'il la traitera mieux s'il sait qu'elle est enceinte ? »

Michael ne dit rien, mais de toute façon je connaissais la réponse. Les vomissements et les saignements n'amusaient personne. Au bout d'un certain temps, s'il lui accordait ce temps et si elle ne faisait pas de fausse couche, elle deviendrait trop repérable…

« Tenons-nous-en à ce que nous savons, déclara Michael, sa voix apaisante interrompant la cavalcade de mes pensées. Grâce à ce que nous ont révélé Mme Mears, Nikita et James, nous avons pu faire un portrait-robot plus précis. Il va être affiché sur tous les réverbères du quartier, avec la photo de Naomi. Nous continuons de surveiller les ports et les aéroports et nous allons faire une enquête de voisinage.

– Pourquoi ? Il y a peu de chances qu'il habite le quartier. »

Tout cela semblait si hasardeux, si vain. Elle était peut-être à des kilomètres d'ici. Une cahute au fin fond de l'Écosse, un garage au pays de Galles. Nous ne savions même pas à quoi il ressemblait, bien que mon esprit jouât déjà avec les nouvelles informations à notre disposition. Il était plus âgé qu'elle, il avait de longs cheveux mal peignés, il était différent des garçons qu'elle connaissait : était-ce ce qui l'avait séduite, cette différence ?

« N'oubliez pas que nous devons tenir compte de toutes les possibilités. »

Il l'avait déjà dit.

« Quel genre de possibilités ? »

Il se leva et mit les mains dans les poches. Ce devait être pénible. On lisait la tension dans ses yeux gris. Pendant les quelques secondes qu'il prit avant de répondre, une partie de mon cerveau se demanda avec détachement à quoi il ressemblerait s'il souriait vraiment. Que pensait sa femme du temps qu'il consacrait aux autres ? Avait-elle du mal à l'accepter ? S'inquiétait-elle ? Peut-être s'y était-elle habituée, comme moi avec Ted. Elle se répétait qu'il était très impliqué dans son travail.

« Ma foi, il semble probable qu'elle ait donné rendez-vous à cet homme, mais il est possible qu'il ne se soit pas présenté et qu'elle soit rentrée seule à pied… »

J'avais déjà imaginé la scène. Le théâtre était à quelques minutes de chez nous et bien que nous lui ayons dit maintes fois d'appeler s'il faisait nuit, peut-être n'avait-elle pas voulu nous déranger. Ses chaussures à talons devaient résonner dans la rue silencieuse et elle n'avait pas fait attention aux pas discrets derrière elle, jusqu'à ce qu'ils soient tout près...

« Nous allons interroger le père de la petite fille dont vous nous avez parlé. Vous pensiez qu'il avait peut-être voulu se venger...

– Ça ne peut pas être lui. C'est un père. »

Mes yeux se remplirent de larmes.

« Il aime trop sa fille pour faire du mal à l'enfant de quelqu'un d'autre. »

Mais ce n'était peut-être pas si simple. Il n'existait pas nécessairement de règle. Je m'approchai de la fenêtre. Dehors, les fourgonnettes blanches étaient fermées. Les photographes étaient à l'intérieur ou surveillaient la maison d'une cachette invisible. Des gens passaient sur le trottoir, des voitures circulaient.

L'individu qui avait enlevé notre fille pouvait être quelqu'un que je connaissais ou un individu qui évoluait à la périphérie de notre vie et à qui je n'avais jamais prêté attention. Cet homme là-bas souriant tout seul en traversant la route. Peut-être retenait-il Naomi quelque part, enfermée, sans défense. Pourquoi ce sourire ? Je voulais me précipiter dehors, lui hurler des questions à la figure, voir s'il avait l'air coupable. Je me tournai vers Michael.

« Comment est-ce que je suis censée continuer à vivre ? »

Il tendit la main et serra fermement mon poignet.

« Dites-moi ce que je dois faire, Michael. »

Je ne bougeais pas. J'avais besoin de la force que je sentais dans sa main.

« Pas à pas, c'est le seul moyen. »

Il examina mon visage.

« Prenez soin de vous, c'est le premier pas. Manger. Vous laver les cheveux. »

Il me sourit.

«Je ne vous en avais pas encore parlé parce que je ne voulais pas vous inquiéter, mais l'appel à témoins est prévu pour demain matin. Nous allons devoir préparer un communiqué. Pourriez-vous prévenir Ted ?»

Lorsque Ted rentra, j'avais pris un bain et j'avais essayé un tailleur pour la télévision, même si je devais le rouler à la ceinture pour qu'il ne glisse pas. J'avais une serviette autour de la tête et je m'efforçai d'avaler un sandwich. Je lui annonçai que j'avais vu James et Michael, puis je m'assis près de lui et, lui tenant la main, je lui révélai que Naomi était enceinte. Il se dégagea, indigné et incrédule. Il était persuadé que c'était un mensonge. Je lui répétai donc le récit de James et les paroles de Michael, lui montrant comment cela éclairait certains passages du journal intime de notre fille. Ted faisait les cent pas dans la cuisine. J'avais l'impression qu'il allait casser quelque chose. Sous sa rage sourde, je sentais une animosité dirigée contre moi. Il devait penser que moi, sa mère, j'aurais dû savoir qu'elle était enceinte, même si elle ne nous avait rien dit. Il avait peut-être raison. Lorsqu'il se rassit, son visage était pâle et fermé. Je posai la main sur son poing serré.

«Ne laisse pas cette histoire nous détruire, Ted.»

Il me regarda d'un air hagard. Je ne pense pas qu'il m'entendait.

19

Dorset, 2010

Treize mois plus tard

Mi-décembre. L'hiver progresse et la lumière diminue de jour en jour. Du sommet d'Eggardon Hill, on voit les petits champs en contrebas plonger vers la côte et la Manche au loin, dont les reflets ont la blancheur du givre. Seul le craquement de mes pas et de ceux de Bertie sur la terre gelée rompt le silence.

Bridport se trouve au fond d'une vallée proche de la mer. Ses larges rues grouillent de monde à cette période de l'année. Mais les vieilles maisons de pierre regardent avec indifférence toute cette agitation et, en dépit des lumières clinquantes dont on les a affublées, elles restent égales à elles-mêmes, sans doute telles qu'elles étaient il y a deux cents ans.

La porte de la librairie s'ouvre en carillonnant mais, au lieu de l'odeur réconfortante du papier, les étroites allées bondées sentent les cheveux mouillés et le chewing-gum à la banane. Une grosse femme renfrognée m'écrase les orteils et me fusille du regard ; à côté, un enfant feuillette des livres qu'il jette par terre. C'était facile de choisir pour Naomi ; elle aimait tellement d'auteurs différents : Lawrence, Kerouac,

Mark Haddon, Stieg Larsson. Désarçonnée par la foule, je prends quelques romans pour les garçons et les mets dans un panier. Mes doigts s'attardent sur d'autres ouvrages tandis que je m'efforce de me rappeler ce que Ted avait sur sa table de chevet l'an dernier. Les romans que je lui offre restent toujours intacts, sous une fine couche de poussière. Je n'ai peut-être jamais su ce qu'il aimait. Je paie mes achats et je sors, traversant la rue au niveau de la tour de l'horloge qui sonne onze heures.

À Boots, je prends pour Ted une trousse de toilette en cuir que je garnis d'une brosse à dents, d'un dentifrice, d'un gant et d'un savon, puis je joue des coudes afin de rejoindre les caisses. Sur le côté, une tache rose attire mon regard. Je tourne la tête et je reconnais les petits pots, les tubes de maquillage et les mini-flacons de shampoing que je glissais dans le chausson de Noël de Naomi, avec des culottes à pois, des bracelets, des mandarines, des faux biscuits en plastique. J'y prenais plaisir. Je l'avais oublié. Le monde où le plaisir était une fin en soi a disparu avec elle. Les jeux et les blagues idiotes qu'elle faisait aux garçons, l'excitation pour les anniversaires et les fêtes, dont ils se moquaient, mais par laquelle ils finissaient par se laisser gagner : elle a tout emporté. Non, bien sûr, c'était fini depuis longtemps. À cette pensée, je m'immobilise et deux adolescentes qui faisaient la queue derrière moi me rentrent dedans, chuchotent et rient. On avait cessé de s'amuser bien avant. Je n'ai rien vu venir, c'est arrivé progressivement. J'étais débordée. Même pendant les dernières grandes vacances, elle était plus réservée.

À la caisse, je me ressaisis. Je paie et réunis maladroitement les sacs à mes pieds. Au moins, cette année, j'ai acheté des cadeaux. L'an dernier, j'ai essayé, mais pas moyen. Naomi avait disparu depuis un peu plus d'un mois. Partout, il y avait des adolescentes accompagnant leur mère, qui choisissaient des décorations, des petits présents, qui se demandaient leur avis. Je me souviens que j'avais dû laisser mon panier plein par terre dans un magasin et me frayer un passage pour sortir, en larmes. À présent, je supporte la vision de ces familles. Alors que je me dirige vers le parking, je croise une mère et un enfant. Je peux les regarder, ce qui m'était impossible avant.

Une fois les courses chargées dans le coffre, je rentre par les petites routes, longe le golf, que j'aperçois à travers la haie dépenaillée par l'hiver, puis le champ de foire désert. Au-delà, il y a des rangées de caravanes vides et un magasin condamné, lugubre dans la grisaille, puis les premiers pavillons de brique du village. Je les connais si bien que je les vois à peine. C'est ce qui est arrivé avec Naomi. J'ai cessé de la voir parce que je la connaissais par cœur. Je passe lentement devant l'église puis emprunte le chemin qui monte chez moi.

Je rentre mes courses et les pose par terre, à la plus grande joie de Bertie qui n'a plus l'habitude de voir autant de sacs et qui vient les renifler. Dans la cuisine, la lumière s'assombrit soudain : quelqu'un est entré derrière moi. En me retournant, je me cogne contre le coin du placard. La blessure que je me suis faite en trébuchant sur une racine se rouvre et le sang coule.

Je reconnais ses épaules en contre-jour avant de distinguer son visage.

« Michael ! »

Je suis surprise de la joie que j'éprouve, mais comme je m'approche de lui, je ressens une faiblesse soudaine. Qu'est-il venu m'annoncer ? Les tomates m'échappent des mains et le pudding enveloppé de papier aluminium tombe sous la table. Bertie se précipite dessus, curieux, et l'envoie rouler plus loin d'un coup de patte.

« Que se passe-t-il, Michael ? Vite ! Dites-moi !

– Rien. Il ne s'est rien passé. »

Il écarte les bras, ouvre les mains pour montrer qu'elles sont vides, pas de secret.

« Je passais…

– Personne ne passe à Burton Bradstock.

– C'était sur ma route. Je vais voir ma famille. C'est Noël, vous vous souvenez ? »

Soudain, son expression change. Il fronce les sourcils.

« Vous saignez. Vous vous êtes coupée. »

Il sort un mouchoir blanc de sa poche et il tamponne la blessure avec des mains précautionneuses. Le tissu est doux. À présent, je reconnais son odeur de lessive et de dentifrice. Sa bouche, à quelques centimètres de mes yeux, semble vulnérable. Je frissonne, surprise par le contact, et je me fige. Il l'a remarqué. Ses mains retombent, effleurant mes épaules.

« Ça s'est arrêté de saigner. Vous avez l'air en forme, ajoute-t-il après un silence. Je me demandais… »

Il cherche ses mots, ses yeux chaleureux s'attardent sur mon visage. Je recule.

« Je suis contente de vous revoir. Désolée de vous avoir accueilli comme un messager de malheur. »

Nous nous regardons ; il est étonné. Il baisse les yeux et je vois que la vivacité de ma voix l'a pris au dépourvu. Qu'imaginait-il ? Ce bref baiser il y a des mois dans la cuisine de Bristol était une erreur, la conséquence de l'épuisement. J'avais relâché ma garde ; une bêtise.

« Café ? »

Je me tourne, les mains au-dessus des tasses, attendant qu'il se reprenne.

« Oui. Non. Je pensais qu'on pourrait aller se promener… Je vous invite à déjeuner. En traversant le village, j'ai vu des pancartes indiquant un restaurant sur la plage. »

Je ramasse les sacs et fourre les courses au frigo, puis je mets sa laisse à Bertie. Je jette un coup d'œil dans le miroir. Il a dit que j'avais l'air en forme. Comment est-ce possible ? Mes cheveux sont une masse brune emmêlée et je ne suis pas maquillée, mais le bleu de mes yeux ressort sur ma peau bronzée par les promenades au bord de la mer. L'air frais et une alimentation simple m'ont requinquée. Le miroir me renvoie mon regard étonné, comme si je découvrais le visage de quelqu'un qui ne m'est pas inconnu mais que je n'arrive pas à resituer.

Nous sortons ensemble par le portail du jardin qui donne sur les champs.

« J'ai souvent pensé à vous ici, dit-il en se tournant vers moi avec un mince sourire. L'endroit n'est pas comme dans mes souvenirs. »

Pensait-il qu'il y aurait encore du sang sur le sol et des verres à vin sales ? Des mouches desséchées sur le rebord de la fenêtre ?

« Est-ce que vous allez bien ? »

Sa voix est prudente ; il veut savoir, mais il marche sur des œufs.

Est-ce que je vais bien ? Nous arrivons au bout du champ et traversons la route qui mène au sentier de la plage. Je songe aux soirées près du feu, où je tâche de dessiner ce qui me passe par la tête. La pile de tableaux derrière le fauteuil prend de plus en plus de place. Dan s'arrête à l'occasion après les cours pour faire de menus travaux. Il a repeint une des chambres. Nous sommes devenus amis, bien que nous parlions peu. J'apprécie sa compagnie ; il me rappelle les garçons. Je passe voir Mary de temps en temps pour boire le thé et nous sommes allées à la bibliothèque ensemble deux fois. Theo téléphone régulièrement et je rends visite à Ed. Ted m'envoie une carte postale ou un SMS lorsqu'il va à une conférence à l'étranger. Mais il ne s'écoule pas un moment sans douleur à l'arrière-plan : son visage est partout. Parfois, le besoin de savoir est insupportable. Les premiers temps au cottage, quand j'allais à la plage, je me tenais sur les galets, l'eau glacée bouillonnant autour de mes jambes, m'accrochant à Bertie pour résister à l'envie de m'enfoncer dans la mer.

« Je ne dirais pas que je vais bien… ce serait… mais…

– Dites. »

Alors nous parlons, ou du moins je parle. Il écoute. Je parle et je pleure. Les mots sortent tout seuls ; je sais que c'est dangereux, mais je me sens incapable de me retenir. Le désespoir et la solitude de ces quatre derniers mois me submergent. Il passe son bras autour de mes épaules. Il me laisse tout lui raconter, jusqu'à ce que je sois vidée, mes larmes taries. Nous marchons sur la plage, dans un sens et dans l'autre. Le vent rase les vagues, leur arrache des petits paquets d'écume et nous les jette au visage.

Le Beach Hut est ouvert. Je n'y ai pas mis les pieds depuis des années. La dernière fois, c'était quand les enfants étaient encore petits et que nous venions y manger des portions de *fish and chips*. L'été, une foule bruyante se presse sous le nouvel auvent, mais c'est calme aujourd'hui. Quelques tables sont occupées par des vieillards qui lisent le *Dorchester Chronicle*, un chien à leurs pieds. Le restaurant sent le thé et le poil mouillé. Michael commande et quelques minutes plus tard on nous apporte des filets de haddock friables et des frites salées brûlantes sur d'épaisses assiettes blanches. Nous nous installons près de la fenêtre. Je nettoie la vitre embuée pour observer les vagues qui se brisent sur la plage déserte.

J'ai les yeux qui piquent d'avoir pleuré, mais je me sens soulagée d'un poids. C'est agréable d'être ici, en compagnie de Michael. Avec la mer dehors, j'ai l'impression d'être à bord d'un bateau. Personne ne peut nous atteindre, on peut appliquer d'autres règles.

Michael m'annonce d'une voix égale qu'il a eu une promotion, puis, la tête tournée vers la fenêtre, il ajoute que sa femme l'a quitté il y a six mois.

Je m'en veux quand je pense à tout le temps qu'il a passé à m'écouter.

« Pourquoi n'avoir rien dit ? Je suis désolée.

– Est-ce que j'aurais dû ? Est-ce que j'aurais dû vous le dire ? »

Il me regarde et je me détourne aussitôt.

Il y a un an, à Bristol, nous nous sommes retrouvés un soir dans la cuisine. Ted était monté se coucher sans un mot ; Michael s'était arrêté avant de rentrer chez lui. J'étais fatiguée, au bord des larmes, furieuse contre Ted qui pouvait si facilement se réfugier dans le sommeil. Je m'étais raccrochée à la gentillesse de Michael.

Il regarde de nouveau par la fenêtre ; les nuages se reflètent dans ses yeux gris. Les mots sortent lentement.

« Nous nous sommes mariés jeunes. »

Il s'interrompt, hausse les épaules.

« Je ne veux pas vous embêter avec mes histoires.

– Racontez-moi ce qui s'est passé.

– Je n'en parle pas souvent. C'est fini, maintenant.

– Racontez. »

Il hésite encore un peu.

« Nous nous sommes mariés au Cap. Nous avions dix-huit ans. Elle était enceinte. Elle a fait une fausse couche quelques semaines plus tard… »

Je devrais être capable d'entendre ces mots, être enceinte et faire une fausse couche, sans éprouver cette douleur fulgurante. Le bébé de Naomi aurait bientôt six mois. Je tiens le compte des semaines. Si la grossesse a été menée à son terme, si le bébé a survécu… Si… Je serre les dents tandis que la souffrance m'étreint, puis relâche un peu la pression. Michael n'a rien remarqué, il poursuit.

« … alors j'ai pensé qu'en Angleterre, ce serait peut-être différent, sans la pression de nos familles respectives, un meilleur suivi médical… mais elle n'est pas retombée enceinte. »

Il regarde ses mains, puis pose les yeux sur moi.

« Il fallait que je gagne ma vie. Mais les heures étaient longues. C'était dur pour elle. Elle se sentait très seule. »

Je n'ai aucun mal à l'imaginer. À vingt-deux heures, elle jetait à la poubelle le contenu de l'assiette qu'elle lui avait préparée. Un autre soir, elle avait prévu une sortie en amoureux, un film ou une pièce et elle attendait, prête, son manteau sur les épaules ; l'heure du début de la représentation se rapprochait, puis passait, et elle était toujours là, l'enveloppe blanche avec les billets à la main. Des journées entières seule, même si les nuits étaient pires. Chaque mois, elle pleurait au moment de ses règles.

« Elle a commencé à faire du bénévolat au Citizens Advice Bureau, pour aider les gens dans leurs démarches administratives. Finalement, elle est tombée enceinte et cette fois elle ne l'a pas perdu.

– Alors vous avez un enfant ! C'est un garçon ou… »

Ses yeux sont si graves que je ne termine pas ma phrase.

« Un garçon. Il n'est pas de moi. Le père est un avocat qu'elle a rencontré à l'association. Marié, mais il a quitté sa femme. »

Il s'interrompt encore.

« Nous n'aurions jamais dû nous marier. »

Mais comment aurait-il pu savoir ? Comment aurais-je pu savoir ? Quand on est jeune, on n'a pas idée de ce dont on aura besoin ni de la force dont on aura à faire preuve.

« Ne prenez pas cet air soucieux, dit-il avec un sourire. C'est de l'histoire ancienne, maintenant. Je m'excuse si j'ai profité de la situation… »

Il s'excuse de s'être autorisé à parler de lui ? Ou bien pense-t-il à cette soirée dans la cuisine il y a un an ? J'y pense, moi aussi. Sa main chaude sur mes reins, sa bouche contre la mienne. Après tout, ce moment avait la rugosité de quelque chose de réel quand plus rien ne l'était.

Dehors, il fait plus sombre. Près du rivage, les vagues blanches scintillent à travers la pluie. Au-delà, elles se confondent avec le mauve du crépuscule. La température a fraîchi, mais la nourriture et la discussion m'ont réchauffée. Nous rentrons à travers champs, nos mains se frôlant. Au cottage, je donne à manger à Bertie pendant que Michael fait du feu. Ça me touche de le voir ici, qui s'affaire paisiblement, concentré sur sa tâche. Les brindilles s'enflamment, puis il se tourne vers moi.

Je m'approche et il me prend dans ses bras. J'ai l'impression que nous n'avons jamais cessé de nous embrasser. C'est comme la chaleur du soleil quand il a fait noir et froid pendant longtemps. Il m'entraîne vers la cheminée, m'aide à ôter mon manteau, retire le sien. Nous nous déshabillons dans l'obscurité. Il tire l'épaisse couverture du canapé et nous en enveloppe. Allongés côte à côte, nous nous caressons ; sa peau semble à la fois familière et nouvelle. Rassurante et dangereuse. Il sent ma gêne et, s'écartant un peu, il effleure mon visage seulement éclairé par la lueur du feu.

« Qu'est-ce qu'il y a ? demande-t-il à voix basse.

– Qu'est-ce qui va se passer ? Est-ce que tu as seulement le droit de faire ça ?

– Ne t'inquiète pas, répond-il et j'entends le sourire dans sa voix. C'est notre secret. »

Notre secret ? Devrions-nous en avoir un ? Ses bras m'entourent, réconfortants, et mon malaise s'évanouit. Ses mains glissent lentement sur moi et ma peau s'enflamme. Je me serre contre lui, attirée par sa chaleur. J'ai envie de lui, à présent. Je songe à Naomi : elle a fait ça, elle aussi, elle a dû être entraînée dans une étreinte secrète avant de se retrouver en danger. Puis la bouche de Michael couvre la mienne et nous bougeons ensemble, comme si nous attendions ce moment depuis très longtemps.

Bristol, 2009

Cinq jours plus tard

« Je m'excuse. »

Michael paraissait consterné. Il laissa retomber sa main.

« Ce n'est pas grave. »

J'étais trop fatiguée pour ce petit jeu, j'entendais l'impatience dans ma voix.

« Ne prenez pas cet air coupable. Il n'y a pas de quoi en faire un drame. »

Je ne voulais pas que cela crée de gêne parce que nous devions encore travailler ensemble.

Nous étions dans la cuisine, Ted était en haut.

Après l'appel à témoins à la télévision, il était allé directement à l'hôpital. Il y avait passé la journée. C'était quelque chose de solide à quoi se raccrocher, affirmait-il. Tant mieux pour lui. En ce qui me concernait, il n'y avait plus rien de solide. Je vivais dans un tunnel noir au bout duquel je l'apercevais. Je lui en voulais et j'avais pitié de lui. Je ne comprenais pas comment il pouvait sortir, saluer ses patients et ses confrères. Lorsqu'il rentrait, il mangeait rapidement, debout, puis allait se coucher, le teint gris de fatigue.

Michael était passé tard. Les garçons dormaient.

J'étais en train de lui expliquer que je me faisais du souci pour eux quand je m'étais mise à pleurer. Nous nous étions rapprochés, il m'avait enlacée, avait penché la tête et, l'espace d'un instant, nos bouches s'étaient rejointes. Je m'étais aussitôt écartée, consciente que nous commettions une erreur. J'étais épuisée et lui aussi sans doute. Un réflexe, rien de plus, dû au chagrin et à la solitude. Inutile de se flageller pour si peu.

Je changeai de sujet, espérant que cela nous permettrait de nous ressaisir. Et effectivement, très vite, je le vis qui redevenait lui-même, reprenait le contrôle de la situation.

« Je suis allée rendre visite à Jade. J'avais promis. Je croyais que tout le monde allait me dévisager, à cause de mes yeux bouffis, mais personne n'a fait attention. »

Du temps où je travaillais à l'hôpital, je les ignorais moi aussi, l'armée des affligés insomniaques, assis dans un coin, invisibles, qui veillaient et attendaient.

« Son père était là. Il s'est levé quand je suis entrée. Cet homme est une vraie montagne. J'avais oublié.

– Pourquoi est-ce que vous ne m'avez pas appelé ? demanda Michael d'une voix où perçait l'irritation. Je serais venu avec vous. Cela aurait peut-être facilité les choses. Je suis censé vous aider, c'est mon boulot, vous vous rappelez ?

– Je devais y aller seule. Je me suis trompée. J'ai fait une erreur de diagnostic. C'est à moi de l'assumer.

– Comment est-ce que ça s'est passé ?

– Je lui ai apporté des livres qui appartenaient à Naomi quand elle était petite. Elle m'a remerciée. Elle semblait heureuse de me voir. Elle avait repris du poids. Il y a des stéroïdes dans la chimiothérapie, c'est donc artificiel, mais elle avait l'air en meilleure forme, quand même. C'est avec Jeff Price que ça a été le plus dur.

– Qu'est-ce qu'il a fait ? s'alarma Michael.

– Rien. Il a dit qu'il était désolé.

– Pardon ? »

Je repensais au moment où Jade avait ouvert un des livres.

« Qui c'est qui a écrit ça ? »

Elle s'était tournée vers son père, lui montrant les mots au crayon de papier tracés dans le ciel, sur la première page.

« “Naomi Malcolm, lut-il. Mon lit. Ma chambre. Numéro un, Clifton Road, Bristol. Angleterre. Le monde. L'Univers. L'espace intersidéral.” C'est la fille du docteur, Jadie.

– Ils ne vont pas lui manquer ? » demanda-t-elle.

J'avais totalement oublié cette inscription.

« Non. Elle… elle est grande, maintenant. »

Je tentai de sourire. Jade s'en rendit peut-être compte.

« Je vous les rendrai quand j'aurai fini. »

Je hochai la tête, incapable de parler. Jeff Price m'escorta jusqu'à la sortie de la salle. Des enfants étaient allongés sur leur lit, ramassés et fiévreux, visages rouges abrutis d'ennui. Aussi silencieux que des animaux malades, submergés par les proches autour d'eux, qui regardaient la télévision.

Il s'arrêta dans le couloir, de l'autre côté des portes.

«Je vous ai vue aux infos aujourd'hui. Je suis désolé de ce qui vous arrive. C'est pas juste. Je sais qu'on a eu des mots, mais c'est pas juste.

– Merci. La police interroge tout le monde, ajoutai-je au bout d'un instant. Même mes patients…

– Pas de problème. Envoyez-les-moi. Si je peux aider, tant mieux. Je suis ici vingt-quatre heures sur vingt-quatre, les infirmières pourront le confirmer.»

Il posa la main sur mon épaule et me laissa. Sa silhouette massive qui emplissait le couloir oscillait légèrement de gauche à droite et ses énormes baskets blanches couinaient sur le sol bleu brillant.

Les portes battantes se refermèrent sur lui.

Michael attendait patiemment ma réponse.

«Jeff Price était désolé pour Naomi, répétai-je. Ce ne sera peut-être pas utile de l'interroger.

– Quoi qu'il en soit, ça ne sera pas long.»

Je n'étais pas en mesure d'arrêter ce que j'avais déclenché. Pourtant, j'étais sûre que Jeff Price n'avait joué aucun rôle dans l'histoire.

«Vous avez été parfaite à la télévision», ajouta Michael en souriant.

Les projecteurs brûlants m'aveuglaient. Leur éclat me faisait pleurer, mais je ne voulais pas qu'on croie que je versais des larmes. Je ne voulais pas que le ravisseur de Naomi sache ce qu'il nous faisait. On nous avait avertis que montrer notre désespoir risquait d'empirer les choses. Les parents éplorés devenaient des victimes manipulables. En même temps, nous étions bien obligés d'en passer par là. Il fallait toucher la femme qui avait pu entrapercevoir le visage flou de notre fille par la fenêtre d'une voiture dans une ville inconnue, vu sa bouche ouverte pour appeler à l'aide. Nous devions attirer l'attention du petit commerçant de quartier qui avait remarqué que le type discret qui normalement n'achetait que des cigarettes faisait désormais d'autres emplettes : nourriture, scotch ou même serviettes hygiéniques à cause des saignements. Nous devions inciter le gamin à bicyclette à récupérer la veste à capuche grise accrochée dans les broussailles au bord d'un sentier de campagne, celle qu'elle avait jetée pour signaler sa présence. Je voulais que la femme au feu rouge, le commerçant et l'enfant à vélo soient de mon côté.

« Vous avez été parfaite, répéta Michael comme je me taisais. Et Ted aussi. Il va falloir qu'on lui parle, d'ailleurs.

– Je crois qu'il dort. C'est drôle, le soir, il tombe de sommeil, alors que je suis incapable de fermer les yeux.

– Nous avons quelques questions à lui poser. Demain, ce sera très bien.

– Je peux sans doute y répondre maintenant.

– Non, c'est lui que nous souhaitons interroger. »

Il semblait sérieux, presque gêné. Je ne comprenais pas.

« Qu'est-ce que vous voulez savoir ?

– Il y a des incohérences. Nous avons besoin de quelques éclaircissements. »

Je n'en pouvais plus. Est-ce que nous allions devoir répéter toute notre histoire, séparément ? Cela signifiait-il que la police avait décidé de ne pas nous croire ?

« Michael, je vous en prie. Le temps passe et chaque seconde…

– C'est pour ça que nous avons besoin de ses éclaircissements. Pourriez-vous lui dire que nous souhaitons lui parler au poste dans la matinée ? Quelqu'un passera le prendre. »

C'était ridicule. Digne d'un téléfilm policier où la femme pique une crise d'hystérie pendant qu'on interroge le mari.

« Si je peux répondre à sa place, cela nous fera gagner du temps. »

Michael laissa échapper un bref soupir.

« Bien. Savez-vous où se trouvait Ted le soir de la disparition de Naomi ? »

Je me levai et fis le tour de la cuisine pour réunir les verres et les tasses qui traînaient et semblaient encombrer la moindre surface libre. Ils connaissaient la réponse à cette question. J'étais fatiguée ; je voulais aller me coucher, à présent.

« Bien sûr. Il était à l'hôpital. Son intervention a été retardée. Un cas difficile, c'est fréquent. Si quelqu'un a le moindre doute, c'est facile de vérifier auprès du personnel de la salle d'opération à l'hôpital. »

Michael se leva à son tour. Son visage était dénué d'expression. On aurait dit qu'il ne m'avait pas entendue.

« Je connais le chemin, déclara-t-il d'une voix curieusement formelle. S'il vous plaît, dites-lui qu'on passera le prendre dans la matinée. »

Après son départ, je m'assis à la table, les yeux fermés. Les mots de Michael résonnaient encore dans le silence. Je décidai d'appeler l'hôpital. On me passa le service de neurochirurgie. Bien qu'il fût tard, un homme répondit immédiatement. Un assistant, qui semblait très jeune. Je me présentai et lui dis que Ted m'avait demandé de vérifier à quelle heure il avait commencé en salle d'opération jeudi soir. Il avait oublié de noter la durée de l'intervention et il en avait besoin pour rédiger un courrier au généraliste du patient. Les mots me vinrent si naturellement qu'on aurait pu croire que je m'étais entraînée. En tout cas, rien n'indiquait que j'improvisais et que le chaos régnait dans mon esprit. Il s'absenta quelques instants puis reprit la communication.

« Je m'excuse de vous avoir fait attendre, docteur Malcolm, je ne trouvais pas ce que je cherchais. Vous êtes sûre qu'il ne s'agit pas de lundi ?

– Je suis certaine qu'il a dit jeudi, répondis-je, le cœur battant.

– C'est que le Dr Patel était seul en salle d'opération jeudi. Le patient du Dr Malcolm a été annulé. Je peux vérifier la durée de l'intervention de lundi, si vous voulez me rappeler un peu plus tard.

– Inutile, il vous appellera lui-même si nécessaire. »

Je raccrochai et je montai. Je m'assis sur une chaise à côté de mon mari endormi. Je le regardai si longtemps que son visage se modifia et parut se dissoudre, comme quand on se répète son propre nom jusqu'à ne plus savoir qui on est. À la fin, il ressemblait à n'importe qui, un inconnu rencontré par hasard.

20

Dorset, 2010

Treize mois plus tard

Des enfants reprennent des chants de Noël à l'entrée de la gare de Dorchester, massés autour d'une femme aux cheveux gris. Leurs chapeaux de père Noël de guingois, ils ne tiennent pas en place. Deux d'entre eux s'amusent à se marcher sur les pieds tandis qu'une fillette, la plus jeune du groupe, s'essuie le nez sur la manche. La femme dirige la chorale avec autorité, ses mains tranchantes semblent dessiner des punitions dans l'air. Les paroles de « Douce Nuit » s'élèvent, aigrelettes, et me suivent jusqu'au portillon du quai 1. Il y a quelque chose de familier dans la manière qu'elle a de jouer son personnage : sa raideur, sa voix trop enthousiaste. Elle appartient à un monde que j'ai connu et, quand je la regarde, je me souviens qu'il était pesant. Désormais, je n'ai plus d'obligations pour rythmer mes journées. La vie est réduite à l'essentiel et mes rôles sont plus simples : mère, mais pas épouse. Si je devais remplir un formulaire, en face d'activité, j'écrirais peintre.

Ed va arriver. Sophie est avec lui. Il a pu se libérer pour Noël, finalement. Je songe seulement maintenant, trop tard, que le trajet en train a dû être une épreuve, tout ce bruit et cette foule, après la routine et l'ordre du centre.

En l'espace de quelques minutes, le train entre en gare, les portières s'ouvrent et un flot de voyageurs envahit le quai, si bien que je sursaute lorsque je sens ses bras qui encerclent ma taille.

« Ed ! »

Il rit. Il rit ! Je ne l'ai pas vu ne serait-ce que sourire depuis des mois. Je n'aurais pas dû me faire autant de souci. Il n'est pas rasé, mais ses yeux marron pétillent de vie et ses longs cheveux bruns sont brillants. Il a un sac à dos et il porte sa guitare en bandoulière. Il se retourne et enlace une jeune fille presque cachée derrière lui.

« Maman, je te présente Sophie. Soph, maman. »

Ses couleurs illuminent la gare maussade. Cheveux courts roux flamboyant, yeux verts cerclés de khôl gris, manteau tricoté vert, gants bleus rayés, bonnet orange, bottes jaunes. Un anneau d'argent à une narine. Elle porte un accordéon dans le dos. Son visage est attentif, calme et très joli. Je prends une de ses mains gantées entre les miennes.

« Bonjour, Sophie. »

Elle sourit.

« Bonjour.

– C'est une chance qu'elle ait pu venir, déclare Ed en la regardant. Elle a failli ne pas pouvoir. Jake voulait qu'ils fassent ensemble le déjeuner de Noël sur le bateau, mais on a pu s'arranger. »

Je rends son sourire à Sophie.

« Merci de me recevoir chez vous. »

Elle incline un peu le menton en disant cela, une pointe d'accent irlandais dans la voix.

Elle s'assied à l'arrière à côté d'Ed, qui lui montre les falaises et les plages au passage. Je lui annonce que Theo va arriver plus tard dans la journée avec Sam, que nous n'avons pas encore rencontré. Il veut savoir quand Ted sera là.

« Demain ou après-demain. Il rentre de Johannesburg aujourd'hui.

– Il était en vacances ? »

Je pensais que Ted était en relation avec lui. Rien n'a donc changé. Ils l'ont toujours connu débordé : pour leur anniversaire, les réunions de parents d'élèves, parfois pour Noël et les fêtes. Je retrouve le poids des responsabilités, pourtant, elles ne me semblent pas plus lourdes que pendant toutes ces années où je croyais qu'il les portait avec moi. En fait, elles se sont même allégées après son départ. Ou alors je m'étais cuirassée. Mais dans ce cas, pourquoi la déception est-elle si cuisante aujourd'hui ?

« Pas en vacances. Je te l'ai dit, une conférence.

– Classique. »

Je jette un coup d'œil dans le rétroviseur intérieur, mais il sourit de nouveau. Il a même un petit air de fierté en prenant Sophie par les épaules : mon père, cet homme occupé et important.

« Quelle chance, dit-elle. J'ai toujours rêvé d'aller en Afrique.

– C'est seulement le temps de la conférence. Une quinzaine de jours. Normalement, il exerce à Bristol.

– Sophie travaille pour Amnesty International, intervient Ed.

– Impressionnant. »

Je regarde son visage dans le rétroviseur. Elle hausse les épaules en souriant.

« Je traduis des trucs, c'est tout. Du français et de l'allemand.

– Jake et elle peuvent se parler dans n'importe quelle langue, et ils en profitent pour me casser du sucre sur le dos.

– Tu ne comprendrais pas même si c'était ta propre langue. Les futurs médecins et la connaissance de soi, ça fait deux. Ils sont trop occupés à être les héros de leur propre film. »

Sa voix mélodieuse est amusée et ils éclatent de rire, comme si c'était une vieille blague entre eux.

Après son admission au centre, nous avions abordé la question de ce qu'il ferait à sa sortie. Il semblait avoir renoncé à la médecine depuis qu'il avait dû interrompre sa scolarité. Finalement, il a passé son bac par correspondance et l'a obtenu haut la main, ce qui n'a fait qu'ajouter à nos regrets. La dernière fois que je lui ai parlé, il disait être heureux de donner un coup de main au centre pour l'instant. Mais ce n'est pas le moment d'échafauder des projets d'avenir. Il a l'air de revenir de vacances.

Bertie nous attend dans l'entrée quand j'ouvre la porte. Le visage d'Ed se décompose ; il s'agenouille, enlace le chien et éclate en sanglots. Bertie cligne des yeux, immobile. Il éternue une fois et renifle ses cheveux, agitant la queue. Sophie s'accroupit à côté d'Ed et l'étreint. Je vais faire du thé. J'aurais dû y penser, le préparer, l'avertir que le passé avait tendance à se confondre avec le présent.

Au bout de quelques minutes, Ed se lève, se mouche et laisse échapper un rire incertain.

« Pardon, mon vieux Bert. »

Il se penche et pose la main sur la tête du chien.

« Si on allait voir la mer ? propose Sophie. On en profitera pour sortir Bertie. »

Ed acquiesce. Ils boivent leur thé, puis rejoignent les champs par le jardin. Je le vois s'immobiliser devant le portail, toucher le poteau. Pour la centième fois, je me demande s'il a trouvé un endroit dans sa tête où ranger tout ce qui s'est passé, un endroit où mettre les choses de côté en attendant d'être prêt à les regarder en face et à s'efforcer de leur donner un sens.

Je les suis des yeux alors qu'ils traversent le champ, puis il est temps de s'occuper du poulet. Je glisse du beurre et des herbes sous la peau, mets du citron et de l'ail à l'intérieur. Après avoir allumé le four, je me sers un verre de vin et l'emporte à la remise en bois que j'ai débarrassée la semaine dernière pour la convertir en atelier, sachant que la maison serait pleine. Une fois les fenêtres propres, c'était beaucoup plus lumineux. J'ai balayé les feuilles mortes, la poussière et les crottes de souris. Il y avait déjà une table à tréteaux. J'ai apporté un radiateur et accroché quelques tableaux aux clous fichés dans le mur.

Ma peinture à l'huile des mains de Mary est sur la table. Elles ressemblent à des serres d'oiseau, les articulations déformées par les rhumatismes, la peau luisante et gonflée. Elle les appelle ses mains de sorcière, mais elles font du thé, ramassent les œufs et manient les outils de jardin, pétrissent le pain. Je les ai représentées ouvertes, les doigts légèrement pliés, parce que pour moi elles incarnent la bonté. Si Mary est une sorcière, c'est une gentille sorcière. Les mains de Dan tiennent un morceau de bois. Elles ont l'air appliquées et insouciantes à la fois : la branche penche comme si elle allait lui échapper, mais il l'a coincée avec son pouce, si bien que la maîtrise et le lâcher-prise s'équilibrent. Et il y a un croquis tout récent de la main de Michael. Le week-end dernier, il était assis là, dans une vieille chaise longue, près de la fenêtre. Il lisait, la main posée sur son genou. Le dessin rend bien la puissance des doigts et la largeur de la paume. Il n'est pas terminé. Je prends mon crayon et, pendant que je travaille, quelques flocons tombent de l'autre côté de la vitre. Quand j'ombre la courbe marquée de la face du pouce, c'est comme s'il me touchait. Je me souviens de ses mains sur mon corps. Les yeux brillants de Naomi, tels que je les ai peints sur son portrait, me regardent derrière mes paupières closes. Les secrets sont dangereux. Elle aurait dû se méfier. Devrais-je me méfier de Michael ?

Ed et Sophie reviennent, les vêtements mouchetés de neige.

« Je n'avais jamais vu la plage en hiver, remarque Ed en se débarrassant de son manteau mouillé. Qu'est-ce que c'est vide ! »

Sophie claque des dents.

« Les falaises sont impressionnantes. Toutes ces couches de roche. »

Ils vont se doucher et, plus tard, après le poulet, après le vin, le café et la vaisselle, ils s'installent près de la cheminée et Sophie joue de l'accordéon. Ed l'accompagne à la guitare. Ils ont l'air à l'aise, c'est quelque chose qu'ils doivent faire souvent. Je m'assieds un peu en retrait, à moitié dans l'ombre, dans le fauteuil bleu de mon père à côté de la porte.

« À qui on dédie ce morceau, alors ? demande Sophie.

– À papa.

– Parle-moi de lui, réclame-t-elle d'une voix endormie, ses doigts cessant de jouer.

– Je te l'ai déjà dit. Il est neurochirurgien. Il fouille dans le crâne des gens. Il répare leur cerveau. »

La fierté dans sa voix me rend triste. Ted s'en doute-t-il ? Est-ce qu'il serait content ? Il y a deux ans, je croyais connaître la réponse. À vrai dire, avant, je ne me serais même pas posé la question.

« Ça ne devait pas être marrant quand vous étiez petits. Vous ne deviez pas le voir beaucoup.

– Non, ça allait, dit Ed d'une voix joyeuse. Il passait quand même pas mal de temps à la maison. Pour les vacances et tout. Et il rentrait toujours le soir. »

Pourtant, non. Il se trompe. Ted ne rentrait pas toujours le soir.

Bristol, 2009

Six jours plus tard

La sonnerie du téléphone me réveilla. Je me rendis compte que je dormais du côté de Ted. Je me retournai, tendant la main vers lui, mais ne touchai que le mur. Bien sûr. J'étais dans la chambre d'ami. J'entendis Ted répondre à l'étage en dessous ; à sa voix calme et posée, je sus qu'il s'agissait de l'hôpital. Il se leva et descendit faire du café. Il n'avait rien changé à son train-train, quand bien même tout était bouleversé autour de lui. Il avait dû se demander pourquoi je n'avais pas dormi à côté de lui, puis s'était dit que je m'étais couchée tard et que je n'avais pas voulu le déranger.

Il ne pouvait pas deviner que j'avais à peine fermé l'œil et que des cauchemars atroces m'avaient agitée, des cauchemars encore présents, des pensées si abominables que j'avais l'impression que ma tête allait éclater. Ted avait menti. Il n'était pas à l'hôpital la nuit où Naomi avait disparu. C'était lui qui l'avait enlevée. Il était allé la chercher au théâtre et l'avait emmenée dans un lieu secret. Pourquoi faire une chose pareille ? La réponse était là, toute prête. Lorsqu'il l'avait vue interpréter Maria, il s'était rendu compte qu'elle était devenue quelqu'un d'autre, non plus sa petite Naomi, mais une femme, adulte, sexy, provocante. Peut-être cela lui avait-il déplu et il l'avait… quoi ? Violée ? Tuée ? Il saurait faire, il saurait exactement comment comprimer la carotide ou écraser la trachée. Je restai allongée, laissant mes pensées les plus noires me torturer jusqu'à la nausée. J'étais persuadée que rien de tout cela ne pouvait être vrai, mais n'était-ce pas ce que les gens disaient toujours quand l'assassin s'avérait être un proche ?

Je descendis dans notre chambre et m'assis au bord du lit. Ted remontait à pas lents. Il entra et posa mon café sur la table de chevet.

« Est-ce que j'ai encore ronflé ? »

Il se pencha pour m'embrasser sur le front et se rendit dans la salle de bains sans attendre ma réponse. Une scène du quotidien conjugal qui n'était pas ce qu'elle semblait.

Il existait sans doute des moyens habiles afin d'obtenir la vérité, des ruses que je pouvais employer pour le démasquer, fouiller ses poches, chercher un éventuel journal intime. Mais j'étais trop fatiguée et trop angoissée. Je devais savoir, et vite.

« Michael est passé hier soir.

– Oui ? fit-il, la voix pâteuse de dentifrice.

– Il veut te voir au poste ce matin.

– Ça ne va pas être possible, malheureusement. Pourquoi, de toute façon ? »

Il ferma la porte de la cabine de douche. J'enfilai rapidement les vêtements qui me tombaient sous la main.

Il parut surpris de me trouver habillée lorsqu'il sortit, finissant de se sécher. Il enroula la serviette serrée autour de sa taille. Il était bien conservé à quarante-cinq ans, le corps puissant, mince et musclé. J'examinais son visage lissé par le sommeil. Un visage que je regardais depuis tant d'années que je pensais le connaître mieux que le mien.

« Ils veulent te poser quelques questions.

– Désolé, Jenny. Il va falloir que tu y ailles à ma place. »

Avec un petit haussement d'épaules, il se tourna vers l'armoire et en sortit une chemise.

« Non.

– Je suis débordé aujourd'hui. J'enchaîne les consultations. »

Il choisit une cravate rouge pour aller avec sa chemise à rayures bleues.

« Je sais que c'est pénible, mais tu peux bien répondre à leurs questions à ma place ? »

Pendant un instant, je me demandai s'il ne valait pas mieux attendre, mais le cauchemar était là qui m'obsédait et il me fallait une réponse.

« Ils veulent savoir où tu étais la nuit de la disparition de Naomi. »

Je ne savais pas si c'était la colère ou la peur qui me faisait lui cracher les mots à la figure ainsi.

Son visage se modifia à peine. Peut-être devint-il encore plus lisse. Peut-être sa bouche tomba-t-elle imperceptiblement, comme s'il avait un léger tic au coin des lèvres.

« Tu le sais déjà. »

Je ne voulais plus entendre de mensonges et je ne voulais pas le regarder les inventer au fur et à mesure. Je me levai et vins me placer à la fenêtre, face aux grands tilleuls entrelacés.

« Où étais-tu ?

– Je te l'ai dit. Une opération retardée… »

Je me retournai pour lui faire face.

« Elle a été annulée. J'ai vérifié. »

Il y eut un silence. Il continua de s'habiller, sortant son costume du placard, prenant ses chaussettes. Je traversai la chambre et lui arrachai les vêtements des mains.

« Où étais-tu ? Merde, à la fin ! lançai-je, essoufflée. Ta fille disparaît et tu n'es pas là où tu es censé être. Qu'est-ce que ça signifie ? Que va penser la police ? »

La rage déforma son visage lorsqu'il comprit ce que signifiaient mes paroles.

« Qu'est-ce que tu insinues ? » demanda-t-il, criant presque.

J'entendis les garçons remuer et, à l'idée qu'ils ne soupçonnaient rien, innocents et ensommeillés, ma colère redoubla. Il nous avait menti à tous.

« Tais-toi, murmurai-je. Laisse les garçons partir au lycée. Il faut que tu ailles au poste ; ils passent te chercher. »

Il me fusilla du regard, sa bouche formant une ligne dure.

« Ils peuvent t'arrêter si tu refuses de les suivre. »

J'ignorais si c'était vrai, néanmoins c'était fort possible.

Il hésita, prit son téléphone et sortit de la chambre. Je l'entendis annuler ses consultations. Il avait choisi de retourner au travail deux jours après la disparition de Naomi, mais il n'avait plus le choix, à présent.

Ed partit après un petit déjeuner silencieux, puis Theo réunit ses affaires lentement. Il n'avait pas envie d'aller en cours. Peut-être ne se laissait-il pas leurrer par notre attitude. Lorsque je me retrouvai seule avec lui, je regardai Ted par-dessus les restes du petit déjeuner.

« Bon, marmonna-t-il comme s'il se parlait à lui-même. D'accord. Je voulais tout te dire dès le lendemain, puis Naomi a disparu et je n'ai pas pu. »

À cet instant, l'affreux cauchemar s'évanouit. Je savais ce qui allait suivre et je décidai que cela n'avait aucune importance. Penser qu'il avait pu lui faire du mal était une telle torture que, par comparaison, son infidélité semblait sans conséquence.

« Alors dis-le-moi maintenant. »

Il regarda la cuisine autour de lui comme s'il la découvrait.

« C'est arrivé une seule fois, cette nuit-là. J'ai fait une connerie. Elle est jeune. Enfin, elle n'est pas mariée. »

Je m'en moquais. Vraiment. Tout en attendant la suite, je songeai soudain que c'était pour cette raison qu'il ne savait plus s'il devait aller chercher Naomi ou non. Il avait mis de côté sa famille, ce soir-là.

« J'étais fatigué. Je n'avais pas déjeuné. Mon opération a été annulée et Nitin a eu une urgence. Je venais de faire un dernier tour des patients quand Beth est sortie…

– Beth ? »

Dans *Les Quatre Filles du Dr March*, Beth était la plus gentille, la plus généreuse, la plus féminine. Tout le monde l'aimait.

« L'infirmière du service de neurochirurgie. Elle a vu que j'étais épuisé. Elle m'a dit qu'il y avait un restaurant près de l'hôpital où on mangeait mieux qu'à la cafétéria, mais quand nous sommes arrivés, il était fermé. Alors je l'ai ramenée chez elle. »

Beth devait avoir un appartement reposant. Pas de chaussures de rugby à côté de la porte, pas de chien fou qui sautait dans tous les sens. Ensemble, ils avaient pu revenir sur leur journée de travail commune sans le tracas des questions familiales auxquelles il n'y avait jamais de réponse facile. Combien de temps les enfants devaient-ils passer sur leurs devoirs ? Jusqu'à quelle heure étaient-ils autorisés à sortir ? Beth lui avait servi un verre de vin, elle avait mis de la musique, tamisé les lumières. Elle s'était assise près de lui et elle buvait ses paroles. Elle n'était pas trop fatiguée pour faire l'amour.

« Pourquoi ? »

Je ne reconnaissais pas ma voix.

Il y eut un long silence, puis il haussa les épaules.

« Je ne sais pas si c'est mieux ou pire, mais il n'y a pas de raison. Elle était là… »

Voyant que je ne réagissais pas, il s'interrompit, se demandant s'il devait poursuivre. Puis, évitant mon regard, il reprit lentement.

« Avec toi, ce n'est jamais le bon moment.

– Dis les choses franchement, jamais le bon moment pour faire l'amour ?

– On est fatigués. On s'endort…

– Arrête de tourner autour du pot. Où est-ce que tu veux en venir ? »

Mais je le savais très bien. Il voulait dire que c'était ma faute.

Le téléphone sonna et il s'empressa de répondre.

« Bonjour. Oui, ma femme m'a prévenu. Sonnez, je serai prêt. »

Il raccrocha et se tourna vers moi.

« Michael se gare. Il vient me chercher. Pardon, Jenny, ajouta-t-il en redressant les épaules. Je voulais te le dire. »

Il étudiait mon visage et je voyais qu'il se disait qu'il oubliait quelque chose.

« Je t'aime, tu le sais. »

La sonnette retentit. J'étais consciente que ma colère et ma peine étaient amorties pour l'instant. Présentes, mais pas réelles, comme la pulsation lointaine d'une migraine qui s'annonce. Il me regarda un instant. Il était encore bronzé de son dernier séjour en Californie. Lorsque nous croisions des anciens amis de la fac de médecine, ils n'en revenaient pas de constater qu'il avait si peu changé. Parfois, je me disais que je vieillissais pour deux ; j'avais vu les ridules apparaître autour de mes yeux et se creuser, les veines bleues sur mes chevilles, mais j'estimais que ce n'était pas cher payé quand je pensais à tout ce que j'avais. Je croyais que ce genre de changement ne comptait pas.

« Pardon, répéta-t-il, comme si le dire deux fois suffisait à tout arranger. On discutera à mon retour. »

Je savais déjà que discuter ne servirait à rien. Les excuses ne serviraient à rien. Je ne voulais pas les entendre. Je le laissai même m'embrasser. Après son départ, le visage de Naomi emplit de nouveau mon esprit ; il n'y avait de place pour rien d'autre.

21

Dorset, 2010

Treize mois plus tard

La veille de Noël. Le matin, il y a des pas, des rires étouffés puis de nouveau le silence. Quand Ted et moi étions encore un jeune couple, l'amour au réveil était chaud et facile, ni discussions ni négociations. Combien d'années se sont écoulées depuis ? Vite, je descends. Je n'ai pas envie de me souvenir ni d'entendre. Bertie ne bouge pas, lové dans son panier. Alarmée, j'approche ma main de son corps pour m'assurer qu'il dégage de la chaleur, veillant à ne pas le réveiller. Sinon il va être surpris, se lever maladroitement, ne pas comprendre ce qui lui arrive. À Bristol, je lui attachais sa laisse alors qu'il dormait encore, puis nous sortions. Il me suivait docilement tandis que je faisais mon jogging. Il n'en est plus capable. Je le laisse tranquille.

Il a neigé cette nuit et les branches sont délicatement ourlées de blanc. J'appuie mes coudes sur le rebord de la fenêtre pour regarder le nouveau jardin. Naomi espérait toujours un Noël blanc. Mais je dois chasser cette pensée avant qu'elle ne dévore la journée. J'ai une fête de famille à préparer.

Il y a un petit cadeau sur la table. Le papier est orné de sapins et d'étoiles, avec une étiquette marron. Je le retourne et je lis : « Pour Jenny, de la part de Sophie. » Je m'interromps un instant…

Non, Naomi, attends le jour de Noël. Sois sage. Va te coucher.

Puis j'arrache le scotch et déballe le paquet. À l'intérieur, des fusains épais et irréguliers, enveloppés de papier de soie et attachés par un fil de laine rouge. Un cadeau touchant d'attention. Les dessins encadrés des mains de Dan et de Mary sont appuyés contre le mur. Je les prends et sors sans bruit du cottage.

Il y a une couronne de houx accrochée à la porte de Mary. C'est nouveau. Je frappe et elle ouvre aussitôt, l'air soulagé à ma vue.

« Je craignais que ce soit déjà eux. »

Elle fait chauffer de l'eau. Sa famille ne va pas tarder. C'est elle qui se charge de faire à manger pour tout le monde. Prenant mes cadeaux presque avec irritation, elle les pose sous l'arbre. Les cadeaux la mettent mal à l'aise. Elle ne sait pas quoi dire. Elle préfère donner. Nous buvons notre thé à la table de la cuisine. Ses mains caressent le petit chat tigré sur ses genoux.

« Je n'ai pas vu de lumières à votre fenêtre. Où est votre sapin ?

– Je n'en ai pas. J'ai les cadeaux et le repas. C'est assez.

– Vos enfants vous en réclameront un, dit-elle en secouant la tête.

– Mes enfants ? Mary, ils sont adultes.

– Dan sera là tout à l'heure. Il vous trouvera un sapin. Il passera vous le poser. »

Je laisse volontiers Mary gagner. Je ne suis pas d'accord, mais ce n'est pas grave. En partant, je l'embrasse et elle fronce les sourcils.

Ed et Sophie sont attablés devant leur petit déjeuner dans la cuisine.

« Les fusains sont magnifiques, Sophie. Merci ! »

Elle semble heureuse.

«J'ai un ami sur la péniche voisine, qui se sert d'un baril de pétrole pour faire du charbon. Il le fait chauffer à feu doux et ça prend environ deux jours. Il utilise un saule particulier qui vient du Somerset.

– C'est le genre de fusain que je préfère, très sombre et lisse sur le papier.»

Je fais couler de l'eau chaude, verse une giclée de liquide vaisselle et entreprends de débarrasser la table. Ed me tend sa tasse de café vide; ses yeux sont durs.

«Alors, l'art est toujours la chose la plus importante dans ta vie, maman?

– Pardon?»

Je me retourne, les mains plongées dans l'eau mousseuse. Est-ce qu'il plaisante? Mais il regarde Sophie quand il parle et il n'y a pas l'ombre d'un sourire sur son visage.

«Quand maman voulait peindre, nous savions qu'il ne fallait pas la déranger, quoi qu'il arrive. N'est-ce pas?»

Je suis ébahie.

«Tu sais bien que c'est faux.

– C'est ça.»

Il se penche sur la table, les bras croisés. Sa voix est hostile, il semble très sûr de ce qu'il avance.

«C'était pareil avec ton travail. Tu ne décrochais jamais ton portable lorsque je t'appelais. Tu n'étais jamais là quand on rentrait de l'école. Ça nous rendait dingues. Et pas de repas digne de ce nom, bien sûr», ajoute-t-il en se tournant de nouveau vers Sophie avec de grands gestes, comme s'il trouvait cela drôle.

Pourquoi fait-il cela?

«Je sais bien que je peignais, mais la plupart du temps c'était pendant que vous étiez à l'école...

– Non, mais je rêve! Tu ne te souviens même pas que tu n'étais jamais là? Quand j'étais malade, tu mettais une boîte de comprimés à mon chevet et tu filais au travail.

– Je te laissais dormir...

– Ben voyons. Et le jour où tu nous as dit pour le cottage ? D'abord, tu nous annonces que c'est pour toute la famille, puis tu changes d'avis.

– C'est juste que je ne voulais pas qu'il serve à faire des fêtes…

– Tu disparaissais dans ton atelier sans avertissement. Pas étonnant si on se sentait rejetés. »

Lorsque je montais peindre, je m'efforçais de trouver un peu d'intimité, je ne rejetais pas mes enfants. Comment peut-il penser une chose pareille ?

« Ed, l'art n'a jamais été la chose la plus importante pour moi. »

Sophie nous regarde tour à tour. Elle glisse une mèche rousse derrière son oreille et se concentre sur ses mains, tordant la petite carte de vœux que je lui ai donnée.

« Bien sûr que si, continue Ed, plantant ses yeux dans les miens. Et c'est parce que tu pouvais faire ce que tu voulais de tes tableaux. »

Il n'était pas comme ça, hier soir.

« Qu'est-ce que tu veux dire ?

– Tu les peignais, tu contrôlais tout. Des images en deux dimensions, dociles. Pas comme nous, même si ce n'est pas faute d'avoir essayé. Tu croyais que tu pouvais nous façonner à ta guise aussi. Tu nous donnais des règles. Des millions de règles. »

Sa respiration est saccadée et ses yeux brillent de colère.

« Je ne sais pas d'où ça sort, Ed. C'est la veille de Noël…

– Ça ne sort pas de nulle part. C'est ce que j'ai toujours pensé. Revenir ici a tout fait remonter.

– Je ne savais pas… »

J'avance la main pour toucher sa manche, mais il se dégage brutalement.

« Comment est-ce que tu aurais pu savoir ? Tu ne posais jamais de questions. Tu n'étais jamais là. Tu imaginais sans doute que j'étais comme Theo. Enfin, peut-être pas aussi parfait, ajoute-t-il en riant. Mais les jumeaux, ça pense plus ou moins pareil, hein ?

– Bien sûr que non. Je sais que vous êtes très différents.

– Tu ne sais rien de moi, et tu ne savais rien de Naomi, dit-il à toute vitesse. Pas étonnant qu'elle ne soit plus là. »

Il s'interrompt net, conscient qu'il est allé trop loin. Il fait un petit mouvement vers moi, puis se tourne vers Sophie.

« Viens, on va faire un tour. »

Il la prend par la main et l'oblige à se lever. Elle se laisse guider jusqu'à la porte, mais se retourne vers moi, l'air peiné.

Mes mains sur lesquelles sèche le liquide vaisselle me tiraillent et je les remets dans le bac d'eau chaude. Je regarde les bulles s'amasser autour de mes bagues. Je me dis que je ne devrais plus les porter. Le silence est retombé, cependant, les paroles d'Ed sont encore en moi. Il s'écoule un petit moment avant que je me rende compte que je dois aller chercher ma commande au magasin fermier à Modbury, le village voisin. J'ai les mains toutes fripées. Je les essuie et j'essaie d'ôter les bagues, mais mes doigts ont gonflé et je dois les garder.

Je mets Bertie dans la voiture et je conduis lentement, me forçant à ne penser à rien.

La neige s'est infiltrée jusqu'à l'intérieur des haies et les collines sont saupoudrées de blanc. Il n'y a pas beaucoup de monde au magasin. Dans la vieille ferme de pierre, les piles de légumes et de fruits évoquent un tableau hollandais du XVIe siècle. Du sang perle aux becs d'une paire de faisans suspendus ; leur cou tendre est tordu et la tête étincelante du mâle se détache sur le plumage marron de la femelle. Des cagettes débordent de choux de Bruxelles vert foncé, de petites pommes de terre crème et de mandarines luisantes. Il y a même des dattes dans un sac près du mur. J'achète de tout, prends des œufs, du lard et un gâteau de Noël recouvert de glaçage. Sur le trajet du retour, je m'arrête au bord de la mer et je descends de voiture pour respirer l'air marin d'un froid mordant.

Là, en pleine nature, les mots qu'Ed m'a jetés à la figure résonnent soudain dans ma tête. Des millions de règles, a-t-il dit. Est-ce vraiment ce qu'ils ressentaient ? Il doit quand même bien savoir que les règles sont là pour protéger. Bertie et moi marchons sur la bande de terre qui borde la plage de galets. Nous laissons des empreintes translucides dans la mince couche de neige glacée ; l'herbe en dessous est jaune et aplatie.

Au loin, près de la ligne blanche des vagues, une fillette joue avec un chien. Je vois ses cheveux blonds d'ici. Un homme se tient à proximité, voûté dans son manteau noir. J'attends qu'elle bouge avant de reprendre ma route. Elle court avec les jambes légèrement en dehors. Naomi filait comme une flèche.

Le fait qu'il y ait plus ou moins de règles aurait-il changé quelque chose ? S'il y en avait eu plus, alors elle n'aurait peut-être pas été exposée au danger. S'il y en avait eu moins, elle n'aurait peut-être pas éprouvé le besoin de les enfreindre. Mais il ne s'agissait pas que des règles. Ed a raison. Je n'étais pas assez présente. Naomi ne me parlait plus au cours des semaines précédant sa disparition, pourtant, si j'avais été là, à l'écoute, elle se serait sans doute confiée. Si je m'étais concentrée sur tous les petits changements que j'avais observés au lieu de les repousser dans un coin de mon esprit, j'aurais pu l'aider. Je disais à Ted que les enfants ne voulaient pas que je les étouffe ; m'étais-je menti afin d'être libre de mener ma vie ?

Il se remet à neiger, de minces flocons glacés qui tombent un à un sur le sol. L'alcool ne correspondait pas à l'image que j'avais d'elle, une lycéenne travailleuse, alors j'ai cru à ses excuses. Je lui en ai même inventé, pour ne pas voir la véritable Naomi, qui se maquillait, portait un string, buvait, fumait et avait des relations sexuelles. Je me blottis dans ma veste. À présent, la neige cingle mon visage.

Je n'ai pas su reconnaître la détresse d'Ed non plus. J'étais trop occupée par mon travail pour répondre à ses appels. Je me suis persuadée qu'il travaillait dur et je l'ai laissé partir à la dérive. Kate disait que notre mère était aveugle, mais j'ai fait pire. Je me suis bouché les yeux.

Le ciel blanc s'est assombri. Il y a des plaques de neige sur le pelage de Bertie mais il ne bouge pas, ne s'ébroue pas. Nous sommes seuls. La fillette et l'homme sont partis. Il est temps de rentrer.

Lorsque j'arrive à la maison avec mes lourds sacs de courses, il y a un sapin dans le vestibule, enrubanné de lierre et peint à la bombe argentée. Le pied est dans un seau, calé avec des galets. Il y a des petites bougies allumées dans des verres sur le rebord de la fenêtre. Sophie a dû apporter l'aérosol, les bougies et les verres.

Ed a laissé un mot sur la table.

Dan a déposé l'arbre. Soph l'a décoré. On est au pub.
E et S

Le lierre scintille doucement à la lueur des bougies. Je suis toujours là, humant le parfum vert de l'arbre, quand une voiture basse glisse sans bruit sur le chemin enneigé devant la fenêtre et se gare dans la petite cour. La portière s'ouvre et Theo est là, plus grand, plus large, plus bronzé que jamais. J'ai envie de pleurer de soulagement. Lorsqu'il se penche pour me serrer dans ses bras, je remarque qu'il sent différemment, une odeur plus amère et plus luxueuse. Sa chaleur dissout une partie des blessures de la matinée. Il se recule et s'écarte.

« Maman, je te présente Sam. »

Sam semble plus vieux de plusieurs années, plus grand, plus sec. Il ne ressemble pas à la photo, peut-être à cause de la barbe. Derrière ses lunettes, ses yeux bruns sont vigilants.

« Bonjour, Sam. »

Nous nous étreignons maladroitement. Deux bises, une sur chaque joue, qui me prennent au dépourvu. Il m'offre un bouquet avec une petite révérence gracieuse. Theo parle du voyage, de son exposition récente, de ce que ça lui fait d'être de retour ici, au cottage. Il a une pointe d'accent américain. Je me tiens près de lui, écoutant sa voix plus que ses paroles, puis je me ressaisis.

« Vous devez mourir de faim. »

Theo hésite une fraction de seconde.

« Pas vraiment, dit-il en me serrant dans ses bras. Ne sois pas fâchée, mais on s'est arrêtés déjeuner au Beach Hut.

– Pourquoi ? Vous étiez à côté de la maison !

– Nous ne voulions pas vous déranger », répond Sam poliment.

Avait-il besoin de s'armer de courage avant de me rencontrer ? Était-ce une manière de faire étalage de son pouvoir, de prouver qu'il pouvait retenir Theo loin de nous aussi longtemps qu'il le désirait ? Ces pensées me traversent l'esprit, mais je ne m'y attarde pas.

« Maintenant, vous êtes ici et je suis ravie. Vous devez être fatigués.

– Je fais faire le tour du propriétaire à Sam. Quelle chambre ?

– Ed et Sophie sont dans sa chambre, mais la tienne est minuscule. Vous n'avez qu'à prendre celle qu'on occupait avec papa.

– Ne dis pas de bêtises. La mienne ira très bien. Je ne prends pas beaucoup de place. »

Je sens les yeux de Sam sur moi, guettant ma réaction.

« Comme vous voulez.

– Merci, maman. Où est Ed ?

– Au pub, avec Sophie.

– Sophie. Oh là là, tous ces changements.

– En bien », dit Sam.

Bertie apparaît, réveillé par nos voix, et se précipite sur Theo en agitant la queue.

« C'est Bertie ? fait Sam, surpris. Il est plus vieux que je croyais.

– Bertie ! s'écrie Theo, s'agenouillant pour le prendre dans ses bras. Il n'est pas vieux, comment oses-tu ? » ajoute-t-il en regardant Sam.

Il est vieux, pourtant. Et Theo l'a bien vu.

« Quand est-ce que papa arrive ? »

Je sors mon portable de ma poche afin de jeter un coup d'œil à mes messages. Toujours pas de SMS de Ted.

« Demain. »

Ils défont leurs bagages, puis sortent avec Bertie rejoindre Ed et Sophie. Je mets mon vieux tablier bleu. Il y a du poisson à préparer et à pocher qui attend au réfrigérateur avec les crevettes à la carapace grise luisante. J'émince du céleri, de l'oignon et de l'ail, puis j'allume la radio pour écouter les chants de Noël. La musique familière m'occupe l'esprit, et j'oublie un peu mon sentiment de culpabilité et mes regrets.

On frappe à la porte. Je me rince rapidement les mains et j'y vais, pleurant à cause des oignons. Ce doit être Ted qui a perdu sa clé. L'impatience me tourne un peu la tête et, en même temps, cela m'embête qu'il me voie ainsi, les yeux rouges, sentant l'oignon. Je m'essuie sur mon tablier et j'ouvre.

Pendant un instant, il n'y a que l'obscurité, puis Dan avance dans le demi-cercle de lumière. Son visage est plus maigre que d'habitude, sculpté sous sa capuche. Il a des cernes. Sans réfléchir, je l'embrasse. Il devient rouge tomate.

« Merci pour le sapin. Il est superbe, dis-je, m'efforçant de couvrir sa gêne sous un flot de paroles. Sophie l'a décoré. C'est la petite amie d'Ed. Ils sont arrivés hier.

– Pourquoi est-ce que vous pleurez ? demande-t-il brusquement.

– Je ne pleure pas, c'est à cause des oignons. Je prépare le dîner. Entre. Tu n'as qu'à manger avec nous.

– Non, je… Merci pour le dessin. »

Il me regarde avec intensité, puis s'en va. Les épaules voûtées, triste et fâché à la fois. Il a fui le Noël familial pour venir chercher quelque chose ici. J'ai l'impression de ne pas avoir été à la hauteur.

Je remue les oignons, ajoute le poisson, le fumet, le safran et le vin. Mon téléphone vibre dans ma poche. Je me lave les mains avant de le sortir.

Pas possible de rentrer pour Noël. Pour le Nouvel An si tout va bien. T.

Pas d'excuses. Pas de baisers. Rien pour Ed et Theo. Je m'étais promis que je ne le laisserais plus jamais me blesser par surprise. Pas possible de rentrer pour Noël ? Si son avion a été annulé, pourquoi ne pas l'expliquer ? Je range mon téléphone sans répondre. Au cours de cette année, je me suis entraînée à ne plus accorder d'importance à ce que Ted faisait ou ne faisait pas, et j'avais l'impression d'y être parvenue.

Bristol, 2009

Six jours plus tard

L'infidélité de Ted n'était pas le problème. Nous réglerions cela plus tard, quand nous aurions le temps. Je n'aurais plus mal, alors.

J'étais douée pour cela, songeai-je. Établir des priorités, les classer. Je le faisais continuellement.

Ted appela du poste en fin de matinée.

« Je leur ai expliqué, dit-il brièvement. Ce n'était pas si compliqué, après tout. »

Peut-être avait-il trouvé une forme de complicité là-bas. L'infidélité, c'est un truc d'hommes, s'étaient-ils dit. Ce n'est pas bien méchant.

Lorsque Ted entra dans la cuisine, il avait meilleure allure. Il dégageait même un certain contentement de soi, comme un petit garçon qui a fait une bêtise et découvre qu'il va s'en tirer à bon compte. Dans une autre vie, j'aurais pu lui ressortir l'imparable excuse de l'hôpital qu'il m'avait donnée le soir de la disparition de Naomi, mais j'avais déjà l'impression que nous étions très loin de là où je nous croyais à l'époque, et cela me semblait vain. J'étais curieuse, malgré tout.

« Tout s'est bien passé, alors ?

– Ils ont interrogé Beth et...

– Et ?

– Ils ont appelé le restaurant où nous avons essayé de dîner. Ils se rappelaient nous avoir dit qu'il était trop tard. »

Nous. Les mots résonnaient dans ma tête, tandis que Ted me regardait en silence. Je ne pouvais pas me permettre d'y accorder de l'importance. Cela ne devait pas interférer.

« J'ai fait une liste de ce que nous avons à faire », rétorquai-je sèchement.

Ted détourna les yeux.

« Ça ne compte pas, Jenny. J'étais ivre et fatigué. Un écart stupide. Sans conséquence. »

Un écart. Pas une tromperie ni un mensonge. Au bout de vingt ans de vie commune, ce n'était pas sans conséquence, mais si je m'autorisais à y penser, je risquais de me laisser submerger.

« Je ne veux pas en parler maintenant.

– On ne peut quand même pas faire comme si rien ne s'était passé, dit-il, déconcerté.

– C'est pourtant ce que je vais faire. Quand nous aurons retrouvé Naomi, on verra.

– Alors ça ne te dérange pas plus que ça ? demanda-t-il, incrédule.

– Qu'est-ce que tu veux, Ted ? Une scène ?

– Eh bien, ce serait naturel de... »

Il s'interrompit, ne sachant comment finir sa phrase.

« Ne compte pas sur moi. Je n'ai pas de temps à perdre. »

Une lueur passa dans ses yeux. Déception ? Triomphe ? Puis il haussa les épaules et parla rapidement.

« Tu as raison, le temps presse. Qu'y a-t-il au programme aujourd'hui ?

– Mlle Wenham.

– Mlle Wenham ?

– Le proviseur. Nous avons rendez-vous à midi.

– Zut. J'ai reporté mes consultations pour commencer à midi, vu que je devais aller au poste. »

Il fit la grimace et ouvrit les mains. Contrit, démuni.

Ce n'était pas grave, je pouvais m'en occuper.

« Nous n'avons pas besoin d'y aller tous les deux. Je veux simplement savoir si quelqu'un au lycée a pensé à quelque chose d'autre depuis le passage de la police. J'ai fait cinq cents copies de sa photo scolaire, avec des informations sur la dernière fois où on l'a vue.

– Je croyais que la police s'en était déjà chargée, dit-il fronçant les sourcils. Il y en a une sur le réverbère dehors. Et il doit y en avoir au lycée, bien sûr.

– Ce n'est pas pour ici. Je vais faire le tour de Bristol : les pubs, les boîtes de nuit, la gare, la gare routière. Je vais les afficher partout où je trouverai de la place. »

Je m'affairais tout en parlant, ramassant la pochette avec les photos, la pâte adhésive, les punaises, le marteau, les clous.

« Je pourrai te donner un coup de main ce soir. J'essaierai de terminer pas trop tard. »

J'avais du mal à le regarder.

« Michael peut m'accompagner.

– Qu'est-ce qu'on devrait dire aux garçons, à ton avis ?

– Rien.

– Vraiment ? fit-il, soulagé.

– C'est assez dur pour eux comme ça. Tu l'as dit toi-même, ça ne compte pas. »

Ted partit et je pris un bain. Je me laissai aller dans l'eau chaude, mais des images insupportables ne tardèrent pas à m'assaillir. Naomi, sale, rêvant d'un bon bain. Son corps recroquevillé souillé de terre ou, pire, sous terre. De la terre dans ses oreilles et sa bouche. Si elle était morte, ses yeux étaient-ils ouverts ? Et sa bouche ? Je sortis aussitôt de la baignoire et me séchai vigoureusement. Pense à autre chose, n'importe quoi, tant que tu peux t'y raccrocher. Les garçons se débrouillent. Jade va mieux. Il faut survivre, dis-je au visage blême dans le miroir. Pense au sourire de Naomi après la représentation, quand Ted l'a prise dans ses bras. Ce n'était pas possible que je ne la voie plus jamais. « Tiens bon », murmurai-je, sans trop savoir si je m'adressais à Naomi ou à moi-même.

Je ne pris pas la peine de mettre un manteau, en dépit du temps gris et froid. Devant la porte, un homme d'une quarantaine d'années à l'air fatigué s'écarta du muret du jardin, calepin à la main, une expression de compassion étudiée sur son visage bouffi. Il se résolut à prendre des photos lorsqu'il comprit que je ne répondrais pas à ses questions. Je lui tournai le dos et me hâtai dans la rue. Je l'entendis haleter derrière moi quelques instants. Le lycée était à seulement cinq minutes à pied. Elle avait fait ce trajet des centaines de fois. La surveillait-on, ces dernières semaines ? Elle venait de rencontrer quelqu'un mais, au même moment, un autre homme l'épiait-il, notant ses allées et venues, les heures où elle était seule ?

Mlle Wenham se trouvait dans son bureau. Elle se leva pour m'accueillir. C'était une femme imposante d'une cinquantaine d'années qui en toute circonstance exhibait une chevelure gris fer impeccablement permanentée. Elle me serra la main.

« Docteur Malcolm, je suis de tout cœur avec vous dans cette épreuve. Au lycée, nous faisons tout ce qui est en notre pouvoir pour aider la police. »

Je m'assis sous son regard scrutateur. Pas méchant, seulement curieux.

« Je vous remercie. Je souhaitais juste vous voir, au cas où un professeur se serait rappelé quelque chose ou peut-être... »

Je voyais déjà qu'elle n'avait rien de neuf à m'apprendre et je me sentis submergée par une telle fatigue que je dus me forcer à terminer ma phrase.

« Peut-être qu'un élève s'est souvenu d'un détail après la visite de la police, ou... »

C'était une perte de temps.

« La police est passée trois fois, dit-elle en secouant la tête. Cependant, Mme Andrews, le professeur principal de Naomi, souhaiterait vous parler. »

Elle indiqua une chaise. Une pâle jeune femme que je n'avais pas remarquée en entrant se leva et s'avança à ma rencontre.

« Bonjour, docteur Malcolm. Sally Andrews. »

Ses cheveux qui s'étaient échappés de la pince qui les retenait lui tombaient dans les yeux. Elle me serra mollement la main et m'adressa un sourire embarrassé.

« Je suis désolée... de ce qui est arrivé, dit-elle en rougissant. J'ai essayé de repenser à Naomi depuis le passage des policiers. Ils nous ont demandé de signaler tout ce qui sortait de l'ordinaire. Et hier soir, ça m'est revenu. Il y avait quelque chose de différent chez Naomi. »

Elle s'assit sur le canapé à côté de moi.

« Différent en quoi ? demandai-je, d'un ton plus cassant que je ne l'aurais souhaité.

– Depuis environ deux mois, elle était rêveuse. Je pensais qu'elle couvait quelque chose, en fait. Mais elle m'a assuré qu'elle était en pleine forme. »

Je ne dis rien. Sally Andrews avait sans s'en douter remarqué que ma fille était enceinte. Cela ne m'avançait guère.

« Son attitude ne m'inquiétait pas vraiment, poursuivit-elle. Mais elle m'a posé une drôle de question. Elle voulait savoir si elle pouvait arrêter le lycée et reprendre plus tard pour passer ses examens.

– Arrêter le lycée ?

– Je pensais qu'elle envisageait de faire une pause. Pour souffler. Certaines élèves le font, puis reviennent terminer leur scolarité. Mais, hier soir, j'étais dans mon bain et on a parlé de Naomi à la radio. »

J'imaginai son corps frêle flottant dans la baignoire, ses cheveux protégés par un bonnet, son mari entrant et sortant de la salle de bains.

« Je me suis rendu compte qu'elle avait parlé comme si elle savait qu'elle ne serait pas là au moment des examens, à la fin de l'année scolaire. C'est sans doute une simple coïncidence, mais quand j'ai appris que vous veniez aujourd'hui, je me suis dit qu'il valait mieux vous le signaler, au cas où. »

Elle se tut. Ses joues étaient roses.

Après lui avoir serré la main et les avoir remerciées toutes les deux, je rentrai à la maison. J'avais envie de partir en courant. Naomi avait peut-être planifié sa fuite, après tout ; elle avait économisé semaine après semaine et prévu ce qu'elle ferait au sujet des examens qu'elle ne pourrait pas passer. Si elle avait fugué, cela changeait tout. Elle allait bien. Elle reviendrait.

Lorsque Michael passa me prendre, il parut surpris de me trouver prête et maquillée, un paquet de photocopies à la main.

« On y va ? » demanda-t-il.

J'acquiesçai et nous partîmes ensemble. Il m'ouvrit la portière sans manifester aucun embarras ; il avait visiblement déjà oublié ce baiser. Était-ce parce que ce n'était pas la première fois et qu'il avait l'habitude de faire comme si de rien n'était ?

Je lui répétai les paroles de Sally Andrews. Je voyais qu'il soupesait avec soin leur importance.

« Naomi était enceinte. Elle pensait à l'avenir. Accoucher signifiait interrompre ses études et peut-être rater ses examens. Je suppose qu'elle voulait savoir si elle pourrait les passer après la naissance. »

Je sentis mon espoir s'évanouir de nouveau.

« Elle n'a pas l'air d'être le genre de fille qui causerait une telle souffrance à ses parents. Si elle avait tout organisé, elle vous aurait prévenus d'une manière ou d'une autre. Je suis désolé, Jenny », ajouta-t-il en me jetant un coup d'œil contrit.

Mais nous aurait-elle réellement avertis ? Les rues défilaient de l'autre côté des vitres, grouillantes de passants qui n'étaient pas Naomi. Alors que je les regardais marcher sur les trottoirs, vivants et indifférents, je songeai que cela ne faisait pas une semaine que je l'avais perdue. Je l'avais perdue bien avant sa disparition et je n'avais aucun moyen de savoir qui elle était devenue.

22

Dorset, 2010

Treize mois plus tard

Un enfant nous est né,
Un fils nous est donné…

Le *Messie* de Haendel filtre à travers les murs de pierre et les vitraux, et les voix joyeuses planent au-dessus des tombes envahies de mousse. Étonnant que les gens se réjouissent de la naissance de Jésus quand on sait comment l'histoire s'est terminée. Ils doivent pourtant se rendre compte que si on avait dit à la jeune femme dans l'étable ce qui allait arriver, elle aurait eu le cœur brisé.

La naissance de Naomi par césarienne a été si facile en comparaison de celle des garçons, où il avait fallu pousser et souffrir, que j'ai eu l'impression de tricher. On l'a soulevée et on me l'a donnée, gluante de sang, brûlante contre ma peau. Elle m'a regardée calmement, ses yeux bleu foncé sérieux, comme si elle savait qui j'étais. Je ne voulais pas la lâcher, mais on l'a enveloppée d'une couverture et Ted l'a prise le temps qu'on me recouse, dans la salle d'accouchement surchauffée et silencieuse. Ils avaient l'air fascinés l'un par l'autre.

Bertie renifle le mur de l'église et lève la patte. Il trottine, pataud, la truffe près du sol ; je le suis à pas lents. J'étais couchée quand les jeunes sont rentrés du pub hier mais, même après avoir dormi, je me sens fatiguée. Le sentier nous mène à la plage. Au village, on raconte que c'est une ancienne piste de contrebandiers. La nuit, on entendrait encore le claquement des bottes sur les pierres et les gémissements des chevaux, l'écho des jurons et le cliquetis des charrettes transportant les tonneaux de rhum. Ce matin, il n'y a que le fragile craquement de la glace sous la neige. Un faisan surpris s'envole d'un fourré avec un cri rauque. La musique s'éteint derrière nous.

Nous arrivons sur les galets ; une écume jaune bouillonne à la surface des vagues. Il n'y a personne d'autre sur la plage. Le soleil s'élève dans le ciel et des points scintillants dansent sur l'eau. Les yeux mi-clos, je crois presque voir les lumières de la ville qui semblaient briller plus fort le soir de la naissance de Naomi. Le psychologue m'a conseillé de laisser certains souvenirs de côté, comme s'ils étaient emballés dans du papier de soie, pour quand je me sentirais assez forte. Je me sens assez forte, maintenant. La ville était un tableau étincelant qui s'étalait devant moi. De la fenêtre de l'hôpital, même à minuit, elle me paraissait flamboyante, magique et mystérieuse. Je savais que les rues étaient encombrées de voitures et qu'il y avait du vomi sur les trottoirs, des crottes de pigeons et des déchets balayés par le vent. Mais du quatrième étage de la maternité, elles semblaient immaculées et festives. Au loin, le pont suspendu de Clifton scintillait comme des bougies d'anniversaire dans l'obscurité. Son crâne était cireux sous mes lèvres, ses cheveux un duvet humide. Assise près de la fenêtre, je tressaillais de douleur au moindre mouvement brusque, les points de suture encore sensibles. Naomi gigotait et gémissait. J'ai guidé sa bouche avec précaution vers mon sein. Quand elle s'est mise à téter, je me suis sentie reliée à elle, comme si elle était toujours en moi. Ted était rentré dormir un peu. Je l'imaginais sur le ventre, la tête tournée vers mon côté du lit, un bras sur mon oreiller. Il devait ronfler paisiblement. Je me souviens d'avoir souri tout en la berçant sur mon épaule, sa chaleur gagnant mon cœur.

Il recommence à neiger ; il est temps de rentrer. Je cherche Bertie des yeux, m'attendant à le trouver juste derrière moi. Il n'est pas là. Je sais pourtant qu'il est descendu sur la plage. Les vagues sont hautes et puissantes. En l'espace de quelques instants, la mer est devenue sinistre. Où est-il ? Je l'appelle sans relâche, mais le vent disperse mes cris. Je remonte jusqu'au début du sentier, trébuchant sur les galets. Il est peut-être parti en direction de la maison. Soudain, je l'aperçois caché derrière un bateau. Il est couché, frissonnant. Il a dû être arrosé par une vague. J'essaie de le soulever. Il est trempé et se débat maladroitement pour se mettre debout, agitant la queue.

« Espèce d'idiot ! dis-je en posant ma joue contre sa tête soyeuse et mouillée. Ne refais jamais ça. »

Au cottage, tout le monde est levé. Le feu brûle dans la cheminée. Je frotte Bertie avec une serviette, humant une bonne odeur de café et de pâtisserie. Sam a revêtu mon tablier et un gaufrier flambant neuf surmonté d'un nœud rouge trône sur la table.

« Votre cadeau, annonce-t-il. Je voulais vous faire goûter le résultat par la même occasion. »

Des gaufres dorées croustillantes s'empilent sur une assiette. Son sourire éclatant est amical. Le malaise d'hier est dissipé et j'ai l'impression de faire sa connaissance pour de bon, maintenant.

Ed apparaît. Il vient du salon et évite mon regard. Il est sans doute content que je sois allée me coucher tôt. Il ne devait guère avoir envie de se retrouver face à moi. Il prend une gaufre et l'engloutit. Je ne m'étais pas rendu compte qu'il était aussi maigre.

« Quand est-ce que papa arrive, alors ?

– Il m'a envoyé un SMS hier. Il ne vient pas tout compte fait… Il ne peut pas. Un problème sur son vol, je présume.

– Je le savais. Je t'avais dit qu'il était en vacances. »

Il s'assied. Sam, occupé à brasser la pâte, s'interrompt pour lui toucher brièvement l'épaule.

« C'est à cause de cette femme, n'est-ce pas ? demande Ed en me dévisageant.

– Quelle femme ? »

Je le regarde, déroutée. Est-ce qu'il pense que la secrétaire de Ted est responsable du vol annulé ?

« Ça va, maman. Pas besoin de faire semblant. Je suis au courant.

– Au courant de quoi ?

– Pour Beth, bien sûr. Ils sont venus me voir juste avant de partir en Afrique du Sud. Je parie que c'est sa faute. Elle voulait rester. Faire un safari ou je ne sais quoi. »

Ed prononce son nom avec une familiarité dérangeante. Rien qu'une fois, m'avait assuré Ted. Un écart, selon lui, et j'avais choisi de le croire. La pièce est silencieuse. Je sens que Sam me jette un rapide coup d'œil. Je fais un effort pour garder un visage impassible.

« Il préfère être avec elle, c'est clair, ajoute Ed.

– Ce n'est pas nécessairement ça, dis-je en prenant une chaise. Il est peut-être retenu quelque part.

– Arrête de le protéger. De toute manière, qu'est-ce que ça peut faire ? Franchement ? »

Il se trompe, ce n'est pas Ted que je protège, c'est moi. Je croyais vraiment que son vol avait été annulé. Quelle idiote ! Je balaie la pièce du regard. Mon esprit cherche des repères. Les garçons. Michael. Bertie. La peinture. Le cottage. Mary et Dan. Theo entre dans la cuisine et m'embrasse, puis embrasse Sam.

« Ne t'approche pas, lance Ed, couvrant sa tête de ses deux mains.

– Ne t'inquiète pas. Je ne risque pas de me frotter à ta tête pouilleuse. Elles ont l'air délicieuses, ajoute-t-il en prenant une gaufre.

– Papa ne vient pas.

– Quoi ? marmonne Theo, la bouche pleine.

– Il s'éclate en Afrique avec sa meuf.

– Sa meuf ? fait Theo, s'arrêtant de manger. Qu'est-ce que tu racontes ?

– Maman s'en moque. Alors qu'est-ce qu'on en a à foutre ? rétorque Ed.

– Et ça fera plus de gaufres pour nous », lance Sam, qui en pose deux toutes chaudes sur la pile.

Je le remercie en silence. À cet instant, je l'aime. Theo me voit sourire et sourit à son tour timidement. Sophie apparaît, vêtue d'un pull rouge et orange. D'un regard, elle s'assure que je vais bien.

« Joyeux Noël », dit-elle.

Nous suivons Sam au salon où, devant le feu de cheminée, il ouvre une des bouteilles de champagne qu'il a apportées. Le bouchon est projeté au plafond et un peu de mousse gicle sur sa manche tandis qu'il remplit les verres. Il me tend le premier.

« Je trinque au courage », dit-il.

Ses yeux marron sont bienveillants. Je lui rends son sourire et lève mon verre.

« Au courage.

– Oui, maman. Il en faut pour nous recevoir tous à Noël », lance Theo.

Du courage ? Ils me sauvent la vie. Vite, je tourne la tête vers la fenêtre. Dans le jardin, quelqu'un – Theo ? Sophie ? – a éparpillé des miettes sur le mur du fond. Les oiseaux font bombance, petits triangles inversés qui volettent et se bousculent pour prendre part au festin. Une image très nette me revient. Notre lune de miel. Une tente dans le Serengeti. Les oiseaux autour de nous aux heures des repas. Qui se posaient sur notre table et se disputaient les miettes. Ted me tenait par la main. Nous ne nous lâchions pas. Chaleur, sexe et bonheur. L'odeur de la toile chaude. J'ai la chair de poule.

Ils sont ensemble depuis un an. Ce n'était pas un écart. Ils fêtent leur anniversaire en Afrique.

« Maman. On t'attend pour ouvrir les cadeaux. »

Il n'a jamais cessé de la voir ; il a menti et menti encore.

« Ed, attends maman. »

J'ai été bêtement confiante. C'était là, devant mes yeux, et j'ai refusé de voir. Lorsque je clos les paupières, des effluves de lavande me parviennent.

« Regarde, maman. »

J'ouvre les yeux.

Theo et Sam ont sorti un immense paquet plat de leur voiture et l'ont adossé au mur. Theo va chercher les ciseaux dans le tiroir de la cuisine et me les tend, mais il garde une main sur le cadeau.

« Tout bien réfléchi, il vaut peut-être mieux que tu attendes.

– Attendre ? Pas question. »

Je dois me concentrer sur l'instant présent, c'est ce qui compte, désormais. L'odeur chaleureuse des bûches de pommier et du sapin de Noël dissipe le parfum de lavande. C'est peut-être l'une des photos de Theo à New York. Theo et Sam devant l'horizon new-yorkais.

Je découpe l'emballage.

« C'est Naomi, maman », me prévient Theo, soudain tendu.

J'arrache le reste du papier.

Une série de photos de Naomi. Au milieu, une grande, de *West Side Story*. Elle devait déjà être enceinte. Sa peau est lumineuse. Il y en a au moins une centaine, de toutes les tailles, à différents moments de sa vie. Je vois Naomi à trois ans, sur le dos de son père, puis à cinq, arborant une frange irrégulière qu'elle a coupée elle-même, à dix avec un appareil dentaire, qui nous fait signe des branches de notre arbre, à douze avec une crosse de hockey et Nikita, riant.

« Theo… »

Je ne peux pas continuer.

« Pardon, maman, dit-il, atterré.

– Je t'avais prévenu, fait Sam à mi-voix. Emportons-le. »

Il se penche pour soulever le lourd cadre.

« Attendez. Non, c'est magnifique. Ne l'enlevez pas. Mettez-le près de ce mur. Je l'accrocherai à côté du fauteuil de votre grand-père, dis-je en indiquant l'espace. Comme ça, je le verrai quand je m'y assiérai. Je pourrai m'en imprégner un peu chaque jour.

– J'ai trouvé toutes ces photos quand j'ai débarrassé le grenier avec papa, explique Theo, l'air rassuré à présent. Je voulais te les donner avant, mais je pensais qu'il valait mieux attendre. C'est sans doute encore trop tôt.

– C'est le plus beau cadeau que tu pouvais me faire. »

Ed rajoute du bois dans la cheminée. Sam a insisté pour faire le dîner. Il a apporté du *cornbread* des États-Unis, un genre de pain de maïs qui ressemble plutôt à un cake, et réussi à trouver des canneberges et de la farce. Theo et Sophie disparaissent aussi dans la cuisine. Ils ne m'autorisent pas à les suivre.

« Nous voulons que vous vous reposiez », décrète Sophie avec un sourire timide avant de fermer la porte.

Ed est allongé près de la cheminée, accoudé. Il est plongé dans un de ses nouveaux livres. Son corps est détendu, comme si maintenant qu'il avait dit ce qu'il avait à dire, il pouvait se permettre de se laisser aller. Je vois ses yeux suivre les lignes sur la page. Peut-être un jour comprendra-t-il que ce n'était pas si simple ; c'est peut-être ce que je peux espérer de mieux.

On frappe discrètement à la porte ; Ed se lève pour répondre.

« Salut, entends-je après un silence. Ton arbre est super. Tu veux le voir ?

– Non… Je… voulais juste dire, c'est ma grand-mère qui m'envoie, on n'a plus de bois… est-ce qu'on peut emprunter… »

La voix de Dan est hésitante, pleine d'espoir.

La porte de la cuisine s'ouvre. De ma place, je vois Sam sortir et mettre une flûte de champagne entre les mains de Dan.

« On ne peut pas passer le jour de Noël sans prendre le temps de boire un verre », dit-il chaleureusement.

Dan entre, enlève ses chaussures et m'adresse un regard interrogateur. Je souris et lève mon verre. Il porte sa veste à capuche et son jean tombe sur ses hanches. Il a l'air frigorifié, comme s'il était resté un moment dehors.

Dan suit Sam à la cuisine. Peu après, je vois Theo dans le jardin empiler des bûches dans la brouette, qu'il pousse sur le chemin pour l'apporter à Mary. Elle comprendra que Dan a besoin de fuir un peu sa famille et elle trouvera une excuse.

Il n'y a presque pas de place dans la cuisine une fois que nous sommes tous réunis. Des branches de houx et de lierre s'entrelacent sur la table entre les bougies. Sophie a nourri Bertie, qui ne la lâche plus. Sam pose devant un Dan tout embarrassé une assiette fumante avec des morceaux de dinde fondants et de la farce, le tout arrosé de jus.

«Je ne voulais pas...

– On avait envie de te connaître, l'interrompt Theo. Maman nous a dit ce que tu avais fait avec les chutes du vieux pommier. J'ai pris des photos de ma sœur, une fois, et les branches autour d'elle ressemblent à celles que tu as utilisées pour tes sculptures, m'a dit maman. »

Sœur. Ma sœur. Je n'ai pas entendu ces mots depuis des mois. Ils donnent l'impression qu'elle est toujours là. Ed me regarde. Un bras autour de la taille de Sophie, il lève son verre. Ses yeux sont prudents, mais pas comme avant.

Bristol, 2009

Huit jours plus tard

Les yeux d'Ed me faisaient peur.

Je m'étais réveillée ce matin, songeant qu'une semaine s'était écoulée depuis la disparition de Naomi. Les choses auraient dû s'accélérer. Au lieu de quoi, tout semblait avoir ralenti. J'attendais. Pire, j'étais clouée au sol, immobilisée par la terreur.

« Assez, dis-je dans le silence, repoussant ma couette. Assez. »

Aujourd'hui, ce serait différent.

Ted était déjà au travail. Theo était parti tôt, lui aussi. Il y avait un mot sur la table disant qu'il était allé préparer ses affaires pour l'examen de demande de bourse. Il avait posé sa candidature pour une formation de photographie à la New York Film Academy et la bourse serait décisive. Mais j'avais oublié que l'examen avait lieu aujourd'hui. Normalement, je ne l'aurais pas laissé sortir sans un copieux petit déjeuner. Nous aurions discuté de détails pratiques, je lui aurais souhaité bonne chance. Je m'en voulais. Tout partait à vau-l'eau. Ed descendit pendant que je faisais du café. Il s'assit et, en passant près de lui, je sentis encore cette odeur de renfermé.

« Alors, vendredi, c'est entraînement d'aviron ? » demandai-je, m'efforçant de me souvenir de son emploi du temps.

Anya m'avait dit que son équipement traînait depuis plusieurs jours sur le sol de sa salle de bains, trempé.

Il mit les deux mains sur la table et repoussa sa chaise si brutalement que je dus m'écarter. Il me regarda en se levant et c'est là que je remarquai la fureur dans ses yeux.

«Je suis plus un gamin, putain ! » s'écria-t-il avant de claquer la porte derrière lui.

Anya entra sans bruit. Elle avait apporté un petit cyclamen pâle qu'elle posa devant moi. Je savais que c'était censé me remonter le moral. L'espace d'un instant, mon attention fut retenue par le ruché soyeux des pétales. Les fleurs m'évoquaient la maladie, la mort et les cimetières, mais celles-ci étaient roses, comme celles de mon bouquet de mariée.

« Merci, Anya. Elles sont très belles. »

Elle sourit et entreprit de débarrasser la table. N'importe quelle autre présence m'aurait fait l'effet d'une intrusion, alors que ses mouvements soigneux étaient un baume au cœur. Sans elle, la maison aurait sombré dans le chaos. Ed souffrait, comme nous tous. Mais c'était pire pour lui. Nous avions beau lui répéter que ce n'était pas sa faute, je savais qu'il se sentait coupable.

Je trouvai une feuille blanche format A3 coincée derrière mon bureau. Theo en avait acheté plus que nécessaire pour sa série de photos dans les bois. J'écrivis Naomi au milieu, au marqueur bleu, et je traçai autour des cercles de plus en plus larges : le premier pour la famille, le second pour le lycée. Je notai le nom de Nikita, que je cochai, car la police l'avait déjà interrogée. James, coché aussi. Les professeurs : Sally Andrews, Mlle Wenham. Tous cochés. Et ses autres enseignants ? Mme Mears, la prof de théâtre qui avait démissionné ? Il faudrait que je pose la question à Michael.

Je dessinai un cercle pour les gens qu'elle voyait souvent, mais pas tous les jours. Anya ? Son mari ? Je l'observai qui balayait en silence. Elle sentit mon regard et me sourit. Je fis un point d'interrogation à côté de son mari, pour me souvenir de demander à Michael si la police l'avait interrogé.

Les voisins appartenaient eux aussi à ce cercle. Mme Moore en face, et son fils Harold, cette silhouette mystérieuse à la fenêtre. Michael avait dû leur parler, mais je mis malgré tout un point d'interrogation à côté de leur nom, au cas où.

Qui d'autre ? La pièce du lycée. Tous ceux qui travaillaient au théâtre. Les gens à l'accueil. Michael les avait-il interrogés ?

Une exclamation de douleur retentit. Le balai tomba par terre.

« Ça va, Anya ?

– Je me suis cogné l'orteil. Votre sacoche. Je ne l'avais pas vue. Vous l'avez changée de place ?

– Désolée. Poussez-la sous le banc. Quelqu'un a dû donner un coup de pied dedans sans faire attention. »

Ma sacoche médicale. Le travail. Un autre cercle. Collègues et patients. Au cabinet, quelque chose me reviendrait peut-être. Frank voulait que j'attende la fin de l'enquête, mais le temps paraissait long. J'avais besoin de faire quelque chose. Ne serait-ce qu'un simple schéma comme celui-ci.

Je le montrai à Michael lorsqu'il passa, vers midi. Je me demandais quel effet ça faisait d'entrer dans cette maison, est-ce qu'on sentait le chagrin à peine le seuil franchi ? Il ôta sa veste et retroussa ses manches ; ses bras semblaient forts. Quelque chose dans son visage serein et ses yeux gris concentrés m'évoquait les soldats avant la bataille.

« On dirait du travail de professionnel, déclara-t-il avec un sifflement admiratif. Pourquoi des points d'interrogation ? »

Je lui donnai une tasse de café. C'était risible.

« Toute cette histoire est un énorme point d'interrogation.

– On peut en rayer certains, reprit-il en se penchant sur mon dessin. Le lycée notamment.

– Mme Mears ?

– Oui. On a vérifié son alibi. Et elle a des références exemplaires. Comme les autres professeurs.

– Et le reste du personnel ?

– Fait. Tous les agents, jardiniers, techniciens de surface, cuisiniers, gardiens. Le réceptionniste et les employés du bar au théâtre. Ils ont été interrogés et leurs alibis vérifiés. »

Il n'avait pas chômé. C'était une bonne chose, évidemment, mais mon cœur se serra. Je pensais pouvoir me rendre utile, faire quelque chose qui nous aiderait à nous rapprocher d'elle. En réalité, j'étais à la traîne.

« Reste mon travail. Est-ce qu'on devrait chercher de ce côté ?

– Nous avons interrogé vos collègues. Ils nous ont parlé de Jeff Price, mais il était à l'hôpital avec Jade, comme vous nous l'avez dit.

– Le mari d'Anya ? proposai-je d'une voix plus basse.

– On l'a vu et on a vérifié son alibi. Vous nous avez donné presque toutes ces informations le premier soir. »

Mon optimisme partait en fumée. Est-ce que je perdais la mémoire ? Je me souvenais seulement d'avoir demandé à la police de la retrouver. D'avoir pleuré et supplié.

Je regardai de nouveau le schéma.

« Les voisins ?

– Il ne restait que Mme Moore et on lui a parlé hier.

– Qu'a dit Harold ? »

Michael but un peu de café.

« Il était absent. Elle nous a dit qu'il était inutile de repasser. Apparemment, il ne communique pas très bien.

– Il ne sort jamais et je suis sûr qu'il est parfaitement capable de communiquer. Elle le surprotège. »

J'imaginai la petite femme, tournant le dos à la porte de la pièce où elle avait caché son fils. Je me penchai vers Michael, pressante.

« Il passe son temps à la fenêtre ; il a peut-être vu quelque chose…

– Alors il faut retourner lui parler. Est-ce que vous voulez m'accompagner ? me demanda-t-il en se levant. Cela pourrait être utile. Mais si je dois lui faire subir un interrogatoire approfondi, il faudra peut-être que vous nous laissiez. »

Je ramassai quelques copies de la photo de Naomi sur la pile à côté de mon ordinateur. Alors que nous nous apprêtions à traverser la rue, Michael se dirigea vers la camionnette blanche garée près de chez nous. Il ouvrit la portière et lança d'une voix forte des mots que je n'entendis cependant pas. Il n'aurait pas dû prendre cette peine. Les journalistes ne me dérangeaient pas ; je les remarquais à peine. Leur présence ne comptait pas à côté de la terreur inexprimable que je vivais à chaque instant. En revanche, Ted les exécrait.

Mme Moore mit quelques minutes à répondre. Elle portait un tablier serré autour de la taille. Son visage se durcit à notre vue.

« J'ai dit tout ce que j'avais à dire. Je lui ai parlé hier, ajouta-t-elle avec un hochement de tête accusateur en direction de Michael.

– Et Harold ? demandai-je avec toute la douceur dont j'étais capable. Il pourrait nous aider, madame Moore. Il regarde par la fenêtre. On voit le théâtre, d'ici.

– Il est en train de dîner.

– Si nous pouvions nous entretenir avec lui juste un instant, dit Michael d'une voix apaisante. Ce ne sera pas long. »

Un miroir brillait dans l'entrée sombre. Mme Moore nous conduisit à une grande cuisine immaculée.

Harold ne mangeait pas, il dessinait, une assiette avec un sandwich entamé poussée sur le côté. Il portait une chemise rayée à manches courtes, tendue sur son dos voûté ; ses bras nus dodus étaient constellés de grains de beauté. Il respirait bruyamment, tirant la langue. Une boîte de pastels était posée sur la table, à côté d'une pile de dessins, tous barbouillés de bleu. Michael tenta d'en prendre un, mais Harold le lui arracha aussitôt.

Je m'agenouillai à côté de sa chaise et lui montrai la photo.

« C'est un portrait de Naomi, Harold. Tu connais Naomi ? »

De près, son visage était totalement lisse, ni sourire ni pli.

« Disparue.

– Ah, fit Michael, se tournant vers Mme Moore.

– Il l'a vue à la télé, répliqua-t-elle d'une voix maussade. Et il vous a entendu parler hier. Je ne voulais pas le mêler à ça. Je lui ai dit de rester tranquillement dans la pièce voisine pendant votre visite. Il ne sait rien.

– C'est vrai, Harold ? demanda Michael. Il n'y a rien dont tu puisses nous parler ? »

Harold le dévisagea d'un air hébété. Il se mit à gribouiller avec le pastel bleu. Je me levai et nous restâmes à le regarder quelques instants, hésitant à partir.

« Si tu te rappelles quoi que ce soit, préviens-nous », dit enfin Michael.

Dehors, la camionnette blanche avait disparu. Michael eut un sourire sans joie. Nous descendîmes à la cuisine. Il prit quelques notes tandis que j'appelais Frank. Je tombai sur le répondeur. Tant mieux, je n'avais pas envie qu'on me demande comment j'allais. Je laissai un bref message : ils avaient peut-être besoin d'aide, le cabinet était toujours débordé en hiver. J'étais encore au téléphone quand on frappa bruyamment à la porte. Michael, qui réunissait ses affaires pour partir, monta ouvrir.

Harold se tenait sur le seuil, une liasse de feuilles à la main.

« Naomi, lança-t-il d'une voix forte. Naomi. »

Sa mère apparut derrière lui, essoufflée.

« Il ne voulait pas attendre. Il semble qu'il ait quelque chose à vous dire, finalement. »

Il posa ses dessins sur la table. Il y en avait une vingtaine, au pastel bleu, tous plus ou moins semblables. Un carré grossier, avec un rectangle accolé. Il désigna la forme.

« Camion. »

Michael feuilleta la pile et sortit un dessin où le camion bleu était devant un autre carré aux contours épais.

« C'est le théâtre, déclara Mme Moore. Après votre départ, il s'est mis à parler de votre fille. »

Un camion bleu devant le théâtre ? Je me creusais les méninges, sans succès. Avais-je jamais vu un camion bleu ou même une voiture bleue ? Possible, oui, maculée de boue, un petit chien, le nez collé contre le mince espace de vitre à l'arrière ? Ou était-ce une grosse Mercedes bleu marine ? Mais c'était peut-être un tour de mon imagination, je souhaitais tellement l'avoir vue que j'inventais des souvenirs.

Harold avait un morceau de papier froissé à la main. Il faisait mine de le pousser dans le camion bleu. Des gouttes de sueur perlaient au-dessus de sa lèvre. Le rasoir avait oublié quelques touffes de poil près de son oreille droite et sur le menton. Il s'impatientait.

« Merci, Harold, dit Michael avec calme. C'est très gentil de ta part de nous aider à retrouver Naomi. »

Harold le regardait fixement. Michael lui prit avec douceur le papier froissé et l'aplatit sur la table. C'était le portrait photocopié de Naomi.

« Merci, répéta Michael. Tu nous as beaucoup aidés. Plus que quiconque jusque-là. »

Après son départ, je regardai Michael.

« Cela pourrait être important.

– Peut-être. »

Il examina le dessin encore une fois.

« Ce rectangle associé au carré ressemble plus à un pick-up. »

Il se tourna vers moi et m'examina avec inquiétude. Je savais ce qu'il voyait : mon visage épuisé, mes cheveux plats et ternes, mes yeux rouges. J'avais maigri.

« Vous avez l'air…

– Ne me dites pas de quoi j'ai l'air. Je n'en ai rien à foutre. »

Une expression choquée passa sur son visage et je ris. Je ris vraiment.

« Je me soucie comme d'une guigne de mon apparence.

– Mais pas les garçons, répliqua-t-il d'une voix ferme. Pas Ted. L'apparence compte, ça aide à tenir le coup. »

Il n'avait pas tort, mais il me semblait impossible de me préoccuper de mon apparence quand Naomi occupait toutes mes pensées. À quoi ressemblait-elle la dernière fois que je l'avais vue ? À quoi ressemblait-elle maintenant ?

Je touchai le bras de Michael.

« Ce camion bleu, vous croyez que ça va nous mener quelque part ?

– Peut-être. Il y a beaucoup de camions bleus, ajouta-t-il avec un sourire. Mais c'est une information de plus. Un fil de plus. C'est comme ça qu'on avance. On démêle les fils un par un. »

Lorsque Theo rentra, il était déprimé. Il pensait avoir raté l'examen dont dépendait l'obtention de sa bourse. Il avait changé d'avis plusieurs fois et avait dû terminer à la hâte. Nous dînâmes ensemble. Ed arriva un peu après. Il rentrait de plus en plus tard, en ce moment. Il travaillait souvent à la bibliothèque jusqu'à la fermeture. Il ne voulait rien, il avait mangé au lycée.

Dans la soirée, j'aperçus Theo allongé sur son lit, parlant au téléphone. Il me sourit. Il semblait avoir retrouvé le moral. Ed avait laissé sa porte ouverte. Il s'était endormi tout habillé. Je lui retirai ses chaussures et le couvris. Comme je m'apprêtais à sortir, je remarquai des billets de banque sur sa table de chevet, éclairés par la lumière du couloir. Je m'approchai. Des billets de dix et de vingt formant une jolie petite liasse, peut-être trois cents livres en tout. Que faisait-il avec une telle somme ? D'où venait-elle ? C'était Ted qui leur virait leur argent de poche tous les mois, ce ne pouvait donc pas être ça. Ed avait-il travaillé quelque part en secret ? Tous les soirs où je le croyais à la bibliothèque, travaillait-il dans un pub ? Pourquoi ne pas nous en avoir parlé ? Voulait-il nous donner l'argent pour se faire pardonner parce qu'il n'avait pas raccompagné Naomi après la pièce ? Cette pensée me bouleversa. J'avais envie de le réveiller et de lui poser la question mais, même endormi, il semblait épuisé. Cela attendrait demain. Je sortis sur la pointe des pieds et refermai la porte.

23

Dorset, 2010

Treize mois plus tard

La remise sent le renfermé après Noël. Il y a des crottes de souris sur la feuille de dessin que j'ai laissée sur la table et de minuscules marques de dents sur les pastels. Des gravillons poussés par le vent qui se sont glissés sous la porte crissent sous mes pas. Je referme et regagne le cottage.

Pendant cette période vide entre Noël et le jour de l'An, le matin, quand la lumière est encore grise, j'erre à travers la maison. Les yeux clos, je peux dire précisément où je suis. L'air semble chargé différemment autour du fauteuil bleu, du bois soyeux du bureau, de la pile de livres. Lorsque je touche ces meubles familiers, c'est ma propre peau que j'ai l'impression de toucher. Chaque jour, je regarde une des photos du montage de Theo. Aujourd'hui, c'est le bébé dans son landau, ses yeux graves contemplant les motifs que les fleurs de cerisier dessinent sur le ciel. On voit une main, semblable à une étoile de mer, tendue vers l'ombre que font les feuilles à l'intérieur de la capote.

Les garçons et Michael me manquent ; il s'est arrangé avec tact pour s'effacer, quand nous pensions que Ted serait présent à Noël, bien qu'il sache que nous sommes séparés. Il appelle tous les soirs, jamais en journée ; ses collègues ne sont pas au courant pour nous. J'ignore ce qui se passerait s'ils l'apprenaient. Il me manque. Son corps me manque. Je me surprends à avoir envie de lui subitement. Dans mes moments de méfiance les plus noirs, je me demande s'il en est conscient, si par son absence il essaie d'établir une relation de pouvoir. Pourrait-il jouer avec moi ? Il a enfreint une règle quand nous avons fait l'amour. Est-ce que je devrais plus lui faire confiance à cause de cela, ou moins ?

Ed est rentré au centre. Il pense y rester encore quelques mois, mais il n'a pas évoqué de projet précis. Il ne m'a pas reparlé de ce qu'il éprouvait, cependant Sophie m'a serrée très fort avant de partir. Ses paroles résonnent dans ma tête et je les retourne à me rendre folle : est-ce que j'ai sacrifié Naomi afin de vivre ma vie ? Maintenant que j'ai tout l'espace et le temps dont j'ai pu rêver, je donnerais n'importe quoi pour une seconde avec elle.

Theo m'appelle.

« C'était trop bien d'être à la maison. Je pourrais vivre ici éternellement. »

C'est ridicule, mais j'ai un pincement au cœur. Derrière lui, j'entends un tintement de bouteilles et la voix de Sam qui chante *Carmen*. Il n'y a pas si longtemps, il nous aurait fallu un peu de temps pour accepter leur relation. Elle aurait bouleversé le cours sans heurts de nos existences et ce que nous tenions pour acquis. Mais les choses étant ce qu'elles sont aujourd'hui, elle a trouvé sa place sans difficulté.

Après l'appel de Theo, je retourne dans la remise. Je sors les petits tubes de peinture de leur boîte et les empile sur la table à tréteaux : bleu outremer français, rouge indien, jaune de Naples, toute une géographie de couleurs. Theo a dit « éternellement » : on peut se projeter ainsi tant qu'on n'a pas été blessé. Même si, bien sûr, il a été blessé. Non, cela va plus loin. On imagine que les lieux et les gens auxquels on pense seront toujours là. Mais rien ne dure. Ni les lieux, ni les gens, ni l'amour, ni les enfants qui partent. Seul demeure le manque. Je trace d'épaisses lignes droites avec un des fusains de Sophie. Au début, je ne voyais pas comment je supporterais les heures, puis les jours, les semaines et les mois de l'éternité, le métal terne de son absence ne s'usant jamais. Le fusain s'émiette en particules noires sur lesquelles je souffle. Les garçons ne parlent guère de Naomi. Elle est partout derrière eux, mais leur vie s'est poursuivie au-delà de la sienne. Pas la mienne. Je survis, c'est tout.

Je trace à présent des lignes verticales pour faire une grille, pensant aux couleurs que je veux mettre dans les cases, luminescentes, encadrées d'obscurité, mais pas contaminées par elle : ces espaces représenteront la vie des garçons. Je tourne en rond dans la remise, cherchant la teinte adéquate, une couleur qui lance une note claire tout en recelant des nuances plus sombres. Ce n'est pas évident de trouver un pigment qui contienne à la fois l'ombre et la lumière, peut-être un cinabre orangé lumineux. Je n'ai pas assez de couleurs. J'imagine une riche poussière de désert, distillée par le vent et la chaleur. Puis je me remémore les peintures rupestres byzantines de Göreme, en Cappadoce. Les fresques semblaient éclairées de derrière par le soleil, même au plus profond des grottes. Elles avaient une luminosité chaude, pleine d'espoir, et pourtant sombre. Je fais des essais sur mon chevalet. Jaune de cadmium, cadmium clair ? Il manque quelque chose. Blanc ? Rouge ? Orange ? Je pose mon pinceau en attendant de découvrir la teinte que je cherche. Le coucher du soleil ou un jaune d'œuf, peut-être.

Je m'apprête à sortir de la remise, mais mes doigts accrochent au passage un petit fagot qui tombe du banc. J'ai dû faire une pause le temps de regarder une toile alors que je rentrais du bois pour le feu et je l'ai oublié ici. Je le ramasse, tire une longue brindille et l'enroule autour de mes doigts. Elle est gris brun, avec de petites bosses là où les bourgeons seraient apparus au printemps ; l'écorce grêlée pèle délicatement par endroits, l'extrémité effilochée comme si on l'avait rongée formant des doigts filiformes. Je la dessine à gros traits, puis je la refais, avec plus de soin, en plus grand et plus grand encore. Des lignes et des formes, qui attendent d'être transformées en autre chose. L'idée d'un vaste tableau germe dans mon esprit, un cycle de vie. Un triptyque. J'éprouve une excitation inhabituelle, si légère et lointaine que j'ai peur de la gâcher en y pensant trop. Je me concentre sur les bourgeons naissants, lisses, encore frustes.

Au bout d'une heure, mes mains tremblent de froid et je dois m'interrompre. De retour dans la maison, l'excitation retombe. L'obscurité s'épaissit autour de moi dans les pièces vides, le poids familier de la tristesse si écrasant que je ne peux pas bouger. Quand la sonnette retentit, c'est à peine si j'arrive à me traîner jusqu'à la porte. Dan est sur le seuil, le regard sérieux, emmitouflé dans son anorak, les épaules voûtées.

« Ne reste pas là, dis-je, avançant pour poser la main sur sa manche. Entre. J'espérais que quelqu'un viendrait et te voilà. »

Il passe devant moi, la tête baissée, soudain timide.

« Ça me fait plaisir de te voir, poursuis-je en prenant son anorak. C'est trop calme depuis Noël.

– Ça va ? demande-t-il, ses yeux verts pailletés scrutant mon visage.

– Mais oui, ça va bien. »

Mon sourire vacille sous l'intensité de son regard.

« Enfin, bien est un grand mot... »

Je suppose qu'il sait au sujet de Naomi par Mary, bien que je ne lui en aie jamais parlé. Mais il reste planté là, comme s'il attendait des explications, et ma résolution faiblit.

« C'est peut-être à cause de la période... C'est le second Noël sans ma fille et j'ai l'impression qu'elle s'éloigne encore de moi. Je me demande comment sera le troisième, puis le quatrième... »

Il rougit.

« Je peux rester si vous voulez… ça vous ferait plaisir si je restais ?

– Tu as dîné ?

– Non, mais…

– Alors reste. Curry de dinde ? Tu peux couper la viande si tu veux te rendre utile. »

Il entre dans la cuisine, s'assied à la table. Je lui sers un verre de vin. Il ôte son pull et retrousse ses manches tandis que je sors l'énorme carcasse du réfrigérateur. Même en plein hiver, il a les bras brunis par le travail dans le jardin de Mary.

« Joli bronzage. »

Alors que je sors les épices et la pâte de curry du placard, je le vois s'empourprer lentement. Ed rougissait aussi pour un oui ou pour un non. Je devrais faire attention.

« Alors, tu as pris une décision concernant ton avenir ? »

Il découpe consciencieusement la viande, qui s'enroule en copeaux sur la planche.

« Je pense partir quelque temps. »

Je le regarde, surprise.

« Oui, continue-t-il en baissant les yeux. J'ai économisé un peu d'argent. Theo m'a parlé de cette école d'art à New York, encore moins chère qu'ici. J'ai posé ma candidature pour les modules de sculpture.

– C'est super, Dan. Tu sais où loger ?

– Sam a dit que je pourrais dormir chez eux sur un matelas.

– C'est une excellente idée. Vas-y. »

Je remplis son verre et trinque avec lui.

« Qu'est-ce qui a fait pencher la balance, pour finir ? »

Le riz bouillonne. Je verse les morceaux de dinde dans la sauce qui mijote. La cuisine retrouve une chaleur accueillante et je m'y sens chez moi, comme si Theo ou Ed étaient là. En mangeant, il me parle de sa famille. Sa mère l'encourage et son père, qui hésitait au départ, a finalement accepté de l'aider à payer les frais d'inscription. Il veut savoir ce que je fais. Son visage s'éclaire lorsque je lui décris le tableau que j'envisage.

« C'est super, Jenny. Presque une sculpture. »

C'est la première fois qu'il emploie mon prénom. Cela me fait bizarre, sans que je sache pourquoi. Il ne peut quand même pas m'appeler Mme Malcolm. Il se penche en avant.

« J'aimerais bien prendre des photos de vos peintures… ça m'inspirera peut-être. »

Je ne les ai encore montrées à personne.

« Peut-être », dis-je, évasive.

Son visage s'assombrit, alors j'ajoute aussitôt :

« Personne ne les a vues. Certaines ne sont pas très bonnes. »

Je suis fatiguée, soudain. Il est tard. J'ouvre la porte du jardin à Bertie. Dan se lève et s'étire.

« Je me charge de la vaisselle.

– Ne t'embête pas avec ça. Je la fais toujours le matin. »

Je vais chercher son anorak et je prends ma décision comme je le lui tends.

« Repasse avant de partir, Dan. Je te montrerai quelques toiles, si tu veux les photographier. »

Il se retourne à la porte et me regarde.

« J'aimerais aussi prendre des photos de vous. De votre visage. »

Mon visage ? Je suis interloquée. Puis j'éclate de rire.

« Pas moi, Dan. Mary a un visage magnifique. Ou alors les jolies filles du village.

– J'en ai déjà pris plein de Mary et les filles ne m'intéressent pas. »

Il me regarde presque avec colère.

« Vous êtes jolie, en tout cas. Belle, plutôt. »

J'essaie de rire encore.

« Arrête tes bêtises, Dan. »

Tendant le bras pour ouvrir la porte derrière lui, je sursaute quand il touche mon visage du bout des doigts. Puis il fait volte-face et disparaît.

Je referme et m'appuie contre la porte. Je n'ai rien vu venir. Où est-ce que je me raconte encore des histoires ? Je débarrasse la table, jette les restes, rince les assiettes, frotte les casseroles, furieuse contre moi-même. Comment ai-je pu laisser une chose pareille arriver ? Dan est plus jeune que mes fils et pourtant, ce soir, je me suis laissé attendrir par ses attentions. Non, je les ai appréciées. J'ai été négligente. Je vais l'éviter pendant quelque temps. J'ai abandonné très loin derrière moi mon ancienne vie, encore plus que je ne l'imaginais, la personne que j'étais, la femme généreuse, heureuse et occupée. Je gravis lentement l'escalier. Je reçois un SMS de Michael qui me souhaite bonne nuit. D'habitude, je réponds, mais ce soir je m'assieds au bord du lit, tenant mollement mon portable, et je contemple les ténèbres de l'autre côté de la fenêtre. Si je remonte plus loin en arrière, jusqu'à ma rencontre avec Ted, alors l'écart est incommensurable.

Mes souvenirs me font l'effet d'un film avec des acteurs qui interprètent nos rôles. Je me revois à la bibliothèque où l'on mourait de chaud. Je me rappelle la robe à fleurs très courte que je portais et mes cheveux attachés un peu n'importe comment pour me dégager le visage. J'étais absorbée par la lecture d'un livre sur la dermatologie. Je m'étais inscrite en fac de médecine après mon année en Afrique, et je prenais mes études très au sérieux, déterminée à être médecin et rien d'autre. Ted Malcolm était dans la même année, mais nous n'évoluions pas dans les mêmes cercles. Il avait une voiture alors que personne autour de nous n'en avait ; il faisait partie de l'équipe de cricket de l'université. Tout chez lui m'irritait, en particulier son charme sans aspérité. Nos chemins ne se seraient sans doute jamais croisés si nous n'avions pas été tous les deux très ambitieux et s'il n'avait pas fait aussi chaud dans la bibliothèque bondée cet après-midi-là. L'été 1985. Je travaillais sur un mémoire que je voulais présenter pour un prix, avec plusieurs milliers de livres sterling à la clé. J'étais contente d'avoir une longueur d'avance sur Ted Malcolm. Il convoitait tous les prix lui aussi, mais il n'avait pas autant besoin d'argent que moi. On étouffait à la bibliothèque. J'ai réuni plusieurs livres à emprunter et je l'ai croisé à la porte. Il a pris celui en haut de la pile pour s'amuser. J'ai tenté de le récupérer en riant, bien qu'agacée. Il ne me l'a rendu qu'en échange d'une promesse de sortir avec lui un soir. C'est ainsi que tout a commencé.

Je me déshabille et me glisse sous la couette. Ce n'était pas un film, malgré tout. Les films romantiques finissent bien. Dans la vraie vie, ça commence bien et ça se termine mal. Mais, en même temps, il n'y a jamais vraiment de fin.

24

DORSET, 2010

TREIZE MOIS PLUS TARD

Le 30 décembre, fatiguée de penser à Michael, je me fixe un programme qui ne laissera pas de trous où je risquerais de tomber : une randonnée jusqu'au Golden Cap. De ce point élevé, la côte jurassique s'étend très loin de chaque côté. En été, il y a le parfum de noix de coco des ajoncs, mais à cette période de l'année l'air est frais et salé. J'en profiterai pour repérer des couleurs, même s'il fait sans doute encore trop froid. Je pourrai néanmoins ramasser ce dont j'aurai besoin pour le triptyque sur le changement que j'ai en tête. Des feuilles, des brindilles, de minuscules bourgeons.

Bertie et moi démarrons à sept heures du matin. Le village est encore silencieux et seules quelques lumières brillent ici et là, dans des chambres où les couples émergent du sommeil, blottis l'un contre l'autre, où des tasses de thé sont tendues avec précaution et posées sur les tables de chevet. L'odeur de la nuit s'attarde parmi les ombres brumeuses entre les cottages. Je marche sans bruit pour ne pas réveiller les dormeurs. Dans le silence, j'entends des pas qui se rapprochent sur le chemin, après le virage. Ils semblent fatigués et irréguliers. Peut-être un ouvrier agricole qui rentre prendre son petit déjeuner après la traite, ou un pêcheur qui va se coucher après avoir rapporté la première prise du jour.

Un homme de haute taille apparaît, une silhouette mince, courbée dans l'obscurité. Il me faut un moment pour reconnaître Ted. Sa démarche est différente, lente et un peu hésitante, ce ne sont pas les grands pas assurés d'autrefois. Il semble exténué, comme au bout d'un long périple.

J'avais oublié son SMS et je suis prise de court. Si je reste au bord du chemin, il se peut qu'il passe sans me remarquer. Il trouvera le cottage plongé dans le noir, verrouillé, et peut-être repartira-t-il comme il est venu. Je m'appuie contre le mur d'un jardin dans la faible lueur de l'aube. La pierre est humide et rugueuse sous mes doigts. Il ne me verra pas s'il ne scrute pas les ombres, mais il entendra sûrement les battements de mon cœur, qui semblent remplir l'espace entre nous. Il est à mon niveau, il me dépasse. Je retiens mon souffle, mais Bertie se jette sur lui en remuant la queue. Ted se baisse et je sais qu'il pense que ce chien ressemble à Bertie, avant de se rendre compte que c'est bien lui. Il se relève et me voit. Il prononce mon nom et il y a de la joie dans sa voix. Je recule imperceptiblement à son approche. Je ne le regarde pas franchement, je regarde derrière lui, où le lierre écartèle les pierres d'un vieux mur. Il me dit qu'il a laissé sa voiture sur le parking du pub ; il ne voulait pas réveiller tout le village en faisant gronder le moteur sous les fenêtres dans les ruelles. Nous rentrons à pied au cottage, avec Bertie qui gambade entre nous, nous regardant tour à tour.

Dans la cuisine, il s'assied à la table sans ôter son manteau, comme un visiteur qui ne va pas s'attarder. Je fais un café que je pose devant lui, puis je recule, m'imprégnant de l'étrangeté de sa présence.

« Pourquoi est-ce que tu te cachais ? »

Même sa voix est lente et fatiguée. Il y a des cernes mauves sous ses yeux. Ses cheveux sont plus gris, moins abondants. Il est si mal rasé qu'il doit se laisser pousser la barbe.

« Si je ne t'avais pas remarquée contre le mur, tu m'aurais laissé passer sans rien dire.

– Je ne me cachais pas, j'attendais… »

Je parle avec effort. Je préférerais me taire.

« Tu attendais ? »

Les mots que je ne prononce pas restent suspendus entre nous. Oui, je n'ai pas bougé, espérant qu'il continuerait sans se douter de rien. Toutes ces semaines et ces mois après la disparition de Naomi, je l'ai attendu. Mais il est passé devant moi et m'a laissée dans l'ombre pour en rejoindre une autre.

« Ça va, tu n'as pas à me répondre. »

Ted hausse les épaules, ouvre les mains avec un petit rire. Il a les paumes rouges d'un buveur. Il surprend mon regard et les referme autour de sa tasse. Quelques gouttes tombent sur la nappe, petits cercles qui se propagent.

« Alors, ça va ? Ici, je veux dire. Bien sûr, pas…

– Ça va.

– Tu as l'air bien. En forme, même. »

Il semble étonné.

« Merci.

– Tu es belle, je veux dire, ajoute-t-il, les yeux plissés, me jaugeant.

– Merci. »

Si je suis belle, c'est grâce à Michael, mais je ne vais pas le lui dire, pas maintenant.

« Comment allaient les garçons quand tu les as vus à Noël ? »

Il se dandine sur sa chaise, comme s'il cherchait une position plus confortable.

« Ils allaient bien. »

Mon cœur bat à tout rompre ; je ne peux pas faire de longues phrases, en revanche les mots viennent tout seuls à Ted. Mais lui n'a aucune raison d'être surpris.

« Ils m'ont beaucoup manqué. J'ai vu Ed, bien sûr. »

Il pense à la fois où il l'a vu avec Beth, à toutes les fois où ils y sont allés ensemble.

« Et Theo ?

– En pleine forme.

– J'aurais dû être là à Noël. Je m'excuse. »

Sa chemise est froissée ; il a peut-être dormi dedans. Il nage dans son manteau. Une odeur de tabac froid a envahi la cuisine. De quoi s'excuse-t-il au juste ? Noël ? Beth ? Les mensonges ?

« Tu penses beaucoup à Naomi ? » demande-t-il abruptement, rompant le silence.

Je me tourne vers la fenêtre, incapable de le regarder.

« Je pense à elle tout le temps », poursuit-il, plus vite.

Je lui lance un coup d'œil. Des larmes brillent dans sa barbe grise.

« En ce moment, c'est le contact de ses mains quand elle était petite. Elles étaient si douces. Elle les mettait contre mes joues et faisait comme si ça piquait, et après on jouait à les panser. »

Son nez coule. Les larmes laissent des traces sur sa peau poussiéreuse.

Je n'ai pas envie d'écouter son déballage. Je lui tends un morceau d'essuie-tout. Il le passe sur son visage. Le papier froissé se déplie sur la table, translucide, souillé de larmes et de morve.

« Je la cherche partout où je vais, murmure-t-il si bas que je dois me pencher pour l'entendre. Une fois, au Cap, j'ai cru la voir sur le trajet entre l'hôtel et l'hôpital. J'ai suivi une jeune fille jusqu'à un parking parce qu'elle marchait comme Naomi. »

Il me sourit.

« Tu te souviens de ce petit rebond dans sa démarche, comme si elle pouvait continuer éternellement ?

– Sauf que non.

– Non quoi ? demande-t-il, souriant toujours, mais l'air déconcerté.

– Elle n'a pas continué éternellement.

– Tu ne crois pas ? »

Il serre le poing et l'abat sur la table.

« Ne renonce pas. Ne renonce jamais. Je crois encore qu'on finira par la retrouver. J'ai fait beaucoup d'erreurs, ajoute-t-il en se levant.

– Je n'ai pas envie d'entendre ça maintenant, Ted. Il est trop tard. »

Il se dresse devant moi, oscillant légèrement sur ses pieds, comme s'il était ivre, sauf qu'il ne sent pas l'alcool. Ses paupières se closent, sa voix est pâteuse.

« Pardon. J'ai besoin de dormir un peu. Je n'ai pas fermé l'œil dans l'avion. J'ai conduit toute la nuit, il faut que je m'allonge… Je peux rester ? »

Je lui fais couler un bain et le conduis à la minuscule chambre d'ami. Il examine les murs ivoire que Dan a peints avec soin, les rideaux à rayures bleues et grises et l'âtre plein de pommes de pin blanchies à la chaux. Il prend le temps de regarder la descente de lit en coton bleu et ses yeux s'arrêtent sur la soucoupe remplie de morceaux de verre coloré, polis par les vagues. Ses épaules se relâchent. Il retire son manteau et le pose sur la chaise en osier près de la fenêtre.

« C'est joli, murmure-t-il. Tu as changé quelque chose. Je ne sais pas quoi. C'est joli. »

Il s'assied sur le lit et se laisse tomber sur le flanc avec un soupir. Sa respiration se modifie très vite ; elle devient plus lente et plus profonde. Je dénoue ses lacets et ôte ses chaussures. Il émerge un instant.

« Tu restes un peu ? Tu t'allonges à côté de moi ? »

Je ferme la porte et vide la baignoire. Puis je descends à la cuisine et retire lentement les couches de vêtements que j'ai enfilées plus tôt. Le jour s'est levé dehors, mais j'entends la pluie qui se met à tomber. Nous n'aurions pas vu grand-chose au Golden Cap, de toute manière. Je dénoue mes chaussures de randonnée et les enlève. Bertie pose sa lourde tête sur mes pieds. Il aime le contact rugueux de la laine sous son tendre museau.

Bristol, 2009

Huit jours plus tard

Ted était en retard, comme d'habitude. Nous avions fini de dîner depuis longtemps lorsqu'il rentra, des plis sous les yeux, dans des vêtements froissés enfilés à la hâte après l'opération. J'étais heureuse de le voir. Il m'avait promis que l'épisode avec Beth était une erreur et je devais le croire. J'avais besoin de lui. Je n'avais pas l'énergie de me mettre en colère. Et ce qu'il avait pu faire pâlissait déjà face à l'angoisse abrasive de l'absence de Naomi. Il s'approcha sans un mot de la cuisinière où je lui avais gardé son repas au chaud. La viande paraissait desséchée. Les pommes de terre ratatinées, les haricots verts filandreux. J'imaginais sa journée. Il avait dû penser au dîner qui l'attendait en rentrant.

« Ted, ça a l'air immangeable. Tu veux que je te fasse une omelette à la place ?

– Ne te fatigue pas. »

Il sortit une bouteille de vin du placard, l'ouvrit et servit deux verres, puis s'assit lourdement avec un soupir.

« Je m'excuse, j'aurais dû appeler, dit-il après avoir avalé une gorgée de vin. L'opération a duré toute la journée. Je ne pensais pas terminer à une heure pareille. Où sont les garçons ?

– Theo n'est pas là. Ed est couché.

– Il est tôt.

– Il a du sommeil à rattraper. Il est constamment fatigué en ce moment. Anya ne peut même pas aller nettoyer sa chambre, il se lève trop tard. L'inquiétude l'épuise. »

Je sortis des œufs que je cassai dans un saladier.

« Michael est passé. Harold Moore nous a dit…

– Harold Moore ? Qui c'est, celui-là ? » demanda-t-il en regardant les œufs mousseux glisser dans le beurre chaud.

Je lui rappelai que c'était le voisin, puis lui parlai de la camionnette bleue. Ted pencha la tête.

« Je pense avoir vu une voiture bleue, ou peut-être une camionnette, garée devant le théâtre, en fait. Une ou deux fois. »

Il haussa les épaules. Manifestement, il ne croyait pas que c'était important.

« On va sans doute apprendre que c'était la voiture de la prof. Je ne pense pas qu'on puisse se fier au témoignage d'un trisomique.

– Je pense au contraire que Harold est un témoin idéal. Il est très observateur. Il était vraiment concentré sur son dessin. »

Ted ne répondit pas. Je posai l'omelette devant lui et il se jeta dessus.

« Michael s'en occupe, expliquai-je en m'asseyant en face de lui. Il va organiser un genre de reconstitution. Une jeune fille qui sort du théâtre et monte dans une voiture bleue.

– Il était tard et il faisait noir. Je ne sais pas si ça servira à grand-chose. Quoi d'autre ?

– Ted, demain on est samedi. Ne va pas à l'hôpital. Si tu penses qu'on s'égare, qu'est-ce que tu proposes à la place ? »

Je m'interrompis un instant, m'efforçant de garder mon calme.

« J'ai fait un genre de schéma. J'aimerais avoir ton avis. »

Il repoussa l'assiette vide.

« Montre. »

Nous nous penchâmes sur la table, examinant les cercles autour du nom de Naomi. La famille. Le lycée. Les voisins. Le théâtre.

« Nous avons besoin d'un autre cercle, dit-il lentement. Les ennemis. Un règlement de comptes.

– On n'a pas ce genre d'ennemi à quinze ans, m'écriai-je, incrédule.

– Elle, non, mais nous, si, répliqua-t-il calmement.

– J'y ai pensé au début. Le père de Jade et même le mari d'Anya. Mais j'avais tort. Tu crois vraiment qu'on pourrait nous haïr à ce point ?

– Mon chef de clinique a eu ses pneus tailladés, une fois. Il s'est demandé si quelqu'un lui en voulait. Il y a tellement de choses qu'on peut faire ou ne pas faire, par erreur. Les médecins qui se prennent pour Dieu…

– Mais quand même ! »

Je sentis quelque chose flancher en moi et je me mis à pleurer. Ted m'enlaça. Je reconnus une odeur familière et lointaine.

« Ça me rappelle l'été, murmurai-je, la tête contre son épaule.

– Hein ? »

Il me lâcha, étonné. Je restai près de lui, incapable de m'éloigner. Cela faisait des jours que nous ne nous étions pas touchés.

« La lavande. Ce n'est pas un reproche. J'aime bien », affirmai-je en prenant sa main.

Il se dégagea et me tapota le dos.

« Ce sont les infirmières qui choisissent le savon de la salle d'opération. C'est pour ça qu'il est parfumé, et j'imagine que ce n'est pas le moins cher non plus. »

Il se pencha sur le schéma.

« À propos de coût, dis-je, me souvenant des billets dans la chambre d'Ed. Est-ce que tu as donné des espèces aux garçons au lieu de faire des virements sur leur compte ? Je ne sais pas si c'est une bonne idée d'être aussi généreux.

– J'ai été généreux ? »

Il n'écoutait pas. Il s'était détourné et avait sorti son portable.

« Cette liasse de billets, c'est beaucoup d'argent. Tu ne devrais pas faire ça.

– Je ne sais pas de quoi tu parles, Jen. Je n'ai pas donné d'espèces aux garçons depuis des mois. J'ai mis en place un virement mensuel, tu as oublié ? Excuse-moi, mais il faut que j'envoie un SMS à mon chef de clinique. Il a besoin des scanners pour les consultations de demain. »

J'étais si fatiguée que mes pieds m'élançaient et que mes yeux piquaient. Je n'aurais pas dû prendre la peine de lui demander de rester à la maison. Évidemment qu'il n'allait pas annuler d'opération. D'où venait tout cet argent ? J'étais trop épuisée pour y réfléchir ce soir. J'interrogerais Ed demain matin. Ted monta avant moi et il dormait déjà lorsque je me glissai à côté de lui, quelques instants plus tard. J'essayai de me blottir contre lui, mais il était allongé sur le ventre, la tête tournée de l'autre côté. Je posai ma joue sur son épaule. En dépit de l'épuisement, je restai éveillée. Je réfléchissais aux ennemis que j'avais pu me faire, m'efforçant de repousser les images qui envahissaient toujours mon esprit quand j'étais fatiguée, et le désespoir qui me guettait à chaque pas.

Bristol, 2009

Neuf jours plus tard

Ed, qui était en train de verser des céréales dans son bol de petit déjeuner, en répandit une partie sur la table.

« Pourquoi est-ce qu'il faut toujours que tu viennes dans ma chambre ? »

Sa voix était froide.

« Ed, tu t'étais endormi tout habillé. Je t'ai simplement enlevé tes chaussures et je t'ai couvert.

– Je ne suis pas un enfant.

– Alors, l'argent ?

– Ça ne te regarde pas, maman… Mais si tu veux vraiment savoir, je participe à une démonstration d'aviron sponsorisée, un genre de gala. C'est lundi. Je suis le trésorier. C'est pour ça que je rentrais tard ces derniers temps. Je m'entraînais. »

Je comprenais mieux. La fatigue, les soirées passées à travailler au lycée.

Ted était encore au lit. Il commençait plus tard le samedi et je le laissai dormir tout en faisant les cent pas en bas. La peur était toujours plus forte, le matin. Elle se déplaçait rapidement sous ma peau. J'étais incapable de rester immobile, de me concentrer, ni de faire quoi que ce soit.

J'appelai Michael. Il me dit qu'ils avaient interrogé les habitués et les étudiants qui fréquentaient le théâtre du lycée. Tous avaient des alibis.

« Et maintenant ?

– On envisage de faire une reconstitution jeudi soir. Je vous tiens au courant. »

Une autre adolescente jouerait donc le rôle de ma fille, une autre adolescente monterait dans une camionnette bleue devant le théâtre entre vingt-deux heures trente et vingt-trois heures, mais quand les caméras cesseraient de tourner, elle descendrait du véhicule et rentrerait chez elle. Je ne tenais pas à voir ça.

Frank me rappela. Il était d'accord pour que je reprenne le travail si j'étais sûre que c'était ce que je voulais. Ils étaient débordés, comme toujours à l'approche de décembre. Les habituels toux et coups de froid de saison. Pouvais-je commencer après-demain ?

BRISTOL, 2009
ONZE JOURS PLUS TARD

Je n'avais pas pris la voiture depuis plusieurs jours, mais mes mains sur le volant semblaient sûres d'elles. Au cabinet, ma salle de consultation était immaculée. Le bureau avait été rangé. Je posai ma sacoche, sortis mon stéthoscope et mon otoscope et les mis à côté du bloc d'ordonnances tout neuf.

Lynn poussa la porte et m'étreignit chaleureusement.

« Ce n'est pas le moment de s'attendrir. Vous avez une longue journée qui vous attend. »

Elle sortit, s'essuyant les yeux du revers de la main.

Jo m'apporta une tasse de thé et m'embrassa.

« On vous a pris des rendez-vous avec des patients faciles, pour vous donner le temps de vous remettre dans le bain. »

Le premier était un enfant. Un petit garçon maigrichon de six ans avec une frange lustrée et de grands yeux marron. Sa mère, vêtue d'un sari bleu, était assise, silencieuse. Il m'expliqua ce qui n'allait pas dans un anglais scrupuleux. Il avait des points blancs au fond de la gorge et son front était brûlant. Les yeux profonds et confiants de l'enfant et de sa mère étaient apaisants. Après leur départ, je me rendis compte que, pendant les quelques minutes de la consultation, j'avais oublié mes tourments. Je bus un peu de thé sucré. Puis une petite femme frêle entra, les épaules voûtées. Sa vie était un grand vide gris. Lentement, elle me dit qu'elle ne pouvait plus regarder la télévision, ni manger, ni dormir. Je lui posai des questions et lui prescrivis des analyses de sang, puis je me contentai de tenir sa main en silence, tandis que les larmes coulaient sur ses joues, jusqu'à la fin de la consultation. Je vis quinze patients en tout. Le dernier de la matinée était un jeune ouvrier du bâtiment dont l'oreille suintait. La lumière de mon otoscope était faible ; j'avais besoin de piles neuves. J'ouvris ma sacoche. Je rangeais les petites ampoules de morphine et de péthidine en haut, à l'abri dans des compartiments moulés en mousse caoutchouc, avec l'ibuprofène liquide et les antiémétiques. Je me fis la réflexion qu'il faudrait que je vérifie à l'occasion si la date limite n'était pas dépassée, mais les ampoules avaient disparu.

Je contemplai les poches vides. Les avais-je déjà jetées et avais-je oublié ? Je me rappellerais quand même le contact du verre lisse, le tintement discret dans le collecteur d'objets tranchants. J'ouvris grand ma sacoche, prise de panique. Elle était moins pleine que dans mon souvenir. Les petits élastiques retenaient généralement les boîtes de comprimés dont j'avais besoin pour mes visites à domicile. Codoliprane, témazépam. Envolés eux aussi. Peut-être avais-je oublié de les remplacer. Les aurais-je laissés chez un patient ? Et si un enfant était tombé dessus ?

Cela ne prit que quelques secondes. Je trouvai les piles, les insérai dans l'appareil, examinai l'oreille du jeune homme et lui fis une ordonnance, le tout dans un état second. Les médicaments étaient sans doute à la maison. J'avais peut-être vidé ma sacoche sans tout remettre à sa place et Anya avait rangé ce qui traînait dans notre armoire à pharmacie. Je décidai d'attendre d'avoir vérifié. Inutile d'inquiéter Frank prématurément.

À peine arrivée chez moi, je descendis à la cuisine. Onze jours plus tôt, en rentrant du travail, j'étais tombée sur ma fille qui dansait toute seule, heureuse et indemne. Je m'adossai au mur, environnée de vide et de silence. Je n'avais qu'une envie : m'allonger par terre et pleurer comme un enfant.

Je me repris. Elle avait besoin que je sois forte. Aujourd'hui, j'avais été au cabinet. Je l'avais fait. Rien de particulier ne m'était revenu en mémoire, mais, qui sait, la vue d'un patient me rappellerait peut-être quelque chose que j'avais oublié. Il devait y avoir un détail qui m'échappait. Un voile qui m'empêchait de distinguer clairement. Ce n'était qu'une question de temps.

J'ouvris l'armoire à pharmacie. Aucun des médicaments manquants n'était là. Je regardai dans les placards de la salle de bains, à mon chevet, dans la cuisine. Je passai d'une pièce à l'autre, les portes claquant derrière moi. Je cherchai dans la buanderie, près des croquettes du chien, sous l'évier. Rien. Je restai plantée là, tremblante, la main sur la pile de repassage laissée par Anya. Les vêtements étaient bien pliés à côté d'un tas de chaussettes réunies par paires. Je pris le linge et le remontai lentement. Les événements avaient dû affecter ma mémoire.

Frank comprendrait. J'avais sans doute tout jeté à la poubelle, puis je lui en avais demandé d'autres et ça m'était sorti de la tête. Il les avait peut-être déjà qui m'attendaient. Je changeai les serviettes dans la salle de bains. L'équipement d'aviron d'Ed était toujours par terre. Il avait dû l'oublier. Il oubliait tout, comme moi, mais aujourd'hui c'était important. C'était le jour de la démonstration au profit d'une organisation caritative. Je sortis mon portable et m'assis sur son lit pour l'appeler. Je tombai sur sa messagerie. Il devait être en cours. Je téléphonai au lycée et demandai le centre sportif. Enfin, on me passa un professeur d'éducation physique et je proposai d'apporter les affaires, sachant qu'Ed n'aurait pas le temps de faire un détour par la maison.

« Une démonstration d'aviron pour une organisation caritative ?

– Oui, cet après-midi, dis-je, surprise que le professeur l'ignore. Je peux les lui déposer.

– Oh, ne vous embêtez pas, madame Malcolm.

– D'habitude, je ne le ferais pas, répondis-je, irritée par son ton ironique. Mais avec ce qui est arrivé, c'est normal qu'il soit négligent en ce moment.

– Alors il a dû également oublier qu'on ne fait pas d'aviron ce trimestre. On fait du cross, madame Malcolm. L'aviron, c'est au trimestre prochain. »

Il laissa échapper un petit rire, comme s'il avait fait une bonne blague.

« C'est docteur, au fait. Docteur Malcolm, pas madame.

– Je vous demande pardon. »

Je raccrochai.

Jamais je n'avais fait ça avant. C'était sans doute parce qu'il prononçait mon nom comme s'il me réprimandait.

J'avais encore les chaussettes d'Ed dans les mains. J'ouvris le tiroir du haut de sa commode pour les ranger. Je me dépêchai, craignant qu'il me surprenne dans sa chambre. Il serait furieux. Pourquoi avoir menti au sujet de l'aviron ? Que faisait-il lorsqu'il prétendait être à l'entraînement ? Le tiroir était plein à craquer. Il avait dû remettre ses chaussettes sales dedans. J'entrepris de faire de la place quand mes mains heurtèrent quelque chose de petit et de dur. Je dégageai l'objet qui était enveloppé d'une cravate. C'était une ampoule de verre avec une inscription en noir sur le côté et un cercle jaune à la pointe, là où il fallait limer pour faire couler l'opiacé qui se trouvait à l'intérieur.

25

DORSET, 2011

TREIZE MOIS PLUS TARD

Le matin du 1er janvier, la présence de Ted, même endormi, perturbe nos habitudes. Bertie, agité, ne cesse de me tourner autour. Lâché dans le champ, il fourre sa truffe dans la haie trempée et éternue. Ses épaisses oreilles d'épagneul aux poils bouclés se prennent dans les ronces et il attend patiemment que je le libère. Au cottage, je fais le premier café de la journée et il s'allonge au pied de l'escalier, gémissant doucement. Je vais dans la remise où se trouvent les monnaies-du-pape que Mary m'a données hier. Je les avais remarquées qui poussaient à côté de sa porte.

« Prenez tout, je suis trop contente de m'en débarrasser. Et tenez, ajouta-t-elle, me confiant un seau de maïs. Puisque vous êtes là, allez donc nourrir les poules, s'il vous plaît. »

La médaille séchée, veinée et opalescente que je tiens à la main contient des graines en pointe de flèche. L'idée de tableau qui a germé dans mon esprit prend forme. Le triptyque aura des limites fluides ou alors il sera peint comme à l'intérieur d'un globe, et l'on verra des graines se transformant en fleurs se transformant en fruits pour redevenir graines, en un cycle sans fin. Je réalise un croquis de mon projet.

Il est plus de midi quand je fais une pause. Ted est dans la cuisine. Il a trouvé la robe de chambre noire soyeuse oubliée par Sam. Il flotte dedans. Son visage est luisant de sueur, des mèches de cheveux humides tombent devant ses yeux.

« Je suis malade comme un chien. »

Ses dents qui claquent font vibrer sa voix.

« J'ai dû choper un virus pendant le voyage. Zut. Je crois que je vais vomir. »

Il se précipite aux toilettes et je l'entends régurgiter plusieurs fois. Il monte l'escalier d'un pas chancelant et je le suis. Il s'écroule sur son lit. Je retourne son oreiller et j'ouvre la fenêtre, mais il frissonne et se blottit sous la couette, alors je referme et tire les rideaux.

« Tu as mal à la tête ? Des douleurs abdominales ? »

Son pouls est rapide, sa peau brûlante.

« Ce n'est pas une méningite. Ni l'appendicite. »

Il tente un sourire crispé, puis ferme les yeux.

« Soif… »

Le poids de sa tête humide m'est familier. Après quelques gorgées, il se laisse retomber en soupirant. L'après-midi gris passe lentement. Je lui monte de l'eau, des quartiers de pomme, du thé sucré. Il se réveille par intermittence. À un moment, il s'empare de ma main et refuse de la lâcher pendant plusieurs minutes, marmonne, puis se rendort. Je l'entends parler un peu plus tard et je me dis qu'il va mieux, qu'il est au téléphone. Lorsque je me rends dans la chambre, il est assis, nu, sur la chaise et contemple les rideaux. Ses yeux ont un éclat qui n'est pas naturel et sa main tendue vers les rayures tremble.

« Elle est là-dedans. »

Pendant un instant, je pense qu'il a vu Mary en face, par la fenêtre éclairée de sa cuisine.

« Elle est derrière ces barreaux. »

Il désigne les rideaux rayés et sa voix se fait plus forte.

« Elle a besoin de notre aide. Elle est en prison. »

Je tâte son front. Bouillant. Sa main moite saisit la mienne.

« Aide-la. Tout est de ma faute », dit-il d'une voix tremblante.

Il est malade. L'exaltation et la fièvre n'ont rien d'anormal. Je lui donne du paracétamol et de l'eau. Il serre ma main de toutes ses forces, les yeux flamboyants.

« C'est ma faute. Je n'étais pas là. Elle m'appelle, écoute. »

Une partie de moi, la partie irrationnelle qui croit à la magie et aux fantômes, a envie de lui demander ce qu'elle dit et à quoi ressemble sa voix. Je parle d'un ton apaisant.

« La température te fait halluciner. Elle n'est pas là, Ted.

– Tu ne comprends pas. C'est ma faute. »

Il se calme. Il chuchote à présent. Je dois me pencher vers ses lèvres pour l'entendre.

« Elle me l'a dit, mais je n'ai pas été assez attentif.

– Elle t'a dit quoi, Ted ? Pas assez attentif à quoi ? »

Il ferme les yeux et sa tête tombe. Il s'ébroue et marmonne. Je fais couler un bain froid et l'aide à s'asseoir dans la baignoire. Son corps est émacié, son sexe recroquevillé dans le nid de poils gris. Ses côtes sont apparentes, sa peau est pâle et des gouttes de sueur perlent le long des vertèbres. Ses omoplates ressemblent à des couteaux. Je prends de l'eau au creux de mes mains et la laisse couler sur son dos. « Avec mon corps, je t'honore. » Avons-nous vraiment dit cela lorsque nous avons prononcé nos vœux de mariage ? Avons-nous promis que ce serait pour toujours ? Je me souviens seulement de la chaleur de sa main tenant la mienne. Je croyais les promesses inutiles.

Dans son lit, il bredouille des mots sans suite, parmi lesquels je distingue « Naomi », « non », « s'il te plaît ». Sa tête roule de droite à gauche. Toutes les demi-heures, j'essaie de lui donner à boire et j'éponge son front. Plus tard, je change les draps trempés. Pendant ce temps, il attend sur la chaise, piquant du nez et se redressant brusquement.

« Pardon… Pardon », murmure-t-il.

Je l'aide à se recoucher et il pousse un grognement de soulagement, comme quand il se laissait tomber dans son fauteuil après une longue journée à l'hôpital. Mais je n'habite plus dans sa maison. Je ne suis plus sa femme. Les promesses étaient plus fragiles que je ne le pensais. Ses paupières se closent et il s'endort.

Dans la cuisine, je vois que Michael m'a envoyé un SMS de bonne année. Il est seul et je lui manque. Je lui réponds qu'il me manque aussi et que Ted est au cottage, malade.

À la radio, le présentateur annonce d'une voix aiguë qu'il est minuit à Trafalgar Square. On entend Big Ben sonner lentement, avec des cris et des détonations à l'arrière-plan. Dans le jardin noir et silencieux, le bouchon du champagne saute et retombe dans l'herbe mouillée avec un discret froissement. Je lève la bouteille.

« Bonne année, ma chérie. »

La lèvre froide de la bouteille tinte contre mes dents. Le champagne est aigre. Elle ne m'entend pas. Je vide le reste par terre. Une autre année commence.

Le lendemain matin, la température de Ted est tombée. Il mange des toasts tartinés de Marmite, boit tasse de thé sur tasse de thé et se rendort. Mon tableau avance. Les minces graines noires luisent dans leur fourreau argenté, leur forme future cachée. Quel secret Ted garde-t-il ? Il a affirmé que c'était sa faute, mais que voulait-il dire ? Il y a un bouton de rose parcheminé posé près d'un tas de brindilles sur le banc. Je l'entaille au couteau, révélant des rangées de graines pyramidales à la pointe duveteuse, encore vertes.

Ted dort jusqu'au soir. Je ferme les rideaux de sa chambre et ouvre la fenêtre. Il a cessé de pleuvoir et l'air sent le frais. Je rêve de graines noires qui tombent, de boutons de rose coupés avant d'avoir éclos.

Le lendemain matin, quand je reviens de la remise, la cuisine sent bon les toasts et le café. De grosses gouttes de la confiture de prunes de Mary coulent sur le bord du pot. Ted semble curieusement imposant dans la pièce. Ses jambes sont étendues sous la table, chevilles poilues et pieds immenses. Pendant un instant, c'est un inconnu, puis il sourit.

« Je suis en pleine forme. Je n'ai plus de température et je suis affamé. »

Il désigne les miettes sur la table et éclate de rire.

« Je n'ai pas pu attendre. »

Mon visage est trop crispé pour sourire. Mon espace. Ma cuisine. Ma nourriture. Puis j'ai honte.

« Je suis heureuse que ça aille mieux.

– Qu'est-ce que tu faisais ce matin ? » demande-t-il, tartinant un toast d'une épaisse couche de beurre et de confiture.

S'imagine-t-il vraiment que nous pouvons effacer un an en un instant ?

« Je travaillais.

– Tu retravailles ? À Bridport ?

– À ma peinture.

– Ah. Ce genre de travail. Ça doit être sympa. Je peux jeter un œil ? »

Sympa ? J'aperçois le coin de la remise depuis la fenêtre de la cuisine. Elle renferme presque tout ce qui m'a ramenée à la vie.

« D'accord. Peut-être plus tard, alors », ajoute-t-il en s'étirant voluptueusement.

Il s'est rasé et son visage semble moins émacié.

« Merci d'avoir pris soin de moi. Je t'invite à déjeuner. Le Beach Hut existe toujours ?

– Il y a deux nuits, tu as affirmé que c'était ta faute, dis-je en croisant les bras. Comment ça ?

– Ah bon ? » fait-il en se penchant pour boire son café, fronçant un peu les sourcils.

Je poursuis, même si je me rends compte à son visage fermé qu'il ne souhaite pas en parler.

« Tu croyais entendre Naomi appeler derrière les rideaux.

– Bon Dieu, j'étais vraiment malade. »

Son rire est forcé. Je suis sûre à présent qu'il cache quelque chose. J'ai envie de lui sauter dessus et de lui arracher la vérité avec mes ongles. Même si l'information est périmée, même si elle arrive trop tard, il faut que je sache. Je le sens qui m'examine.

« Je t'ai épuisée, Jenny. Déjà. Toi qui étais resplendissante il y a deux jours. C'est ma faute. »

Qu'est-ce qui est sa faute au juste ? Mon cœur bat follement.

« Je vais très bien. »

Il faut que je sois prudente. Mon regard glisse sur lui et se pose sur la fenêtre. Si je l'interroge maintenant, il va se fermer comme une huître. Je vais attendre, choisir le bon moment.

« Je prends un bain, je m'habille et on pourra y aller, d'accord ? »

Il a retrouvé sa bonne humeur.

« D'accord. »

Peu après, nous marchons sur les galets qui craquent sous nos pas. Ted se baisse pour en ramasser. Il les étudie avec soin et garde les plus clairs qui brillent comme de grosses perles veinées d'or.

« En Afrique du Sud, je suis allé à un marché aux minéraux. »

Il agite les quelques cailloux au creux de ses mains et ils s'entrechoquent.

« Derrière des cabanes, il y avait des tas de jaspes gris du Kalahari. À chaque étape de leur érosion. Plus ça allait, plus ils étaient beaux et brillants, plus leurs angles s'adoucissaient. »

Il me regarde un instant, détourne les yeux.

« Comme nous.

– Je n'y crois pas. »

Je prends un galet plat et le lance au ras de l'eau.

« La souffrance n'améliore rien. »

Le caillou ricoche trois fois, blanc sur le gris du paysage, puis s'enfonce dans une vague.

« Ça rend triste, ça rend amer.

– Tu as changé, Jenny. Qu'est-ce que tu as appris, ici, toute seule ?

– J'ai appris à survivre. »

Les mouettes tournoient au-dessus de nos têtes et crient dans le vent.

Le Beach Hut est bondé. Un sapin de Noël se dresse toujours dans un coin. Les guirlandes lumineuses et les boules semblent clinquantes à la lueur du jour qui pénètre par les fenêtres donnant sur la mer. Ted se dirige vers la table où nous étions assis avec Michael. Je pense à ses yeux et à ses mains tout en regardant Ted s'approcher du comptoir, commander et revenir avec une bouteille de vin. Il nous sert et avale une longue gorgée, comme un assoiffé boirait de l'eau. Il expire bruyamment.

« Ma foi, je suppose qu'on a survécu chacun à notre manière. »

Il enchaîne sur l'Afrique du Sud, l'hôpital où il a mis en place une équipe de chercheurs, la sécheresse, les enfants décharnés, les rares cas de tumeur au cerveau. Il n'est pas question de Beth.

Je l'observe, ses épaules frêles et les rides nouvelles entre son nez et sa bouche. Ça n'a pas été facile pour lui non plus. Je lui sers un autre verre qu'il descend comme le premier. Lorsque nos plats arrivent, le sang des steaks épais coule dans les pommes de terre. Je ne peux rien avaler, mais Ted dévore. À la fin, il sauce son assiette et se laisse aller contre son dossier avec un soupir de contentement. Il sourit et lève son verre en m'adressant un signe de tête.

« Ça fait du bien par où ça passe. À la tienne, Jenny.

– Est-ce que tu vas me dire ce que Naomi t'a raconté ? »

J'ai parlé lentement. Il pose son verre et plisse les yeux.

« À quel sujet ? »

Je marche sur des œufs. Je songe à tous les cours de thérapie conjugale et au vocabulaire qu'on nous invitait à employer pendant mon stage de médecine.

« Quand tu délirais, tu as dit que Naomi t'avait confié quelque chose, que tu n'avais pas été assez attentif et que c'était ta faute. Cela te tracasse, manifestement. Est-ce que tu as envie d'en parler ? »

Ted me dévisage, puis ses traits se détendent un peu.

« En fait, commence-t-il, s'interrompant pour boire une gorgée de vin. Je te l'ai dit. Au moins…

– Tu me l'as dit ?

– Oui, à toi et à la police. »

Il est déjà sur la défensive et cela me fait peur.

« De quoi parles-tu ?

– Naomi et la drogue. »

J'ai envie de rire. Après tout ce qui s'est passé, il n'a rien compris.

« C'était Ed. »

Ce doit être la maladie. Il n'est peut-être pas rétabli, après tout. Je répète lentement :

« C'était Ed qui prenait des médicaments dans mon sac et qui se droguait. C'est pour ça qu'on l'a envoyé en cure de désintoxication. »

Il répond encore plus lentement.

« C'était après. Naomi l'a fait avant lui. »

Je le regarde fixement.

« Tu te souviens, je t'ai dit que Naomi avait pris de la drogue une fois avec des amis ? Nous n'étions que tous les deux ; les garçons étaient je ne sais où. Il faisait chaud…

– Ça ? Mais ce n'était rien. »

L'été. Il y a dix-huit mois. Les fenêtres étaient ouvertes et l'air chaud charriait l'odeur des barbecues et les relents âcres des poubelles dans la rue. Les garçons étaient en expédition au Maroc avec le lycée. Naomi jouait au tennis avec des amis. Nous avions dîné et nous buvions des cafés frappés lorsqu'il m'en avait parlé.

Une seule fois, m'avait-il affirmé. À une fête : « Tous les ados font des expériences avec leurs amis, avait-il ajouté, posant une main rassurante sur la mienne. C'est normal. Aucune raison de s'inquiéter. Elle a promis de ne pas recommencer. Ne lui dis pas que tu sais, ou elle n'aura plus confiance en moi. Elle ne veut pas que tu te fasses de souci. »

Je regarde Ted bien en face.

« Tu m'avais dit que ce n'était qu'une expérience. »

Il rougit, détourne les yeux tandis que je me repasse ce moment dans ma tête. Faire une expérience, ce n'est pas se droguer, avais-je décidé. Naomi ne risquait rien parce que c'était Naomi, ma sage et intelligente Naomi qui faisait ce que font tous les adolescents qui grandissent. Michael m'avait interrogée au sujet de la drogue au début, un soir où nous attendions que Ted rentre du travail, et l'information ne m'avait pas paru pertinente. J'avais même eu peur qu'il se fourvoie et imagine qu'elle se droguait vraiment :

« Jenny, est-ce que Naomi fumait ?

– Non.

– Buvait ?

– Non.

– Se droguait ?

– Non. Enfin, elle a essayé, une fois.

– Oui ?

– Il y a quelques mois. Une seule, avec des amis, à une fête. Elle en a parlé à Ted. Des gamins qui découvraient l'herbe. Rien depuis. Je serais au courant.

– Je vais avoir besoin de leur nom. »

Je ne connaissais pas les noms. En fin de compte, il avait interrogé ses amis, puis tous les élèves au lycée. Personne n'avait voulu avouer. Cela n'avait mené nulle part.

Le serveur apparaît. Il tend ses bras tannés et musclés, débarrasse nos assiettes et nos couverts. Hormis quelques boutons sur le front, à la naissance des cheveux, sa peau est lisse. Il ne doit pas avoir plus de seize ans. Je suppose qu'il nage dès qu'il a du temps libre et ne toucherait pas à une cigarette. Ted commande des cafés. Il hoche la tête d'un air sérieux et nous laisse.

« Pourquoi pensais-tu à la drogue quand tu étais malade si ce n'était pas important ?

– Je délirais, répond-il avec un mince sourire.

– Pourquoi, Ted ? »

Il évite mon regard et pince les lèvres. Il caresse son sourcil droit du bout des doigts, dans un sens et dans l'autre.

« Je n'arrêtais pas d'y penser en Afrique. Il y avait des gamins qui traînaient dans les rues autour des dispensaires ou allongés sur le trottoir, complètement défoncés. Des enfants. Ça a commencé à me hanter et je m'en voulais de ne pas avoir été plus attentif.

– Mais de l'herbe, Ted, rien qu'une fois... »

Ses joues s'empourprent de nouveau. Il se dandine sur son siège, baisse les yeux.

« L'herbe, c'était avant, Jenny. Il s'agissait de kétamine. »

J'entends très loin le tintement des verres et le cliquetis des couverts. C'est comme si un écran nous séparait des autres clients du restaurant.

De la kétamine. Le choc enflamme mon visage.

« Quoi ? Pourquoi est-ce que tu ne m'as rien dit ? »

Ma voix claque et le jeune couple à la table voisine tousse discrètement, le regard fixe.

« Je l'ai dit aux policiers. Quand je suis allé au poste pour leur parler de... Beth », ajoute-t-il en me jetant un bref coup d'œil avant de baisser de nouveau la tête.

Il se sert du vin, le boit rapidement.

« Je leur ai parlé de la kétamine ce jour-là. Ils ne pensaient pas qu'il y avait un rapport, mais ils ont dit qu'ils allaient se renseigner de toute manière.

– Ils ?

– Michael m'avait confié à deux collègues. Je leur ai donné tous les détails. Je ne me souviens plus de leur nom.

– N'importe quoi a pu arriver à cette information : ils ont pu décider que c'était inutile de chercher de ce côté, ils ont pu oublier de la mettre dans le dossier ou ne pas la noter correctement… »

Dans ma tête, c'est un vide brûlant. Les ténèbres m'envahissent, gonflent ma gorge et m'empêchent de parler.

« Ce sont des professionnels, ils connaissent leur métier.

– Les professionnels font des erreurs. »

Il détourne les yeux à ces mots et se met à pianoter sur la table.

Le serveur revient. Il place le plateau avec précaution devant moi et pose les pichets de lait et de café. Il sourit et s'en va. Je nous sers, me souvenant du conseil de Michael : une étape à la fois, on démêle les fils un par un.

« Comment est-ce que tu t'en es rendu compte ?

– C'était pendant son stage d'orientation professionnelle avec moi au labo. Les dernières vacances d'été, tu te souviens ? »

Je hoche la tête. Bien sûr. C'était même moi qui l'avais encouragée à le faire.

« Ce sera bien pour ton CV, ma chérie. Et ça te permettra de savoir si tu veux faire du théâtre ou de la médecine. Tu pourras accompagner papa quand il fait la tournée de ses patients, si tu pars tôt le matin avec lui. C'est ce qu'Ed a fait. »

Elle avait sauté sur l'occasion. Elle était fière de travailler à l'hôpital de son père. Au fil des jours, elle se levait de plus en plus tôt, passant des heures à se maquiller et à se préparer.

« C'était elle qui était chargée de noter les médicaments utilisés lors de l'affaire de la lésion médullaire, pour le procès, poursuit la voix de Ted. Elle tenait aussi à jour le stock d'ampoules de kétamine qui nous servent à anesthésier les rats et remplissait les fiches de commande. Elle était rapide et organisée. J'étais fier d'elle. »

Il s'interrompt, met les coudes sur la table et prend sa tête entre ses mains. Sa voix devient moins distincte.

« Personne ne s'était aperçu de rien. C'était elle qui les comptait, donc quand elle en prenait, elle en commandait pour les remplacer. Un jour, j'ai constaté que la fiche de commande ne correspondait pas à ce que nous avions utilisé, mais elle a prétendu qu'elle avait laissé tomber un carton. Elle m'a même montré le verre brisé.

– Très malin, dis-je d'une voix impassible. Alors, comment est-ce que tu as découvert le pot aux roses ?

– Un soir, elle a oublié son sac au labo. Je ne savais pas à qui il appartenait. J'ai donc regardé à l'intérieur. J'ai ouvert le portefeuille et trouvé sa carte bancaire. Mais il y avait aussi six ampoules de kétamine enveloppées dans du papier. »

Il s'interrompt un instant. J'imagine le choc qu'il a éprouvé, le silence dans le laboratoire, troublé seulement par les couinements des rats dans leur cage et sa propre respiration.

« J'ai sorti la kétamine et je lui ai rapporté son sac à la maison. Je l'ai laissé sur la table de la cuisine. Le lendemain, je suis parti très tôt, avant elle. Quand elle est arrivée à l'hôpital, elle est venue me trouver en pleurant. Elle m'a dit qu'elle avait pris les ampoules pour des amis. »

Je l'imagine s'expliquant avec Ted. Ses mains devant ses yeux et ses longs cheveux blonds masquant son visage.

« Elle avait fumé de l'herbe à cette soirée avec des jeunes plus âgés qu'elle et, quand ils avaient appris qu'elle avait accès à de la kétamine, ils l'avaient convaincue d'en voler. Elle m'a juré qu'elle n'y avait jamais touché.

– Pourquoi est-ce qu'elle n'est pas venue m'en parler ? »

Je suis troublée. Je croyais que Naomi me disait tout à cette époque, tout ce qui était important.

« C'est ce que je lui ai conseillé de faire, mais elle a répondu que dans un premier temps tu ne la croirais pas, puis que tu serais déçue, et que ce serait pire que la colère. »

Il se tait et me lance un coup d'œil, inquiet de l'effet de ses paroles. Je garde une expression neutre.

«Je t'écoute.

– Elle pensait que tu exigeais la perfection, pas seulement de toi-même, mais des autres.»

Il boit une gorgée de vin et se tourne vers la fenêtre avec une expression de tristesse.

«Que tu ne laissais pas les gens être eux-mêmes. Que tu ne la connaissais pas vraiment.»

J'en ai le souffle coupé.

«C'est faux! Je la connaissais mieux que personne.»

Un ange passe. Je ne la connaissais pas si bien que cela. J'ignorais tout de James et de sa grossesse. Elle s'était confiée à Ted. Était-ce parce qu'il n'essayait pas d'être parfait? Il regarde par terre. Je vois des taches sur son crâne, là où il a pris des coups de soleil à travers ses cheveux qui s'éclaircissent. Il ne reste presque plus de vin au fond de la bouteille. Je le verse dans son verre.

«Je ne comprends pas pourquoi tu ne m'as rien dit à ce moment-là.»

Il vide son verre. Tous les autres clients sont partis. Le serveur essuie les tables, nous jetant des regards furtifs.

«Je vais régler. Il attend qu'on parte.»

Il se lève et sort son portefeuille de son manteau.

Nous sommes restés assis trop longtemps. Je frissonne. La grisaille s'insinue dans le restaurant. Les petites ampoules colorées du sapin de Noël clignotent futilement dans la lumière morne.

Bristol, 2009

Onze jours plus tard

L'ampoule était glacée dans ma main. La tenant précautionneusement, je sortis de la chambre d'Ed, descendis l'escalier et fis un pas dans le jardin. Mais l'espace froid et dépouillé ne changeait rien aux faits. Je restai près du mur, m'efforçant de mettre de l'ordre dans mes pensées. Ed mentait et je ne savais pas depuis combien de temps. Il me volait des médicaments, les vendait peut-être, ce qui expliquerait les billets. Anya s'était cogné le pied dans ma sacoche parce qu'elle avait été déplacée. Voler des médicaments. Je n'arrivais pas à y croire.

Mais je n'arrivais pas à croire non plus que Naomi avait disparu depuis onze jours. Je savais que c'était vrai parce que je voyais les aiguilles de l'horloge avancer inexorablement. J'avais regardé le téléphone comme si cela suffirait à le faire sonner. J'avais porté sa photo partout où j'avais dit que j'irais et même ailleurs – chez les marchands de journaux, dans les bureaux de poste, à la bibliothèque, aux urgences – et cela m'avait aidée à faire passer le temps. J'avais arpenté les rues le soir et je m'étais arrêtée sur les docks, contemplant l'eau noire. J'avais parlé à Nikita, à Shan et à James. J'avais ignoré les journalistes qui continuaient à faire le pied de grue devant la maison pour m'interviewer et téléphonaient plusieurs fois par jour. Et pendant tout ce temps, j'étais restée debout, parce que s'asseoir me semblait déplacé, trop confortable. Aujourd'hui, au travail, il y avait eu des moments où j'oubliais presque, mais j'avais failli m'effondrer à la vue des ongles soignés d'un petit garçon s'accrochant au rebord de la table.

Si on pouvait perdre son enfant, alors le pire était possible.

Il y eut un craquement et je sentis le liquide couler entre mes doigts, le tranchant du verre. Le téléphone sonna. Je calai le combiné entre mon épaule et mon oreille tout en rinçant la blessure dans l'évier. Les bris de verre et le sang tournoyèrent et disparurent. C'était Michael. Ils avaient interrogé tous les gérants de boîtes de nuit à Bristol, mais ils n'avaient rien de neuf pour l'instant. Il passerait demain.

Alors que j'enveloppais ma main d'une serviette, j'entendis Ed rentrer. Il monta dans sa chambre et claqua la porte derrière lui. Elle se rouvrit. Je m'assis sur la dernière marche, l'écoutant redescendre lentement jusqu'à moi. Lorsqu'il s'immobilisa, je me levai et je vis qu'il avait des plis rouges sous les yeux. Ses cheveux étaient en désordre et la cravate de son uniforme était tachée. Ses manches déboutonnées pendaient autour de ses maigres poignets. Je me rendis compte qu'il avait perdu beaucoup de poids. Comment cela avait-il pu m'échapper ?

« Tu rentres tôt. »

Il ne m'écoutait pas.

« Est-ce que tu es allée dans ma chambre, maman ?

– Ce n'est pas étonnant, après tout, poursuivis-je d'une voix que je ne maîtrisais pas. Puisqu'il n'y avait pas d'aviron.

– Oui. Annulé. Et ma chambre ? »

C'était le mensonge ; s'il n'avait pas menti, j'aurais peut-être été capable d'attendre pour voir s'il avouait de lui-même.

« L'aviron n'a pas été annulé. Il n'y en avait pas ce trimestre. Pourquoi est-ce que tu as menti ? »

Il tressaillit, comme si je l'avais frappé.

« Zut. Parce que tu nous tannes toujours avec ça : participer. Je pensais que si je te disais que j'y allais, au moins j'aurais un peu de temps pour moi.

– Du temps pour faire quoi ? »

Il baissa les yeux, haussa les épaules.

« Pour pouvoir voler des médicaments dans mon sac ? Pourquoi, Ed ? »

Il me dévisagea sans un mot. Jamais je ne l'avais vu aussi pâle, ses yeux aussi sombres et désespérés.

Soudain je sus. Je m'emparai de sa main et, avant qu'il ait le temps de se dégager, je remontai sa manche trop large. L'intérieur de son bras gauche était labouré de cicatrices rouges. Des cicatrices plus ou moins récentes qui sillonnaient la fosse cubitale, laissées par des aiguilles cherchant maladroitement une veine.

26

Dorset, 2011

Treize mois plus tard

En bordure de la plage, la mer a creusé dans les falaises des petites grottes et des crevasses irrégulières. L'été, elles empestent l'urine aigre, mais en hiver la tempête les lave. Accroupi à l'abri du vent entre des bras de pierre, on ne sent que l'odeur froide de l'eau salée et des algues fraîches. Ted se penche pour allumer une cigarette, qu'il sort d'un paquet bleu froissé. Il se tourne face à la mer et soupire. L'arôme corsé de la Gitane évoque aussitôt les draps froissés, les livres sous le lit, les notes en fouillis par terre. Quand nous faisions l'amour après les cours. Quand a-t-il recommencé à fumer ? Beth fume peut-être, bien que cela ne corresponde pas à l'image que je me fais d'elle. Peut-être fument-ils après l'amour, comme nous autrefois. Ces pensées surnagent un instant avant d'être englouties par l'angoisse.

« Alors, pourquoi est-ce que tu ne m'as rien dit, Ted ? »

Il tire sur sa cigarette, hésite.

« Elle m'a demandé de me taire. Elle avait confiance en moi.

– Et l'idée que je devais être mise au courant ne t'a pas effleuré ? Tu aurais pu me le dire sous le sceau du secret…

– Tu aurais sans doute voulu en parler avec elle. »

La fumée me pique les yeux. Je me détourne.

« Avec toi, c'est tout noir ou tout blanc, poursuit-il. Bien sûr, je sais que tu ne l'aurais jamais dit à la police… »

Avant qu'il ne prononce les mots qui me rendront responsable de son propre silence, je me lève. Une rafale ramène mes cheveux devant mes yeux. J'attrape les mèches et les retiens brutalement, en proie à une rage noire. À cet instant, je le hais, mais je me hais encore plus. Je voudrais m'arracher les cheveux par poignées et les jeter au vent.

« Elle n'aurait jamais imaginé que j'allais prévenir la police, dis-je, haletante. Je ne l'ai jamais punie. De toute façon, je ne me souviens pas qu'elle ait jamais fait de bêtises. Elle a toujours été sage, même petite.

– Précisément. Comment pouvait-elle te décevoir ? Il y avait trop d'attentes, c'était plus simple de mentir. »

Ces mots sont comme un filet qui se resserre sur moi au moindre mouvement et me cisaille la peau. Quoi que je fasse, j'ai eu tort. La mer a changé, elle gronde et rugit. Le vent glacé me fait mal aux dents.

« Je rentre à la maison. »

Je fais quelques pas, mais mes jambes sont raides, je dois avancer lentement. Ted me suit, protégeant sa cigarette avec sa main, trébuchant sur les galets. Je dois crier par-dessus les vagues pour me faire entendre.

« Après sa disparition, il n'y avait plus rien à perdre. Pourquoi tu ne m'as rien dit à ce moment-là ? »

Il me rattrape, se penche vers moi tout en marchant et pose la main sur mon épaule, si bien que ses mots sont tout contre mon oreille. Sa respiration est un peu sifflante.

« Tu en bavais déjà assez sans ça. Quoi qu'il en soit, depuis cet épisode, je surveillais les stocks de kétamine comme une chatte ses petits. Aucune ampoule n'a plus jamais disparu. »

Il trébuche encore une fois et sa main s'agrippe à mon épaule. Nous avons atteint le sommet de la plage et il s'arrête, me retenant.

«J'ai pensé que ce n'était qu'un accident», ajoute-t-il d'une voix plus calme.

Il se tait. Trois mouettes passent à tire-d'aile, fuyant la tempête qui se lève en mer. Des nuages noirs se massent sur l'horizon. Ted se racle la gorge tandis que nous grimpons le petit sentier qui débouche derrière l'église, nos pas moins bruyants dans la boue.

Qu'aurais-je fait si je l'avais su alors ? J'aurais alerté la police aussitôt et tous ceux susceptibles de nous aider, mais mes pieds s'immobilisent lorsque je me souviens des titres de la presse : « Disparition d'une jeune adolescente, fille de médecins », clamaient-ils. À côté, une photographie scolaire au grain grossier. Certains journaux avaient utilisé une vieille photo de Naomi recevant une coupe après une compétition de natation. Dans son maillot moulant, elle semblait tout en jambes, ses petits seins comprimés. Elle avait quatorze ans à l'époque, mais les photos de jeunes filles à demi nues faisaient vendre du papier. Si l'affaire de la kétamine était arrivée aux oreilles des journalistes, les titres auraient été encore plus sensationnalistes : « Disparition d'une jeune droguée, fille de médecins ». Elle se serait sentie trahie ; elle ne serait pas revenue à la maison, même si elle l'avait pu. D'un autre côté, si la police avait suivi la piste de la kétamine, on l'aurait peut-être retrouvée.

J'accélère le pas, comme si je pouvais rattraper le temps perdu. La main de Ted glisse de mon épaule. Nous longeons à présent le cimetière sur un chemin sombre et glissant, bordé d'ifs aux branches tombantes ; à l'automne, quand leurs baies cramoisies en forme de larme tombent, leur chair visqueuse se répand sur le sol. À présent, la terre boueuse est gorgée de pluie et de minuscules aiguilles de glace.

Nous sommes presque à la maison quand il se met à pleuvoir. Mary nourrit ses poules. Elle se tourne vers nous quand nous passons devant son portail et nous nous adressons un signe de main, un bref salut sans paroles. Elle comprendra que, parfois, même faire semblant de sourire est trop pénible.

Devant la porte, Ted pose sur moi un regard coupable et malheureux.

« À l'époque où j'ai trouvé les ampoules dans le sac de Naomi, tout allait de travers. J'étais menacé de procès pour l'opération du rachis de cette fillette, et je n'arrêtais pas de faire des allers-retours entre Bristol et la Suède pour les essais sur les cellules souches qui ne se passaient pas très bien non plus. J'aurais dû lui poser plus de questions. »

À l'intérieur, Bertie nous accueille paresseusement. Il frotte sa truffe humide contre nos jambes et je me penche pour le caresser. Sa chaleur se diffuse dans mes mains, mais je ne tiens pas en place. Je fais les cent pas entre la cuisine et le salon. Une fenêtre vibre, secouée par le vent. Une pluie fine et serrée martèle les vitres. Ted retire son manteau et met de l'eau à chauffer.

« Comment ça, tu aurais dû lui poser plus de questions, Ted ? Qu'est-ce que tu crois que tu aurais pu découvrir ?

– J'aurais pu lui demander plus d'informations. Elle m'a dit que c'était pour des amis. J'ai supposé qu'elle parlait du lycée, mais c'était peut-être pour quelqu'un d'autre. »

J'assimile ce nouvel élément quand une idée me traverse l'esprit.

« Et Ed ? Il y a un lien ?

– Son problème était différent. Naomi ne se droguait pas comme lui, elle volait seulement.

– Il volait aussi. »

Ted pose une tasse de thé devant moi.

« Ils volaient tous les deux parce que c'était possible, mais leurs raisons étaient totalement différentes. Une simple coïncidence. »

Pendant le bref silence qui suit, je songe que les coïncidences n'existent pas.

« Je reste persuadé qu'elle disait la vérité. C'était un fait isolé, pour des amis. »

Pourtant, elle avait beaucoup menti.

« Est-ce que tu as vu Naomi parler à des amis à l'hôpital, ou à quelqu'un de l'extérieur que tu ne connaissais pas ? »

Quelqu'un qui l'incitait à voler, qui récupérait les médicaments, lui glissait peut-être même de l'argent.

« Non, je l'avais toujours à l'œil, au labo comme dans le service. Je l'aurais remarqué.

– J'ignorais qu'elle travaillait aussi dans ton service.

– Bien sûr que si, tu le savais, s'écrie-t-il, surpris. C'était ton idée qu'elle m'accompagne lorsque je faisais la tournée des patients. Elle aimait cette activité. Parfois, je la trouvais en train de bavarder avec les malades en m'attendant. Je pense qu'ils la prenaient pour une étudiante en médecine dans sa blouse de laboratoire.

– Est-ce qu'elle participait à la distribution des médicaments ?

– Bon sang, Jenny ! proteste-t-il, devinant tout de suite où je veux en venir. Ces médicaments sont sous clé. Il faut être infirmière diplômée ne serait-ce que pour pousser le chariot. Elle se contentait de discuter avec les gens, de lier connaissance. »

Un soupçon soudain se forme dans mon esprit.

« Est-ce qu'elle l'a rencontrée ?

– Qui ?

– Ta maîtresse, Beth.

– Ce n'est pas ma maîtresse. C'est fini. »

Il se lève, me tournant le dos. Il regarde par la fenêtre de la cuisine le jardin où la pluie tombe à présent en rideaux sombres.

« Et la réponse à ta question est non.

– Qu'en sais-tu ?

– Elle n'était jamais là quand je retrouvais Naomi. Elle est souvent du soir. »

Malgré tout, Beth a dû la voir, elle a dû se demander comment ce serait d'avoir un enfant avec Ted, a peut-être même joué avec l'idée que Naomi était sa fille. Cela me semble de plus en plus plausible.

« Où est-elle, maintenant ?

– Qui ? demande-t-il encore.

– Beth, qui d'autre ? C'est peut-être elle. Elle a enlevé Naomi parce qu'elle est ta fille et…

– Arrête. »

Il se hisse sur la pointe des pieds et redescend, les mains dans les poches. Il a l'air calme, mais ses mains sont tellement crispées qu'elles tendent le pantalon. Je vois ses poings à travers l'épaisse toile de coton.

« Tu sais qu'elle était avec moi le soir de la disparition de Naomi.

– Je ne sais que ce que tu m'as dit.

– Beth était chez elle. Elle a un excellent alibi. »

Parle-t-il de lui ? Il se tourne et surprend mon regard.

« Non, ce n'est pas moi. »

Je vois bien qu'il cache encore quelque chose.

« C'est la police, en fait. Elle l'a alertée, car quelqu'un est entré par effraction chez elle ce soir-là. Puis elle m'a appelé, ajoute-t-il après une fraction de seconde.

– Elle t'a appelé ? »

J'ai l'impression de tomber dans un précipice.

« Alors ce n'était pas la première fois que tu allais chez elle ? Ce n'était pas une erreur due à l'alcool et à la fatigue. Vous étiez déjà amants. Mon Dieu, j'ai été encore plus bête que je le croyais.

– Je n'ai pas vraiment eu l'occasion de m'expliquer…

– Combien de temps te faut-il pour admettre que tu as menti ? Quelques minutes ? Plusieurs mois ? Des années ? »

Je pose mon thé. Il est fade.

« Je sais déjà que vous avez continué à vous voir alors que tu m'avais assuré que c'était fini. J'ignorais que tu m'avais menti aussi sur le moment où ça avait commencé.

– Comment est-ce que je pouvais te le dire, avec la disparition de Naomi ? »

Il me fait face, à présent. J'ignore sa question, écartant les mensonges passés et à venir. Je dois rester concentrée sur ce qui est important.

« Beth a appelé la police, puis toi, parce qu'elle avait été cambriolée, dis-je d'une voix lente, réfléchissant en parlant. La police aurait dû faire le lien plus tard, se rendre compte que le père de Naomi était l'amant de Beth dont l'appartement avait été visité le soir de la disparition. Pourquoi Michael ne m'a-t-il rien dit ?

– Il n'était pas au courant. »

Ted se rassoit en face de moi.

« La police ne savait pas que... j'étais avec Beth à ce moment-là. J'ai attendu garé un peu plus loin le départ de la police. »

À quoi pensait-il, planqué dans une rue sombre ? Avait-il honte ? Pensait-il à ses recherches ou à l'opération qui avait mal tourné ? Non, il devait penser à Beth. Penser qu'ils feraient l'amour dans un instant, dès que la police serait partie.

« Bien sûr. Quelle andouille je fais ! Il fallait que ça reste secret.

– Je voulais y mettre un terme... »

Ce n'est pas la question. Il y a quelque chose qui cloche. Quelque chose qui m'échappe.

« Que faisais-tu quand elle t'a appelé ? »

Je reprends au début, un fil à la fois.

« Je montais dans ma voiture. J'étais épuisé ce soir-là, soupire-t-il, secouant la tête à ce souvenir. On venait d'apprendre que le dossier de l'accusation ne tenait pas la route et qu'il n'y aurait pas de procès. J'étais vidé. Et soulagé que l'opération prévue soit annulée. Je n'avais qu'une envie, rentrer à la maison. Au point où j'avais oublié si je devais ou non passer prendre Naomi. »

Il semble sincère, à présent, et je le crois.

« Puis j'ai reçu l'appel de Beth. Elle était désemparée et effrayée. Son appartement était sens dessus dessous. Ils avaient même tenté de mettre le feu à la cuisine. »

Un vague souvenir me revient. Je revois Ted dans l'entrée. J'avais noté qu'il sentait le brûlé, mais j'avais cru qu'il s'agissait de la diathermie pendant l'opération, puis la panique avait tout balayé et j'avais oublié.

« Ils ? Ils étaient donc plusieurs ?

– La police penchait pour un gang, peut-être des jeunes. Même quand ils ont su, au sujet de ma relation avec Beth, ils ont estimé qu'il n'y avait pas de rapport avec la disparition de Naomi.

– Ils ont pris quoi ?

– Rien, apparemment. »

Ted hausse les épaules. La bizarrerie de l'événement ne le surprend plus.

« Son ordinateur portable, la télé, l'appareil photo, les bijoux, tout était là, en fouillis, mais là.

– Et ça ne te semble pas bizarre, le soir de la disparition de Naomi ? »

Il secoue la tête.

« Les tentatives de cambriolage, il y en a à Bristol toutes les nuits. »

Ted semble las.

Une enfant maigre, fatiguée et couverte de bleus. Cette combinaison non plus n'avait pas été le fruit du hasard, ni même le résultat de maltraitances. Jade avait bel et bien une leucémie.

« Tu es sûr que Naomi ne vous a jamais vus ensemble, Beth et toi ? »

J'ai du mal à rester assise ; je me lève, rince les tasses, plongeant mes mains dans le bac d'eau pour les réchauffer.

« Non, je viens de te le dire… »

Il s'interrompt, comme si un souvenir venait de le frapper.

« En fait, ce n'est pas tout à fait vrai. Beth est entrée dans mon bureau, une fois. Elle a vu Naomi et elle est ressortie aussitôt. Mais Naomi n'a pas fait attention. »

Il se trompe. Naomi a dû reconnaître son parfum de lavande quand elle est entrée ; elle a dû lever la tête, décontenancée par l'odeur familière, puis elle s'est souvenue que c'était sur la peau de son père qu'elle l'avait sentie. Elle faisait semblant de regarder par la fenêtre, celle qui est étroite, au-dessus du bureau, avec des rideaux imprimés de paons que j'ai cousus il y a des années. Et en même temps, elle surveillait Beth du coin de l'œil. Elle a surpris le regard de connivence entre l'infirmière et Ted et elle a compris sur-le-champ.

« Il faut que j'appelle Michael pour le prévenir.

– Vous êtes toujours en contact ? »

Je pense à ses mains chaudes et à ses yeux graves. À sa bouche sur ma bouche.

« Oui. »

Je baisse les yeux, puis me détourne. Pourquoi lui dirais-je ? Je ne dois plus rien à Ted.

« Il faudra que tu restes pour lui parler, s'il accepte de passer.

– Bien sûr. Écoute, Jenny… »

Je le regarde à présent et, au-delà de la silhouette familière, de la barbe naissante et des taches de nicotine sur les doigts qui, elles, sont nouvelles, des cheveux plus longs et du sourire rassurant, je vois un homme vieillissant, fatigué et amer, qui sait qu'il a commis des erreurs et les regrette.

« C'est vraiment fini avec Beth, je suis sérieux.

– On sert à manger au pub. Ne rentre que pour dormir. »

Après son départ, j'essaie d'appeler Michael, sans succès. Je vais à la remise. Il fait froid et c'est le capharnaüm. Je n'ai pas le cœur à peindre, alors je range les graines et les boutons de rose qui traînent. Mais ce n'est pas ce dont je rêve quand je vais me coucher. Je vois Naomi jeter des morceaux de verre brisé contre les murs de la cuisine brûlée de Beth et je l'entends rire. C'est son rire qui me réveille et aussitôt il se transforme en cri de mouette. Perché sur le toit, l'oiseau lance un appel dans la nuit. Naomi. La kétamine. La tentative d'effraction chez Beth. Tout se bouscule dans ma tête. Comment ai-je pu passer à côté de tant de choses ? Mais je sais que c'est facile. Je n'avais rien vu pour Ed. Pour lui aussi, j'aurais pu m'en rendre compte trop tard.

Je renonce à me rendormir. Je me lève et descends faire du thé. Mon carnet de croquis est à sa place, mais retourné et ouvert. Ted l'a-t-il feuilleté rapidement ou a-t-il étudié chaque dessin ? Peut-être a-t-il été déçu de n'en trouver aucun de lui. Son manteau mouillé est sur la chaise ; de l'eau a goutté des manches, laissant de petites flaques sur le sol. Je ne l'ai pas entendu rentrer du pub. J'ouvre la porte du jardin et contemple l'obscurité silencieuse. L'orage venu de la mer est déjà passé. Je referme et m'assieds par terre, dos à la cuisinière, ma tasse de thé à côté de moi. Un scalpel est facile à dessiner ; il est plus difficile de représenter les doigts qui le tiennent, impossible de montrer comment ils tremblent.

Bristol, 2009

Onze jours plus tard

Ed se dégagea et agita le bras pour faire redescendre sa manche. Il détourna la tête et, à la vue de son cou creusé, je me rendis compte de la gravité de la situation. Je l'enlaçai. Je le sentis frissonner.

« Qu'est-ce qui t'est arrivé ? »

Il haussa les épaules et s'écarta.

« Je ne suis pas fâchée. »

Il ne m'entendit sans doute pas. C'était pourtant la vérité.

« Je veux t'aider. »

Il alla jusqu'au salon et s'assit dans le canapé, la tête en arrière, regardant le plafond.

« Est-ce que tu peux me dire ce qui se passe ? »

Il me regarda soudain, ses yeux bruns lançant des éclairs.

« Je t'interdis d'en parler à papa.

– Est-ce que tu as pris les médicaments dans mon sac pour te droguer ? »

Pas de réponse.

« Il n'y en avait pas assez pour faire ça. »

Je frôlai le pli de son coude, mais il sursauta, réprimant un cri. J'avais senti une boule sous mes doigts, brûlante sous la manche en coton.

« Je vais nous préparer des sandwichs et du café. »

Peut-être était-ce ce qu'il fallait faire, se montrer calme et raisonnable, même si son visage crispé de douleur me donnait envie de pleurer.

« Tu as sans doute un abcès, Ed. Je pourrai l'examiner tout à l'heure, si tu veux. »

Nous mangeâmes en silence, ce qui ne semblait pas lui poser de problème. Il mastiquait en fixant la fenêtre d'un regard vide. Puis, tandis que nous buvions le café, je fis une nouvelle tentative.

« Comment te sens-tu ? »

Il me lança un bref regard méprisant.

« Mal. Qu'est-ce que tu crois ?

– Ça fait longtemps ?

– Je sais pas, dit-il en haussant les épaules.

– Souvent ?

– Le plus souvent possible. »

Ses épaules s'affaissèrent, comme si parler avait desserré quelque chose en lui.

« Qu'est-ce que tu prends ?

– Ça dépend… Surtout de la kétamine », marmonna-t-il, si bas que je dus me pencher pour entendre.

À la pensée du danger qu'il courait, j'en étais malade.

« Où est-ce que tu la trouves ? »

Il me jeta un regard de biais et sourit dédaigneusement.

« Un type en boîte de nuit.

– Où est-ce que tu crois que tu vas, comme ça ?

– Qu'est-ce que j'en sais ?

– Pourquoi te droguer, Ed ? »

Il plissa les yeux.

« À cause de toute cette merde.

– Quelle merde ?

– Des trucs.

– Comme quoi ?

– Theo, dit-il à voix basse. Naomi.

– Theo ? »

La drogue l'aidait peut-être à supporter le sentiment de culpabilité qu'il éprouvait au sujet de Naomi, même si certaines cicatrices avaient l'air si anciennes qu'il avait dû commencer bien avant sa disparition. Mais Theo ?

« Laisse tomber, maman. »

Sa jambe tressautait. Je regardais autour de moi, comme si les outils qui l'aideraient à s'ouvrir se trouvaient dans la pièce, sur le buffet ou en hauteur, sur une étagère.

« Ce n'est pas ta faute si elle a été enlevée. On te l'a déjà dit. Même si tu l'avais attendue…

– Laisse tomber, d'accord ?

– Et l'argent ? »

Il ne répondit pas.

« Ed, d'où vient l'argent ? »

Le tressautement qui agitait son genou s'accéléra, puis il se leva et se dirigea vers l'escalier.

« Où vas-tu ?

– Au pôle Nord, merde ! »

J'attendis que la porte de sa chambre se referme, puis je m'assis. J'avais l'impression que la pièce se refermait sur moi. J'entendis un tintement assourdi, comme après une explosion, sauf que c'était dans ma tête. Je regardai mes mains sur la table. Les tendons formaient des crêtes pâles sous la peau. Elles étaient plus maigres, mais toujours fortes.

J'avais aidé des femmes à accoucher, inséré des cathéters et des perfusions, recousu des plaies, tenu le front d'enfants qui vomissaient. Je pouvais faire quelque chose. Je le devais.

Il était adossé contre la tête de lit, ses écouteurs dans les oreilles. Ses genoux repliés servaient d'appui à un livre, dont il se mit à tourner les pages à mon entrée.

Je m'assis à côté de lui et il éloigna vivement les jambes.

« Certains parents alerteraient le lycée. Certains alerteraient le lycée et la police. »

Il cessa de tourner les pages, mais ne leva pas les yeux.

« Beaucoup de parents insisteraient pour connaître tous les détails de ce qui s'est passé. Moi, je te propose un marché. »

Il retira ses écouteurs et attendit.

« Si tu acceptes d'aller dans un centre de désintoxication, ni le lycée ni la police ne seront mis au courant. Tout ce que je te demande, c'est de voir un psychologue et d'arrêter. Tu n'auras pas à nous dire d'où venaient la drogue et l'argent que j'ai vu dans ta chambre. »

Il me dévisagea sans rien dire. Puis il regarda le livre sur ses genoux, les yeux fixes.

« Alors j'arrête simplement le lycée ?

– Oui, pour aller en cure. »

Il se laissa aller en arrière, fermant les yeux.

Avec délicatesse, je pris son bras, remontai la manche et examinai les cicatrices. Maintenant, je la voyais nettement : une boule de la taille d'une petite prune qui distendait la peau.

« Ed, il faut vider ça. Je vais t'emmener aux urgences.

– Fais-le, toi. »

Je ne protestai pas. Je ne voulais pas prendre le risque qu'il refuse ma proposition. J'allai chercher le kit stérile dans la caisse verrouillée que j'avais toujours dans ma voiture. Lynn avait beau me taquiner, me dire que je transportais une salle d'opération ambulante, j'avais été contente de l'avoir plus d'une fois, quand des patients nécessitant une intervention mineure ne pouvaient pas se rendre à l'hôpital. D'habitude, je trouvais cela gratifiant, mais aujourd'hui c'était différent. Je sortis des antibiotiques de ma sacoche. Je remontai dans la chambre, les jambes en coton à l'idée de trancher la chair de mon fils. Je me lavai les mains dans la salle de bains, sous de l'eau aussi brûlante que je pouvais le supporter. Je savais que j'allais lui faire mal. Mais je n'avais pas le choix. Je m'essuyai à l'aide de la serviette en papier du kit et enfilai des gants chirurgicaux. À ce moment, je sentis que je changeais de rôle, que la mère cédait la place au médecin. C'était un cas simple, sans complication, j'en étais capable. Je nettoyai son bras à la teinture d'iode, étalai le champ stérile au-dessus et au-dessous de son coude, posai une barquette en carton jetable et vaporisai un anesthésiant réfrigérant sur l'abcès et tout autour.

« Le froid va atténuer la douleur, pas la supprimer. Tu aurais droit à une meilleure anesthésie à l'hôpital.

– Vas-y. »

Médecin, pas mère.

Je pris le scalpel et effectuai une incision nette là où la peau distendue s'amincissait.

L'abcès s'ouvrit, libérant un jet de pus jaune qui coula sur son coude avant d'être recueilli par la barquette. Ed hurla.

« Putain ! »

Il regarda l'écoulement grumeleux mêlé de sang, des gouttes de transpiration sur son front.

« Merde, ça fait mal.

– C'est presque fini. »

Je sentais un filet de sueur froide ruisseler de mes aisselles et, sans pouvoir maîtriser totalement le tremblement de mes mains, je pressai avec précaution ce qui restait de pus, puis je lui injectai un antiseptique. Ensuite, je mis une mèche absorbante jaune sur la plaie, la bandai et administrai à Ed une bonne dose d'antibiotiques : de la pénicilline et du métronidazole. Du paracétamol. Du thé.

Assise sur le lit, je glissai mes mains tremblantes entre mes genoux. Ed avait les lèvres blêmes.

« Ne le dis pas à papa, grommela-t-il entre ses dents serrées.

– Bien sûr que si. Il doit être mis au courant. Ne serait-ce que parce qu'il faut bien qu'il sache pourquoi tu quittes le lycée. Il ne sera pas content, mais il comprendra. Il en a bavé pour arrêter de fumer, à l'époque.

– Je ne savais pas qu'il avait fumé.

– Et pas que des cigarettes.

– Ah bon ? »

Ed me jeta un regard curieux.

« Tout le monde commet des erreurs. Ça nous arrive à tous, à un moment ou un autre.

– Ah oui ? Même le parfait Theo, le fils idéal ? »

Il baissa les yeux vers sa couette. Même si je ne voyais pas son visage, sa voix était amère. J'attendais la suite, mais il changea de sujet.

« Je les ai vendus, contre de la kétamine », marmonna-t-il.

Il vendait les médicaments dans ma sacoche pour se procurer ceux dont il avait besoin. Il y avait toujours des gens prêts à échanger de la kétamine contre de la péthidine et du témazépam. Il murmura autre chose et je me penchai pour entendre, mais je ne compris pas ce qu'il disait. Il ne tarda pas à s'endormir.

Je refermai la porte sans bruit et descendis la barquette et les gants. Mon téléphone sonna.

« Ce sera aux informations. »

Je me raidis au ton d'avertissement dans la voix de Michael. Ed et la drogue. Quelqu'un avait dû l'apprendre, alerter un journaliste. Une chance qu'il dorme, il aurait cru que c'était moi. Michael parlait toujours et il me fallut quelques secondes pour réaliser que ce qu'il disait n'avait aucun rapport avec mon fils.

« On a trouvé une camionnette bleue abandonnée dans les bois. »

27

Dorset, 2011

Treize mois plus tard

Lorsque la baignoire se vide, il reste une rangée de petits cailloux qui s'étaient glissés dans mes chaussures sur la plage et qui ont laissé des marques sur ma peau. Je les pousse vers la bonde : de minuscules résidus de roche taillés par la mer, noirs et marron, aux angles luisants.

Après mon bain, je sors pour téléphoner. Ma voix semble ténue dans le jardin tout blanc. Je garde le portable près de ma bouche. La fenêtre de Ted est ouverte et il pourrait m'entendre. J'attends que Michael décroche, regardant l'araignée noire suspendue au chaperon coiffant le mur du jardin, qui se balance comme un pendule rond et brillant. Michael pousse une exclamation de surprise lorsqu'il me reconnaît.

« Ted est toujours là. »

Je pousse l'araignée du bout des doigts et elle s'agrippe aux pierres inégales du mur.

« Ah.

– Il était malade quand il est arrivé, et…

– Et tu le soignes.

– Je l'ai autorisé à rester. Il m'a révélé des choses que j'ignorais au sujet de Naomi. Elle a volé des médicaments. »

Il y a un blanc.

« Je vois, dit-il d'une voix calme.

– C'était pendant son stage au laboratoire de Ted. Elle a oublié son sac un jour et il a découvert des ampoules à l'intérieur. »

Mes paroles s'enchaînent avec fluidité, pourtant j'ai l'impression d'être essoufflée.

« Pourquoi n'en a-t-il pas parlé ?

– Il l'a dit à un policier au poste, mais l'information n'a manifestement pas été relayée. »

L'araignée détale, à la recherche d'une cachette entre les pierres.

« Et il ne t'en a rien dit, poursuit-il d'une voix neutre.

– Il affirme qu'il ne voulait pas ajouter à mes soucis avec quelque chose qui ne lui semblait pas pertinent. »

Un silence, puis sa voix calme :

« Bien. Quel genre de médicament ?

– De la kétamine. »

Soudain, l'envolée méthodique du carillon emplit l'air ; les cloches s'insinuent innocemment dans les interstices et les recoins du village, faisant surgir tout un monde de vacances, de journées ensoleillées, de pelouses vertes alternant bandes claires et foncées, et de déjeuners dominicaux.

« Il y a un gros trafic de kétamine, dit-il lentement.

– Je ne vois pas Naomi là-dedans. Ed trafiquait, pas Naomi. »

Mais Michael poursuit sur sa lancée.

« Je peux obtenir une liste de consommateurs.

– Une liste de consommateurs ? Ted affirme qu'elle a seulement pris quelques ampoules pour des amis.

– Les amateurs de kétamine sont en général plus âgés que Naomi, m'interrompt-il. Rarement des lycéens. Elle devait être en contact avec d'autres personnes. »

Ce mot me fait entrevoir un instant le monde où Ed s'est aventuré, un monde où des ombres forment un réseau organisé et prédateur aux confins ténébreux de notre existence. En contact… C'est ce qu'on demande à un patient atteint de chlamydia ou de gonorrhée : avec qui avez-vous été en contact ? Un inconnu capable de nuire en secret.

« Au moins, nous savons ce que signifiait le K dans son journal intime, à présent. »

Moi qui croyais que c'était un abrégé concernant son travail scolaire. J'ai été d'une naïveté confondante. C'est ce que Naomi devait penser, elle qui gardait jalousement ses secrets.

« Je viens te voir, décrète Michael.

– Tu peux ? »

J'ai les larmes aux yeux.

« Je serai là dans deux heures. J'aimerais parler à Ted aussi.

– Merci. »

Je cherche un mot qui en dit plus long, un mot plus fort, mais je ne trouve rien. Je me souviens alors que je dois le prévenir.

« Il ne sait pas pour nous.

– Et il ne doit pas savoir. »

On lui retirerait peut-être l'affaire si on apprenait notre liaison, ou il serait même renvoyé. Ce secret pèse sur notre relation, l'affadit d'une certaine manière. Parfois, quand je suis seule, j'ai l'impression d'avoir tout imaginé.

Après avoir raccroché, je touche le mur. La surface est froide et rugueuse. Les crevasses noires doivent être remplies d'araignées qu'on ne voit jamais, de toiles et d'insectes prisonniers. Je rentre, mes pas laissant des empreintes durcies dans l'herbe gelée. L'air est frais et vif ; aujourd'hui, il y aura du soleil dans le ciel et de la glace sous les pieds. J'ouvre à Bertie, qui se précipite dehors pour se rouler dans la neige. Son corps la fait fondre et, quand il se lève et se secoue, il y a une grande marque verte sur la pelouse blanche. Il est excité par les changements dans le jardin. Il apprécie manifestement le froid qui pénètre sa peau et il court en cercle comme un chiot.

Dans la cuisine, Ted fait du café. Par rapport au jour où il est arrivé, il semble différent, un peu remplumé peut-être, plus droit. Il porte son manteau et il a une petite valise à ses pieds. Il me lance des regards furtifs de gamin coupable.

«Je m'excuse», dit-il.

Il me tend la tasse qu'il vient de préparer et verse du café soluble dans une autre. Il enchaîne rapidement, comme s'il redoutait que je ne le laisse pas terminer.

«Elle t'aimait.»

Je n'ai pas besoin qu'il me le dise. Je prends la tasse à deux mains et m'appuie contre le plan de travail. Le soleil qui se déverse par la fenêtre découpe des blocs brillants sur le sol, révélant la poussière et les taches.

«J'ai commis tant d'erreurs, poursuit-il, butant sur les mots.

– Quelles erreurs précisément ?»

Je prends des flocons d'avoine dans le placard et en verse dans une casserole. Je sais qu'on ne peut pas répondre à cette question. Mes propres erreurs se situent toutes quelque part dans l'espace mouvant entre les attentes excessives et le manque de clairvoyance.

«J'étais toujours parti, trop occupé…»

Comment peut-il croire que c'est aussi simple, que Naomi a disparu parce qu'il était trop occupé ? Comme si les autres choses qu'il a faites ou pas faites ne comptaient pas.

«Et les règles que tu as enfreintes ?»

Je mets de l'eau dans la casserole, les mains tremblantes de colère.

«Qui lui ont laissé croire que c'était sans importance.»

Je me tourne vers lui et surprends un petit haussement d'épaules impatient.

« Si tu parles de Beth, je te l'ai dit : Naomi n'était pas au courant. J'étais prudent. Tu sais que c'est vraiment fini entre nous ? » ajoute-t-il, comme si c'était la suite logique.

Il s'approche, jette un coup d'œil.

« Pourquoi ne pas mettre un peu de lait ? Ce sera meilleur.

– Michael vient. »

Je fais un pas de côté et j'ajoute un verre d'eau.

« J'ai plusieurs opérations demain. Je dois rentrer voir mes patients. Après, je pensais que nous…

– Je lui ai parlé ce matin, dis-je sans le regarder, remuant la mixture. Il vient nous voir pour discuter de la kétamine. »

Je verse le porridge dans un bol que je pose sur la table pour Ted.

« J'attendrai, dans ce cas », déclare-t-il lentement en me regardant.

L'air entre nous est lourd de non-dits.

« Je vais travailler un peu », dis-je avant de refermer la porte derrière moi.

Ce n'est pas la bonne période de l'année pour les fleurs dont j'ai besoin, mais je dénicherai peut-être quelque chose dans la haie qui borde le champ. Ma manche s'accroche lorsque j'ouvre le portail. Un bouton de rose solitaire gelé pend au bout d'une tige noire dans le buisson épineux qui me retient. Les couches extérieures ont dû mourir en premier, celles en dessous plus tard. Je me dégage et il tombe dans ma main avec sa tige.

Dans la remise, je pose le bouton de rose sur une épaisse feuille à dessin. Les pétales sont sombres ; les bords durcis recroquevillés forment comme de minuscules cols déchiquetés. Certains sont roses près du calice, mais piqués de taches, sillonnés de traits mauves et brun foncé. Ils sont disposés en plusieurs couches serrées qui se rassemblent toutes en un point. Si je commence avec du rose et que j'ajoute du noir, j'obtiendrai peut-être cette teinte cendre vernissée. Je ne veux pas penser au poème de Blake, mais les mots sont là, comme s'ils m'attendaient :

Ô Rose, tu es malade.
Le ver invisible
Qui vole dans la nuit
Et dans la tempête hurlante

Il y a treize mois, son monde était sûr. La maison, le lycée, les amis. À présent, je sais qu'à l'extérieur de ce cercle de lumière, le monde était semé de dangers qui la guettaient dans l'ombre. Il suffisait d'une personne. D'un contact.

A trouvé ta couche
De joie écarlate,
Et son amour secret et sombre
Détruit ta vie[1].

Je m'efforce de me concentrer sur ma peinture et bientôt je ne vois plus que des couleurs foncées et des courbes. Si quelqu'un l'aimait, il n'a pas pu la détruire. Je trace les contours du bouton, tellement absorbée que, quand la porte s'ouvre en grinçant, je sursaute.

« Pardon, je t'ai encore fait peur, ça devient une habitude. »

Michael, portant un manteau et une écharpe, tient ses clés de voiture à la main. Il a deviné qu'il me trouverait là et il est venu directement à la remise. Ses larges épaules s'arrondissent légèrement, comme s'il s'offrait en guise de refuge.

Je touche son visage. Sa peau est chaude sous mes doigts.

« Ça me fait plaisir de te voir. »

Il pose ses lèvres dans le creux de ma paume.

---

1. *Chants d'innocence et d'expérience*, William Blake, traduction M.-L. et P. Soupault, Quai Voltaire. NdT.

« Tu as une petite mine. J'aurais dû venir avant, mais je pensais que tes fils étaient là.

– Ils sont partis il y a quelques jours. Rentre ou Ted va venir nous chercher. »

Ted a aligné les couteaux sur la partie égouttoir de l'évier, comme s'il se trouvait en salle d'opération. Il y a des petits tas nets d'oignons émincés, de navets tranchés et d'épices. Lorsque nous pénétrons dans la cuisine, il hache des brins de persil, le couteau dans une main, guidant la lame avec l'autre main. Son manteau et sa valise ont disparu.

« Je veux qu'elle prenne un vrai repas, explique-t-il à Michael après qu'ils se sont salués. Elle m'a soigné, maintenant c'est mon tour. »

On dirait qu'il a senti une intimité entre nous et qu'il veut réaffirmer ses droits sur moi. Il remue le contenu de la casserole.

Michael passe au salon.

« Est-ce que vous voulez bien venir vous asseoir avec moi tous les deux ? »

Ted retire la casserole du feu et nous suit. Il s'assoit à côté de moi, un peu trop près, le bras sur le dossier du canapé derrière moi.

Michael prend le fauteuil en face et se penche en avant, concentré, professionnel.

« Quand Jenny a évoqué la kétamine, j'ai procédé à quelques vérifications. Nous avons accès aux listes nationales de consommateurs et de dealers connus, et nous pouvons effectuer des recherches croisées avec d'autres délits. »

Des délits comme le viol et le meurtre ? Je jette un coup d'œil à Ted pour voir s'il pense à la même chose que moi, mais il écoute, la tête baissée.

« J'ai apporté des listes. Bristol, en premier lieu. Une centaine de noms sont apparus. Je voudrais que vous regardiez si certains vous semblent familiers.

– Pourquoi est-ce qu'ils le seraient ? demande Ted.

– Ça pourrait être un nom que Naomi a mentionné en passant, ou un ami d'ami de ses frères.

– Je doute qu'elle ait souvent eu l'occasion de frayer avec des délinquants drogués, rétorque Ted sèchement.

– Naomi a volé des médicaments. Ed aussi. Bien sûr qu'ils ont eu l'occasion de frayer avec des délinquants drogués », interviens-je, cassante.

Comment peut-il encore croire à l'innocence de ses enfants ?

Il y a un silence. Ted retire son bras du dossier. Michael baisse les yeux sur sa liste, les joues rouges. Je suis déçue : il est gêné parce que je me suis emportée. Je tourne la tête pour ne plus les voir et je regarde l'herbe, le ciel et les arbres de l'autre côté de la fenêtre.

Michael nous tend deux feuilles identiques.

« Tout ce qui retiendra votre attention m'intéresse, quelle qu'en soit la raison », affirme-t-il.

Tom Abbot, Joseph Ackerman, Silas Ahmed, Jake Austin, Mike Baker… Je lis les noms les uns après les autres. Ils ne me disent rien. C'est un soulagement et ce n'en est pas un, car nous ne sommes pas plus avancés.

« Désolée, mais je n'en connais aucun.

– J'ai une liste plus longue pour tout le Sud-Ouest. »

Michael sort d'autres papiers de sa mallette.

Ted s'empare de la nouvelle liste. Il parcourt les pages et les tourne rapidement. Je voudrais qu'il prenne son temps, qu'il soit plus attentif, mais il a toujours lu plus vite que moi, sélectionnant les informations dont il a besoin, comme s'il taillait dedans. Je lis et relis, jetant des coups d'œil à Michael afin de lui signifier ma gratitude, mais il a le regard fixé sur la liste lui aussi, les sourcils froncés. Il doit être fatigué. Je l'imagine arrivant au bureau tôt ce matin : il a allumé l'ordinateur, imprimé les listes, puis pris sa voiture pour se rendre dans le Dorset, à deux heures de là. Concentré sur la route, à quoi pensait-il alors que le paysage défilait de chaque côté ? Je trouve étrange de ne pas en avoir la moindre idée.

Ted termine avant moi. Il repose la liste.

« Rien. »

Il va à la cuisine et fouille bruyamment dans les placards.

Je continue de lire, répétant chaque nom dans ma tête. Je n'en connais aucun. Michael s'approche de moi et pose la main sur mon épaule. Un vrombissement s'élève dans la pièce voisine, s'interrompt et recommence. La chaleur de sa paume me brûle à travers le tissu. Je ferme les yeux. Au bout de quelques secondes, il sort de sa mallette deux liasses plus épaisses.

« J'ai aussi une liste nationale.

– Eh bien, fait Ted en réapparaissant avec un plateau de bols fumants. Vous avez ratissé large. »

Michael prend un bol de soupe et trempe les lèvres dedans.

« Merci. Je suppose que vous faites pareil quand vous avez un malade et que vous ignorez ce qu'il a. Vous étudiez toutes les possibilités. Les analyses de sang, les scanners. Un travail de policier. »

Ted hoche la tête.

« Pas faux. Parfois, ça tient à un détail : un mal de tête différent, une minuscule anomalie dans l'ionogramme, une tache à peine perceptible sur le scanner, et on a notre diagnostic. »

La soupe est épicée et revigorante. Ainsi, Ted a appris à cuisiner. Pendant un instant, je vois Beth, l'image que je me fais d'elle, le visage rougi par la chaleur, remuant une casserole de soupe. Ted se penche pour regarder, l'embrasse dans le cou. Les petits caractères me font mal aux yeux. Je vais à la remise chercher les lunettes dont j'ai désormais besoin quand je peins des détails. Lorsque je reviens, Michael remarque les lunettes et se lève pour allumer.

Ted me sourit.

« Alors, ma femme porte des lunettes, à présent ? Ça te va bien. »

Je m'assois en face de lui, sur la chaise à côté de Michael. Celui-ci nous tend les papiers.

« C'est la liste nationale. Quand les consommateurs se sont rendus coupables d'autres délits, il y a un astérisque à côté de leur nom. Ici, nous avons l'Écosse, le nord de l'Angleterre, les Midlands, l'Est-Anglie, le pays de Galles et tout le Sud, ainsi que Londres.

– Ça doit faire des milliers de noms », intervient Ted.

Je n'ai pas besoin d'en lire des milliers, cependant. Il est là, en bas de la deuxième page, avec un astérisque. Yoska. Yoska Jones. Ce drôle de prénom, je le connais. J'en ai le souffle coupé, comme si j'avais reçu un coup de poing dans la poitrine.

« Il avait un accent gallois, dis-je lentement. C'était étrange.

– Qui ? demande Michael d'un ton pressant, se levant pour s'accroupir à côté de ma chaise. Qu'est-ce qui était étrange ?

– C'était étrange, parce que Yoska n'est pas un nom gallois. »

Il parcourt la liste que je tiens.

« Yoska Jones, c'est ça ? Vous vous souvenez de lui ?

– Je me souviens d'un Yoska. »

Je regarde Michael mais, à la place de ses yeux gris interrogateurs, je revois des yeux marron dans un visage étroit. Des mains puissantes, un corps mince et fort, des cheveux bruns. Les pommettes hautes. Puis une autre image se superpose à celle-là et pendant un instant apparaît l'écriture de Naomi : XYZ. Le Y caché entre le X et le Z, en rouge, touché par la pointe d'un cœur. Il a dû la prévenir de ne marquer son nom nulle part.

« Et alors ? Qu'est-ce qu'il avait ?

– Justement, je n'en sais rien.

– Pourquoi ? Il n'a pas dit grand-chose ? Il était difficile ? »

Les questions de Michael sont rapides, comme des balles qui me mitraillent.

« Au contraire, il était charmant.

– Est-ce que vous vous rappelez ce qu'il a dit exactement ? » demande Michael, le regard plein d'espoir.

Ted, qui nous observe de l'autre bout de la pièce, secoue la tête. Il ne croit pas que je puisse m'en souvenir.

« Des bribes, peut-être. Mais ça remonte à plus d'un an. »

Je me souviens que, quand il est entré et s'est assis, il ne donnait pas l'impression d'avoir besoin de quoi que ce soit, ce qui était étonnant en soi. Les gens ont généralement l'air malade lorsqu'ils viennent me voir : souffrants, inquiets ou malheureux. Yoska avait le teint frais et je pense qu'il souriait, ou du moins sa bouche souriait. Peut-être y avait-il une cicatrice, petite, sous l'œil gauche, qui soulignait à quel point le reste de son visage était lisse. Son regard brun m'examinait attentivement. Non, il n'avait pas l'air malade du tout, curieux plutôt.

« Notez ce qu'il vous a dit, si vous le pouvez. »

Michael sort de sa mallette une feuille blanche, prête à l'emploi sur une planche à pince. Puis il tire de sa poche le stylo qu'il a toujours sur lui.

« C'est peut-être important. Écrivez toutes les paroles dont vous vous souvenez.

– Mot pour mot ?

– La mémoire est une chose étonnante. Essayez. »

Il sourit, comme si rien n'était plus simple que de retranscrire une conversation qui s'est déroulée il y a plus d'un an. C'était le 2 novembre, j'en suis certaine, car c'était la consultation juste avant Jade, et ce jour est resté gravé dans ma mémoire.

J'écris la date en haut de la feuille et la souligne. Puis je note ce que nous avons dit et je décris la scène, telle que je me la remémore.

2 novembre 2009

Qu'est-ce qui ne va pas ?

J'ai dû dire quelque chose comme ça ; je pense avoir été brève. J'étais pressée car j'avais pris du retard. Il s'est penché vers moi et a posé une main sur la table. Je me le rappelle très bien. D'habitude, les patients ne touchent pas la table : c'est mon territoire. Sa main était trop proche de la mienne et je l'ai retirée. Cela ressemblait à un jeu de pouvoir et c'était lui le gagnant.

J'ai mal au dos. C'est de famille.

Le mal de dos n'a pas d'origine génétique en général, cependant je sentais qu'il attendait une réaction de ma part. Je n'ai donc pas protesté.

Qu'est-ce qui a causé ce mal de dos, à votre avis ?

Parfois, ce genre de question énerve les patients, parce qu'ils estiment que le médecin devrait savoir ; ils ne se rendent pas compte que c'est utile d'avoir leur opinion. Mais cela n'a pas gêné Yoska. Il a répondu du tac au tac, comme s'il s'était préparé.

C'est à force de porter ma petite sœur. Elle veut toujours grimper sur mes épaules, mais elle devient lourde.

Je lui ai conseillé de laisser sa sœur marcher toute seule, mais il n'a pas apprécié. Il m'a fait l'effet d'un homme qui n'aimait pas qu'on lui dise ce qu'il devait faire, surtout quand ça venait d'une femme.

Il n'arrivait pas à lever complètement sa jambe gauche. Je lui ai expliqué qu'il s'agissait d'une sciatique et je lui ai fait une ordonnance. Puis il a souri et m'a serré la main. Je lui ai rendu son sourire, soulagée que ce soit aussi simple.

Michael parcourt la feuille que je lui ai tendue et Ted s'approche pour lire par-dessus son épaule.

« Est-ce que ce sera utile ?

– Tout à fait, répond Michael en hochant la tête énergiquement. Si c'est le même Yoska que celui que j'ai sur ma liste. Cela dit, c'est peu probable, mais ça vaut le coup de vérifier…

– Il semble que c'était une consultation assez banale, intervient Ted. Je vois mal comment ça pourrait être relié à Naomi. »

Il retourne s'asseoir sur le canapé et, songeur, il se caresse le sourcil droit.

« Il doit y avoir une photo dans la base de données. Je vous l'enverrai par e-mail si j'en trouve une.

– Et après ? »

Je le dévisage, sentant l'espoir entrevu s'évanouir.

« Même si le Yoska que j'ai reçu au cabinet est le dealer de kétamine sur votre liste, qu'est-ce que ça prouve ? »

Le Y rouge dans le journal intime s'évanouit à mesure que je parle et les petits cœurs retournent au néant.

« Je ne peux pas le dire précisément pour l'instant, mais ce serait une nouvelle piste. Pas à pas, ajoute-t-il en me souriant. C'est comme ça que ça marche, vous savez ? »

Plus tard dans la soirée, je me souviens du jour où il m'a parlé de ces petits pas qui nous rapprochaient du but. C'était onze jours après sa disparition, à un moment où j'avais l'impression que nous n'allions nulle part.

BRISTOL, 2009

ONZE JOURS PLUS TARD

Alors que nous prenions le virage à la sortie de Thornbury en direction d'Oldbury-on-Severn, les balises et la voiture de police jaune et bleu apparurent, tranchant sur la grisaille hivernale. Déjà, le jour diminuait et il pleuvait à seaux.

Michael se gara contre la haie et rejoignit un policier. À travers les gouttes sur le pare-brise, je les vis marcher l'un vers l'autre, puis se diriger vers les balises et entrer dans un champ par un portail ouvert, avant de disparaître sur un sentier semé de flaques.

J'étais heureuse que Ted soit d'astreinte et qu'il ait dû rester à la maison. Je préférais être seule dans la jeep de Michael. Sinon nous aurions dû attendre son retour ensemble, la peur circulant entre nous, incontrôlable, ou s'extériorisant par des mots de colère. Mais il tenait compagnie à Ed qui était toujours alité, son bras bandé, disponible au cas où l'hôpital l'appellerait pour une urgence. J'étais dans cette voiture parce que j'avais un besoin compulsif d'aller partout où Naomi avait été depuis sa disparition.

Michael revint au bout de quelques minutes, rapportant la fraîcheur humide de l'extérieur. Sa bouche contractée formait une ligne dure.

« La camionnette a été abandonnée dans un bosquet, un peu plus haut sur la pente, précisa-t-il, indiquant du menton le portail et le champ au-delà, les doigts crispés sur le volant.

– Qu'est-ce qu'il y a, Michael ? »

Il regardait droit devant lui.

« Qu'est-ce que vous avez trouvé ? »

Il posa sa main sur les miennes, qui se tordaient sur mes genoux.

« La camionnette est en partie brûlée. »

Je sentais la chaleur de sa main. Pendant un instant, j'eus envie de m'y agripper, mais il se pencha et démarra la jeep, se dirigeant lentement vers le portail ouvert. Le policier déplaça les balises pour nous laisser passer.

Je psalmodiais son nom dans ma tête, comme une prière, tandis que la voiture cahotait sur le chemin agricole inégal, gravissant la pente sans difficulté. Je notai au passage les champs bruns vallonnés et le fossé le long de la haie touffue. L'herbe avait été fauchée et il était rempli d'une eau noirâtre. Je songeai aux rats et aux petites bêtes mortes qui se trouvaient peut-être en dessous de la surface. Au bout du champ, au sommet d'une élévation, je distinguai un groupe d'arbres dépouillés de leurs feuilles. Vu d'ici, il ressemblait à n'importe quel autre bosquet du Gloucestershire, voilé par la brume hivernale.

Michael s'arrêta au pied de la butte et descendit. Je le suivis. La pluie avait cessé ; l'air froid et humide sentait la boue et l'herbe mouillée. Tout semblait paisible à présent que le moteur était coupé, mais presque aussitôt les cris des étourneaux dans les arbres et les croassements soudains des corbeaux qui tournoyaient au-dessus de nous emplirent le silence. J'entendais des vaches au loin et, plus proche, le bruit des gouttes qui tombaient des branches. Le ciel gris était immense. Je ne m'étais pas rendu compte que nous étions aussi haut.

Nous gravîmes la pente escarpée, nous enfonçant dans un paillis de feuilles de hêtre racornies. J'enjambai à la suite de Michael le ruban bleu et blanc tendu entre les arbres. Je me prenais les pieds dans les broussailles et je ne vis pas immédiatement la camionnette. Elle avait été poussée sous un conifère isolé dont les branches les plus basses étaient nues et calcinées. Les vitres avaient disparu et le métal du toit était noir. Je m'approchai, imaginant les flammes qui avaient produit cela, la chaleur qui avait brûlé la peau de la camionnette, le bruit, l'odeur.

L'avant était contre un tronc. Il restait des fragments de peinture bleue écaillée et striée de noir. La plaque d'immatriculation avait été arrachée.

« Cette partie a moins souffert. C'est le réservoir d'essence qui a dû s'enflammer en premier, expliqua Michael.

– Je veux regarder à l'intérieur.

– Je m'en doutais. »

Il retourna à la jeep, fouilla dans le coffre et revint avec une paire de gants bleus. Je les enfilai tant bien que mal, mes doigts mouillés accrochant sur le caoutchouc.

Il n'y avait plus de portière côté passager. Je me penchai à l'intérieur et découvris les fils de fer et les ressorts, tout ce qui restait des sièges. Je mis la main dans la cavité qu'occupait autrefois l'autoradio. La boîte à gants avait elle aussi disparu. Je regardai à l'arrière. Fils de fer et ressorts également. Il avait plu et une grosse flaque s'était formée sous le siège avant. L'eau était noire. Je ne voyais pas ce qu'il y avait en dessous, mais elle n'avait pas l'air assez profonde pour dissimuler quoi que ce soit. Je glissai ma main entre les ressorts et mes doigts effleurèrent le plancher métallique. Je palpai la camionnette comme je palpais mes patients. Rien.

« Pourquoi ici ? demandai-je à Michael. C'est loin de tout. Il n'y a pas de route importante à proximité, ni de ville, ni de gare. Aucun moyen de s'échapper.

– Pas évident, en effet. Excusez-moi un instant. Il faut que je passe quelques appels. »

Il s'éloigna entre les arbres, penché sur son portable. Je le perdis de vue rapidement. Je songeai qu'au printemps, ce bosquet serait très différent. Le soleil et l'ombre joueraient parmi les campanules et l'ail sauvage ; une lumière verte, dorée, tomberait sur les feuilles de hêtre et le petit bois évoquerait peut-être une cathédrale.

Il recommençait à pleuvoir. J'entendis les gouttes avant de les sentir sur mon crâne. Il faisait plus sombre tout à coup et je me demandai quel genre de bruit on entendait dans les arbres quand venait la nuit.

« Il faut y aller, déclara Michael qui était revenu près de moi. D'autres policiers vont arriver. La camionnette va être enlevée et examinée. »

Je m'attardai quelques instants. À quoi bon venir ici ? Il n'y avait rien dans ce véhicule carbonisé ni dans les bois qui me rapprochait de Naomi, rien qui nous confirmait que c'était la camionnette dans laquelle elle était montée. Rien, hormis quelques éclats de peinture bleue.

« Est-ce que nous perdons notre temps, Michael ? Nous n'avons pas progressé d'un pas. »

Il me saisit la main un instant et la lâcha.

« Vous vous trompez, Jenny. Nous ne cessons pas de progresser, vous devez être patiente. C'est plus facile pour moi. C'est mon travail. Souvenez-vous, c'est pas à pas que nous nous rapprochons du but. »

Mais les pas sont trop petits, pensai-je. Cela va prendre trop de temps. Malgré tout, je sentis le poids de la déception s'alléger un peu.

« Et maintenant ?

– On va transporter la camionnette au garage de la police scientifique, à Portishead, où elle sera passée au peigne fin. On conservera tous les éventuels indices. Tout ce qui pourrait se révéler pertinent à un moment ou à un autre, à la lumière de nouvelles informations. C'est comme ça qu'on procède. »

Lorsque je sortis du bosquet, je me retrouvai face à la vue pour la première fois. L'estuaire vert de la Severn changeait de couleur en remontant vers le large fleuve en contrebas, à quelque trois kilomètres de l'endroit où nous nous tenions. L'eau paraissait marron entre les berges boueuses escarpées, où des voiliers à la coque luisante étaient couchés sur le flanc au-dessus de la ligne de marée haute. Plus loin à gauche, les lumières du nouveau pont brillaient dans la pénombre.

« Là-bas, c'est le pays de Galles », dit Michael, indiquant les collines de l'autre côté du fleuve, si proches qu'on avait l'impression de pouvoir les toucher.

28

Dorset, 2011

Treize mois plus tard

En revenant de l'épicerie le mardi matin, je remarque Mary qui marche lentement dans son jardin, des plumes plein les mains. Elle me regarde par-dessus le mur.

« Un renard. Il a creusé sous la grille. »

Des formes arrondies se balancent au bout de courts tuyaux qu'elle serre entre ses doigts noueux. De près, je me rends compte qu'il s'agit des cous tordus de deux poules. Dans le poulailler derrière elle, je vois des tas de plumes rougies. Il n'y a plus de caquètements discrets, plus de têtes qui plongent et se redressent.

Sa cabane à outils parfaitement ordonnée sent le goudron. Dans la pénombre, je prends deux pelles parmi les objets astiqués accrochés au mur. Nous creusons un trou profond dans un coin de son potager. Elle y dépose les six poules. Leurs corps disloqués aux couleurs chatoyantes se détachent sur la terre noire et froide. Une fois le trou comblé, nous tassons la terre avec nos pieds. Quand les images arrivent, je suis prête ; elles s'embrasent et brûlent toujours, quoique moins souvent. À présent, c'est son visage tendre qui est là-dessous, de la boue dans ses cheveux emmêlés. Je recule vivement. Mary me prend la pelle en souriant et je me demande si elle a deviné mes pensées.

« Au moins, les poireaux auront du goût l'an prochain, dit-elle. Fichus renards. »

À l'intérieur, nous nous asseyons sans un mot à la table de la cuisine. Il y a un bouquet de sauge et de la ciboulette dans une théière à fleurs entre nous. Des carrés de tricot rouges, jaunes et bleus s'échappent d'un sac en papier. Elle les portera à des voisins qui les coudront ensemble pour en faire des couvertures. À côté, une pile de boîtes à œufs vides.

Ses lèvres touchent le bord de la tasse et elle pousse vers moi des biscuits.

« Sandy les a achetés pour Noël. Allez-y si ça vous dit, moi, je ne les aime pas. »

L'amour que Mary porte à sa fille est bien enfoui. Parfois, j'essaie de le déterrer.

« C'est sûrement elle qui les a faits.

– S'ils ont l'air faits maison, c'est parce qu'elle les a achetés pour rien à la fête de l'école. On n'apprend pas à un vieux singe à faire la grimace. Au fait, ajoute-t-elle d'une voix détachée, Dan a été ravi de faire la connaissance de vos garçons. Il pense habiter chez eux à New York.

– Oui, il me l'a dit, réponds-je, prenant une feuille de sauge que je frotte entre mes mains. Il est passé l'autre soir. »

Les yeux vifs de Mary se ferment à demi pour se protéger de la vapeur qui monte de sa tasse.

« Il a besoin de s'éloigner d'ici. »

Le visage de Dan flotte entre nous.

« Mon mari lui a laissé de l'argent, poursuit-elle en indiquant du menton le cadre sur la télévision. Pour ses études. Ça tombe bien. »

Des yeux enfoncés sous d'épais sourcils nous fixent d'un air sévère. Il était conscient que Dan risquait de changer. Il a dû observer et écouter son petit-fils, ce dont j'ai été incapable avec mes enfants. Mes regrets flottent juste en dessous de la surface, prêts à affleurer à la moindre sollicitation.

« Dan ne sait pas trop où il en est en ce moment, dit-elle en me glissant un regard de côté. Il pense qu'il est amoureux. »

Elle s'avance et tapote ma main. J'ai les joues brûlantes, comme si j'avais quelque chose à me reprocher.

« Mary, je vous en prie. C'est un enfant, il est comme un fils pour moi.

– Il ne vous voit pas comme une mère, c'est tout. Vous n'y êtes pour rien. »

Elle se lève, prend les boîtes à œufs vides et les jette dans la poubelle de tri.

Plus tard, alors que je peins dans la remise, le visage de Dan, maussade et hésitant, s'interpose entre moi et le papier. Je ne l'ai pas vu depuis qu'il est venu dîner. Jamais il n'admettrait être amoureux, il refuserait d'aborder le sujet. Il détournerait la tête, accablé. Mais je me trompe peut-être. Souhaiterait-il parler de ce qu'il ressent ? Je m'assieds sur le banc, pinceau à la main, et regarde par la petite fenêtre le ciel gris uniforme. Que sais-je de l'espace dont les gens ont besoin autour d'eux ? Je croyais que c'était ce que Naomi voulait, mais peut-être était-ce parce que cela m'arrangeait. C'était plus facile ainsi. Je peux penser que c'est vrai aussi aisément que l'inverse. Tout est redevenu instable. Avec le temps, j'avais l'impression de m'être reprise, mais voilà que je glisse en arrière et que je me retrouve là où j'étais il y a un an. Depuis que j'ai vu ce nom, Yoska.

Je me lève et je regarde les graines éparpillées sur le papier. Je me force à étudier les minuscules baies ovales et rouges de l'aubépine, les points noirs au sommet. Bientôt, c'est tout ce qui existe, ces petits pépins de vie, fermés, secrets. Le vibreur de mon portable rompt le silence.

«J'ai trouvé une photo de Yoska Jones, annonce Michael d'une voix prudente. Ce n'est pas son vrai nom. Il a plusieurs pseudonymes.

– À quoi ressemble-t-il ?»

Je serre le portable aussi fermement que si c'était la main de Michael.

«Environ vingt-cinq ans, taille moyenne, teint mat, cheveux châtains, yeux marron.»

Est-ce sa description succincte de policier qui me fait froid dans le dos ?

Je songe aux yeux marron étroits qui suivaient chacun de mes mouvements.

«J'ai fait mon enquête. Je serai chez toi d'ici deux heures», ajoute-t-il avant de raccrocher.

Mes pensées se bousculent comme les poules de Mary s'agitant dans l'obscurité pour échapper au renard. Qu'a-t-il découvert ? Si Yoska le patient s'avère être Yoska le dealer, et s'il est lié à la disparition de Naomi, est-ce mieux que si c'était un parfait inconnu ? Si c'est lui qui l'a enlevée, est-ce bon ou mauvais signe ? Mauvais, répond la voix dans ma tête. Très mauvais.

Aurais-je pu dire autre chose au cabinet ? Si c'était bien lui, si je lui avais demandé de revenir ou si je l'avais envoyé chez un spécialiste, est-ce que cela aurait suffi à l'apaiser ? Et si je l'avais interrogé au sujet de la sœur qu'il a mentionnée, si j'avais offert de l'aider ?

Dans la maison, je fais du feu pour Michael. Les flammes vacillantes se reflètent sur le montage de Theo. Le portrait principal, au centre, m'arrête toujours. Son visage semble dissimuler une multitude de secrets. Aujourd'hui, je regarde sa bouche pour la première fois. Je remarque que les lèvres ont une petite torsion moqueuse. Et la photo voisine ? Dans le coin, il y en a une remplie de feuilles orange – la première de la série dans la forêt – et elle rit, de toute sa bouche et de toutes ses dents, ses yeux presque invisibles. Celle d'à côté ? De profil, en vacances. Elle regarde un point en dehors du cadre, les yeux légèrement plissés. À quoi pensait-elle ? Elle était plus silencieuse qu'à l'ordinaire et passait son temps à envoyer des SMS, à lire ou à écrire. Elle ne se disputait pas autant avec les garçons ; elle ne m'accompagnait pas faire les courses. Ted avait décrété qu'elle était mal lunée. Je continue à remonter dans le temps et je tombe sur une photo prise le soir du réveillon, le 31 il y a deux ans. Theo a dû récupérer celles qui se trouvaient au mur du cabinet. J'avais déjà remarqué l'intensité de son expression, mais à présent je me rends compte qu'elle avait l'air encore plus dure et déterminée que je ne le pensais. Je m'assieds, tremblante. Prévoyait-elle de s'enfuir depuis longtemps ? Et lorsque l'occasion s'est présentée, la perspective de partir enfin l'obsédait-elle tellement qu'elle en a oublié d'être prudente et qu'elle a saisi sa chance sans se soucier du danger ?

Michael frappe à la porte. Il entre et m'embrasse brièvement, le regard préoccupé, les lèvres froides. Il ôte son manteau lentement. J'attends. Bientôt il me montrera, bientôt je saurai.

Nous nous rendons au salon ; il ouvre sa mallette, sort la photo. Je le reconnais aussitôt. Les yeux étroits, les pommettes hautes, séduisant, en dépit du portrait anthropométrique.

Je ne veux pas que ce soit lui. Il était trop rusé, ses yeux étaient trop prudents.

« C'est lui. Mon patient. Mais même si cet homme est venu me consulter, poursuis-je sans lui laisser le temps de dire quoi que ce soit, même s'il est établi qu'il vend de la kétamine, ça ne prouve rien, non ?

– Ton cabinet ne pouvait pas savoir, parce qu'il était un résident temporaire et qu'il n'a pas donné son adresse, mais il y a un autre lien. Je connais ce visage. Je l'ai déjà vu.

– Ah bon ? »

Cela n'a rien d'étonnant, après tout, c'est un dealer. Les policiers ont régulièrement affaire à ce genre de personnage.

« À l'hôpital.

– Quel hôpital ?

– Frenchay. »

L'hôpital de Ted.

« Il faisait partie d'une grande famille de manouches que nous avons dû évacuer au cours de l'été 2009. »

Sa voix est sèche. Je le regarde, surprise. Les gens du voyage sont souvent un objet de crainte et de mépris irrationnels. Mais Michael n'est pas comme ça, quand même ?

« Ils avaient fait un scandale là-bas. Ils avaient renversé des meubles et cassé des ordinateurs. Et ils commençaient à visiter les maisons du quartier.

– Pourquoi ?

– Ils étaient en colère. Une opération sur une fillette de leur famille qui avait mal tourné. »

Il s'interrompt, s'assoit sur le canapé, prend ma main pour m'attirer vers lui.

« Une intervention neurochirurgicale. »

Il n'a pas besoin de finir, je sais de quoi il parle.

La voix de Ted était basse, monocorde. Était-ce en juin ou en juillet 2009 ?

« Il est arrivé une sale histoire au boulot. C'est ma faute. »

Ce n'était pas son genre de s'accuser de quoi que ce soit. J'aurais dû être plus attentive, mais je triais les affaires des garçons. Ils partaient en expédition, un voyage scolaire dans l'Atlas qui devait leur permettre de concourir pour le prix du duc d'Édimbourg. Il faisait chaud. Ted était rentré plus tôt que d'habitude et s'était étendu sur le lit, la cravate dénouée, les manches de sa chemise retroussées.

« Qu'est-ce qui est ta faute, chéri ? »

Je lui jetai un coup d'œil, me dirigeant vers les tiroirs d'où je sortis d'épaisses chaussettes, plus confortables dans les chaussures de randonnée.

« L'opération de cette gamine. Syndrome de Hurler… avec la colonne vertébrale qui se rétrécit, bossue. »

Sa voix était vraiment lente ; je croyais que c'était la fatigue après une longue journée. Ces derniers temps, il rentrait tard, travaillait dur. Je jetai un coup d'œil à ma liste : crème solaire, chapeaux, mais aussi bonnets de laine, car il faisait froid en montagne la nuit.

« Le syndrome de Hurler, ça me dit quelque chose, déclarai-je en me tournant vers lui. Une maladie du stockage des lysosomes ? Un déficit enzymatique qui se traduit par l'accumulation anormale d'une variété de sucre un peu partout : dans la colonne, le foie… »

Je me surprenais moi-même. Tout cela remontait à la fac.

Si j'ai bonne mémoire, Ted se leva alors et se mit à arpenter la pièce.

« J'ai laissé Martin se charger de l'opération. Il voulait essayer. Ça s'est mal passé. »

J'avais le doigt sur ma liste, là où je m'étais interrompue.

« Aïe. »

J'ajoutai une polaire à chacune des deux piles sur le lit.

« C'est ma faute. C'est ce qu'ils pensent, en tout cas. »

Il se détourna, si bien que je ne voyais pas son expression. Sa voix était à peine audible.

« C'est ma responsabilité qui est engagée, reprit-il, s'asseyant au bord du lit, la tête entre les mains. On risque d'avoir un procès.

– C'est terrible, mon chéri. Je plains la famille. Mais quand même, ce n'est pas ta faute. Ça va aller, tu verras. Ils se rendront compte que tu n'y es pour rien. »

Je m'assis à côté de lui, posant les vêtements sur mes genoux. Je ne voyais pas son visage, alors je pris sa main.

« Je suis responsable. Moralement et légalement. »

Il retira sa main au bout d'un moment et je me levai, hésitant à abandonner les bagages.

«J'ai presque terminé ici. Est-ce que ça peut attendre un peu ? On en discutera après dîner. Essaie de ne pas trop t'inquiéter.»

Pendant que je finissais de préparer les affaires des garçons, son portable sonna. Il devait retourner à l'hôpital. Je dînai seule. Je pensais qu'on en discuterait plus tard, mais l'occasion ne se représenta pas.

J'interroge Michael d'une voix pleine d'appréhension :

«C'était la patiente de Ted ?

– Oui.

– Il avait vu juste, en fait…»

Ceux qui ont un compte à régler, disait-il. Avec les médecins qui se prennent pour Dieu.

«L'an dernier, quand j'ai fait ce schéma avec les cercles et tous les gens à interroger, Ted pensait qu'il fallait envisager une vengeance. Selon lui, on se faisait facilement des ennemis dans notre métier. Il suffisait d'une erreur. Je me rappelle lui avoir répondu que je ne croyais pas qu'on pouvait nous haïr à ce point», conclus-je, songeant que je vais suffoquer.

Je me lève pour téléphoner à Ted. Il décroche presque aussitôt.

«J'ai fini mes consultations. J'arrive. Je veux voir cette photo.

– D'accord.

– Si c'est lui, alors c'est ma faute.»

Les mots sont sortis, précipités, avant qu'il raccroche.

«Tu y avais pensé aussi», dis-je à Michael.

Il fronce les sourcils. Il essaie de se souvenir.

«Au tout début, tu m'as demandé de faire la liste de nos ennemis potentiels. Mais tout ce que j'ai trouvé, c'est le père de Jade et le mari d'Anya.»

Il hoche la tête et je sens la brûlure du regret. Et si j'avais songé à Yoska ce jour-là ?

Je me mets à claquer des dents, je tremble. J'ai dû attraper le virus de Ted. Michael me donne un verre de whisky, puis me fait couler un bain. Dans l'eau chaude, les frissons cessent. Après, il me prend dans ses bras. Il m'embrasse et m'attire contre lui, je me sens cependant trop malade, trop désemparée pour faire l'amour. Il est près de moi quand je m'assoupis, mais à mon réveil je suis seule. J'entends la voix de Ted en bas. Je m'assieds sur mon lit, déroutée, refusant de croire que j'ai dormi. J'ai le vertige lorsque j'essaie de me lever. Mon front est brûlant. Au rez-de-chaussée, Ted fait un pas vers moi.

« Bon sang, ça n'a pas l'air d'aller, Jen. »

Michael passe un bras autour de mes épaules et m'entraîne vers une chaise. Le feu flambe dans la cheminée, la pièce a été rangée. Ted se fige, me regarde, puis regarde Michael. Ses yeux s'assombrissent. Ses lèvres se durcissent. Il décide de ne rien dire, pas maintenant.

« Où est la photo ? » demande-t-il abruptement à Michael.

Il la prend sur la table où je l'ai laissée et la lui donne.

« C'est l'un d'eux, c'est sûr », affirme Ted.

Il s'apprête à la reposer, comme si c'était une vision trop pénible, mais quelque chose l'arrête.

« C'était lui qui était là le plus souvent. »

Je le regarde, incapable de parler. Je sens un battement sous mon crâne et de petites lignes brillantes apparaissent à la limite de mon champ de vision.

« En fait, il était là tout le temps. C'est lui qui est venu à ton cabinet ? me demande-t-il d'une voix différente, effrayée. Celui dont tu nous as parlé ? »

Je hoche la tête. Ma voix n'est plus qu'un murmure :

« Qu'est-il arrivé à cette petite fille ? Je ne l'ai jamais su.

– J'ai essayé de t'en parler, répond-il, les yeux rivés sur moi. Ça ne t'intéressait pas. »

Je l'examine, me demandant s'il croit vraiment ce qu'il dit. Est-ce une mauvaise excuse ou est-ce l'impression que je donnais ? Étais-je réellement ainsi ?

Ted se tourne vers Michael et son regard est dur.

« Est-ce qu'on ne devrait pas appeler quelqu'un ? Est-ce qu'on ne devrait pas faire quelque chose en ce moment même, maintenant qu'on sait ?

– Il est trop tôt pour affirmer que l'on sait quoi que ce soit, répond Michael d'une voix calme et ferme. J'ai une équipe qui fait des recherches sur la famille. La meilleure manière de nous aider, c'est de nous dire ce qui s'est passé exactement. »

Ted verse un trait de whisky dans le verre vide que j'ai laissé sur la table et l'avale cul sec. Il s'assoit près de la cheminée et parle en regardant le feu. Il tient toujours la photographie.

« C'était il y a environ un an et demi. La salle d'attente était pleine : certains étaient contre le mur, d'autres massés autour du bureau de la réception. Une grande famille. C'étaient des Roms, c'est ce qu'ils m'ont dit. Ou des gens du voyage ? Peu importe, poursuit-il avec un petit rire. Je me souviens d'avoir pensé que cette enfant avait de la chance.

– De la chance ? s'écrie Michael dont les yeux gris trahissent l'incompréhension. Je la croyais très malade.

– Elle était très handicapée, oui, mais ils étaient tous là pour elle. Grands-parents, parents, oncles, tantes… Elle était assise au milieu, sur les genoux de quelqu'un, calme et souriante. Elle était aimée, c'était évident. »

Je dévisage Ted. Pourquoi parle-t-il de solidarité familiale maintenant ? Est-ce pour se punir ou me punir ?

« Et Yoska, dans tout ça ? » demande Michael.

Ted examine encore la photo et ne répond pas immédiatement.

« Je n'ai jamais bien compris qui était qui dans cette famille, mais je pense que c'était son frère aîné. Ou son oncle, peut-être. »

Il s'interrompt, regarde Michael.

« Même s'il se taisait, c'était clairement lui le chef. C'était la mère qui parlait, cependant, le groupe s'en remettait à son autorité. »

Une autorité qu'il employait à bon ou à mauvais escient ? Je me remémore sa visite au cabinet, ses mains sur la table, son sourire, la façon dont il avait pris le contrôle de la situation.

« Que leur avez-vous dit au sujet de l'opération ? demande Michael qui griffonne sur son calepin.

– À la consultation, je leur ai expliqué ce qui se passerait si on ne faisait rien. Elle pouvait finir paralysée. J'ai dit que l'opération était susceptible d'empêcher cela, mais qu'elle comportait des risques.

– Est-ce qu'ils l'ont vraiment compris ? » interviens-je.

Il hoche la tête.

« Lorsqu'ils ont signé l'autorisation, tu as dû revoir tout ça avec eux ?

– C'est Martin qui s'en est chargé, répond-il sans me regarder. Le chef de clinique du service de pédiatrie, précise-t-il en se tournant vers Michael. C'était une patiente qui dépendait aussi du service de pédiatrie, mais Martin s'y intéressait plus particulièrement. Un problème inhabituel à la colonne vertébrale ; nous avions prévu d'écrire un article dessus. »

Pourquoi la famille était-elle si en colère dans la mesure où elle était au courant des risques ? Parce que personne ne l'avait écoutée ? Si Ted avait été plus attentif, il se serait rendu compte qu'ils n'avaient pas bien compris et il les aurait mis en garde.

« … et à cause de la déformation du dos, l'opération a été plus longue que prévu. La tension est tombée de manière imprévisible, ce qui a entraîné une ischémie au niveau de la colonne. »

Michael cesse d'écrire.

« Là, je suis perdu.

– Pardon, dit Ted avec un bref sourire. Il y a eu interruption de la circulation sanguine et cette partie de la colonne est morte. Autrement dit, il n'y avait plus de communication entre les jambes et le cerveau. Elle s'est retrouvée paralysée. »

Une bûche tombe dans la cheminée. Le silence se fait.

Il m'est difficile de rester immobile. Je me lève, mais j'ai la tête qui bourdonne et j'ai le vertige. Je dois me rasseoir.

« Que s'est-il passé ensuite ? demande Michael.

– J'ai su pour l'opération, mais je devais partir tôt le lendemain. J'avais une conférence à Rome…

– Pourquoi ? interviens-je. Est-ce que ce n'était pas possible d'attendre pour parler à la famille ? Pourquoi est-ce que ce n'est pas toi qui as opéré alors que tu étais le chirurgien le plus expérimenté ?

– Nous avons l'obligation de laisser les jeunes médecins réaliser certaines procédures complexes, répliqua Ted sèchement. C'est un centre hospitalier universitaire. »

Michael, qui écoutait sans rien dire, lance un bref regard à Ted.

« Et ensuite ?

– Quand je suis rentré, une semaine plus tard, le groupe avait grossi. Ils étaient hostiles. Elle était entourée jour et nuit, comme s'ils la gardaient. »

Pas étonnant. Ils avaient le sentiment qu'ils devaient la protéger, à présent.

« J'ai essayé de discuter avec eux, mais j'avais l'impression de leur parler dans une langue étrangère. »

Le jargon médical est une langue étrangère, même s'il est parfois utile pour tenir à distance les gens effrayés.

« Tu t'es excusé ? »

Ted remue sur son siège, excédé.

« Bien sûr que non, cela revenait à admettre que nous étions coupables.

– C'était aussi une manière de reconnaître leur chagrin. »

Mais je n'avais pas fait mieux. Si j'avais su écouter Yoska, j'aurais peut-être compris de quoi il s'agissait. Si je lui avais demandé pourquoi il devait porter sa sœur, il m'aurait peut-être raconté ce qui s'était passé et j'aurais pu lui parler des risques inhérents à toute opération, lui expliquer qu'il n'y avait pas nécessairement eu de négligence. Alors, avec un peu de chance, il n'aurait pas éprouvé le besoin de se venger. M'avait-il offert la possibilité de racheter Ted ? Peut-être voulait-il seulement du temps et de l'écoute. Les remords décrivent des cercles autour de moi, de plus en plus proches.

Michael nous observe, puis se lève.

« Café ? » demande-t-il avant de se rendre à la cuisine.

Ted et moi nous faisons face. La pièce est sombre, à présent. Je ne vois que ses yeux éclairés par les flammes posés sur moi. Je soutiens son regard.

« Hormis le fait que c'est normal et humain, s'excuser donne aux autres la possibilité de pardonner.

– Dans quel monde est-ce que tu vis, Jenny ? demande-t-il, laissant échapper un bref rire amer. S'excuser, c'est surtout le meilleur moyen de se retrouver avec un procès sur le dos.

– Mais ils ont quand même essayé de vous traîner en justice, non ? »

Michael revient avec des tasses. Il en tend une à Ted et effleure ma main quand il me donne la mienne. Je me ressaisis. Accuser Ted ne sert qu'à nous faire perdre du temps. Je vois les photos de Naomi miroiter à la lueur des flammes. Attends-nous, me dis-je silencieusement. Nous n'avons pas renoncé, nous nous rapprochons. Je bois une gorgée et me concentre sur Ted.

« Oui, ils ont essayé, rétorque-t-il avec un soupir irrité. Heureusement, ça n'a pas abouti. On ne pouvait pas prouver qu'il y avait eu négligence, si bien que l'affaire n'est même pas allée devant le tribunal.

– Quand l'opération a-t-elle eu lieu ? demande Michael. Il écrit de nouveau dans son calepin et ne lève pas les yeux.

– Pendant l'été, répond Ted après un court silence. Je le sais, parce que j'en parlais à Naomi quand je l'emmenais à l'hôpital le matin. Elle faisait un stage. Le cas semblait l'intéresser. Ça m'a fait du bien d'en discuter avec elle.

– Quand exactement ? demande Michael en nous regardant tour à tour.

– Début juillet », réponds-je aussitôt.

J'en suis certaine, car je me souviens du sentiment de déception que j'avais éprouvé : les garçons étaient partis en expédition, les examens de Naomi étaient terminés et elle était absorbée par son stage. Je pensais que, début juillet, Ted et moi aurions l'occasion de faire des choses ensemble pour une fois, ces petites choses que font les gens. Aller au cinéma ou au restaurant. Mais c'était à cette époque qu'il avait commencé à rentrer tard presque tous les soirs. Beaucoup de boulot, affirmait-il. Des collègues en vacances. J'en avais profité pour rattraper mon retard et remplir les formulaires d'évaluation, voir quelques amis, mais ce n'était pas ce que j'espérais.

« Naomi avait affaire aux malades ? demande Michael.

– C'était principalement du travail de laboratoire. Mais elle parlait aux patients et aux familles.

– Elle se trouvait donc là en même temps que cette petite fille et que Yoska. Il a pu découvrir qui elle était et ce qu'elle faisait là, se lier avec elle afin d'obtenir de la kétamine. Une vengeance lucrative. »

Naomi a dû tomber sous le charme de ce jeune homme si différent des garçons du lycée. Elle devait trouver cela excitant. Grisée par son nouveau secret, elle se maquillait le matin, non pas pour le travail comme je le croyais, mais pour paraître plus vieille aux yeux de l'inconnu. Leur relation a dû se poursuivre après le stage. Yoska a gagné sa confiance peu à peu, son emprise sur elle augmentant progressivement, alors qu'elle sortait encore avec James.

« Qui était l'infirmière responsable du service à l'époque ? demande Michael.

– Beth, répond Ted d'une voix égale, se tournant vers la fenêtre, même s'il fait nuit dehors et qu'il n'y a rien à voir. Beth Watson.

– Ah oui, bien sûr, Beth Watson. Il y a eu un incendie chez elle dans la nuit du 19 novembre. »

Michael s'interrompt et me regarde. Il sait que c'est la dernière fois que j'ai vu Naomi et que la simple mention de la date est un couteau qu'on retourne dans une plaie. Puis il reprend, lentement.

« J'ai parlé à Jenny des troubles à l'hôpital. Des jeunes Roms du clan de Yoska. »

Il me jette un autre coup d'œil avant de poursuivre.

« Nous pensions que l'incendie dans l'appartement de Mlle Watson était une coïncidence… »

Il se lève et se place devant la fenêtre. Le feu derrière lui se reflète sur la vitre. De l'extérieur, nous devons avoir l'air d'un groupe heureux et chaleureux, famille et amis réunis.

« Mais, à présent, je me demande si Yoska n'était pas au courant de la relation entre Ted et Mlle Watson. »

Il n'y avait qu'à les observer quand ils étaient ensemble. Comme Naomi l'a fait, j'en suis sûre. Yoska a dû vite comprendre, si Naomi ne le lui a pas dit avant.

« Il est possible que les Roms aient délibérément mis le feu à l'appartement de Mlle Watson, sachant qu'elle appellerait Ted. »

Je pense à l'odeur de brûlé sur Ted dans l'entrée ce soir-là. Je lui lance un bref regard. Son visage est assombri par la culpabilité.

« Yoska avait intérêt à ce que Ted rentre encore plus tard que d'habitude, pour avoir le temps d'organiser la fuite de Naomi. Ils espéraient que cela retarderait d'autant l'alerte. »

Michael nous regarde tout à tour.

« La véritable cible des cambrioleurs était Naomi. »

Cible. Pourquoi a-t-il eu besoin d'utiliser ce mot ? Cela me fait penser à des balles qui transpercent un cercle de papier, un cercle représentant un cœur, son cœur battant.

« Il y a autre chose… »

Il y a un silence et Michael reprend, presque à contrecœur.

« Nous savons déjà qu'Ed échangeait les médicaments volés dans le sac de Jenny contre de la kétamine. Il semble que ce soit Yoska qui ait fourni de la drogue à Ed pour se venger de Ted. »

Nous le dévisageons tous les deux, incrédules. Ed aussi ? Ted se lève.

« C'est impossible. Il n'a jamais rencontré Ed.

– Je suis allé voir votre fils hier, l'interrompt Michael. J'espère que vous ne m'en voudrez pas, mais j'estimais qu'il n'y avait pas une minute à perdre. Je lui ai montré la photo. Il a identifié Yoska. C'était l'homme qui lui fournissait la kétamine. Il pensait qu'il était très généreux, car il continuait à lui en donner alors que les médicaments volés à Jenny étaient épuisés depuis longtemps. Ed n'avait plus de monnaie d'échange, pourtant cela ne semblait pas déranger son dealer. »

Je vois Ted faire un effort pour assimiler ces nouvelles informations. Il arpente la pièce dans un sens et dans l'autre. Puis il se tourne vers Michael.

« Il ne pouvait pas deviner qui était Ed. Comment est-ce qu'il aurait pu l'apprendre ? Où ?

– Il a pu le trouver à partir de ce que Naomi lui a raconté au sujet de sa famille, réplique Michael d'une voix assurée. Même s'il n'avait que son nom. Tous les dealers savent où rencontrer des clients potentiels : à la sortie des écoles, dans les pubs et les boîtes de nuit. Une fois le contact établi, il a dû manipuler Ed pour obtenir les médicaments et lui fournir de la kétamine en échange. Et continuer à l'alimenter une fois qu'il était dépendant. »

Un type en boîte de nuit : les mots d'Ed me reviennent.

Ted continue de faire les cent pas, les poings serrés dans ses poches.

« Pourquoi Ed ne nous a-t-il rien dit ? Il devait savoir au sujet de Yoska et Naomi. Pourquoi diable est-ce qu'il n'a pas parlé après qu'elle a disparu ?

– Pour la simple raison qu'il l'ignorait, affirme Michael. Ed n'avait pas la moindre idée que sa sœur connaissait son dealer. Naomi a gardé leur relation totalement secrète. Et jamais Yoska n'aurait avoué à Ed qu'il était lié à sa sœur. Cela ne présentait aucun intérêt pour lui, au contraire. »

Bien sûr, puisque son but était de frapper notre famille en plein cœur, de lui causer tout le mal possible pour venger sa sœur.

Michael nous assure que l'enquête devrait progresser rapidement, à présent. Il part peu après. Il doit se lever tôt demain. Sur le pas de la porte, ses lèvres effleurent ma joue. Ted m'attend au pied de l'escalier.

« Comment peux-tu faire une chose pareille avec tout ce qui est en jeu ?

– Faire quoi ? Je suis épuisée, Ted, j'ai besoin de dormir. On en parlera plus tard. »

J'essaie de passer devant lui.

« Prends un amant si tu veux. Je serais mal placé pour te le reprocher. »

Malgré tout, il monte le ton. Il est tout rouge et ses yeux lancent des éclairs.

« Il est policier. Ce n'est pas du tout éthique.

– Comment peux-tu penser à ça maintenant ? Michael a été d'une aide que tu n'imagines même pas…

– Bien sûr, réplique-t-il avec un ricanement méprisant. Ce genre d'homme repère tout de suite les femmes vulnérables ; il n'en est sans doute pas à son coup d'essai. »

Il est jaloux. Je me détourne sans répondre et je monte les marches lentement. Je sens son regard dans mon dos. Maintenant, il sait ce que cela fait, mais je suis trop exténuée, trop inquiète pour en retirer la moindre satisfaction.

Je ne trouve pas le sommeil. Yoska nous a tendu un piège. Un piège dans lequel il a pris Ed et Naomi. Beth se doute-t-elle que le soir où elle a appelé Ted est celui où Naomi a disparu ? Je me demande si elle se sent coupable. Si Ted était rentré à l'heure, les choses se seraient peut-être passées autrement. Je me serais réveillée plus tôt et nous aurions alerté la police avant.

J'étais tombée sur un foulard appartenant à Beth, un jour. Je renonce à dormir et je descends chercher mon carnet de croquis. Je me fais du thé puis, assise à la table dans la cuisine silencieuse, je tourne les pages jusqu'à en trouver une qui soit blanche et je dessine un ruban de soie, aussi mince et tordu que les flammes dans l'âtre.

Bristol, 2009

Douze jours plus tard

L'étoffe rouge inconnue s'enroulait nonchalamment autour des vieux CD dans la boîte à gants. Je l'avais ouverte parce que je cherchais des pastilles pour Ed qui avait mal au cœur. Lorsque je me penchai, j'eus l'impression de voir le foulard briller dans l'espace sombre : rouge pour danger. Un léger parfum de lavande monta jusqu'à moi.

« Il y a des bonbons ? » demanda Ted.

Le compartiment se referma avec un déclic métallique. Tout dans sa voiture tiède qui sentait le cuir se fermait sans heurt, s'emboîtait parfaitement. La camionnette que j'avais vue dans le bois la veille n'avait même plus de portières.

« Non. »

Je répondis sans me tourner vers lui. Quelqu'un l'avait emmenée dans cette camionnette. J'avais besoin de Ted pour la retrouver. Nous serions plus efficaces ensemble. Je devais évacuer tout le reste de mon esprit. Ce qui s'était passé avec Beth était derrière nous. Le foulard ne comptait pas.

« On n'a qu'à s'arrêter à la prochaine station-service. Ça va ? » demanda-t-il en regardant Ed dans le rétroviseur intérieur.

Je me retournai vers notre fils. Il avait le visage gris, la tête appuyée dans l'angle entre le dossier et la fenêtre. Ses yeux étaient fermés et il ne répondit pas. Il faisait semblant de dormir. Ou peut-être dormait-il vraiment. Je baissai la vitre. Ted préférait la climatisation, mais un peu d'air frais ne ferait pas de mal à Ed. Je me laissai aller sur mon siège, regardant les mains de Ted sur le volant. Ses ongles étaient propres et coupés ras, même les épais poils blonds sur le dos de sa main paraissaient peignés. Son profil était serein, presque satisfait. Comment était-ce possible ? Il me fallait toute mon énergie pour ne pas crier et arracher la peau de mon visage et de mes bras.

Lorsque j'étais rentrée à la maison, la veille, j'étais incapable de m'ôter ce bosquet de la tête. L'endroit était sinistre. À présent, je parcourais en esprit des corridors sombres ; je voyais Naomi tirée de la voiture, les yeux terrifiés, des mains devant sa bouche qui hurlait mon nom, celui de Ted. Des flammes jaillissaient, effrayantes. Mes mains se mirent à trembler. Je les glissai sous mes cuisses.

La sérénité du visage de Ted me calma malgré moi. Il s'intéressait aux faits, il aimait les choses compréhensibles. Il était minutieux. J'étais soulagée de le retrouver après que Michael m'avait déposée. Il m'avait ôté mon imperméable trempé, avait lavé mes chaussures boueuses, nourri le chien. Pendant qu'Ed dormait, m'avait-il dit, il avait pris rendez-vous pour le lendemain dans un centre de désintoxication de Croydon recommandé par un collègue. Il s'était fait remplacer à l'hôpital.

« Il ne faut pas tarder, Jenny. Il a besoin d'aide rapidement. Le plus tôt sera le mieux. Rester à la maison lui est insupportable, tu le vois bien. »

Je savais qu'Ed avait besoin d'aide, évidemment. C'était moi qui lui avais proposé un marché en échange de sa collaboration, mais tout était allé si vite que je n'avais pas eu le temps de m'accoutumer à l'idée.

« Que veux-tu qu'on fasse en ce qui concerne le lycée ? » demanda Ted en regardant droit devant lui.

Je me tournai de nouveau vers la banquette arrière. Ed contemplait la route, suivant des yeux les poteaux qui défilaient. Il ne répondit pas, mais ses joues avaient rosi, il semblait aller mieux.

« Pas la peine de s'embêter avec ça maintenant, dis-je. On trouvera une solution. Ce n'est pas important. »

Il me lança un bref coup d'œil. Il ne me croyait pas, pourtant c'était vrai. Nous avions déjà perdu un de nos enfants ; il fallait sauver Ed. Rien d'autre ne comptait.

Plusieurs signes annonçaient que nous approchions de Londres. Des ponts, une centrale électrique, une biscuiterie. Ted s'arrêta à une station-service pour acheter des sandwichs. J'en profitai pour prendre la température d'Ed. Elle avait monté un peu. Il y avait une petite tache jaune et humide au creux de son bras, sur le bandage. Je lui donnai ses antibiotiques de midi et un autre comprimé de paracétamol. Ted fit le plein. Je songeai que nous devions ressembler à une famille normale, des parents qui emmenaient leur fils à l'université, peut-être. Personne n'aurait deviné que ce quadragénaire vigoureux, calme et séduisant, aux cheveux blonds et aux yeux bleus, avait perdu sa fille à peine deux semaines plus tôt, ni que la femme brune assise à l'avant devait se cramponner de toutes ses forces pour ne pas devenir folle. Si on jetait un regard à Ed à l'arrière, on ne voyait qu'un adolescent comme tant d'autres.

Le centre se trouvait au fond d'un jardin, dans une petite rue tranquille de Croydon. C'était une vieille demeure victorienne avec de grandes fenêtres et une porte gothique.

Ted se gara devant le bâtiment principal. Un jeune garçon pieds nus nous ouvrit avec un sourire chaleureux. Le nœud dans ma poitrine se desserra un peu.

« Salut. »

Il avait un léger accent irlandais, une voix douce et accueillante.

« Merci, Jake. Je m'en occupe. »

Un petit homme aux yeux clairs était apparu derrière lui. Il ouvrit grand la porte. Ses longs cheveux gris étaient retenus par une queue-de-cheval et ses biceps couverts de taches de rousseur remplissaient les manches de son tee-shirt. Le dénommé Jake sourit à Ed et s'éloigna sans bruit, avec un dernier regard vers nous par-dessus son épaule.

« Entrez. Tu dois être Ed. Moi c'est Finac. »

Nous piétinions à présent dans un vestibule glacé, hésitants et mal à l'aise. Ed bâilla plusieurs fois tandis que Finac nous jaugeait rapidement d'un air dédaigneux. Les parents, disaient ses yeux, le problème.

Il nous serra la main sans se dérider.

« Suivez-moi. »

Il nous conduisit dans une petite pièce aux meubles miteux, où flottait une forte odeur de tabac. Des chaises élimées et tachées étaient disposées en groupes. Dehors, de grands arbres nus encerclaient la pelouse.

« Attendez ici. Je vais chercher Mme Chibanda. »

Quelques instants plus tard, une femme drapée de voiles colorés nous rejoignait. La peau sombre de son visage était lisse, tendue sur ses os. Elle nous serra la main en souriant. Un léger parfum de rose flottait autour d'elle. Tout chez elle me rassérénait.

« Gertrude Chibanda, directrice du centre. Maintenant, c'est moi qui prends le relais. »

Elle se pencha, toujours souriante. Ses dents étaient parfaites.

« Finac sera le coéquipier d'Ed, si vous décidez que votre fils a sa place chez nous. »

Finac hocha la tête dans notre direction.

« Si vous le voulez bien, je vais parler en tête à tête avec Ed pendant que Finac vous fera visiter les lieux, puis nous pourrons discuter et Ed ira voir où il dormira s'il accepte de rester avec nous…»

Notre guide nous entraîna dans d'étroits couloirs qui menaient à des pièces silencieuses. Il y avait un réfectoire déprimant et une salle de musique avec des posters de Jimi Hendrix qui se décollaient, une batterie neuve et des guitares contre le mur. Nous n'étions pas autorisés à pénétrer dans les chambres.

Ed terminait une grande tasse de café lorsque nous revînmes ; il disparut aussitôt derrière Finac. Gertrude me regarda d'un air peiné.

«Je suis désolée de ce qui arrive à votre famille. Mon fils a été emporté par la maladie il y a plusieurs années.»

Elle s'interrompit un instant.

«Je suis désolée, répéta-t-elle simplement.

– Je compatis pour votre fils. Ce doit être terrible, mais Naomi n'est pas morte. Elle est seulement… seulement…»

J'étais incapable de poursuivre. Consciente de la mine affligée de Gertrude et de l'air inquiet de Ted, je me tournai vers la fenêtre. Le paysage vert devint flou, brouillé par mes larmes. Gertrude, toute proche, me tendit un mouchoir de batiste bien plié, imprégné lui aussi d'un parfum de rose.

Deux heures plus tard, tout était réglé. Finac nous avait décrit la cure pour les toxicomanes en douze étapes et nous avait expliqué comment ils allaient procéder. Ed avait décidé de rester quelques jours à l'essai. Je parlai à l'infirmière à demeure de son pansement. Le médecin passerait dans l'après-midi et lui donnerait des antibiotiques. Nous apporterions ses affaires dans quelques jours et j'avertirais le lycée. Ed ne dit rien quand nous partîmes. Il refusait de nous regarder et nous le laissâmes assis sur son lit, les yeux dans le vague.

«J'aime cet endroit, décréta Ted sur le trajet du retour. La femme m'a plu, mais pas Finac. Je ne comprends pas ces gens qui voudraient rendre les parents responsables de tout, comme si c'était nous l'ennemi.

– C'est parce que nous sommes responsables, répondis-je avec difficulté, presque trop fatiguée pour parler. Nous sommes l'ennemi. Nous n'avons pas été assez attentifs. Nous étions trop occupés. »

Ted tendit maladroitement le bras vers moi par-dessus l'espace entre les sièges.

« Nous n'aurions pas pu l'aimer plus. Nous lui avons tout donné. »

Je secouai la tête.

« Nous ne pouvions pas être là tout le temps. Les enfants doivent grandir. Devenir indépendants.

– Indépendants comme Naomi ?

– Je suis de ton côté, Jen. Ici, avec toi », ajouta-t-il en regardant par la vitre.

Avec moi ? Depuis combien de temps était-il avec moi ? Le foulard de Beth était enroulé dans la boîte à gants devant moi ; quand était-elle montée dans cette voiture pour la dernière fois ? Et comment pouvait-il être avec moi quand je ne savais plus moi-même où j'en étais ?

29

Dorset, 2011

Treize mois plus tard

Je me réveille tôt; dehors, la première couche de ténèbres s'est dissipée, laissant le jardin aussi plat et immobile qu'un tableau sous le ciel gris. Dans mon rêve, elle était là, sous l'arbre, le soleil et l'ombre jouant sur son visage levé vers les branches. Son uniforme scolaire la moulait. Je me tenais à cette fenêtre et je voulais crier, mais ma voix n'était qu'un murmure; j'avais les pieds cloués au sol et je me suis réveillée alors que je me démenais pour les soulever, en nage.

Les minutes passent. Le choc à la vue du jardin vide cède la place à la douleur familière, située quelque part sous mon cœur, dans mes os, un poids constant. Le rebord de la fenêtre est frais sous mes mains. Les détails du rêve m'échappent déjà.

J'ai la tête pleine: les faits qui hier s'alignaient clairement se remettent à tourbillonner. Yoska, le dealer de kétamine, Yoska le frère, Yoska le patient. Hier, j'étais persuadée que son nom nous mènerait à elle, mais les indices qui me semblaient si déterminants se sont dissous en soupçons, vaguement liés, glissant comme des serpents qui s'enroulent et se déroulent les uns autour des autres. Nous n'avons pas de preuve. Même si on retrouve Yoska, il n'y a rien qui l'associe de manière certaine à Naomi, hormis le Y dans son journal. Il figure sur la liste des trafiquants de drogue de Michael, il était à l'hôpital auprès de sa sœur, des jeunes de sa famille ont mis le feu chez Beth, il a fourni à Ed de la kétamine, il est venu me voir à mon cabinet. Un bon avocat affirmera que ce ne sont là que des coïncidences.

« Il nous faut autre chose », dis-je tout bas. Dehors, les branches s'agitent dans la brise matinale et le soleil chasse les ombres au-dessous.

« On doit pouvoir trouver mieux. »

En bas, je bois tasse de thé sur tasse de thé. Mes mains tremblent et j'ai la gorge douloureuse, mais je n'ai plus mal à la tête et je me sens mieux. La cuisine a été rangée. Je reconnais la manière qu'a Ted de plier les torchons : nets et serrés. L'évier et l'égouttoir sont d'une propreté clinique. J'avais oublié : les mains de Ted sont toujours immaculées. Je l'imagine se les laver avant une opération, son regard bleu concentré mais lointain au-dessus du masque, pensant à l'intervention qui l'attend, la pièce autour de lui aussi froide et brillante qu'une morgue.

Mon cabinet, la kétamine, l'hôpital, l'incendie. La petite liste défile dans ma tête comme la bande d'un téléscripteur, chassant les images de Ted. Yoska est le lien entre ces différents univers, mais comment le prouver ?

Je tombe directement sur la messagerie de Michael. J'essaie à son bureau. Une femme décroche. Pendant que je patiente, je l'entends le prévenir. Y a-t-il une pointe d'amusement dans sa voix ? Une femme, encore… semble-t-elle dire. Toi et tes femmes… Puis Michael prend le combiné. Il m'écoute avec attention avant de répondre.

« On a ce qu'il nous faut, Jenny. On en a assez pour pouvoir le retrouver et l'interroger. Nous recherchons la famille. »

Sa voix est neutre. Il se trouve dans un bureau, des gens doivent entrer et sortir, la secrétaire est peut-être juste à côté, feuilletant des dossiers dans un meuble-classeur en métal.

« Mais tu ne comprends pas. Il est intelligent. Très intelligent. »

Sa famille s'en est remise à lui quand la petite fille était à l'hôpital ; Ted a dit qu'il était celui qui savait quoi faire. Il saura se défendre si un policier tente de l'arrêter ou si un avocat essaie de le faire condamner.

« Chaque chose en son temps. D'abord, nous devons le localiser. »

La voix de Michael est pleine d'assurance, mais je sens qu'il ne m'écoute pas. Il doit être fatigué après le long trajet en voiture d'hier. Il est sans doute en train de faire signe à la secrétaire pour qu'elle lui apporte un café.

« Il y avait un astérisque à côté de son nom », dis-je lentement.

La cuisine s'est assombrie ; des nuages venant de la mer doivent envahir le ciel.

Il soupire à l'autre bout du fil. J'entends le cliquetis du clavier.

« C'est parce qu'il a volé une voiture il y a plusieurs années », répond enfin Michael.

Je me tourne vers la fenêtre. Les taches vertes de North Hill brouillées par les gouttes de pluie me rappellent le bosquet humide et les hêtres au bord de la Severn, la camionnette brûlée cachée sous les branches. Un plan se forme dans ma tête.

« Qu'est-ce que vous avez gardé sur lui à l'époque ?

– On doit avoir son ADN. »

J'ai l'impression qu'il fait autre chose en parlant. Il signe peut-être des papiers, le combiné coincé sous son menton.

« Donc, si nous trouvons de l'ADN récent lié à la disparition de Naomi et qu'il correspond à l'ADN que vous avez, nous serons sûrs que l'homme qui a enlevé Naomi est Yoska, un dealer motivé par la vengeance. »

Je parle à toute allure, à la vitesse des pensées qui tourbillonnent dans ma tête.

« Jenny…

– Et lorsqu'on le retrouvera, ce même ADN récent, s'il correspond à celui que vous prélèverez sur lui, devrait l'incriminer à coup sûr. »

Je m'interromps pour reprendre mon souffle. Mon cœur bat à tout rompre et ma main qui serre le téléphone est moite de sueur.

« Jenny, il n'y a pas d'ADN récent. En général, c'est dans un corps qu'on retrouve de l'ADN criminel… »

Je l'entends avaler sa salive, comme s'il voulait reprendre ses mots. Mais il est trop tard.

« Pardon. C'était idiot. »

Il y a un silence. Je l'imagine qui boit une gorgée de café. Dehors, il pleut plus fort ; j'entends les gouttes sur le chaume. J'essaie de chasser ses mots, de les oblitérer.

« Je vais retourner dans le bois où on a trouvé la camionnette. »

Tout en parlant, j'ai pris une feuille et j'entreprends de faire une liste. Lampe torche. Pelle. Bottes. Laisse du chien.

« La police l'a passé au peigne fin. »

Une note d'exaspération s'est glissée dans sa voix. Je l'entends très distinctement au téléphone. C'est la première fois.

« Il y a des choses qui remontent à la surface, non ? dis-je précipitamment. Les bois changent. »

Il fait chaud dans le cottage. Ted a rempli le poêle avant de partir. Je fais le tour du rez-de-chaussée, mais tout est rangé. C'est toujours rangé. J'ai une pelle dans la remise, même si elle ne brille pas comme celles de Mary quand je l'ai aidée à creuser. Des plaques de boue séchée adhèrent au métal et je les lave au robinet du jardin. Les poules de Mary sont tombées au fond du trou. Je revois leurs plumes aux couleurs de l'automne, les couleurs préférées de Naomi. Mais je ne pars pas à la recherche d'une tombe. Je vais chercher quelque chose que Yoska a touché.

Il me faut trois heures pour rejoindre le bois dans le Gloucestershire. Il pleut des trombes et la circulation est ralentie sur l'autoroute. La voiture tremble chaque fois que des camions rugissants me doublent, arrosant le pare-brise d'eau sale. Bertie dort lové sur le siège à côté de moi, ma main posée sur son corps tiède.

Je me souviens bien de l'endroit, entre Thornbury, un gros bourg, et Oldbury-on-Severn, un village plus petit. Je retrouve le site sans problème, je le reconnais tout de suite. J'ai dû inconsciemment noter le virage, le trou dans les buissons et le fossé. Je me gare contre la haie, comme Michael. Accompagnée de Bertie, je longe lentement le champ en direction de la colline, le visage fouetté par le vent humide. Alors que j'attaque la pente, j'ai soudain envie de faire demi-tour. J'aurai le vent dans le dos et il me poussera. Je n'ai qu'à mettre Bertie dans la voiture et repartir. Il est midi. Je trouverai un petit café à Thornbury, m'assiérai avec un sandwich et regarderai les gens vaquer à leurs occupations habituelles, prétendant que ma vie est aussi normale que la leur et que je n'ai pas besoin d'aller dans ce bois chercher un indice pour retrouver l'homme qui a enlevé ma fille il y a un an.

Mes pieds progressent dans la boue, glissant de temps en temps. Une année entière s'est écoulée, même si le paysage ne semble pas s'être modifié. Le bosquet n'a pas bougé. Les arbres, qui ne sont plus entourés de ruban, paraissent identiques. J'hésite avant de m'enfoncer sous les branches, mais je resitue rapidement l'endroit où était la camionnette, car le tronc contre lequel elle se trouvait est toujours noir. Bertie court partout, flairant le sol. Il y a bien eu du changement, tout compte fait : deux arbres sont tombés. L'un des deux gît contre celui qui a brûlé et la boue accrochée aux racines semble récente. Excité par l'odeur d'humus frais, Bertie creuse avec entrain.

Je fouille là où la camionnette devait se trouver, soulevant les feuilles mortes à la pelle et les poussant avec les mains et les pieds. Mais j'entame à peine le sol. Je cherche un bidon d'essence ou un gant détrempé. J'enfonce ma pelle sans relâche. Au bout d'un moment, je dois m'arrêter pour reprendre mon souffle. La pluie qui goutte de mes cheveux me brouille la vue. Je les écarte, mais maintenant c'est la boue sur mes gants qui me pique les yeux.

Je heurte une racine. Je déterre des pierres, des morceaux de céramique. Rien. Bertie gémit, mais je l'ignore. Quand j'aurai fini ici, j'élargirai le cercle, puis je l'élargirai encore. Bertie aboie. Je me redresse et m'approche de lui. A-t-il découvert quelque chose ? Sous ses petites pattes qui creusent furieusement, je distingue des formes claires. Le bois tourne autour de moi et je tombe à genoux. Bertie a quelque chose dans la gueule à présent, un os blanc courbe et bosselé. Il me laisse le prendre. Mais ce n'est que l'os d'un animal, peut-être un agneau ou un faon. Bertie se remet à fouiller et il déterre un crâne allongé et bombé, avec des molaires d'herbivore intactes.

Les bois changent. Des choses remontent à la surface.

Je m'assieds sur mes talons. Michael avait raison. Il n'y a rien ici. Les indices sont ailleurs. Je cherche au mauvais endroit. Je n'ai pas assez réfléchi. Je laisse tomber le petit os dans la boue. Elle rirait si elle me voyait maintenant ou, pire, elle aurait pitié de moi. L'un ou l'autre, je ne sais pas.

Bristol, 2009

Vingt jours plus tard

Ted et moi n'avions plus rien à nous dire. Ed était parti. Theo passait des heures au studio de photo du lycée, dont il rentrait fatigué et taciturne. Ted me regardait. Je me rendais compte qu'il voulait parler et qu'il n'y arrivait pas, mais je n'essayais pas de l'aider. J'étais incapable de prononcer un mot. J'étais enlisée dans le silence. Je n'avais même pas la force d'articuler.

Au cabinet, c'était plus facile. Je pouvais faire comme si j'allais bien. Je me lavais les cheveux et je repassais mes vêtements pour maintenir une apparence de normalité. Je voyais mes patients et gérais les problèmes. Je travaillais à mi-temps, à présent. Cela me convenait. Je ne souriais pas. J'étais incapable de sourire, mais je faisais ce qu'il fallait. Je prenais la tension, remplissais des formulaires et rédigeais des ordonnances. Naomi y venait rarement, alors, dans mon cabinet, pendant quelques minutes, j'avais parfois l'impression que rien n'avait changé. Je pensais pouvoir continuer ainsi. Je me trompais.

Jade n'était pas sur ma liste, cet après-midi-là. Mme Price avait dû convaincre Jo de les laisser passer entre deux rendez-vous. Elle franchit la porte timidement, un petit bouquet de fleurs à la main. Sa mère la poussa et elle trébucha. Elle était maigre, mais les bleus avaient disparu et elle portait un bonnet rose si enfoncé que personne ne pouvait deviner qu'elle n'avait pas de cheveux. Cinq semaines s'étaient écoulées depuis son admission à l'hôpital. Je parvins à m'arracher un demi-sourire.

« Bonjour, Jade. »

Mme Price s'assit et la fillette se blottit entre ses genoux.

« On voulait juste vous faire un petit coucou. »

Je la dévisageai, la gorge serrée.

« Je sais ce que c'est… Je veux dire, quand c'est votre enfant… »

Elle s'interrompit et me regarda. J'étais de l'autre côté, à présent, le mauvais côté : j'étais la victime. Les gens ne savaient pas quoi me dire.

Elle se leva et prit la main de sa fille.

« Je veux dire… Vas-y, Jade. »

La petite me tendit le bouquet, me fit un bref sourire et enfouit son visage dans le manteau de fourrure de sa mère.

Après leur départ, je refermai la porte et m'y adossai un instant, puis je me laissai glisser par terre, m'agenouillant maladroitement. Les fleurs qui s'étaient échappées de la cellophane s'étalaient sur le sol à côté de moi. Je mis la tête sur mes genoux. Le lino délavé et fendillé sentait l'eau de javel séchée. Mon visage se tordit et des sons rauques sortirent de ma gorge, des cris d'animal malade. Au bout d'un moment, je me relevai et ouvris le robinet pour qu'on ne m'entende pas, puis je pris le papier bleu sur le lit d'examen et le plaquai contre mon visage. C'était de la folie d'imaginer que je pouvais recommencer le travail aussi vite. J'en étais incapable. Je n'étais capable de rien. Je voulais rentrer à la maison, me blottir sous la couette et rester là dans le noir. Je voulais cesser de respirer.

Je m'assis à mon bureau en hoquetant. Je fis le numéro de la réception et demandai à Jo de dire que j'avais été appelée pour une urgence. Les patients dans la salle d'attente penseraient que j'étais sortie par la porte de derrière.

Je restai à mon bureau. Jo m'apporta une tasse de thé sans bruit et me serra brièvement les épaules. Elle avait prévenu Frank, qui se chargerait des cas les plus urgents. Puis elle me laissa seule.

La pièce s'assombrit autour de moi. Le monde se contracta, se réduisant à ma main sur la table. Cela faisait vingt jours que Naomi était sortie de la cuisine pour la dernière fois. Chaque jour, à chaque instant, j'avais repoussé les images d'elle blessée, attachée, lacérée, ensanglantée, son corps sans vie dans un sac en plastique au bord de la route ou au fond d'une tombe de fortune quelque part. Je fermai les yeux, m'efforçant de penser à un souvenir lumineux et heureux pour chasser ces images. Le dîner après la première. Il y avait tant de voix joyeuses dans notre cuisine ce soir-là. Soudain, elle apparut dans mon esprit aussi nettement que sur une photographie. Naomi, près de la cuisinière, posait son pied sur le dos de Bertie. Elle s'était retrouvée seule un instant. J'allais m'approcher, mais je m'étais retenue. Elle regardait sur le côté avec une telle intensité que j'avais suivi ses yeux pour savoir ce qu'elle fixait. Il n'y avait que la fenêtre et dehors les ténèbres. Lorsque je revins vers elle, je vis qu'elle souriait, mais à personne en particulier. C'était un sourire intérieur, secret. Elle semblait différente. C'était peut-être simplement le costume noir qu'elle portait pour la mort de Tony dans *West Side Story*, mais, l'espace d'un instant, je l'avais vue plus âgée, plus dure, d'une manière que je ne parvenais pas à analyser. Un vague sentiment de malaise me gagna. Mais presque aussitôt, Theo s'approcha d'elle et elle rit, redevenant elle-même. On me toucha l'épaule et je me retournai. La scène m'était sortie de l'esprit, pourtant, alors que j'y repensais dans mon cabinet, je me rendis compte qu'elle m'avait dit quelque chose avec son sourire. C'était un indice.

Lorsque je quittai le cabinet, il faisait noir et froid, cependant il faisait bon dans la chambre de Naomi. J'avais laissé le radiateur allumé et je montais m'y asseoir presque tous les soirs. Parfois, j'imaginais que des molécules de sa peau ou de ses cheveux flottaient toujours dans l'air, et qu'elles touchaient mon visage ou mes mains. Je les sentirais peut-être, si je restais parfaitement immobile.

Ce soir-là, l'espoir m'étreignait si fort que j'avais du mal à respirer. J'espérais qu'elle avait planifié sa fuite. Que c'était pour cela qu'elle souriait toute seule. Tant pis si elle savait que cela nous ferait souffrir, et même si c'était ce qu'elle souhaitait. Peu importe, tant qu'elle était saine et sauve.

Michael et la police avaient déjà fouillé sa chambre. Mais je voulais y jeter encore un œil. Si elle avait préparé sa fugue, je découvrirais peut-être un indice. Son gros manteau se trouvait dans la penderie, avec ses jupes d'uniforme. Je tâtai les poches. Rien. Toutes ses chaussures étaient bien alignées. Les babies vertes, les Converse, les tongs. Je glissai les doigts dans l'une des babies, caressant les creux lisses sur les semelles de cuir, à l'endroit de ses orteils. J'ouvris sa commode, palpai sous les pulls en désordre. Rien. Les bibelots sur la cheminée avaient été soulevés, des mains expertes avaient sorti les photos de leur cadre pour vérifier qu'il n'y avait rien derrière et les avaient remises légèrement de travers. Tout le reste était à sa place : le cheval en porcelaine, les feuilles d'automne, son coffret à bijoux.

En bas, j'entendis la porte d'entrée s'ouvrir et Ted traverser le vestibule à pas lents.

Je m'assis sur le lit et, quand je soulevai le couvercle blanc de la boîte à bijoux, la minuscule danseuse en tutu rose se mit à tourner au rythme d'une petite musique dissonante. Je fermai les yeux. Lorsqu'elle avait déballé le coffret, pour son sixième anniversaire, elle avait trouvé un collier de corail enroulé à l'intérieur. J'ouvris soudain les yeux. Le collier n'était pas là. Je cherchai sous les bijoux. Où était-il ? Elle le gardait toujours dans sa boîte. Elle avait dû le sortir, le sortir récemment. Les pointes du corail avaient laissé des marques dentelées sur le satin usé. Je regardai sur la cheminée, par terre, sous le tapis. Puis je me précipitai dans l'escalier.

« Elle savait. Elle avait tout planifié. »

Ted était assis dans le fauteuil, le regard fixe, un verre à la main. Il se tourna vers moi.

« Planifié quoi ?

– Son collier n'est plus là. Le collier de corail que lui avait offert maman. Disparu. Elle a dû le prendre avec elle. »

Je m'interrompis pour reprendre mon souffle.

« Comment peux-tu en être sûre ? demanda Ted d'une voix basse et atone. Elle a très bien pu le perdre il y a des années.

– Il était encore dans le coffret il n'y a pas si longtemps. On voit encore les marques.

– Alors c'est qu'elle l'a perdu il n'y a pas longtemps.

– Non, elle ne l'aurait jamais perdu. Elle adorait ce collier. Ça veut dire que c'était prévu. Elle l'a emporté. Elle savait qu'elle partait. C'est pour ça qu'elle souriait toute seule.

– Elle souriait toute seule ?

– À la soirée.

– Quelle soirée ? »

Je ne pris pas la peine de répondre. Je réfléchissais à cent à l'heure. Je tentai de me rappeler la dernière fois où je l'avais vue. Portait-elle le collier ? Se trouvait-il dans son sac avec ses chaussures ? Les questions se bousculaient.

« Jenny, tu es à bout, dit-il, se levant et passant un bras autour de mes épaules. On dirait que tu as pleuré. »

Son bras était lourd, son haleine aigre empestait l'alcool. Je reculai vivement.

« Arrête… »

Il me regarda alors comme s'il ne me reconnaissait pas. Il haussa les épaules et se dirigea vers l'escalier. Je le rappelai.

« Cela signifie qu'elle n'a pas été enlevée, tu ne comprends donc pas ? »

Il ne s'arrêta pas.

« Je suis trop fatigué pour ça. Je n'ai pas faim. J'ai grignoté à l'hôpital. Je vais m'allonger. »

Je le regardai monter les marches, s'accrochant à la rampe. J'avais l'impression qu'il sortait lentement de ma vie. Tant pis. Elle avait emporté son collier de corail. Elle avait planifié son départ. Elle était vivante.

30

Dorset, 2011

Quatorze mois plus tard

Naomi danse. Elle est Maria qui danse avec Tony et tout le monde voit qu'elle est en train de tomber amoureuse. Ce n'est pas comme dans le vrai *West Side Story*, mais dans mon rêve peu importe. Le tempo est lent au début et ils sont très proches l'un de l'autre, exécutant les mêmes pas. La musique s'accélère progressivement et ils doivent danser de plus en plus vite, puis elle devient si forte qu'à la fin ce n'est plus de la musique, mais une cacophonie insupportable. On s'agite dans le public. Les lumières vacillent et les mouvements semblent étranges et saccadés. Il y a quelque chose qui déraille ; des murmures se propagent dans la salle. Les gens quittent le théâtre. Soudain, la batterie explose bruyamment et je me réveille en sursaut, tandis que son écho s'affaiblit déjà dans ma tête.

Les battements de mon cœur ralentissent au bout de quelques minutes. Les rêves reviennent toutes les nuits à présent.

Cela faisait des mois que je n'avais pas songé au théâtre. J'écarte les cheveux qui me tombent dans les yeux et je fixe les ténèbres où défilent des images fantomatiques. L'homme est une silhouette, une ombre entraperçue au fond de la salle par le professeur et Nikita. James l'a vu adossé au mur à l'intérieur.

Mes pensées vacillent comme les lumières dans mon rêve. N'a-t-il rien oublié au théâtre ? Un chapeau ? Des cheveux sur son manteau sombre qui se seraient accrochés à un siège ? Tout ce qui a touché sa peau pourrait receler de l'ADN. La police a perquisitionné, mais quelque chose a pu lui échapper. Je vais appeler Michael pour lui demander ce qui a été fait au juste. Il va penser que j'ai perdu la tête. C'est peut-être vrai. Je vais peut-être devoir y aller moi-même. Comment puis-je être sûre qu'il n'y a rien sinon ? Il doit exister une preuve qu'il a enlevé Naomi quelque part. Il faut seulement que je la trouve.

Je reste allongée sans dormir jusqu'au petit matin, les questions tournoyant sans fin dans mon esprit. À sept heures, j'appelle Michael. Il parle avec réserve, mais sa voix est douce.

«Je serais passé hier soir si je n'avais pas fini si tard. Je m'en veux. Je n'aurais pas dû dire ça au sujet de l'ADN.

– Tu avais raison.

– Non. Il n'y a pas de corps. Il n'y en a jamais eu. Bien sûr qu'il n'y a pas d'ADN.»

Il va encore me dire que le seul endroit où on peut trouver de l'ADN criminel quand on recherche une jeune fille disparue, c'est sur le corps, mais je le sais déjà. Je sais qu'ils regardent dans le vagin, l'œsophage, sur les vêtements, dans les cheveux. Je ne veux plus entendre ces mots. S'il ne les prononce pas, je n'aurai pas à voir les images qui vont avec.

«Je voulais dire que tu avais raison au sujet du bois, il n'y avait rien.»

Je lui raconte tout, pour l'empêcher de parler.

«Alors tu y es allée quand même ? Ah, Jenny.»

Les coins de sa bouche doivent tomber. C'est l'un des premiers détails que j'ai remarqué chez lui ; je me souviens d'avoir pensé que c'était bon signe s'il y avait encore des choses qui le rendaient triste.

« Je t'avais dit que la police avait fouillé le bois.

– Et le théâtre ?

– Le théâtre, répète-t-il lentement.

– Oui. Figure-toi que j'ai fait un rêve… »

Mais je me rends compte qu'il ne m'aidera pas s'il pense que je perds la tête, alors je me reprends.

« Elle jouait dans *West Side Story*, tu te rappelles ? »

Un bref silence suit mes mots.

« Bien sûr que oui. Nous avons fouillé les lieux de fond en comble, en commençant par les loges.

– Qu'est-ce que cela signifie au juste, de fond en comble ? »

Un petit soupir, le bruit de la glissière de sa housse d'ordinateur.

« Je te rappelle avec les détails dans un instant. »

Ils ont commencé par la loge où elle s'est transformée en Maria, mais quand j'y repense, elle ne s'en servait que pour se changer. Elle ne se démaquillait pas sur place. Et elle se maquillait aussi à la maison, avant de partir. Pourquoi ? Peut-être le retrouvait-elle sur le trajet, à l'aller ou au retour. On lui donnait facilement dix-huit ans avec de l'eye-liner et du fond de teint. Qu'est-ce qu'il se sentait autorisé à faire, alors ?

Je décroche à la première sonnerie.

« C'est bien ce que je pensais. Ils n'ont rien laissé au hasard, déclare Michael avec une assurance tranquille. J'ai la liste ici.

– Oui ?

– Ils ont relevé toutes les empreintes : sur les poignées de porte, les robinets, les fauteuils au fond de la salle, les toilettes. Ils ont fouillé les placards, les panières à costumes, les poubelles et les bacs à ordures à l'extérieur… Ils ont regardé sous le plancher », ajoute-t-il après un silence.

Je l'ignorais. Ils pensaient donc qu'elle était peut-être morte dès le début.

« Jenny, ça ne peut pas continuer ainsi. »

Il se racle la gorge.

« Tu vas te rendre folle. Laisse-nous faire, poursuit-il plus calmement. Il y a un moment où il faut lâcher prise, tu en as le droit.

– Je ne pourrai jamais lâcher. »

Il ne répond pas. Je poursuis quand même.

« Michael, quand vous l'arrêterez, il niera tout. »

Yoska secouera la tête, une petite lueur ironique dans les yeux.

« Il saura que, sans véritable preuve, nous ne pourrons jamais le faire condamner. Nous avons besoin d'établir de manière certaine qu'il était avec elle.

– Mais tu ne peux pas chercher cette preuve au théâtre simplement à cause d'un rêve ! »

Il laisse échapper un petit rire. Cependant, je ne peux pas ignorer mon rêve, je ne peux pas l'ignorer, elle.

Je compose le numéro du lycée. Le proviseur est en réunion, mais elle me rappelle dix minutes plus tard. Son ton est bienveillant.

« Je suis heureuse de vous entendre. Je me suis souvent demandé comment vous alliez.

– Ça va, je vous remercie, mademoiselle Wenham. »

Si elle me voyait, c'est certainement ce qu'elle penserait, en effet. Ces quelques mois au bord de la mer ont accompli des miracles. J'ai l'air beaucoup mieux que lors de notre dernière rencontre. Elle ne devinerait jamais que les blessures se sont rouvertes. L'hémorragie n'est pas visible de l'extérieur. Je parle avec calme.

« Je m'interrogeais au sujet du théâtre. Il se pourrait que quelque chose ait échappé à la police. J'aimerais y jeter un œil, dis-je plus rapidement, de peur qu'elle ne m'interrompe et que je perde mon sang-froid. Je pourrais remarquer un détail, même après tout ce temps. Je me rends compte que ça a l'air ridicule. Mais peut-être y a-t-il un chapeau ou une veste… »

Mes mots sortent trop vite et, dans le silence qui suit, ils semblent absurdes.

Elle hésite.

« Vous pouvez aller voir, bien sûr. Mais je doute que vous trouviez quoi que ce soit. C'est très différent, maintenant.

– Différent ? »

Peut-être ont-ils installé des portes automatiques. Des claviers avec un code ou un vigile. Pour que ce qui est arrivé à Naomi ne se reproduise pas.

« Ce n'est pas terminé, poursuit-elle d'une voix mesurée. Mais c'est la dernière ligne droite. Un ancien élève nous a laissé de l'argent sur son testament pour rénover le théâtre. »

Comme je ne réponds pas, elle reprend.

« Il y a eu beaucoup de changements. Une nouvelle scène, notamment… »

Sa phrase reste en suspens. Elle se rend compte qu'elle a manqué de tact.

« Je peux peut-être passer quand même, au cas où ? »

Je m'efforce de parler avec optimisme, même si mon cœur se serre. Trop tard. Beaucoup trop tard.

« Quand ce sera fini, l'une des filles pourra vous servir de guide. Rappelez dans une semaine ou deux. Je suis très heureuse… »

Je ne veux pas savoir pourquoi elle est très heureuse. Je raccroche. Cela ne servira à rien quand tout sera fini. Je vais y aller aujourd'hui. La veste est peut-être encore suspendue à une patère à laquelle plus personne ne fait attention à force de passer devant, le chapeau piétiné prend la poussière, poussé dans un coin. Je veux aller voir, même si j'ai quatorze mois de retard.

Cela s'avère parfois utile en médecine. J'y pense alors que je sors la voiture du garage en marche arrière. On refait un examen ou quelqu'un d'autre s'en charge, et on trouve la réponse que plus personne n'attendait. Parfois, on ne voit pas ce qu'on avait devant les yeux. Le visage de Jade apparaît brièvement dans le rétroviseur. Ça ne coûte rien d'essayer, de toute façon.

Bertie est sur le siège avant, le museau posé sur ses pattes, les yeux clos, installé pour le voyage, mais on frappe à la vitre alors que je fais mon demi-tour. C'est Dan, qui paraît plus grand, dans une parka neuve, le col remonté pour se protéger du vent. Je baisse la vitre.

« Jolie veste.

– Merci. Un cadeau de ma grand-mère. Il neige toujours dans les films new-yorkais.

– Tu pars bientôt, alors ? »

J'avais oublié que le temps passait dans la vie des autres aussi.

« Je pars demain. Les cours commencent la semaine prochaine. »

Son visage est fermé, mais l'enthousiasme transparaît dans sa voix.

« Attends, je me gare.

– Pas la peine. Je repasserai plus tard. »

Je sais qu'il ne le fera pas et de toute manière je ne serai sans doute pas là. Je coupe le moteur et je sors.

« Tu vas manquer à Mary. Tu vas me manquer. »

Il regarde le bout de ses chaussures.

« Quels sont tes projets, alors ?

– Je vais habiter chez Theo et Sam jusqu'à ce que je trouve une chambre.

– Tu auras assez d'argent ? »

Mais je me mêle de ce qui ne me regarde pas. Il recule, maussade.

« On croirait entendre ma mère.

– C'est parce que je suis une mère.

– Mais pas la mienne. »

Il plonge ses yeux vert pailleté dans les miens.

« Je vous tiendrai au courant. Ou Theo le fera. »

Il y a une seconde où je pourrais le toucher, une seconde où il reste planté là, l'air perdu. Comme s'il avait deviné mes pensées, il rougit et se détourne.

« À plus tard. »

Il s'éloigne sur la route et je n'ai même pas eu la présence d'esprit de le remercier. Je ralentis devant l'épicerie et je baisse la vitre, mais deux filles sortent et le saluent. Je le vois dans le rétroviseur qui se penche un peu, avance sur la chaussée, suit la voiture des yeux ; un instant après, l'une des filles le rejoint et le prend par le bras. Je tourne au coin de la rue et ils disparaissent. Il ira à New York, commencera une nouvelle existence. Il a l'avenir devant lui. Une vie à vivre, une vie entière, ininterrompue.

À midi, nous sommes à Bristol. La dernière fois que je suis venue, c'était en été. Les châtaigniers sur les Downs sont nus. Nous avons raté la chute des feuilles. La saison préférée de Naomi. Sa collection de feuilles séchées et le petit tas de marrons ratatinés sur sa coiffeuse avaient étonné le policier qui fouillait sa chambre.

Je me gare devant la maison. Bertie bondit hors de la voiture et gémit au portail, agitant la queue. Le montant est rugueux sous mes doigts, la peinture écaillée. Les vitres sont sales et le jardin envahi de mauvaises herbes. En revanche, tout doit être propre à l'intérieur, grâce à Anya. Ted est certainement au travail. Je regarde les hautes fenêtres noires et je me souviens que, les derniers temps, toute la chaleur de la maison s'était dissipée. Même le bruit de mes pas à travers les pièces sombres et vides semblait résonner dans un rêve.

J'ai attendu là de novembre à août l'an passé, neuf mois pendant lesquels mon mariage s'est désagrégé, à mesure que l'espoir s'amenuisait et que nos amis s'éloignaient. Après l'épisode au cabinet, Frank a compris que je n'étais pas prête. Mais le simple fait de savoir qu'il me gardait ma place ajoutait à mon angoisse et j'ai fini par lui dire que je ne reviendrais pas. Le manque s'est dissous dans les mois de vide qui ont suivi. Je restais allongée sur le lit de Naomi ou sur le sol de sa chambre, immobile, regardant le jour naître et s'éteindre. Je souhaitais mourir. Puis, un jour, je suis retournée au cottage. Ed voulait des livres qu'il avait laissés là-bas lors d'un séjour. Il préparait ses examens au centre, où il avait préféré rester à la fin de sa cure. La lumière du Dorset semblait différente. Elle était plus transparente, l'air plus doux. J'entendais les mouettes dans le jardin. Je suis rentrée à Bristol, mais comme l'enquête sur Naomi s'enlisait et que les semaines s'étiraient, je pensais de plus en plus souvent au cottage. Lorsque l'été est arrivé, j'ai pris ma décision et fin août je suis partie. Depuis, je vis du petit héritage que mes parents m'ont laissé. Ted m'aiderait si je le lui demandais, mais je n'en ai pas eu besoin jusque-là.

Pendant un instant, je songe à sonner. Anya est peut-être là. Mais c'est le territoire de Ted à présent, et je m'éloigne, tirant Bertie derrière moi. Il y a un échafaudage devant le théâtre. Des échelles sont appuyées contre le mur et des radiateurs en fer forgé sont entassés dans une benne à ordures. Deux camionnettes dans la rue ont les portières ouvertes. À l'intérieur, des ouvriers font une pause, penchés sur des tasses fumantes. Les portes du théâtre sont entrebâillées, coincées à l'aide d'une cale. J'hésite, me demandant si je peux entrer avec Bertie. Sa présence me donne du courage.

Personne ne nous arrête. Nous marchons sur les plaques d'aggloméré qui protègent le parquet neuf posé dans le hall. Ont-ils abîmé l'ancien en cherchant son corps en dessous ? Le bar a été repeint en rouge ; il est plus grand et il y a un nouveau miroir derrière. Il y a de la poussière en suspension dans l'air et ça sent le plâtre. Bertie éternue deux fois. J'ouvre les lourdes portes de l'auditorium. L'odeur âpre de la peinture et de la sciure nous assaille. La salle est plus spacieuse et plus claire qu'avant. La lumière éclatante réverbérée par les murs lisses ne laisse aucune place aux ombres qui peuplent mes rêves. Le plateau a disparu. Des planches sont entassées dans un coin, certaines cassées en deux. Appuyées contre un mur, de longues lames toutes neuves attendent de les remplacer. Bertie, qui tire sur la laisse, manque de tomber dans les dessous de scène mis à nu. Dans le trou, un homme aux cheveux gris vêtu d'un bleu de travail vérifie l'horizontalité du sol avec un niveau à bulle. Il y a deux tabourets en bois, une cheminée qui semble en plastique et des sacs en toile de jute sales dans un coin. Il lève la tête, le front luisant de sueur. Il me salue d'un hochement du menton, puis, remarquant Bertie, son visage s'adoucit et il s'approche pour le caresser.

« Les chiens ne sont pas censés entrer ici, mais il est mignon tout plein. J'en ai un qui lui ressemble un peu. Vous cherchez quelqu'un ?

– Ma fille a joué dans une pièce il y a... avant... elle a perdu des affaires. Est-ce qu'il y a une chance qu'on les ait rangées quelque part ? »

L'homme hoche la tête.

« On s'est débarrassé des objets perdus il y a un moment. À la poubelle, l'été dernier. »

Mon cœur se serre. Quelle idiote je fais ! Qu'est-ce que j'imaginais ?

L'homme se retourne avec un geste d'excuse mais, à cet instant, Bertie saute dans le trou, et je lâche la laisse de peur qu'il ne s'étrangle. Il éclate de rire et se penche vers le chien.

« On dirait qu'il m'aime bien, s'esclaffe-t-il en lui grattant les oreilles.

– Je m'excuse. »

Je m'assieds au bord et saute. C'est plus bas que je l'imaginais et je me réceptionne mal. J'ai dû me fouler la cheville, car j'ai des élancements quand j'essaie de m'appuyer dessus et je tiens à peine debout.

« Je m'excuse », dis-je encore une fois.

Cette fois, je suis consciente que je le dérange et que je devrais partir.

« Attendez. »

L'homme me guide vers les sacs dans le coin.

« Asseyez-vous là-dessus. C'est rien que des costumes, ça risque pas de leur faire du mal. Je vous apporte du thé ?

– Des costumes ? dis-je en m'asseyant avec précaution sur le sac en toile.

– La police les a laissés là. Prêts pour le prochain spectacle. »

Il se penche pour ébouriffer Bertie, s'animant à la perspective de colporter quelques ragots.

« On n'a pas joué de pièce ici depuis que cette jeune fille a disparu, vous savez. Une sale histoire. »

Il faut que je parte avant qu'il en dise plus mais, au moment où je vais pour me lever, il pose une main sur mon épaule.

« Vous bilez pas, poursuit-il en souriant. Rasseyez-vous donc. Elle est pas dans un de ces sacs. »

Je vais me sentir mal. Je le regarde fixement, mais aucun son ne sort de ma bouche.

« Vous êtes toute pâlotte. »

Il s'interrompt, se gratte la tête, puis reprend, rayonnant.

« Vous savez quoi, bougez pas, reposez-vous un peu. Moi, je vais vous chercher une bonne tasse de thé. Je reviens de suite. »

Il se redresse et s'en va.

Il y a au moins six sacs. Il se peut qu'on y ait mis quelque chose appartenant à Yoska sans faire attention. Je me laisse glisser par terre et je m'agenouille. C'est peu probable que je trouve quoi que ce soit et je n'ai que quelques minutes avant le retour de l'homme, mais je plonge la main à l'intérieur. Je sens de la grosse toile et de la corde. J'en ouvre un autre dont je tire une épaisse veste en velours noir avec un galon doré et un chapeau en feutre aux bords retroussés, orné d'une plume jaune dépenaillée. Je les remets à leur place. Le troisième contient des treillis militaires bien pliés. De quelles pièces viennent-ils ? Naomi les a sans doute vus. M'en a-t-elle parlé ? Encore une chose à laquelle je n'ai pas prêté attention, si c'est le cas. Dans le quatrième sac, il y a des vêtements souples au toucher. Je sors une jupe bleue, puis, le cœur battant, une casquette de policier : celle du sergent Krupke. Je m'empresse de retourner le sac pour en faire tomber le contenu par l'ouverture étroite : des jupes rouges et d'autres bleues, des hauts à volants, des robes en dentelles, des châles soyeux. Et enfin du tulle violet, une paire de bottines, des foulards et des collants. Aucun costume masculin : les garçons devaient porter leurs propres vêtements pour danser sur les toits. Je les examine, revoyant les scènes où les jupes tournoyaient tandis que la musique de Bernstein emplissait l'auditorium. Mais ce tas de chiffons colorés ne m'en apprend pas plus que le petit bois du Gloucestershire. Rien que des costumes, disait l'homme tout à l'heure.

Je m'empare avec irritation des bottines pour les remettre dans le sac, mais mes doigts sentent quelque chose de doux à l'intérieur. Des chaussettes ? Un fichu ? Déplié, le tissu soyeux est plus grand que je l'imaginais et, une fois étalé sur le sol, je vois qu'il s'agit d'une robe, une courte robe rouge décolletée. Des boutons en nacre. La robe de Nikita. Celle que Naomi a empruntée pour la générale et qu'elle n'a jamais rapportée à la maison. La police n'a pas dû la trouver dans cette bottine. Je la porte à mon visage. Sentirais-je des effluves citronnés ? Je ne dois pas pleurer. Je l'étale de nouveau par terre et, avec la partie de mon cerveau qui fonctionne rationnellement, je remarque une tache blanc jaunâtre sur le corsage. Je regarde de l'autre côté et constate qu'elle a traversé l'étoffe. J'entends des pas. Je roule le fin tissu et le glisse dans la poche de mon manteau, puis je fourre à la hâte le reste des vêtements dans le sac. L'homme passe lourdement par-dessus le bord de la scène et me tend une tasse de thé.

« Alors, je vois que vous avez fouillé dans les costumes, lance-t-il d'un air amusé. Vous avez trouvé votre bonheur ? »

Je secoue la tête. Le thé est noir, très sucré, revigorant.

« Je vous l'avais dit, ils ont tout jeté. »

Lorsque je repars en boitillant, j'ai envie d'enrouler la robe autour de mon cou, à même la peau, mais je la laisse dans ma poche. Michael l'enverra au laboratoire.

Les fenêtres de la maison sont toujours noires. Je fais monter Bertie dans la voiture et je démarre. Mon cœur défaille d'espoir et d'angoisse.

Bristol, 2009

Vingt et un jours plus tard

J'avais hâte de parler à Ed du collier de corail disparu. Il se rendrait compte que c'était bon signe, et ça lui redonnerait espoir. Ed comprendrait que cela signifiait qu'elle avait planifié son départ et qu'elle voulait un objet qui lui rappellerait la maison jusqu'à son retour. Il serait aussi excité que moi.

Je tombai directement sur sa messagerie. Je composai donc le numéro du centre. Mme Chibanda décrocha. Elle alla le chercher et, après une attente qui me parut interminable, je l'entendis approcher à pas lents.

« Salut, maman. »

Il semblait fatigué, plus âgé.

« Ça va, mon chéri ?

– Pourquoi ?

– Ça fait plus d'une semaine. Je me demandais juste comment tu allais. »

Un léger soupir me parvint, mais il ne répondit pas.

« Je sais qu'on me préviendrait s'il y avait un problème… »

Je m'entendais m'enferrer.

« Arrête, maman. Laisse-moi tranquille. »

Je fermai les yeux. Depuis que Naomi avait disparu, tout était plus sonore. Le bruit me faisait mal, comme si j'étais malade, comme si j'avais perdu une couche de peau. J'avais oublié comment parler à Ed. Cette conversation était partie de travers. Je commençais à regretter de l'avoir appelé.

« Nous pensons à toi tout le temps. »

Ce n'était pas ce que je voulais dire. Il détestait ce genre de phrases.

« Typique, murmura-t-il.

– Qu'est-ce que tu entends par là ? »

Je n'aurais pas dû lui poser la question. Ce n'était pas pour cela que j'avais téléphoné.

« C'est maintenant que tu dis ça. »

Je devais faire un effort pour le comprendre, il marmonnait.

« Avant, tu ne me parlais jamais. »

Il est malheureux à cause de sa sœur. Il est en manque. Il est seul. Il ne pense pas réellement ce qu'il dit.

« Je te parlais tout le temps, Ed.

– Tu m'aboyais après. »

J'attendis un instant avant de changer de sujet.

« Tu ne devineras jamais. Le collier de corail de Naomi a disparu !

– Quel collier ? demanda-t-il d'une voix distante.

– Celui qui est orange, avec des bâtonnets, tu vois ?

– Et après ?

– Elle a dû le prendre avec elle. Cela signifie qu'elle savait qu'elle allait partir.

– Arrête, maman. Elle l'a sans doute perdu ou donné. »

Veut-il vraiment tout détruire ?

« Votre grand-mère le lui a offert il y a des années.

– Raison de plus. Tu ne la connais pas, maman. Tu ne vois rien. »

Après avoir dit au revoir et attendu qu'il raccroche le premier, j'arpentai la cuisine. Je devais chasser ses paroles de mon esprit. Je ne voulais pas y penser maintenant, pas plus que je ne souhaitais m'appesantir sur la colère qui bouillonnait en dessous.

Pour finir, je décidai de téléphoner à Shan. Je ne voyais personne d'autre à qui me confier, même si nous ne nous étions pas parlé depuis que nous nous étions retrouvées assises côte à côte au poste de police.

«Jen, je pensais justement t'appeler aujourd'hui.»

Je ne savais pas quoi répondre, mais cela n'avait pas d'importance, car elle poursuivit sur sa lancée.

«Le temps passe trop vite, je n'ai pas une minute à moi, ajouta-t-elle avec un petit rire. Je me demande pourquoi. Noël, je suppose.»

Noël? C'était Noël, comment était-ce possible? Je regardai par la fenêtre, mais la rue était la même. Je n'avais pas mis les pieds dans un magasin depuis une éternité. Tant pis pour les cadeaux, c'était au-dessus de mes forces.

«Comment vas-tu? demanda-t-elle, hésitant devant mon silence et redevenant la Shan que je connaissais.

– Je tiens le coup. J'ai une bonne nouvelle, malgré tout. Je me demandais si je pouvais passer.»

Je voulais la voir sourire. Quand je lui parlerais du collier, elle me serrerait dans ses bras et me dirait qu'elle avait toujours su que Naomi était saine et sauve.

«Tu ne veux pas plutôt que je vienne chez toi?

– Non, j'ai besoin de prendre l'air.»

Je pris une douche et parvins à dénicher un jean propre et un tee-shirt neuf. Je me maquillai même avec soin. Mais le fond de teint me tiraillait et le rouge à lèvres semblait criard sur ma peau pâle. Je finis par tout ôter. Dans la voiture, je mis les informations, mais ce n'était qu'un bruit de fond, jusqu'à ce que j'entende son nom: «... disparue depuis vingt et un jours. Les recherches se poursuivent, pérorait la voix. Tous les aéroports...» J'éteignis la radio, bouleversée. Michael m'avait pourtant dit de ne pas écouter le journal.

Shan ouvrit la porte et m'étreignit.

« Je m'excuse, j'ai été odieuse l'autre fois au poste. J'ai honte, ce n'est pas digne d'une amie. »

Elle m'entraîna dans son salon et me fit asseoir avec elle.

« Tu as maigri, Jen, poursuivit-elle d'un air inquiet, avant de prendre ma main et de sourire chaleureusement. Je suis contente de te voir.

– Naomi avait un collier, dis-je rapidement. J'ai jeté un œil dans sa chambre hier, dans son coffret à bijoux... »

Je m'interrompis. Il y avait du bruit dans la cuisine : une bouilloire qu'on allumait, quelqu'un qui sortait des tasses d'un placard. Shan tourna la tête vers la porte ouverte.

« Si tu fais du café, Nik, Jenny en prendrait bien un. Et moi aussi. Fort, s'il te plaît.

– Ça marche », lança Nikita.

Shan me regarda.

« C'est dur pour elle en ce moment, murmura-t-elle.

– Dur ? » répétai-je.

J'imaginai Naomi prisonnière, endurant des privations. Ça, c'était dur. Nikita préparait tranquillement du café dans la pièce voisine. Sa vie continuait. Naomi avait été enlevée. J'étais furieuse, même si je savais que j'étais injuste. Shan n'était pas responsable.

« Oui. Elle se sent coupable. Elle aurait dû nous parler plus tôt de cet homme dont Naomi était amoureuse. »

Je n'aurais jamais dû venir. Dans le bref silence qui suivit, Shan rougit et me sourit.

« Pardon. C'est idiot. Oublie ce que j'ai dit. Tu parlais d'un collier. »

Elle posa sa main sur mon bras. Sa chaleur traversa la manche jusqu'à ma peau. Elle n'y pouvait rien si ses mots sonnaient faux. Il n'y avait pas de mots, de toute façon. Je lui rendis son sourire.

« Il était en corail. Tu vois le genre, ces petits bâtonnets orange attachés ensemble ? Je ne le trouve plus. »

Les bruits dans la cuisine avaient cessé ; j'entendis les pas légers de Nikita grimper rapidement les marches qui menaient aux chambres. Je poursuivis, consciente de ma voix vibrante d'espoir.

« C'est un cadeau que ma mère lui a fait quand elle était toute petite. Naomi le rangeait dans une boîte à musique. Mais il n'y est plus. J'ai cherché partout. »

Shan me dévisageait, manifestement déconcertée par mon sourire. Comme je m'apprêtais à m'expliquer, Nikita entra dans la pièce, un peu essoufflée, deux tasses posées sur un plateau. Lorsqu'elle se pencha sur la table basse pour faire de la place, ses cheveux tombèrent, formant un rideau noir soyeux.

« Merci, Nikita. »

Je lui souris. Elle était la meilleure amie de Naomi, après tout.

« Pas de quoi. »

Lorsqu'elle se redressa, je vis que son visage était rouge brique.

Elle tendit une main vers moi. Au creux de sa paume s'enroulait un collier de corail orange, fragile et ravissant.

« Je vous ai entendue. Il n'est pas perdu, Naomi me l'a donné. Mais ne vous inquiétez pas, ce n'est pas comme s'il était précieux ou quoi. Elle m'a dit qu'elle ne l'avait jamais aimé. Elle voulait le jeter. »

Dans un instant, je serais capable de me lever et je partirais.

« Mon Dieu, Jen. Tu es toute pâle. Reprends-le. Ça ne t'embête pas, Nik ? demanda Shan, soudain soucieuse.

– Non, non, garde-le, Nikita, m'empressai-je de dire, consciente que si je parlais lentement, ma voix tremblerait. Quand te l'a-t-elle donné ?

– Avant sa dernière représentation. Elle me l'a lancé ; elle riait. »

Je la regardais fixement. Je m'efforçais de me souvenir quand j'avais entendu Naomi rire.

« Il faut que j'y aille. »

Peu après, je me levai et je partis.

Lorsque j'arrivai chez moi, il faisait froid et la nuit tombait. La journée était passée sans que je m'en rende compte.

Tu ne la connais pas, maman.

Je me couchai et remontai la couette sur ma tête. Très loin, j'entendais Bertie qui réclamait son dîner, puis il se tut. Le sommeil me gagna sans doute, car lorsque j'ouvris les yeux, Ted dormait à côté de moi. Il émanait de lui des ondes de chaleur moite et je m'écartai. Blottie au bord du lit, je comptai les heures jusqu'au matin.

Tu ne vois rien.

31

DORSET, 2011

QUATORZE MOIS PLUS TARD

Dans le jardin boueux, les jeunes perce-neige encore en boutons semblent aussi acérés que des dents ; les autres, plus doux, sont déjà en fleur, leur tête courbée veinée de vert, vulnérable. Je me penche pour m'en imprégner. De temps en temps, un bruit rompt le silence matinal : le frou-frou d'un rouge-gorge dans la haie, le cri des mouettes au loin, le souffle à peine perceptible de la mer. Cette paix fragile se prolonge une minute, puis une autre, avant que je sente un mouvement derrière moi. Michael. L'herbe mouillée a étouffé le bruit de ses pas. Il semble petit au milieu de tout ce vert, irréel dans son costume et ses souliers cirés. Ses yeux s'arrêtent sur le pyjama de Theo qui a rétréci au lavage et sur les bottes en caoutchouc de Ted. Pendant un instant, nous nous regardons comme des étrangers.

« Que se passe-t-il ? Qu'est-ce que tu as trouvé ? »

J'attends sa réponse, immobile. Les petits bruits autour de nous s'atténuent.

« Ça va ? Tu as l'air… »

Il s'interrompt. Quoi ? Bizarre ? Folle ? Et après ? Ce n'est que mon apparence.

« J'ai vu les perce-neige par la fenêtre, alors… Bon sang, Michael. Qu'est-ce qu'il y a ?

– J'ai de bonnes nouvelles. Nous sommes presque certains que Yoska est notre homme et que Naomi l'a suivi de son plein gré. »

Je tends les bras vers lui, les larmes aux yeux.

« Comment le savez-vous ?

– Je t'expliquerai à l'intérieur. Tu es glacée, ajoute-t-il en prenant ma main. Tes lèvres sont toutes bleues. »

Il a l'air sérieux, presque fâché. Je lui ai sans doute fait peur.

« Tu es sûr que c'est lui ?

– On l'a repéré. Je te raconterai tout dès que tu seras au chaud et habillée. »

Il parle d'un ton aigre et son bras qui me guide vers la porte m'irrite. Sans lui, je ne serais jamais arrivée jusque-là, mais je ne dois pas m'emballer : nous ne sommes pas encore au bout. Il fait froid dans ma chambre. J'enfile mes vêtements, bataillant avec mes boutons, déchirant mes collants en laine. Michael m'attend en bas de l'escalier, une tasse de chocolat fumant dans chaque main.

« J'ai acheté du lait et du cacao. Je savais que ton frigo serait vide. »

Il est irrité lui aussi. Après tout ce temps, elle est toujours incapable de prendre soin d'elle, pense-t-il. Il indique le salon d'un signe de tête.

« J'ai fait du feu. Allons nous asseoir là, il fera meilleur. »

Il attend que je sois installée près de la cheminée, puis il pose une tasse sur la table à côté de moi et avance une chaise. Son genou touche presque le mien lorsqu'il se penche vers moi.

« On le tient.

– Vraiment ? Tu veux dire qu'il est dans un fourgon de police ? Ou en cellule ?

– Non, on ne le tient pas physiquement, mais c'est tout comme, et grâce à toi. On a reçu les résultats du labo et on a pu établir que l'ADN est le même que celui du vol de voiture.

– Comment ça ? »

De quoi parle-t-il au juste ? Mon cœur bat plus vite.

Il me regarde, silencieux, plissant les yeux. Il ne sait pas comment me dire ce qu'il a découvert.

« On a relevé du sperme sur la robe que tu as trouvée », lâche-t-il enfin, très lentement.

Je me sens mal. Je veux me lever, mais il pose une main sur mon bras.

« Attends. »

Il se racle la gorge.

« Lorsqu'on a analysé le tissu, on a trouvé du sang également, le sang de Naomi. »

Comment ai-je pu être aussi naïve ? J'aurais dû y penser lorsque je lui ai donné la robe. Je voulais faire avancer l'enquête, mais je n'ai pas réfléchi à ce que cela pouvait impliquer. Je suis devenue douée pour ne pas voir ce qui me dérange. Du sang et du sperme. L'a-t-il violée, avant de cacher la robe dans la bottine ? Presque aussitôt, un souvenir me revient. Ce soir-là, lorsqu'elle est rentrée vêtue de son uniforme, elle était affamée et fatiguée, souriante. Elle n'avait pas été violée, pas plus qu'elle ne l'avait été au cottage avec James. Elle a dû faire l'amour avec Yoska dans cette robe, puis elle l'a roulée soigneusement pour la dissimuler là où personne ne risquait de la trouver : dans une paire de bottines inutilisées. Elle n'aurait pas agi si méthodiquement si elle avait été violée. Elle devait désirer Yoska. Elle voulait avoir une relation sexuelle avec lui.

Je me lève à cette pensée. Michael me regarde par-dessus sa tasse, les yeux inquiets. J'arpente la pièce, réfléchissant. Ce n'était pas la première fois, bien sûr. Elle était enceinte. Mais elle connaissait James depuis des années. Ils avaient le même âge. Des enfants qui jouaient à être adultes, innocents, d'une certaine manière. Avec Yoska, c'était différent. Elle enfreignait réellement les règles. Je m'étais interrogée sur son petit sourire. C'était Yoska. Elle devait être inquiète à cause de la grossesse, mais il la rendait heureuse.

Je regarde par la fenêtre. Au lieu du jardin et du ciel, je vois Naomi, adossée à un mur dans le noir, sous la scène, sa robe rouge soyeuse remontée sur ses cuisses, son slip autour d'une de ses chevilles, l'autre jambe enroulée autour de Yoska, le serrant contre elle. Il enfouit sa tête brune dans son cou tout en s'enfonçant en elle. Elle a les yeux fermés, son épais maquillage taché de sueur et de salive. J'essaie de chasser cette image, mais mon esprit cavale. Après, il lui a dit de rentrer chez elle afin que ses parents ne s'inquiètent pas. Elle a enlevé la robe et s'en est servie pour s'essuyer entre les jambes. Elle a enfilé l'uniforme scolaire qu'elle avait apporté et fourré rapidement la robe dans une des bottines qu'elle avait dû trouver au fond d'un sac de toile, puis elle les a remises à leur place, pensant peut-être la récupérer plus tard. Mais elle a oublié.

Le sang…

« Il y avait beaucoup de sang ? »

Je me rassois, le regarde et détourne les yeux.

« Non. Pas plus que d'habitude. »

Mes mains se crispent sur la tasse. Je me force à continuer.

« Pas plus que d'habitude quand un couple fait l'amour, ou en cas de viol ?

– Après une relation sexuelle entre personnes consentantes, il y a souvent du sang, de très petites quantités, détectables au microscope. »

Est-ce pour cette raison qu'il affirme qu'elle l'a suivi de son plein gré ? Michael a procédé au même raisonnement que moi. Il a conclu qu'ils avaient fait l'amour et qu'elle voulait être avec lui.

« Le col de l'utérus est plus irrigué pendant la grossesse. On saigne plus facilement », dis-je, pensant à voix haute.

Le lendemain, elle allait avec James au cottage, espérant faire une fausse couche.

Mais on saigne aussi plus facilement en cas d'infection. Elle a pu en contracter une avant de tomber enceinte.

Tu devais changer depuis longtemps déjà. Sans bruit, devenir quelqu'un d'autre. Comment pouvais-je le deviner, alors que tu déployais tous ces efforts pour nous faire croire que tu étais encore une enfant ? Comment pouvais-je te protéger ?

« Nous ne devrions pas tarder à le retrouver. »

Michael est tourné vers la fenêtre, le regard lointain. Le ciel blanc qui se reflète dans ses yeux leur donne un éclat particulier.

« Nous avons retracé le parcours de la famille jusqu'à un camp de Gitans au pays de Galles. »

Il baisse la voix instinctivement, comme si quelqu'un risquait de nous entendre et de les prévenir.

« Un campement sauvage dans un champ, sur une exploitation agricole abandonnée. »

Je songe aux collines galloises surplombant la Severn. Du bois où on a retrouvé la camionnette, elles semblaient si proches qu'on avait l'impression de pouvoir les toucher. Il y avait des bateaux couchés contre la berge. Une fois le véhicule brûlé, il ne leur a pas fallu plus de deux heures pour traverser le fleuve si la marée était avec eux. Il doit être capable de manœuvrer une embarcation. Il avait des mains habiles. Des mains que je vois très bien piloter un bateau puis le hisser au-dessus de la ligne de marée haute. Je les imagine qui se tendent vers Naomi, l'aident à descendre, la protègent.

« Nous allons faire une perquisition au camp en pleine nuit, poursuit Michael.

– Quand ? Comment sais-tu s'ils y sont ? »

Il baisse les yeux ; il ne va pas me le dire. Pense-t-il que je vais me précipiter là-bas, appeler Naomi ? En serais-je capable ?

« Nous surveillons le site, reprend-il après un bref silence. On l'a vu, comme je le disais tout à l'heure. Je ne veux pas te donner de faux espoirs, Jenny, ajoute-t-il, mais on a repéré une adolescente blonde qui est sortie d'une caravane pour monter dans une autre. Elle a été observée de loin, rien n'indique qu'il s'agisse de Naomi. Je ne devrais même pas t'en parler… »

Je me retrouve debout, incapable de respirer ni de bouger. Ces mots, je les attends depuis quatorze mois. Ce n'est peut-être pas elle, ce n'est pas nécessairement Naomi, mais mon cœur bat si fort qu'il couvre presque la voix de Michael.

« Cela pourrait mal tourner, poursuit-il, le visage dur. Nous allons prendre des chiens. Des armes. »

Je regarde son expression déterminée et je commence à avoir peur.

« Il se cache peut-être, mais nous allons fouiller toutes les caravanes, toutes les remorques, tous les fourgons à chevaux, le moindre tas d'ordures », poursuit-il, comme s'il se parlait à lui-même.

Ils sont ensemble, à cet instant précis.

« S'il le faut, on arrêtera tout le monde.

– Tout le monde ? »

Dans le noir, les enfants effrayés se mettront à pleurer, des silhouettes en pyjama surgiront, désorientées, éblouies par la lumière crue des puissantes lampes électriques. Sous les aboiements des chiens policiers, on distinguera peut-être les vagissements perçants d'un bébé. Toutes ces pensées défilent dans ma tête, comme les bobines en noir et blanc de vieux films montrant la Gestapo rassemblant ses victimes en pleine nuit.

Il se tourne vers moi, ses pupilles se contractant rapidement. Cela lui donne un air irrité.

« Oui, réplique-t-il d'une voix dure. Tous, sans exception. »

Le soleil qui entre par la fenêtre illumine le gris dans sa chevelure. Les plis entre ses sourcils sont nets, comme si la peau avait été entaillée au couteau. Je n'avais pas remarqué ces rides avant. La lumière matinale est impitoyable.

Naomi est là-bas, son bébé et elle font partie de cette famille, désormais. Les gens du voyage attachent beaucoup d'importance à la famille. Elle était enceinte ; sa relation avec Yoska lui a peut-être permis de garder le bébé et de vivre dans un environnement où on prend le temps de s'occuper des enfants. Au service de consultation externe de Ted, ils entouraient tous la petite malade. Ils sont restés à son chevet alors que d'autres non loin devaient être seuls. Des enfants dont les mères travaillaient autant que les pères, comme moi il n'y a pas si longtemps. Des enfants dont les parents étaient trop débordés pour parler de ce qui était vraiment important ou pour remarquer que leur fils ou leur fille changeait.

« Les femmes ont dû l'aider à la naissance du bébé. »

Je parle calmement, pourtant j'ai envie de crier, de chanter et de danser. Elle est vivante. Vivante. Il ne l'a pas tuée. Ils sont amants. Il l'a sans doute abordée pour se venger, mais un événement imprévisible a contrecarré ses projets. Il est tombé amoureux. Au cours des mois où ils se retrouvaient en secret, il a dû franchir une ligne invisible et l'amour a remplacé le ressentiment, peut-être même après sa visite à mon cabinet. Il lui proposait une vie différente, il la faisait sourire, elle a dû tomber amoureuse, elle aussi. Il ne l'a pas enlevée, elle est partie avec lui. Il lui a offert cette bague, il l'aime, elle va bien. Les larmes ruissellent sur mes joues. Je vais et viens dans la pièce, radieuse, les mains devant la bouche afin de ne pas rire. Je me réjouirai plus tard. Pour l'instant, Michael doit comprendre que Yoska est important.

« Naomi, le bébé et Yoska. Ils forment peut-être une famille, à présent. »

C'est à son tour de se lever. Il pose sa tasse.

« Il a commis des délits. Détournement de mineure, enlèvement, séquestration. Tous ceux qui étaient au courant sont complices.

– Il ignorait peut-être son âge. Elle fait plus vieille quand elle est maquillée. Elle lui a peut-être menti. »

Je tends la main vers lui, l'oblige à s'asseoir près de moi.

« Si elle est là-bas, c'est peut-être parce qu'elle veut y être. »

Il me regarde, sidéré.

« N'enjolive pas les choses, Jenny, dit-il enfin. Cela n'a rien de romantique. C'est un criminel. Sa place est en prison. »

Je cherche les mots justes.

« Elle l'a rencontré à l'hôpital en juillet il y a deux ans. Elle est partie en novembre. Quatre mois. Assez longtemps pour savoir ce qu'elle voulait. Elle a quitté James pendant cette période. Elle voulait un homme, pas un adolescent. Michael, elle a peut-être pensé que partir avec Yoska lui permettrait de garder son bébé. »

Il pousse un soupir impatient.

« Elle a peut-être eu son bébé, mais ce n'est certainement pas dans les meilleures conditions. Ces gens-là, tu sais, ils ne sont pas comme nous. »

Était-ce ce qu'il pensait lorsqu'il faisait la police dans les townships en Afrique du Sud ? Je ne l'ai jamais entendu parler ainsi.

« C'est-à-dire ?

– Ils vivent différemment. »

Justement, c'est ça l'intérêt, non ? Je regarde autour de moi mes livres et mes tableaux, les tapis anciens qu'adorait mon père. L'écho de la vie, mais pas la vie même.

« Elle a donné son collier à Nikita. Elle avait peut-être envie d'autre chose. »

Tandis que je parle, les battements de mon cœur s'accélèrent. À présent, je peux m'autoriser à penser à son visage, à penser à son enfant.

Michael élève la voix. Croit-il que je le comprendrai mieux ainsi ?

« Ils vivent dans une misère sordide, sur des propriétés qui ne leur appartiennent pas. Ce sont des voleurs. »

Je regarde son visage familier ; après tout, je le connais à peine.

Dans mon cœur, je m'adresse à elle.

Je suis sûre que tu as une petite fille. Elle doit avoir six mois à présent. Bientôt, tu me diras son nom.

« Si elle est au camp, c'est parce qu'elle leur est utile d'une manière ou d'une autre. Souviens-toi que c'est un dealer. Elle volait de la kétamine pour lui. Il y a des gangs à Cardiff, et ils trempent dans d'autres trafics. »

Il ne prononce pas le mot prostitution, mais il est là, entre nous.

Quand Yoska m'a souri au cabinet, il ne m'a pas fait l'effet d'un dangereux criminel. Les gens dangereux sont peut-être ceux à qui l'on croit pouvoir se fier, comme Michael. Les hommes qui jugent les autres, les hommes qui aiment le pouvoir. Ted avait-il vu juste ? S'est-il attaché à moi à cause de ma vulnérabilité ? Mais peu m'importe s'il a exploité la situation ou s'il me voulait en son pouvoir. Tout ce qui compte, c'est qu'il me la ramène en vie.

« Il faut que j'y aille. »

Il vide sa tasse et se lève.

« Il va sans dire que tout cela est confidentiel. Malgré tout, il peut toujours arriver que des informations fuitent dans la presse. Je voulais seulement que tu le saches, au cas où. »

Il enfile son épais manteau noir et ajoute posément :

« Ted doit être mis au courant. Je vais l'appeler.

– Laisse-moi m'en charger. Ce sera mieux si c'est moi. »

Son expression s'adoucit et il prend mon visage entre ses mains.

« Bien sûr, Jenny. Ne tarde pas, quand même. C'est son père, il a le droit de savoir.

– Merci. Merci de m'avoir prévenue. Prends soin d'elle.

– Je te tiendrai au courant. Ne fais pas…

– Quoi ?

– Ne fais rien. »

Je me rassieds et regarde mes mains pendant que le bruit du moteur s'éloigne. Cela fait très longtemps que je ne fais plus rien. Je vais attendre un peu avant d'en parler à Ted. Je vais attendre qu'elle soit rentrée saine et sauve. Michael la ramènera avec lui. On étouffe dans cette pièce. J'ouvre la fenêtre pour laisser entrer de l'air frais. Elle se jettera dans mes bras. Les larmes se remettent à couler sur mes joues froides, cinglées par le vent. Je la serrerai très fort. Mon visage contre le sien. Sa peau aura-t-elle la même odeur ? Ses cheveux seront peut-être plus longs. Elle sera plus grande. Elle m'amènera sa petite fille. J'attends depuis quatorze mois, je peux bien attendre encore quelques jours.

Mais ce n'est pas quelques jours, seulement quelques heures.

Un cognement insistant me tire du sommeil. Le froid et l'obscurité autour de moi me surprennent. Je me suis endormie dans une mauvaise position sur le canapé et j'ai mal au cou. Les flammes se sont éteintes, l'âtre est rempli de cendres. La lumière du perron s'est allumée automatiquement et je vois Michael à travers la vitre. Il a dû oublier quelque chose pour refaire le trajet dans l'autre sens en pleine nuit. J'ouvre la porte. Il me regarde et, moi qui pensais que je saurais sur-le-champ, je ne comprends pas. Il a l'air épuisé. Ses lèvres bougent et je les observe attentivement parce que ce qu'il dit est incohérent. Il répète la même chose inlassablement, jusqu'à ce que ses paroles parviennent à mon cerveau.

« Je suis désolé. Je suis désolé. »

La pièce bascule et il me rattrape juste à temps. Il me dépose délicatement sur une marche de l'escalier.

« … il y a des mois », dit-il.

Si je refuse de l'écouter, je pourrai encore croire qu'elle est là dehors, dans l'obscurité. Elle attend peut-être, ne sachant comment elle va être reçue, son bébé dans les bras. Je me lève et j'essaie de sortir, mais il me retient fermement.

« C'était après l'accouchement. »

Il est à contre-jour et je ne distingue pas son visage.

« Elle avait une infection.

– Mais tu l'as vue là-bas, dis-je, lui hurlant à la figure. Une adolescente blonde…

– Je n'aurais jamais dû te donner de faux espoirs. En fait, c'était une jeune femme de vingt ans, mère de deux enfants. Je lui ai parlé. Je m'excuse, Jenny.

– Il faut l'arrêter. Il a dû s'enfuir. Tu dois le retrouver. »

C'était la faute de Yoska. Il l'a abandonnée.

« Yoska est mort, Jenny. Il a été abattu. Il est mort juste après minuit. »

Michael me serre dans ses bras et il me raconte. Ses paroles me passent au-dessus de la tête comme un vol de corbeaux.

« Il est sorti d'une camionnette en tirant des coups de feu. On ne sait pas pourquoi. Il a peut-être cru qu'ils étaient attaqués par un gang de trafiquants. Il y a déjà eu des fusillades au camp à cause de la drogue. Pas moyen de négocier, il nous canardait. On lui a lancé des avertissements, mais il marchait vers nous en tirant. À croire qu'il voulait se faire descendre, ajoute Michael en secouant la tête. Il ne nous a pas laissé le choix. »

Il s'interrompt.

« Il a été touché à la poitrine. Il est mort sur le coup. »

Yoska tué. Naomi morte depuis plusieurs mois.

Je chancelle. Michael me soulève et me porte jusqu'au canapé dans le salon. Il fait noir, mais cela n'a aucune importance. Je m'agrippe à sa veste.

« Le bébé, Michael. Où est le bébé ? »

Il me serre si fort qu'il m'écrase contre sa poitrine.

« Le bébé est mort avec Naomi. La même infection. »

Les mots ont perdu leur pouvoir ; ils n'ont plus de sens. Sa voix me rappelle la façon dont il nous a parlé dans la cuisine à Bristol, la première fois. Lente, précautionneuse, s'interrompant souvent.

« Saskia, la sœur de Yoska, nous a raconté ce qui s'est passé. Ses parents ont été arrêtés. »

Les boutons de sa veste s'enfoncent dans ma joue, mais je me tiens totalement immobile.

« Le bébé est mort dans la caravane. Tu avais raison. Les femmes de la famille l'ont aidée à accoucher. »

Naomi a dû prendre le petit corps gluant dans ses mains enfantines, la douleur s'évanouissant déjà, remplie d'amour. A-t-elle pensé à moi ? A-t-elle compris à cet instant ce que j'éprouvais pour elle ?

« C'était une fille, n'est-ce pas ?

– Oui, répond-il, surpris. C'était une fille. »

Le monde de Naomi a dû se rétrécir pour se concentrer sur le petit visage endormi, la petite bouche qui tétait, les minuscules orteils parfaits qui s'ouvraient et se fermaient dans ses paumes.

Michael parle toujours.

« … au bout de cinq jours, elle s'est sentie mal, agitée, au bord des larmes. Ils ont cru que c'était émotionnel.

– Elle ne pleure jamais. »

J'ai l'impression d'entendre un écho du passé.

« Le bébé était brûlant de fièvre. C'est comme ça qu'ils se sont rendu compte que Naomi avait de la fièvre, elle aussi. »

Je savais quand elle avait de la fièvre rien qu'en posant mes lèvres sur son front, au demi-degré près. C'était peut-être la fièvre puerpérale. Une infection due à un streptocoque, mortelle si elle n'est pas traitée très vite.

Michael s'agite sur le canapé.

« Tu veux vraiment que je te raconte ça maintenant ? »

Dehors, le jour point déjà. Je me lève, m'accrochant à l'accoudoir.

« Oui.

– Lorsqu'elle a commencé à vomir, Yoska a appelé le médecin. Ils l'ont attendu trois heures et elle a perdu connaissance. »

Il devait y avoir beaucoup de monde dans cette caravane. Ce devait être étouffant. Le ventilateur qu'ils utilisaient pendant les nuits d'été devait brasser l'air bruyamment, comme un battement rythmant un cauchemar. Naomi était allongée sur un lit trempé de sueur, le bébé à la peau marbrée s'accrochant à elle.

« Yoska était fou d'inquiétude. Il a décidé de les conduire lui-même à l'hôpital. Quand son oncle lui a fait remarquer qu'on risquait de les reconnaître aux urgences, il lui aurait balancé son poing dans la figure. Au moment où il la soulevait, Naomi a cessé de respirer. Le bébé est mort quelques instants après. Il était trop tard. »

Trop tard. Les mots planent entre nous, comme le déclic d'une porte qui se referme.

Michael se lève et m'enlace.

« D'après Saskia, Yoska les a enveloppées dans le drap et les a étendues avec beaucoup de précautions sur la banquette arrière de la voiture... Puis il a tout sorti de la caravane, les affaires de Naomi, celles du bébé, le lit, la table, tout. Il en a fait un tas qu'il a arrosé d'essence et il est parti. »

Un bûcher funéraire. Les flammes rugissantes ont dû s'élever très haut. Personne ne devait pouvoir s'en approcher. Il n'a rien dû rester. Pas de brosse avec de longs cheveux dorés emmêlés, pas de bracelets ni de chouchous. Il y avait peut-être un journal intime ou le début d'une lettre pour moi. Elle avait peut-être recommencé une collection de feuilles d'automne qu'elle avait glissées derrière un miroir. Il n'y aura pas de photos du bébé, pas de petits vêtements.

« Où les a-t-il emmenées ?

– Les gens du voyage inhument les leurs dans un endroit secret. C'est une tradition chez eux. Tous ont affirmé ne pas savoir où il les avait enterrées. »

Les leurs ? Naomi était à moi.

Il fait encore sombre dans la pièce, mais tandis que je regarde le jour gagner sur l'obscurité, une petite lueur d'espoir s'allume en moi.

« Comment sais-tu que c'est la vérité ? Pourquoi est-ce que tu crois sa sœur ? Naomi n'a peut-être jamais mis les pieds dans ce camp… »

Il ne répond pas, mais plonge la main dans la poche de sa veste. Il place l'objet dans ma paume et referme mes doigts sur sa surface courbe.

« Saskia a donné ça pour toi. »

Je sens les anses et, même s'il fait trop sombre pour les distinguer, je sais que la tasse est ornée de grenouilles bondissantes et qu'au fond se trouve peinte une grenouille dressée souriante.

« Allez, bois, ma chérie. » Les yeux de Naomi étaient si bleus quand elle me regardait par-dessus le bord de sa tasse. « La petite grenouille t'attend… »

La tasse de son enfance, qu'elle avait prise pour son bébé. Je n'avais même pas remarqué sa disparition. Je me demande ce qu'elle a fait des boutons que je mettais dedans.

Michael m'enlace de nouveau. Son souffle soulève mes cheveux quand il parle.

« Tous, jusqu'aux enfants, savaient comment elle était morte. Tout le monde nous a raconté la même histoire. Ils nous ont montré l'herbe noircie et la caravane vide… »

Il parle, mais je l'entends à peine. Il est question d'empreintes digitales et de prélèvements, de compléments d'enquête. Ils vont creuser sur le site dès demain. Les caravanes ont été fouillées. Certains membres de la famille sont déjà en détention. D'autres ont été laissés en liberté, mais ont reçu l'ordre de ne pas quitter la localité. Les investigations doivent continuer.

Il se tait quelques instants, puis ajoute :

« Nous allons retrouver son corps. Tôt ou tard, quelqu'un craquera et nous dira où elle a été enterrée. »

Je refuse d'entendre ces mots.

Une caravane. C'était donc là qu'elle vivait. Qu'ils vivaient. Une boîte vide, à présent. Un rayon de lune pénètre par la fenêtre et y éclaire le sol nu. Peut-être tombe-t-il sur un petit jouet oublié qui a roulé dans un coin.

La voix de Michael, plus forte, me parvient.

« Yoska a disparu pendant deux semaines et à son retour il refusait de parler. Il est resté assis dans la caravane de sa sœur pendant des heures, à regarder dans le vide… »

Je l'interromps.

« Je veux aller au camp, Michael. »

La sœur de Yoska a dit à la police qu'elle ignorait où il les avait enterrées, mais à moi elle parlera peut-être.

« Je t'emmènerai là-bas dès que l'enquête sera close. Je te le promets. Nous devons interroger tous les témoins, creuser et fouiller de nouveau tous les véhicules. »

Michael sort une flasque de sa poche et se rend à la cuisine. J'entends l'eau bouillir, le cliquetis des couverts. Il revient et me regarde boire le café arrosé de whisky qu'il m'a préparé. Ce matin, quand il m'a fait un chocolat chaud, elle était toujours en vie. Ou était-ce hier ? Non, c'est idiot. Elle est morte il y a des mois.

À la lumière blafarde de l'aube, le visage de Michael apparaît blanc de fatigue. Peu après, il monte se coucher. J'entends ses chaussures tomber par terre, de petits bruits quand il se déshabille, puis le grincement du lit. Le silence est si complet que c'est comme si un air qui résonnait dans le lointain s'était soudain tu.

Ed a dit que je ne voyais rien.

Pourtant j'ai tout vu, j'ai vu les signes, mais je n'ai pas su les interpréter. Je ferme les yeux et pense à la dernière fois où j'ai pénétré dans sa chambre. Même là, j'aurais pu comprendre.

BRISTOL, 2010

NEUF MOIS PLUS TARD

Ted sortit faire une longue promenade dans la matinée. Il m'avait dit qu'il préférait ne pas assister à mon départ. C'était un dimanche. Je m'en souviens car, pendant toutes ces années, j'avais l'habitude de le voir partir au travail chaque matin sauf le dimanche. Une fois seule, je montai dans la chambre de Naomi. Les déménageurs seraient là à midi. J'avais mis dans des cartons ce dont j'aurais besoin au cottage. Ted pouvait garder le reste.

Il faisait déjà chaud. Le soleil brillait dans un ciel haut sans nuages. C'était une de ces journées d'été parfaites dont les enfants sont censés se souvenir toute leur vie. La pièce était vide, hormis le lit et les rideaux fermés. On étouffait. Je les tirai partiellement et ouvris la fenêtre. En bas, la rue était déserte. Les journalistes étaient partis depuis longtemps, attirés par de nouvelles tragédies plus croustillantes. Alors que je regardais dehors, les bras chauffés par le soleil, une femme en robe estivale apparut au coin de la rue avec une poussette. Elle tenait un téléphone portable à son oreille et elle hochait la tête. De mon poste d'observation, elle ressemblait à une poupée que j'adorais quand j'étais petite. Une poupée qui faisait oui de la tête. Mais je l'avais perdue il y avait très longtemps. L'épaisse capote de la poussette était relevée et l'enfant était invisible. Je la suivis des yeux jusqu'à ce qu'elle soit hors de vue, hochant toujours la tête.

Je sentais le rideau poussiéreux lourd et doux sous ma main. Un tissu rayé or et écarlate. Naomi et moi l'avions acheté ensemble au grand magasin John Lewis trois ou quatre ans plus tôt. Pas vraiment ensemble, en réalité. J'avais choisi un coton imprimé de feuilles, dans des tons de gris, blanc et jaune citron, imaginant la lumière tamisée peignant la chambre de couleurs rafraîchissantes. Il y en avait un autre qui me plaisait, orné de minuscules fleurs. Je m'étais tournée vers Naomi pour lui demander son avis, mais elle se dirigeait déjà vers la caisse, avec un rouleau d'étoffe exotique plus haut qu'elle. Un tissu somptueux, avec des bandes dorées et rouges. Je trouvais ses larges rayures tape-à-l'œil. Je lui fis remarquer qu'il empêcherait le soleil d'entrer et qu'il créerait dans sa chambre une ambiance très différente de celle des autres pièces de la maison. Elle serait sombre et renfermée, comme une grotte privée de lumière, pleine de secrets. Elle avait souri. Un signe précurseur du demi-sourire des derniers jours.

« C'est exactement ce que je veux », avait-elle déclaré.

32

Dorset, 2011

Quatorze mois plus tard

Au lever du jour, un fracas retentit dans la cuisine silencieuse, comme une déchirure ou un embrasement. Presque aussitôt, le bruit se transforme en déluge qui crépite sur le toit. L'eau sur les vitres est du même gris que le ciel. Je dois me dépêcher de terminer mes lettres. Je veux partir tôt ; le voyage sera plus long sous la pluie. J'arrache d'un coup plusieurs feuilles blanches de mon carnet de croquis. La reliure fragile se défait entre mes mains et mes dessins se dispersent sur le sol : celui de ses chaussures, le petit haut à capuche, une girafe en velours, une pie. D'autres les rejoignent en voletant ; je les laisse par terre.

Ted,

Au moment où je t'écris, tu dois dormir, mais lorsque tu recevras cette lettre je t'aurai parlé et tu l'auras dit aux garçons. J'ai pensé que ce serait bien d'écrire aussi. Avant, je me demandais s'il valait mieux savoir qu'espérer. Je n'ai pas la réponse. Je n'arrive toujours pas à y croire.
Ce n'est pas ta faute ou, si ça l'est, c'est aussi la mienne. J'aurais dû être plus attentive quand Yoska est venu me voir. Il nous aurait

peut-être pardonné. Il devait hésiter, même à ce moment-là. Après tout, il savait ce qu'était une famille et il devait être conscient de la souffrance que cela nous infligerait. Pour finir, je pense qu'il l'a emmenée parce qu'ils s'aimaient. Nous n'y pouvions rien.
Je vais au pays de Galles. J'espère que quelqu'un au camp acceptera de me dire où il les a enterrées.
S'il te plaît, annonce-le à Anya.
Je viendrai à Bristol aussi vite que possible.

Jenny

Le grattement de mon stylo est noyé par le bruit de la pluie battante. Dans la cuisine, il fait chaud, on se sent à l'abri, mais où sera-t-il lorsqu'il lira ces mots ? Les garçons seront avec lui ; Anya s'affairera peut-être sans bruit dans le fond. Je vois son visage ruisselant de larmes.

Ed, mon chéri,

Papa a dû te dire ce qui était arrivé à notre Naomi bien-aimée.
Au moins, elle avait trouvé ce qu'elle voulait ; beaucoup de gens n'ont pas cette chance.
Si elle n'était pas tombée malade, elle serait venue nous présenter son bébé tôt ou tard.
Je suis très heureuse que tu aies Sophie.
Je te verrai plus tard dans la journée ou demain. Je pense à toi à chaque instant.

Maman

J'espère que Sophie le serre dans ses bras. J'espère qu'elle porte ses couleurs vives. Elle saura l'écouter. Elle saura l'aider.

J'allume la bouilloire ; Bertie remue un peu, puis se rendort. Le café est noir et brûlant.

C'est plus difficile d'écrire à Theo. J'ai l'impression de couvrir sa joie de vivre d'une épaisse couche de peinture sombre.

Theo chéri,

Tu vas sans doute rentrer à la maison dès que tu sauras, je t'écris donc à Bristol. J'espère que Sam est là, assis à côté de toi.
Tu m'as avoué un jour qu'elle ne te parlait pas beaucoup les derniers temps. C'était pareil pour moi. Je pense que c'était sa façon de nous dire adieu.
Elle a pris sa tasse de quand elle était petite, celle avec la grenouille au fond. C'est moi qui l'ai à présent.
Quand je les trouverai, elle et le bébé, je les ramènerai à la maison. On les enterrera dans le cimetière de l'église pour qu'on sache où elle est.

Maman

La pluie diminue, la lumière augmente. Encore deux lettres.

Nikita,

Je vais appeler ta maman aujourd'hui. Tu seras donc au courant quand tu liras ces mots.
Michael m'a dit que tu savais qu'elle était enceinte. Elle serait heureuse que tu aies gardé son secret. Elle a eu une petite fille. Je ne connais pas son nom.
Je pense que le collier de corail était son cadeau d'adieu, même si tu ignorais qu'elle partait. Je suis contente que tu l'aies.

Jenny

La lettre à Michael est la plus difficile. Je le connais si bien et si peu à la fois : c'est comme si je m'adressais à un étranger. Je fais les cent pas dans la cuisine, essayant des phrases dans ma tête, mais, sur le papier, elles semblent artificielles. Il y a tant à dire que je ne trouve pas les mots et que je finis par écrire presque rien.

Cher Michael,

Je pars et je ne sais pas quand je reviendrai.

Bertie sera plus heureux ici. Peux-tu le faire sortir et le nourrir avant d'y aller ? Il reste une demi-boîte au frigo. Mary s'occupera de lui jusqu'à mon retour. Je l'appellerai, elle passera le chercher. J'ai besoin d'être auprès de ma famille. Je sais que tu comprendras.

Jenny

Je laisse l'enveloppe pour Michael contre la boîte à café sur la table et j'enverrai les autres à la maison de Bristol, même celle de Nikita : je n'arrive pas à me souvenir de son adresse. Pas de timbres sur moi ; je m'arrêterai en route.

Les doigts de Michael agrippent mollement la couette. Quand je glisse ma main dans la sienne, il la serre, mais il n'ouvre pas les yeux. Tout bas, je lui demande où les parents de Yoska ont été emmenés pour savoir par où commencer. Il murmure un nom d'une voix ensommeillée, puis sa main se détend et son souffle devient profond et régulier.

Newtown. Une ville au bord de la Severn, dans le Powys, au pays de Galles. Le site de l'office du tourisme me donne le code postal et je le tape dans le GPS. Je dois rouler lentement ; je n'ai pas dormi. Quatre heures se sont écoulées depuis que Michael m'a réveillée et le temps s'est envolé, évaporé. Le choc résonne encore dans ma tête ; j'attends toujours la douleur.

Je laisse la voiture dévaler la petite pente qui mène à la route en roue libre et je démarre une fois que je suis assez loin du cottage.

Le paysage vallonné du Dorset s'aplatit dans le Somerset. Je dépasse Bristol, un simple panneau sur l'autoroute qui disparaît derrière moi. Je m'arrête dans un garage à la sortie de Newport ; les enveloppes glissent du tableau de bord et tombent par terre. Mary décroche au bout d'un moment ; elle accepte de s'occuper de Bertie sans poser de questions. Puis j'appelle Ted. Lorsqu'il répond, je distingue la radio dans le fond. Je l'imagine devant la fenêtre, dans la chambre, nouant sa cravate, planifiant sa journée.

Quand je le préviens que j'ai des mauvaises nouvelles, il éteint le poste et il s'assoit. Puis je lui dis. Dans le silence qui suit, je m'entends expliquer qu'elle faisait partie d'une nouvelle famille. Elle a donné le jour à une fille. Elle n'a été ni violée ni maltraitée. Elle était aimée. Il se met à pleurer et j'essaie de lui parler. Lorsque je lui dis que je vais lui poster une lettre, il ne répond pas. Un instant plus tard, il raccroche.

J'achète un café, mais il est amer. Je verse le contenu du gobelet par terre et je redémarre. Les routes se remplissent de voitures et de camions. J'accélère. Michael a dit qu'ils comptaient partir bientôt ; ils sont peut-être déjà en train de lever le camp.

Je sors à Cardiff et je prends la direction de Pontypridd et de Merthyr Tydfil. Les Black Mountains. Il se met à pleuvoir. Je ralentis et conduis prudemment sur la route en lacets des Brecon Beacons. Theo avait dû l'emmener dans la région pour sa série de photographies ; ses yeux étaient tellement vivants sur ces portraits. Nous sommes venues ici une fois aussi, seulement toutes les deux. Elle avait neuf ou dix ans. Ses mèches blondes s'échappaient d'un bonnet rose. Ses petites jambes prises dans un pantalon imperméable, elle gravissait les pentes brunes, toujours devant moi, et elle marchait sur les crêtes, trop haut, courbée contre le vent. J'avais peur de regarder.

J'arrive à Newtown à midi et je trouve à me garer devant un petit pub au bord de la route. Le trajet a duré quatre heures. Il fait chaud à l'intérieur, avec une odeur de chien et de bière éventée qui vous saisit dès l'entrée. Un juke-box contre le mur diffuse de la musique. Quelques hommes assis près de la fenêtre lisent les journaux et boivent. Un vieux colley allongé sous la table m'observe paresseusement. La femme derrière le bar lève les yeux au ciel lorsque je lui demande s'il y a un camp de Roms dans le coin. Elle ne répond pas.

Derrière moi, des voix masculines interviennent, leurs intonations mélodieuses détonnant avec leur discours.

« Y a eu un camp pendant des mois, près de Llanidloes, l'ancienne ferme de Hugh. »

Ils me regardent, les yeux plissés à cause de la fumée, des mégots dans le cendrier sur la table. Je pensais que fumer était désormais interdit dans les pubs, mais je m'abstiens de tout commentaire.

« Y avait des vols. Et ils foutaient le bordel en ville.

– Mais la police fait rien.

– C'est toujours pareil avec les Gitans. Vous avez vu dans le journal ? Il paraît qu'on a trouvé de la drogue.

– Ah, les manouches. »

Je sors rapidement, sans dire au revoir.

Llanidloes est un joli village, avec un vieux marché couvert à colombages. Dans une supérette Budgens, au carrefour, un homme aligne des bocaux de beurre de cacahuète sur les rayons. Il se redresse et me regarde.

« Vous ne devriez pas y aller. »

Comme j'insiste, il hausse les épaules, prend ma carte routière et la pose sur un rayon vide.

« C'est après Bwlch-y-Sarnau, dit-il, indiquant un point d'un doigt orangé. Prenez la B4518 à la sortie du village. Quand vous verrez la boîte à lettres près du bungalow gris à votre droite, ce sera la prochaine à gauche, puis à gauche encore. Dans un creux. Il y a un chemin de cailloux qui conduit au champ. Méfiez-vous, ils ont des chiens. »

Il veut ajouter quelque chose. Peut-être veut-il me prévenir qu'il y a eu des problèmes la nuit dernière. La police est intervenue. Pas trop tôt, risque-t-il d'ajouter. Je pars sous son regard curieux.

Je descends une côte en lacets quand je vois arriver en face un Toyota Land Cruiser. Je recule et me gare devant un portail. Juste derrière, il y a une voiture remorquant un van, avec un cheval dedans. J'attends qu'ils me dépassent lentement. Alors que je m'apprête à repartir, voilà que surgit un minibus. Je recule de nouveau. Il y a des enfants aux fenêtres qui me regardent. Des sacs, des paquets et des valises sont entassés contre les vitres. Michael m'avait prévenue. Le camp déménage. Ceux qui n'ont pas été arrêtés, du moins.

Un peu plus loin, je devrais trouver le chemin dont l'homme du supermarché m'a parlé. J'arriverai à temps si je me dépêche. Après le virage apparaît un champ. Il y a un groupe de caravanes sur le bord, près d'un bosquet, à une centaine de mètres de l'endroit où je me gare. La plupart d'entre elles sont sécurisées par un ruban rayé qui divise le terrain. Au fond du champ, des policiers et des hommes en ciré jaune, une dizaine en tout, creusent, courbés sur une ligne.

Il y a une caravane devant le ruban et un homme en train de fixer le crochet de remorquage à une Land Rover boueuse. Ce doit être la dernière famille que la police a autorisée à partir. La pluie a cessé. Un petit garçon brun qui doit avoir dans les six ans est adossé à la caravane au soleil. Le pouce dans la bouche, il regarde l'homme travailler. Je descends de la voiture et pousse le portail. Le mouvement a alerté l'enfant, mais la police au loin n'a rien remarqué, sinon on m'empêcherait sans doute de passer. Le garçon m'observe fixement et l'homme à côté de lui se redresse. Son visage mangé par une barbe grise de deux jours et rougi par l'effort fait plus âgé que son corps. Soixante ans ? Soixante-dix ? Il me regarde brièvement, hoche la tête et se concentre de nouveau sur sa tâche. Puis il crie quelque chose que je ne comprends pas. Une femme d'une quarantaine d'années descend d'un pas raide les marches de la caravane. Elle est vêtue de noir, un foulard noir noué sur ses longs cheveux bruns. Elle porte un grand sac de toile à l'épaule et prend la main du petit garçon. Sans un regard pour moi, elle ouvre la portière de la Land Rover et pousse le gamin à l'intérieur. Alors qu'elle monte derrière lui, elle tourne la tête vers la caravane.

« Carys », appelle-t-elle avec un accent gallois chantant.

J'examine le camp. Des taches plus claires dans l'herbe verte, là où d'autres véhicules devaient être garés. Aucune trace de chien enchaîné. Des sacs à ordures bien fermés formant un tas. Et un carré carbonisé au centre. Un des policiers au loin crie quelque chose et me fait signe de reculer. Je ressors du champ.

« Carys », appelle encore la femme, avant de disparaître dans la Land Rover.

La porte de la caravane s'ouvre plus grand et une jeune femme apparaît. À sa vue, j'ai le souffle coupé et je dois m'agripper au portail. Sa tête rasée semble minuscule. Les courts cheveux qui repoussent ont été teints en roux, assortis à sa jupe longue. Sa peau est très pâle. Un tatouage s'enroule autour de son cou. D'ici, on dirait des feuilles. Elle porte une petite fille d'environ six mois dans ses bras. L'enfant est rousse, elle aussi, je distingue ses boucles d'ici. Elle est enveloppée dans une couverture rayée rouge et jaune et elle semble endormie. En bas des marches, la jeune femme se tourne face au portail, le bébé devant elle à la façon d'un bouclier.

Ses doigts sont longs, même si d'ici il est impossible de discerner les taches de rousseur comme des grains de cassonade jusqu'à la seconde articulation, ni de voir si elle se ronge les ongles. Je suis également trop loin pour voir le petit grain de beauté sous son sourcil gauche. Ses yeux croisent les miens ; ils sont calmes, bien que cernés de rouge, comme si elle avait pleuré. Nous nous regardons. Ce regard, je ne l'oublierai pas, mais il y a des choses dedans que je ne saurai jamais nommer. De la vengeance, contenue. Elle a fait de Maria une vengeresse à la mort de Tony. Était-ce un avertissement ? Et quelque chose d'autre, quelque chose de plus doux… Chagrin ou pardon ? Je l'ignore. Elle est là et elle m'a vue. C'est tout. Le monde disparaît autour d'elle.

Les mensonges qu'ils ont racontés à la police, même les mensonges qu'ils ont appris aux enfants, tout se dissipe. Je ne pleure, ni ne ris, ni ne souris. Il n'y a pas la place pour ça. Il n'y a pas le temps.

« Carys. On y va. »

Je m'élance vers elle, mais je glisse devant le portail. Je ne veux pas perdre son visage de vue, même quand je trébuche et tombe maladroitement sur le flanc. Elle se détourne. Elle plaque la tête de son bébé contre son cou gracile, se penche pour grimper dans la voiture et disparaît.

Je me relève, couverte de boue, pataude, et je me mets à courir. La Land Rover a démarré et ses roues patinent dans l'herbe mouillée. J'accélère et pendant un instant j'ai l'impression que je les rejoindrai à temps, mais la voiture se dégage et avance vers le portail. Si je me place en travers de son chemin, elle sera bien obligée de s'arrêter, mais, finalement, je me pousse malgré moi. Sa joue, en partie cachée par le bébé, est si proche que je pourrais la toucher si la fenêtre était ouverte. Alors, soudain, elle lève la main, ses doigts écartés contre la vitre. Pendant cette fraction de seconde, je vois le trait rouge bien défini de sa ligne de vie, s'incurvant comme une route sur une carte. La voiture s'éloigne déjà et tourne au croisement sans s'arrêter, accélérant pour gravir la côte, avant de disparaître.

QUINZE MOIS PLUS TARD

Carys. C'est un nom gallois. J'ai cherché. Ça veut dire amour.

REMERCIEMENTS

Je souhaite remercier mes agents Eve White, Jack Ramm et Rebecca Winfield.

Merci à toute l'équipe chez Penguin, en particulier Maxine Hitchcock, Samantha Humphreys, Celine Kelly, Clare Parkinson, Beatrix McIntyre, Elizabeth Smith et Joe Yule.

Merci également à l'équipe de HarperCollins USA, notamment Rachel Kahan, Kim Lewis, Lorie Young et Mumtaz Mustafa.

Je tiens à exprimer ma gratitude à mes mentors Patricia Ferguson, Chris Wakling, Tessa Hadley, Mimi Thebo et surtout Tricia Wastvedt. Merci aussi à Rowena Pelling.

Merci aux membres de mon atelier d'écriture : Tanya Atapattu, Hadiza Isma El-Rufai, Victoria Finlay, Emma Geen, Susan Jordan, Sophie McGovern, Peter Reason, Mimi Thebo, Vanessa Vaughan.

Je tiens à remercier l'agent Nick Shaw pour toutes les informations qu'il m'a fournies au sujet du travail de policier et pour sa généreuse relecture, et ma sœur Katie Shemilt pour son talent de photographe.

Sans ma famille, rien n'aurait été possible. Les encouragements de Martha ont été le point de départ, et Henry et Tommy m'ont généreusement fait partager leurs connaissances techniques. Steve, Mary et Johny formaient l'indispensable équipe de soutien.

À mon père et à ma mère, qui me manquent chaque jour : merci.

MIXTE
Papier issu de sources responsables
FSC® C003309

Les papiers utilisés dans cet ouvrage
sont issus de forêts responsablement gérées.

Mis en pages par Soft Office – Eybens (38)
Imprimé en Allemagne par GGP Media GmbH
Dépôt légal : avril 2016
N° d'édition : 4506 – N° d'impression : 0001
ISBN 978-2-7491-4506-8